ro
ro
ro

REBEKKA EDER

Hyazinthen-schwestern

Historischer Roman

Rowohlt Taschenbuch Verlag

Originalausgabe
Veröffentlicht im Rowohlt Taschenbuch Verlag,
Hamburg, Mai 2024
Copyright © 2024 by Rowohlt Verlag GmbH, Hamburg
Copyright © 2024 by Rebekka Eder
Illustration im Innenteil ilbusca/Getty Images
Karte © Sabrina Knoll
Die Nutzung unserer Werke für Text- und Data-Mining
im Sinne von § 44b UrhG behalten wir uns explizit vor.
Covergestaltung Hafen Werbeagentur, Hamburg
Coverabbildung Richard Jenkins; Johann Kräftner/
brandstaetter images/akg-images; Shutterstock
Umschlag innen Sabrina Knoll
https://www.instagram.com/sa__alvr/
Satz aus der Adobe Caslon Pro
bei Pinkuin Satz und Datentechnik, Berlin
Druck und Bindung GGP Media GmbH, Pößneck
ISBN 978-3-499-01221-1

Einen Kranz von wilden Rosen
Wand das Schicksal mir in's Haar,
Mir, der Fremden, Heimathlosen,
In den Stürmen der Gefahr.
Aus «Wilde Rosen» von Louise Aston

Prolog

Mit geübten Handgriffen streifte sich Ottilie das Brautkleid über. Ihre Fingerspitzen strichen über die cremefarbene Seide, spürten dem Blumenmuster nach, dem sie wohl niemals mehr entkommen würde. Sie fasste nach den Schnüren und zog sie fest, bis es wehtat. Lächelnd blickte sie in den angelaufenen Spiegel. Die blinden Flecke wirkten wie Wunden in ihrem Gesicht, die niemals verheilen sollten. War sie noch immer schön? War das überhaupt noch wichtig?

Sie wandte sich ab und verließ das Schlafzimmer, schritt durch den langen, dunklen Flur und die Treppe hinunter. Die Schleppe ihres Kleides flüsterte auf den hölzernen Stufen. Während sie die Haustür öffnete, dachte sie an die Klänge der Orgel damals. An die gerührten Blicke ihrer Gäste. Eine Hochzeit ging immer ans Herz. Schließlich veränderte sie das Leben zweier Menschen. Für immer.

Fast konnte sie das Hüsteln und Wispern hören, das sich in einer Kirche nirgends verstecken konnte, das an den hohen Wänden widerhallte wie eine Warnung. Dabei war es hier draußen beinahe still. Da war nur die Eule, die sie Nacht für Nacht grüßte. Nur der Wind in den knarrenden Ästen der Kirschbäume. Dunkelheit lag über Boxhagen.

In der Ferne sah Ottilie die Häuser ihrer Schwestern. Hinter den Fenstern brannte kein Licht, sie alle schliefen. Keine von ihnen sah, was Ottilie sah: den Schatten des Waldes, das Glänzen des Sees, die Eisenbahnschienen, die das Licht des Mondes reflektierten. Und dazwischen: Hyazinthen, so weit das Auge reichte. In den Nächten, in denen die Wolkendecke so dicht war, dass weder Mond noch Sterne hindurchdrangen, riefen sie sich nur durch ihren schweren Duft in Erinnerung. Doch in dieser Nacht ließ das Mondlicht all die weichen, zarten Blüten unheilvoll schimmern. Dunkelblau. Violett. Türkis. Blassgelb. Blutrot. Ein gewaltiger Teppich, ein wogendes Blumenmeer. Ottilie konnte sich nicht sattsehen an dem düsteren Farbenspiel. Ohne den Rock ihres Brautkleids anzuheben, setzte sie den ersten Schritt ins Feld. Ihre Schleppe war ohnehin längst verdreckt. Langsam zog Ottilie sie hinter sich her, spürte Kälte unter ihren Fußsohlen und feuchte Erde zwischen ihren Zehen. Sie lief durch die lautlos schaukelnden Hyazinthen und sog ihren Duft tief ein, obwohl er ihr Übelkeit bereitete. *Weil* er ihr Übelkeit bereitete.

Sie hatte es nicht anders verdient.

Ob ihm genauso übel gewesen war? Ob er unter derselben Schönheit hatte leiden müssen? Immer wieder kamen ihr diese Fragen, obwohl Ottilie sie kaum ertrug. Sie ging schneller, versuchte, ihnen davonzulaufen. Doch das Blut, das vor Jahren in die Erde Boxhagens gesickert war, hatte sich bereits über das Land verteilt, war unzählige Male umgegraben und von den Hyazinthenwurzeln aufgenommen worden. Nun wuchs es in all den Stängeln, all den Blüten in Richtung Himmel. Ottilie konnte nicht anders. Sie blieb stehen, legte den Kopf in den Nacken und schrie. Schrie, so laut sie konnte. Schrie, weil sie nicht ändern konnte, was geschehen war, und auch nicht, was noch geschehen würde. Schon bald würden all die Blumen geerntet werden. Und dann begann alles von vorn. Der Sommer trocknete das sandige Land aus, der Herbst überschwemmte es, der Winter ließ die Hyazinthenzwiebeln erkalten, damit sie im März erneut emporsprießen konnten. Da war Schönheit. Da war Tod. Nichts von beidem konnte sie ändern. Und für einen Moment verharrte Ottilie, nur um erneut Luft zu holen.

1

1. Kapitel

Der schwere Duft feuchter Erde umgab mich, während ich in meinem frisch geharkten Blumenfeld kniete und kleine Löcher aushob. Vorsichtig setzte ich Zwiebel um Zwiebel ein und schob die Erde darüber, drückte sie mit beiden Händen fest, während ich das Leben darin spürte. Über jeden schimmernden Käfer und jeden Regenwurm, der mein Blumenfeld bevölkerte, musste ich lächeln.

«Ihre Mutter wäre glücklich, Sie so zu sehen. Wenn ich das sagen darf, Fräulein Sonntag», brummte Herr Range hinter mir.

Ich drehte mich halb zu ihm um. Der alte Gärtner aus der böhmischen Kolonie zwinkerte mir zu und grub dann emsig weiter Zwiebeln ein. In der Ferne packten weitere Kolonisten sowie mein Gehilfe Alfred fleißig mit an. Dieser milde Oktobertag war perfekt, um Hyazinthen zu pflanzen. Der Wind kühlte uns die Haut, und die Erde war weder zu nass noch zu trocken.

«Ich bin Ihnen wirklich dankbar für Ihre Hilfe …», sagte ich nicht zum ersten Mal.

«Das ist doch selbstverständlich, Fräulein Sonntag. So oft, wie Ihre Familie uns geholfen hat … Das kann ich gar nicht wiedergutmachen.»

«Sie brauchen es nicht wiedergutzumachen, Herr Range.»

Sobald er von der Wohltätigkeit meiner Familie sprach, bekam ich einen Knoten im Bauch. Ja, wir hatten ihnen Kredite gegeben, als die Kartoffelfäule die Ernten der böhmischen Gärtner von Boxhagen vernichtet hatte. Doch die Beträge waren gemessen am Umsatz des Vorwerks Boxhagen lächerlich gering gewesen. Schon als Kind hatte ich mich darüber gewundert, warum die einen über 260 Morgen Land besaßen und immer mehr Reichtum anhäufen konnten, während die anderen kleine Parzellen pachten und ums Überleben kämpfen mussten. Über diese Ungerechtigkeit hatte ich oft mit Heinrich gesprochen. Heinrich, mein großer Bruder, mein Vertrauter. Ich schloss die Augen, versuchte, den Schmerz, der in meiner Brust aufstieg, niederzukämpfen. *Nicht jetzt.*

«Ich finde es wunderbar, dass eine Dame wie Sie noch selbst Hyazinthen zieht und pflanzt. Ganz wie Ihre Mutter. Damit halten Sie ihr Andenken in Ehren.»

«Sie sind wahrscheinlich der Einzige, der das wunderbar findet, Herr Range.» Ich musste an meine Schwestern denken und daran, wie sie ihre Nasen rümpfen würden, wenn sie mich so sehen könnten. Wir waren die Besitzerinnen dieses Landes. Nicht seine Gärtnerinnen – das zumindest betonte vor allem Ludmila, die Älteste von uns, sehr gern.

«Mitnichten, Fräulein Sonntag! In der Kolonie sagen das alle.»

«Sie sprechen in der Kolonie über mich?» Besorgt blickte ich wieder über meine Schulter. Seine gerunzelte Haut wurde von einem rosaroten Schimmer überzogen.

«Nur … hin und wieder», gab er zu.

Die Kolonie lag am Rande des Vorwerks Boxhagen. Der König von Preußen hatte im vorigen Jahrhundert Gärtner aus Böhmen auf bis dato ungenutzten Sandschollen nördlich unserer Ländereien angesiedelt, damit sie den Boden fruchtbar machten. Auf ihren Parzellen hatten sie Obstbäume und Gemüsefelder angepflanzt. Ich mochte die böhmischen Familien gern. Als wir klein gewesen waren, hatten wir jüngeren Sonntag-Schwestern – Ottilie, Clara und ich – den ganzen Tag mit den Kindern der Kolonisten gespielt. Viele Stunden waren wir durch die Gärten getobt, auf die knorrigen Obstbäume geklettert und hatten uns auf alten Dachböden versteckt.

«Sie wissen doch, wie beliebt Sie bei uns sind.» Herr Range lächelte unter seinem dichten grauen Bart. «Sie sind sich nicht zu schade, selbst in der Erde zu wühlen, und lieben Ihre Blumen. Das kommt bei unsereins gut an.»

Ich ahnte, dass das nicht alles war. «Und was sagt man noch über mich?»

«Ach, nichts weiter …» Herr Range winkte ab und starrte konzentriert auf eine Zwiebel. Er drehte sie in der Hand und hielt sie in die Sonne. «Das wird doch kein Schimmel sein?», murmelte er.

Ich wischte die Hände an meiner Schürze ab und wandte mich gänzlich zu ihm um. Ich sollte nicht nachhaken. Was jetzt kam, würde wehtun, das wusste ich. Und vielleicht wollte ich es deswegen hören.

Als er meinen Blick und die Entschlossenheit darin sah, seufzte er und ließ die Zwiebel sinken. «Nun gut. Wir machen uns ein wenig Sorgen um Sie, Fräulein Sonntag. Sie haben Ihre lieben Eltern viel zu früh verloren. Das steckt niemand so einfach weg. Und dann auch noch Ihr Bruder ... Es heißt, seit seinem Tod ... sind Sie nicht mehr dieselbe.»

Ich sollte widersprechen, das Thema wechseln. Stattdessen verharrte ich und sah ihn fragend an.

«Es geht das Gerücht um, Sie würden seitdem kein Wort mehr sprechen. Hätten sich fürchterlich mit all Ihren Schwestern zerstritten. Und einige sagen ...» Er zögerte. «Meine Frau und ich geben natürlich nichts auf dieses Geschwätz. Fräulein Sonntag, sagen wir immer, ist die Sanftheit in Person! Stets hilfsbereit, stets nachsichtig. Mit dem Tod ihres Bruders kann sie nicht das Geringste zu tun haben.» Mehrfach nickte er, als wollte er seinen eigenen Worten Nachdruck verleihen. Er stellte keine Frage, doch sein Blick unter den dichten Brauen huschte wiederholt zu mir herüber.

Ich mochte Herrn Range sehr. Bei seiner Familie waren wir besonders häufig zu Besuch gewesen. Mittlerweile arbeitete seine Tochter als Dienstmädchen in Berlin, aber mit ihm und seiner Frau verband mich noch immer eine familiäre Freundschaft. Ich konnte ihn nicht anlügen.

Mit dem Handrücken wischte ich mir über die Stirn. «Verstummt bin ich nicht, jedenfalls nicht ganz.» Ich rang mir ein gequältes Lächeln ab. «Clara und ich verstehen uns gut. Aber meine anderen Schwestern ...» Ich senkte den Blick. Gedankenverloren bohrte ich die Finger tief in die kalte, feuchte Erde.

«Das wird wieder, Fräulein Sonntag», sagte Herr Range. Ein bisschen hilflos wirkte er, wie er da hockte und mich mit herabhängenden Mundwinkeln und großen Augen ansah. Angesichts seines Mitgefühls schossen mir die Tränen in die Augen. Ich hatte es nicht verdient. *Alba*, flüsterte, wie so oft, eine Stimme in mir. *Alba, was hast du getan?* Schnell schnappte ich mir eine Zwiebel und vergrub sie in der Erde.

Als ich das aufgeregte Gekläffe hörte, war ich erleichtert. Es gab mir einen Grund, aufzustehen und meiner Traurigkeit zu entfliehen.

«Echo!», rief ich. «Hierher!»

Doch der graue Mischling dachte nicht im Traum daran, auf mich zu hören. Bellend und knurrend raste er auf das sich nähernde Pferd mitsamt Reiterin zu.

«Echo! Komm auf der Stelle zurück!» Ich rannte los.

Mit nach vorn gerichteten Ohren blieb er stehen, drehte den Kopf in meine Richtung.

«Ruf diesen verfluchten Köter zurück!», rief die Reiterin mir entgegen. Hätte ich meine Schwester Amalie nicht längst erkannt, ihr Befehlston hätte sie endgültig verraten. Doch Echo entschied sich gegen mich und dafür, weiter auf Amalie zuzuhasten. Wütend sprang er an den Beinen ihres Pferdes hoch. Es scheute, tänzelte hin und her.

Erst als ich nur noch einen Schritt von ihnen entfernt war und erneut brüllte: «Nein, Echo!», stob er zur Seite davon, trottete im Halbkreis um mich herum und blieb hinter mir stehen.

«Entschuldige, Amalie», sagte ich, während Amalies Pferd neben mir zum Stehen kam.

Wie eine Königin saß sie auf ihrem erhabenen Tier. Amalie war die Schönste unter uns Schwestern. Und das lag nicht nur an ihrem schwarzen Haar, das mich stets an die Blüten der Tigerlilie erinnerte. In ihrem ovalen Gesicht leuchteten die schräg stehenden Augen mit den dichten Wimpern und die dunkelroten Lippen gefährlich. Schon als sie noch ein kleines Mädchen gewesen war, hatten sich völlig Fremde verblüfft nach ihr umgedreht. Das zumindest hatte uns Mutter gern erzählt. Ich war damals noch nicht geboren, doch vorstellen konnte ich es mir gut.

In letzter Zeit sah man Amalie selten ohne Pferd. Den Blick ernst und konzentriert in die Ferne gerichtet, galoppierte sie mit wehenden Röcken über die Felder. Normalerweise ritt sie die Kutschpferde der Sonntags. Das Tier, auf dem sie heute saß, hatte ich noch nie zuvor gesehen.

«Wer ist denn diese Schönheit?», fragte ich. «Woher …»

«Erzieh deinen Köter, verstanden?», unterbrach mich Amalie. «Es kann nicht sein, dass er jedes Pferd vom Land jagen möchte, das eine halbe Meile von ihm entfernt vorbeigaloppiert. Stell dir vor, er würde das bei einem Besucher machen!»

Mit einer winzigen Bewegung ihrer Schenkel lenkte sie das schwarz glänzende Tier zurück auf den Feldweg, und weg war sie.

Tief atmete ich durch. Gerade wollte ich zu meinen Hyazinthen zurückkehren, als Echo schon wieder bellte. Diesmal in den höchsten Tönen – eindeutig vergnügt.

Ich drehte mich um und sah Clara und Ludmila in meine Richtung spazieren. Begeistert rannte Echo zu Clara, die sich lachend zu ihm hinunterbeugte.

«Na, da ist ja mein Lieblingsräuber!», rief sie und erlaubte ihm, an ihren Fingern zu knabbern. Ludmila ließ er links liegen. Die Ignoranz beruhte auf Gegenseitigkeit. Ich wusste nicht, ob Ludmila ihn keines Blickes würdigte, weil sie noch nie viel mit Tieren hatte anfangen können oder weil Echo mein Hund war. Aufrecht und steif verharrte sie neben Clara und blickte in die Ferne. Ein Fremder würde niemals ahnen, dass die beiden

Schwestern waren: Clara hatte so tiefe Lachgrübchen in ihren vollen Wangen, dass ich sie sogar aus der Ferne sehen konnte. Sie war die Jüngste von uns Schwestern, honigblond, rundlich und stets fröhlich.

Ludmila hingegen war die Älteste – brünett, hager und ernst. Bis heute versuchte sie, uns alle zu erziehen. Bei mir hatte sie mit Sicherheit das Gefühl, vollkommen versagt zu haben.

In einiger Entfernung blieb ich stehen und blinzelte gegen die Sonne an.

«Hallo, Alba!», rief Clara mir zu und winkte. Ich ging ein paar vorsichtige Schritte weiter. Erst jetzt entdeckte mich auch Ludmila, und ihre Augen weiteten sich.

«Jesus, Maria und Josef!» Sie blinzelte, dann kam sie mir mit entschlossen vorgerecktem Kinn entgegen. «Alba, was machst du denn da?» Ihr spitzes Gesicht war noch ein wenig blasser als sonst, und die Haut unter ihren hellgrünen Augen schimmerte rötlich.

«Ich bepflanze mein Hyazinthenfeld», sagte ich vorsichtig. Früher hätte mich Ludmilas herrischer Tonfall wütend gemacht. Doch die Dinge hatten sich geändert.

«Du siehst aus wie eine Bäuerin, ist dir das klar? Du kannst doch hier nicht in derart verdreckter Kleidung in der Erde wühlen.»

«Es ist Oktober. Die Hyazinthen müssen gepflanzt werden.» Wieso fühlte ich mich im Gespräch mit Ludmila immer wie ein Kind? Ich war zwar zehn Jahre jünger als sie, aber immerhin schon vierundzwanzig.

Ludmila schloss die Lider, wie um sich zu beherrschen. «Alba, du besitzt 52 Morgen Land. Ist dir das bewusst?» Jetzt schlug sie die Augen wieder auf. «Du kannst nicht dein komplettes Land selbst bestellen. Dafür gibt es Leute. Du bist immerhin eine Sonntag.»

Ich knetete meine Hände. «Die Kolonisten helfen mir.»

Ludmila verzog den Mund. «Du musst gelernte Gärtner einstellen, Alba. Du kannst die Arbeit auf den Feldern nicht selbst anleiten!»

«Mutter hat ihr Land auch gern selbst bepflanzt», sagte ich. «Wir haben ihr immer geholfen. Und wir haben es geliebt.» Beim letzten Wort brach meine Stimme.

«*Du* hast es geliebt, Alba. Ich habe es schon damals nicht ausstehen können. Aus gutem Grund – die Arbeit ist uns jedes Mal über den Kopf gewachsen. Bis Mutter endlich mehr Gärtner eingestellt hat. Für eine Arbeit wie diese braucht es nun mal geübte Hände. Unsereins ist dafür nicht gemacht.»

Kurz stockte ich. Früher hätte ich ihr widersprochen, ihr erklärt, dass ich nicht an diese Standesunterschiede glaubte. Doch ich wollte die Situation zwischen uns nicht noch weiter verschlimmern.

«Ich habe leider noch keinen Gärtner gefunden, der die Arbeit anleiten könnte …»

«Dann such bitte weiter. Was sollen die Leute von uns denken?»

Hilfe suchend sah ich zu Clara hinüber. Prompt warf sie mit ihrer glockenhellen Stimme ein: «Ach, die interessieren sich lang nicht so sehr für uns, wie wir immer meinen. Sei nicht so streng, Ludmila! Wenn es Alba doch Freude macht …»

Ludmila schnaubte. «Das ist mein letztes Wort, Alba. Wenn du keinen Gärtner findest, suche ich einen für dich aus.»

Zwar war sie nicht meine Mutter, und im Streit hatte sie mir vor gar nicht allzu langer Zeit an den Kopf geworfen, auch nicht mehr meine Schwester sein zu wollen. Doch ihr Wort hatte Gewicht, das wussten wir beide. Schließlich war meine Vormundschaft nach dem Tod unseres Vaters und unseres Bruders wie üblich auf den Mann meiner ältesten Schwester übergegangen: meinen Schwager Otto. Ich führte das freieste und selbstständigste Leben, das überhaupt möglich war – solange ich Otto keine Probleme bereitete. Und eine Ehefrau, die über das Benehmen der kleinen Schwester schimpfte, war sicher ein Problem.

Also nickte ich Ludmila zu.

Die drehte sich auf dem Absatz um, bot Clara ihren Arm und schritt mit ihr gemeinsam weiter.

«Ich komme bald bei dir vorbei, meine Liebe!», rief Clara mir zu. Und ihr breites Lächeln wollte kein bisschen zu unser aller Stimmung passen.

2. Kapitel

Am liebsten wäre Amalie immer weitergeritten. Sie fühlte sich eins mit diesem mächtigen und zugleich zierlichen Tier. Sie liebte seine glänzende Mähne, das sanfte Auf und Ab seines Halses, die kräftigen Schultermuskeln zwischen ihren Knien. Hier oben, mit der Nase im Wind und den Waden am Pferdebauch, erschienen ihr all ihre Sorgen weit entfernt. Alba und die Wut, die schon allein ihr Anblick bei Amalie entfachte. Der ständige Schmerz, tief in ihrem Unterleib. Und Friedrich, ihr Mann.

Sie hatte gehofft, ein langer Ausritt rund um das Vorwerk Boxhagen würde ihr Gemüt abkühlen, doch nichts half. Eine Stunde war sie bereits unterwegs, und ihr Pferd brauchte eine Pause. Amalie musste sich der Situation stellen.

Albas Blumenfeld grenzte an ihre eigenen Ländereien. Amalie trabte über den Weg, der zwischen violetten Kohlköpfen hindurchführte, direkt auf ihr Haus zu. Schräg dahinter erstreckte sich der Pferdestall. Wie sie es befürchtet hatte, wartete ihr Mann vor der Stalltür. Er hatte sich einen kleinen Tisch in der Sonne eindecken lassen. Mit elegant überschlagenen Beinen saß er da und trank aus einer Porzellantasse.

Amalie wusste, dass sie den bestaussehenden Mann weit und breit geheiratet hatte. Friedrich war groß und athletisch, sein Bart perfekt gepflegt, seine Kleidung modisch. Schon vor ihrer Hochzeit hatten ihr alle versichert, sie würden wunderbar zueinanderpassen. Ihre Anmut spiegele sich in seiner. Sie seien so schön, dass man wegsehen wolle und den Blick doch nicht von ihnen lösen könne. So hatte es zumindest Alba ausgedrückt. Beim Gedanken an ihre kleine Schwester bildete sich ein bitterer Geschmack auf Amalies Zunge. Entschlossen schob sie das Bild von Albas Gesicht mit dem asymmetrischen Kinn und dem dunklen Blick beiseite.

Friedrich stellte seine Tasse ab und sprang behände auf. «Was für einen Anblick du bietest! Ich muss sagen, ich bin überwältigt.»

Sie wusste, dass er es ernst meinte. Sein Blick klebte an ihr, er beobachtete jede ihrer Bewegungen, jedes Zucken in ihrem Gesicht. Wie sehr hatte sie es früher geliebt, so von ihm angesehen zu werden. Sie hatte ihn auf einem der Bälle kennengelernt, die Mutter gern in Boxhagen gegeben hatte. Für ihn hatte sie sich eine Ringelblume ans Kleid gesteckt, die unumwunden erklärte: *Ich wünsche, mit dir zu tanzen.* Die Traubenhyazinthe an seinem Frack hatte ihr galant geantwortet: *Ich ziehe dich allen anderen vor.*

Amalie wusste, dass sie großes Glück hatte: Friedrich war nicht nur ein erfolgreicher Bankier aus Berlin, sondern auch ein ungewöhnlich netter Mensch. Er war freundlich, zuvorkommend und wollte jedem, den er traf, Gutes tun. Dass er sich genauso sehr in Amalie verliebte wie sie sich in ihn, konnte sie kaum fassen. Sie galt zwar als Schönheit, doch auch als ausgesprochen schwierige und kratzbürstige Person. Die Leute behaupteten aber auch in einem fort Dinge, die sie gar nicht wissen konnten, was Amalie rasend machte. Jede Konversation war randvoll mit Gemeinplätzen:

Die Zeit heilt alle Wunden.

Das wird schon wieder.

Nichts als verbale Masken! Sie wollte sie den Leuten von den Gesichtern reißen und sehen, was darunter war. Nur Friedrich ließ sich davon nicht verschrecken. Er lachte überrascht auf, wenn sie widersprach, und hörte sich ihre Argumente genau an. Er ließ sich über den Mund fahren und korrigieren, manchmal wechselte er nach einem Gespräch mit Amalie sogar tatsächlich den Kurs. Dafür hatte sie ihn geliebt.

Und nun stand er da, verliebt wie eh und je – stolz auf seine Frau. Doch sie wusste nicht mehr, was sie für ihn empfand. Liebte sie ihn noch? Der Zorn in ihr überlagerte alles andere.

«Wie war der erste Ritt auf Adonis?», fragte Friedrich.

«Gut», sagte Amalie.

Als sich Enttäuschung auf seinen ebenmäßigen Gesichtszügen abzeichnete, fügte sie hinzu: «Ich habe noch nie ein so großartiges Pferd geritten.»

Er strahlte. «Das freut mich außerordentlich. Ich habe mich lange beraten lassen. Adonis hat einen ausgezeichneten Stammbaum, und seine Gesundheit lässt nichts zu wünschen übrig. Der Züchter hat allerdings betont, dass er eine außergewöhnlich gute Reiterin braucht.» Friedrich kam mit ausgestreckten Armen auf sie zu und half ihr beim Absteigen.

«Das kann ich mir vorstellen. Er ist wirklich feinfühlig. Ich könnte ihn mit dem großen Zeh lenken, wenn ich wollte. Würde ich ihm derart im Maul reißen, wie ich es bei den Kutschpferden manchmal tun muss, wäre er schnell hinüber.»

«Ich konnte dich einfach nicht mehr auf diesen Gäulen sehen. Die schönste Frau des Landes gehört auch auf ein schönes Pferd.» Er zog sie an sich heran. Widerwillig gab sie ihm einen Kuss auf den Mund, und sein Bart kratzte unangenehm. «Also gefällt dir mein Geschenk?»

Amalie sah ihrem Mann ins Gesicht. Wie konnte er immer alles so verdammt richtig machen? Er war perfekt. Das Einzige, was nicht zu ihm passte, war dieses störrische Wesen, das er seine Ehefrau nannte.

«Es gefällt mir», gab sie zu und sah an Friedrich vorbei.

«Ist etwas vorgefallen?»

Alles in ihr schrie: *Ja, natürlich, vor Jahren schon! Wie kannst du das nicht wissen?* Doch diese Wahrheit war die einzige, die sie für sich behielt.

«Ich bin Alba begegnet», sagte sie stattdessen.

Friedrich verzog das Gesicht. «Komm, setz dich zu mir und erzähl mir davon.»

Schon eilte Tom, der Stallbursche, herbei. Der schlaksige große Junge tätschelte Adonis' Hals. «Ein schönes Tier.» Er nickte Amalie zu und nahm seine Zügel.

«Danke, Tom», sagte sie. Zum ersten Mal an diesem Tag brachte sie ein kleines Lächeln zustande.

Tom führte das Pferd zu einem der Eisenringe an der Stallwand, um es dort festmachen und abreiben zu können. Derweil nahm Amalie auf dem Stuhl Platz, den Friedrich für sie zurückgezogen hatte.

Erwartungsvoll sah er sie an. «Wo hast du sie getroffen?»

«Auf ihrem Hyazinthenfeld. Sie war über und über mit Erde beschmiert. Wie Flora damals.» Amalie schüttelte den Kopf, um die Gedanken an ihre verstorbene Mutter zu vertreiben. «Ihr Hund hätte Adonis beinahe in die Beine gebissen.»

Friedrich lehnte sich im Stuhl zurück. «Das wundert mich nicht. Alba sollte ihn an eine Kette legen.»

Bei der Vorstellung wurde es eng in Amalies Brust. «Kein Lebewesen gehört an eine Kette.»

«Wie war es, mit Alba zu sprechen?», fragte Friedrich vorsichtig.

«Sie hat wieder einmal so getan, als wäre alles in Ordnung. Natürlich bin ich nicht darauf eingegangen. Sie weiß genau, dass ich ihr nicht vergeben kann. Keine von uns kann das.»

«Außer Clara», sagte Friedrich.

Amalie schüttelte den Kopf. «Clara kann Konflikte nicht ertragen, ständig will sie Harmonie verbreiten. Aber im Grunde ist sie genauso wütend wie wir. Wenigstens sind wir so ehrlich und sagen es Alba ins Gesicht.»

«Ich weiß nicht.» Friedrich wiegte den Kopf. «Ich denke, Clara hat Alba wirklich gern.»

Bei den Worten fuhr Amalie hoch. Wie konnte er es wagen, über Clara und Alba zu sprechen, als würde er sie kennen? Die Sonntag-Schwestern waren zu fünft. Und ihre Geschichten waren ineinander verschlungen wie die Wurzeln in einem Hyazinthenglas. Niemand konnte sie durchblicken. Am wenigsten ein Außenstehender wie Friedrich.

«Ich werde ein Bad nehmen», sagte sie.

«Möchtest du nicht noch etwas mit mir trinken?» Mit flehendem Blick stand Friedrich auf, bot ihr die Hand.

«Nein. Ich bin müde. Entschuldige mich.»

Sie ließ ihn stehen und lief mit großen Schritten hinüber in ihre Villa.

In der Eingangstür hielt sie noch einmal inne und sah zu Albas Anwesen in der Ferne hinüber. Der alte Glasbau, in dem ihre Mutter früher Blumen gezogen hatte, glitzerte in der Sonne. Alba hatte kurzerhand ein schmales Wohnhaus anbauen lassen, so brauchte sie ihr Land nicht mehr zu verlassen. Sie lebte in diesem verschrobenen Haus, konnte durch das Wohnzimmer ins Gewächshaus gehen, um ihre Zwiebeln zu ziehen, und hatte ihr Hyazinthenfeld direkt vor der Haustür. Dort war Alba Tag und Nacht allein. Abgesehen von der inkonsequenten Clara, die ihre Besuche nicht lassen konnte, der Familie Range, die Alba hin und wieder aus Mitleid zur Hand ging, dem Gartengehilfen Alfred und Echo, dem verrückten Hund.

Kurz ertappte sich Amalie dabei, wie sie eine solche Einsamkeit herbeisehnte. Sie hätte ebenfalls gern ein Haus für sich und ein Land, das nur ihr gehörte. Doch eine Freiheit wie Albas wurde aus Schmerz geboren. Und noch mehr Schmerz in ihrem Leben könnte Amalie nicht ertragen.

Sie drückte die Klinke hinunter und ging hinein, um die wenigen Augenblicke zu genießen, in denen sie das Haus für sich hatte. Mit einem heftigen Ruck zog sie die Tür hinter sich zu.

3. Kapitel

S ie werden sich eines Tages beruhigen», sagte Clara. «Niemand kann für immer wütend sein.»

Obwohl sie seit Tagen das Bett hütete, sah sie frisch und glücklich aus, wie sie da gemütlich zwischen unzähligen Kissen lag. Ihr Bauch war innerhalb der letzten zwei Monate kugelrund geworden, liebevoll strich sie darüber. «Vor allem Ludmila wird irgendwann zu dem Schluss kommen, dass sie dir vergeben muss, sonst kann es mit ihrer großen Frömmigkeit ja nicht weit her sein, oder?» Sie zwinkerte mir zu.

Ich musste leise lachen.

«Ist doch wahr! Immer von Gottesfurcht sprechen und selbst nicht vergeben können.»

Ich schüttelte den Kopf. «Ich kann sie ja verstehen …»

«Schluss jetzt mit den Selbstvorwürfen! Unterhalte mich lieber ein bisschen – ich liege den ganzen Tag in diesem Zimmer herum.» Sie seufzte, doch die glücklichen Grübchen ließen sich auch davon nicht aus ihrem Gesicht vertreiben. «Was passiert dort draußen?»

Ich schluckte. Dort draußen passierte gar nichts. Es war Winter. Nichts blühte, nichts bewegte sich, außer Echo, der seine immer gleichen Runden über meine kahlen Ländereien drehte.

Clara ergriff meine Hand. «Der Winter wird bald vorüber sein. Und spätestens wenn die Hyazinthen aufgehen, wird alles anders …»

«Wie geht es denn unseren Schwestern?», fragte ich.

«Ludmila ist froh, dass ihr Otto für ein paar Wochen zurück in Boxhagen ist. Jetzt kann sie sich wieder mit ihm gemeinsam in der Kirche zeigen.» Clara grinste.

Erneut musste ich lachen. «Aber Clara!»

«Ich meine es gar nicht böse.» Sie winkte ab. «Ludmila geht es besser, wenn sie in Boxhagen nicht mehr alles allein entscheiden muss. Du weißt ja, wie sie ist. Für immer die älteste Schwester – ständig trägt sie für alles die Verantwortung. Es tut ihr gut, dass sie nun ein wenig davon an Otto abgeben kann.»

«Und Amalie?»

Clara zuckte mit den Schultern. «Ganz ehrlich? Ich weiß es nicht. Sie ist verschlossener denn je. Ich sehe sie nur noch auf ihrem neuen Pferd Adonis.»

«Das passt. Den Namen hat sie doch sicher selbst ausgesucht, oder?»

Clara kicherte. «Friedrich traue ich es auch nicht zu.»

Einen Moment sahen wir uns schweigend an. Sicher dachte auch Clara an unsere fünfte Schwester, über die keine von uns sprechen wollte. Ottilie. Früher war Clara häufig eifersüchtig gewesen, weil Ottilie und ich einander so nahegestanden hatten. Doch diese Zeiten waren lange vorbei.

«Mein Philipp hat sich übrigens wieder einmal mit Otto und Friedrich überworfen», wechselte Clara schnell das Thema.

«Schon wieder?» Ich zog die Brauen hoch. Zwar arbeitete ich eng mit Claras Gatten zusammen – ihm hatte ich den Vertrieb meiner Blumen und Zwiebeln überantwortet, er kümmerte sich um sämtliche Geschäftsbeziehungen und nahm mir die Korrespondenz nach außen ab. Dennoch versuchte ich stets, mich aus seinen Streitigkeiten herauszuhalten. Ich hatte schließlich alle Hände voll mit meinen eigenen zu tun.

«Er ist felsenfest davon überzeugt, unser Feld wäre vor seiner Abreise größer gewesen als jetzt. Er wisse nicht, ob Otto oder Friedrich dahinterstecke und ob die Verkürzung von Norden oder Westen geschehen sei. Dennoch fordere er sie dazu auf, die gestohlene Fläche zurückzugeben. Du kannst dir denken, wie die beiden reagiert haben?» Sie verzog das Gesicht. «Otto hat nicht aufgehört, höhnische Witze zu reißen und sich vor Lachen auf den dicken Bauch zu klopfen, woraufhin Ludmila Schnappatmung bekam und sich immer wieder bekreuzigte.»

Ich konnte die stocksteife Ludmila vor mir sehen. Ruckartig und mit gen Himmel verdrehten Augen beschrieb ich ein Kreuz vor der Brust.

Clara lachte laut auf und klatschte in die Hände. «Genau so, Alba, genau so!» Sie schüttelte den Kopf. «Jedenfalls hat Friedrich sein schönstes Lächeln aufgesetzt, Philipp an seinen Schreibtisch geführt und ihm dann in aller Seelenruhe die Adresse eines Psychikers aufgeschrieben. Du glaubst gar nicht, wie wütend Amalie deswegen geworden ist …»

Clara stockte in ihrem Redefluss, als hätte sie erst jetzt bemerkt, wohin ihre Geschichte sie geführt hatte. Ich wagte es nicht, sie anzusehen. Schnell sprach sie weiter: «Du weißt ja, wie leidenschaftlich Amalie werden kann, wenn … Na ja. Jedenfalls muss ich ehrlich sagen», sie senkte die Stimme zu einem Flüstern und beugte sich vertrauensvoll zu mir vor, «dass ich mich in diesem Moment ein wenig für Philipp geschämt habe. Ich weiß, man soll seinem Mann nicht widersprechen. Aber – ganz ehrlich? Manchmal lässt er sich zu sehr von seinem Wettbewerbsgeist regieren. Ich hoffe, ihm fällt bald etwas Neues ein, über das er sich echauffieren kann.»

Vor allem, da die Geschäfte bereits seit Monaten immer schlechter laufen, fügte ich in Gedanken hinzu. Unsere Zwiebeln und Blumen verkauften sich schleppend, die Einnahmen gingen stetig zurück. Beschwert hatte ich mich bisher nicht, schließlich war ich Philipp dankbar dafür, dass er mir sämtliche Vertriebsaufgaben abnahm. Dennoch würden wir irgendwann in der großen Runde darüber sprechen müssen. Nun aber beließ ich es bei einem Nicken, um Clara nicht weiter in ihren Sorgen zu bestätigen.

Ein Klopfen ließ uns beide zusammenfahren.

«Ja?», sagte Clara.

Ihr Mann streckte den Kopf ins Zimmer. «Bitte entschuldigt die Störung.»

Wie immer wurde mein Blick zuerst von der steilen Falte zwischen seinen Augenbrauen angezogen. Der hochgewachsene, schlanke Philipp war durchaus ein attraktiver Mann, allerdings wirkte er stets etwas missmutig und unzufrieden.

«Hallo, Alba, wie geht es dir?», fragte er beiläufig.

«Danke, gut, und dir, Philipp?», erwiderte ich steif.

Statt einer Antwort nickte er mir höflich zu. An seine Frau gewandt, sagte er: «Clara, denkst du daran, was der Arzt gesagt hat?»

«Du hast vollkommen recht, mein Lieber. Ich sollte jetzt ein wenig schlafen.»

«Ich wollte ohnehin gerade gehen», log ich.

«Auf Wiedersehen, Alba.» Er schloss die Tür und ließ uns noch einen Moment allein.

«Bitte entschuldige.» Bedauernd sah Clara mich an. «Es ist sein erstes Kind. Er möchte alles richtig machen, verstehst du?»

«Aber natürlich.»

Dass es auch ihr erstes Kind war und sie nun wirklich nicht den Eindruck erweckte, als bräuchte sie Ruhe, verkniff ich mir. Stattdessen zwang ich mich dazu, zur Tür zu gehen, Clara zum Abschied noch einmal zuzulächeln und dann die Klinke zu drücken.

4. Kapitel

Berlin, Dezember 1847

Sekundenlang stand Kasimir vor der Tür. Es kostete ihn Überwindung zu klopfen. Jedes Mal. Endlich hob er die Faust.

«Da ist er, da ist er!», schrie im Inneren der Wohnung eine Kinderstimme, und die Tür wurde aufgerissen.

«Onkel Kasimir!» Die kleine Lina stand mit breitem Zahnlückengrinsen vor ihm. «Ich habe mich so sehr auf dich gefreut! Komm rein, komm rein, ich habe dir schon einen Teller hingestellt. Du isst mit uns, oder? Bitte sag, dass du mit uns isst!»

Sie griff nach seiner Hand und zog ihn hinein.

Kasimir lachte. «Natürlich esse ich mit euch!»

Zuerst war da der Geruch, der ihm entgegenschlug. Wie eine Ohrfeige. Fäulnis, Moder und Exkremente. Er brauchte einen Moment, damit sich seine Augen an das spärliche Licht gewöhnten, das durch das winzige Fenster fiel.

Henriette kam mit großen, dunklen Augenringen auf ihn zu. «Bruderherz …» Sie schloss ihn fest in die Arme. «Danke, dass du gekommen bist.» Trotz allem tat es gut, ihre Stimme zu hören. Schon ihr sanftes Lispeln weckte ein warmes Gefühl von Heimat in seinem Bauch.

«Ich freu mich doch immer, euch zu sehen.»

Sobald sie ihn losließ, legte er den großen Laib Brot, die Rüben und den Sack Äpfel auf den Tisch, die er für die Familie seiner Schwester besorgt hatte.

«Danke, Schwajer. Du bist der Beste», sagte Joseph und schlug ihm auf die Schulter. Kasimir erwiderte seine halbe Umarmung und roch seinen Branntweinatem. Abgekämpft und müde sah er aus. Joseph hatte nur noch drei Zähne im Mund und Ruß im Gesicht. In einem anderen Leben hätte er ein gut aussehender Kerl sein können – stämmig, tiefe Stimme, breitbeiniger Gang. Doch die Streichholzfabrik, in der er schuftete, und all der Branntwein hatten ihn ausgehöhlt. Bucklig und zerlumpt stand er da. Ähnlich wie ihm war es Henriette ergangen. Kasimirs Schwester war eine große, dünne Frau, die ihren Kopf schwer vor sich herschob und deren verschleierte Augen gelblich schimmerten. Fettige Strähnen hatten sich aus ihrem Haarknoten gelöst, eine hatte sich an der trockenen, aufgesprungenen Haut ihrer Lippen verfangen.

«Und wie geht es dir, kleiner Mann?» Kasimir wandte sich dem stillsten Familienmitglied zu. Sein Neffe Hanns saß am Tisch und sah aus seinen eng stehenden Augen zu ihm auf.

«Hallo, Onkel Kasimir», sagte er schüchtern.

Kasimir ging zu ihm hinüber und wuschelte ihm durch das blonde Haar. «Wie war es heute in der Schule?»

Sein Mund öffnete sich, doch kein weiteres Wort kam über seine Lippen.

«Gut war es, oder?» Henriette sah ihren Sohn streng an. Brav nickte er.

Kasimir drängte ihn nicht weiter. Hanns war schon immer

ein in sich gekehrter Junge gewesen, das ganze Gegenteil seiner aufgeweckten Schwester.

«Warst du wieder in der Universität, Onkel Kasimir? Hast du mit Studenten gesprochen?» Linas Augen leuchteten. Kasimir glaubte, dass die altehrwürdige Universität für Lina wie ein Königspalast aussehen musste. Folglich hielt sie Studenten für so etwas wie Prinzen.

«Selbstverständlich habe ich das. Und ich habe wieder erstaunlich viele Holzköpfe unter den gebildeten Männern entdeckt.» Er zwinkerte ihr zu, und Lina kicherte.

Vorsichtig setzte er sich auf einen der klapprigen Stühle, bemüht darum, den Blick nicht schweifen zu lassen. Er kannte die Gerüche nur zu gut, wusste, wie sich Wäsche auf der Haut anfühlte, die starr war vor Dreck, kannte den fauligen Geschmack alten Wassers, den bohrenden Hunger im Bauch und das Rascheln der Ratten hinter den Möbeln. Er wusste, dass die Fäulnis in den Wänden wohnte und dass sie stank, egal wie häufig das Fenster geöffnet wurde. Schließlich war er gemeinsam mit Henriette in einem Loch wie diesem aufgewachsen.

Er wünschte sich nichts mehr, als sie und ihre Familie hier herauszuholen. Doch wie zur Hölle sollte er das schaffen?

Er selbst hatte unfassbares Glück gehabt. Bevor sein Vater, ein Bibliothekar, gestorben war, hatte Kasimir – im Gegensatz zu seiner Schwester – eine relativ ansehnliche Bildung genossen. Später konnte er zumindest eine Lehre zum Laternenfabrikanten machen. Währenddessen lebte er bei Henriettes Familie und unterstützte sie finanziell. Allerdings sehnte er sich so sehr nach den Büchern, die in seiner Kindheit nie weit entfernt gewesen waren, dass er sich immer wieder in die Universität schlich. Irgendwann fand er heraus, dass er auch als Nicht-Student an Vorlesungen teilnehmen durfte. Seitdem ging er in jeder freien Minute hin und versuchte, so viel wie möglich zu lernen.

Dabei fand er bereits nach kurzer Zeit gute Freunde: zwei Brüder, eingeschriebene Studenten der Theologie, Philologie und Philosophie. Die Eltern lebten in Danzig und versorgten ihre Söhne regelmäßig mit Geld, sodass sie sich eine hübsch möblierte Wohnung mit zwei Betten und zwei Kanapees im studentischen Medizinerviertel nahe der Charité leisten konnten. Als sie erfuhren, dass Kasimir gemeinsam mit der Familie seiner Schwester in einer feuchten Dachkammer in der König-stadt hauste, bestanden sie darauf, dass er bei ihnen einzog. Das schlechte Gewissen darüber, dass er selbst diesen Ort verlassen, Henriette, Joseph und die Kinder aber nicht mitnehmen konnte, plagte ihn seitdem jeden Tag.

«Erzähl, Schwajer. Was jibt et Neues in der Welt?», fragte Joseph. Mit seinen Pranken griff er nach dem Brot, riss ein gro-ßes Stück ab, tauchte es in ein Glas Wasser und steckte es sich in den Mund.

Auch Henriette setzte sich. Schweigend verteilte sie dünne Suppe in die Teller, während Kasimir sagte: «In der Schweiz hat es einen Bürgerkrieg gegeben.»

«Großer Gott», sagte Henriette müde.

«Die Bevölkerung hat es geschafft, innerhalb kürzester Zeit einen freiheitlichen Bundesstaat zu erkämpfen. Auch in Nord- und Mittelitalien erheben sich Liberale und Demokraten gegen die Herrschaft.»

Joseph kaute langsamer. «Tatsächlich? Dit is jut, oder?»

«Das ist sogar sehr gut. In Frankreich fordern Arbeiter, Studenten und Handwerker bereits freie Wahlen.»

«Pass nur auf, deine verrückten Träume von der Demokratie werden am Ende doch noch wahr.» Joseph grinste und zeigte dabei seine schwarzen Zähne.

«Sie können wahr werden, wenn wir darum kämpfen», sagte Kasimir.

«Ich kämpfe mit dir, Onkel Kasimir!», rief Lina. «Gegen wen?»

«Gegen den preußischen König natürlich.» Kasimir musste lächeln.

«Wenn ich ein Schwert bekomme, mache ich auch mit», sagte Hanns und sah Kasimir mit treuem Blick an.

Die drei Erwachsenen lachten. «Ihr wisst, dass wir nur Spaß machen?» Kasimir zwinkerte Hanns und Lina zu. «Nicht, dass ihr in der Schule davon sprecht! Das ist sehr gefährlich, versteht ihr?»

«Ach!» Lina winkte ab. «Die Schule ist doch eh vorbei.»

«Lina!», fuhr Henriette sie an.

Lina ließ ihren Löffel fallen und schlug sich die Hand vor die Stirn. «Das war ja ein Geheimnis», flüsterte sie.

Kasimir wischte sich mit dem Handrücken über den Mund und sah seine Schwester an. «Was meint sie damit?»

Mit einem Mal war es still in der düsteren Kammer.

«Henriette, warum gehen die Kinder nicht mehr zur Schule?»

Es war Joseph, der als Erster das Schweigen brach. «Schule is wat für Reiche. Is doch so, Joldstern? Sag's ihm.»

«Es ist so. Was sollen wir machen?! Wir können es uns nicht leisten, die Kinder in die Schule zu schicken! Sie müssen arbeiten, wie wir auch. Alles wird teurer, wir können kaum die Miete bezahlen, an manchen Tagen haben wir nicht mal Brühe auf dem Tisch!»

Und Kasimir saß hier seelenruhig und aß ihre Suppe! Eine Portion, von der seine Nichte und sein Neffe vielleicht ein weiteres Mal satt geworden wären. Schlagartig wurde ihm übel. Er sprang auf, rieb sich über das Gesicht und versuchte fieberhaft nachzudenken.

«Und wie … verdienen sie Geld?»

«Natürlich in der Fabrik.»

«Es ist ziemlich hässlich dort», sagte Lina. «Wir dürfen nicht einmal …»

Henriette schnitt ihr das Wort ab: «Wirst du wohl still sein, Lina!»

Kasimir stöhnte auf. Wie hatte er das zulassen können? Die Fabrik war eine Sackgasse. In einer Fabrik wurden die Menschen verheizt. Man starb in einer Fabrik. Dort begann man kein Leben. Hanns und Lina würden enden wie ihre Eltern.

Entschlossen schüttelte Kasimir den Kopf. «Nein, ihr geht wieder zur Schule, verstanden?»

Henriette lachte bitter auf. «Und willst du Schlaumeier uns jetzt auch erzählen, woher wir das Geld nehmen sollen?»

«Das Geld bekommt ihr von mir.»

Für einen Moment wurde es wieder still.

«Auf keinen Fall», knurrte Joseph schließlich. «Wir wollen keene Almosen vom feinen Herrn Nebel. Dit kannst du verjessen.»

«Es sind keine Almosen.» Kasimir stützte sich mit beiden Händen auf die Stuhllehne und sah seinem Schwager fest in die Augen. «Es ist mein Geschenk an meine Nichte und meinen Neffen. Als Onkel darf ich ihnen etwas schenken.»

«Du darfst ihnen überhaupt nichts …»

«Natürlich darf er das, du Holzkopf!», unterbrach Henriette ihren Mann. Wütend funkelte sie ihn an. «Wenn mein Bruder die Schule der Kinder zahlen will, dann lass ihn. Es geht um Lina und Hanns. Denk doch mal eine Sekunde nach und schluck deinen Stolz runter!»

Zerknirscht sah Joseph auf seinen Teller, schlürfte ein wenig Suppe vom Löffel und lehnte sich dann zurück. «Meinetwejen, Joldstern.»

«Jaaa!», jubelte Lina, sprang auf und hüpfte durch den Raum. «Wir gehen zurück zur Schule, zurück zur Schule!»

Ihre Freude drohte Kasimir zu zerreißen. Wie gern würde er so viel mehr für sie tun! Er schaute hinüber zu seinem Neffen. Der blieb zwar still sitzen, doch auf seinen Lippen zeichnete sich ganz vorsichtig ein Lächeln ab.

Immer wieder musste Kasimir an die Gesichter der beiden Kinder denken, während er durch die Straßen Berlins lief. Sie wuchsen auf wie er selbst damals. Dabei hatte sich für ihn längst eine neue Welt eröffnet. Er musste mehr für sie tun, sich stärker bemühen. Was er bei seiner Schwester gesagt hatte, meinte er vollkommen ernst: Er würde kämpfen.

Immer wieder streifte sein Blick im Vorübergehen Gruppen zwielichtiger Gestalten, die ihn aus stinkenden, dunklen Ecken lauernd beobachteten. In letzter Zeit bevölkerten immer mehr dieser Männer mit tiefen Tränensäcken und steifen Gliedern die Stadt: Zuwanderer aus den Provinzen, die Armut und Hunger nach Berlin getrieben hatten. Einst waren sie vielleicht Bauern gewesen. Doch hier angekommen, blieb ihnen oft keine andere Wahl als das Verbrechen.

Schnell lief Kasimir weiter. Da tauchte aus der Dunkelheit ein Kind auf, das es offensichtlich noch viel schlechter erwischt hatte als Hanns und Lina. Mit ausgehöhlten Wangen sah es zu ihm hoch. «Zündholzer?», flüsterte es mit rauer Stimme. Es trug keine Schuhe, keine Jacke. Durch seine zerschlissene Hose konnte Kasimir einen dürren Oberschenkel erkennen und Gänsehaut auf dem Knie.

Schnell kramte er ein paar Münzen aus seiner Tasche und gab sie dem Kind.

«Behalt die Zündhölzer», sagte er.

Seit Monaten wurden die Berliner immer ärmer. Und die Angst, die die Kartoffelfäule in den Köpfen der Menschen zurückgelassen hatte, hing wie grünbrauner Schimmel in all den kalten Straßen.

Nach einer Weile wurden die Gassen endlich heller und breiter, die Fassaden gepflegter. Er atmete auf, als er den Gendarmenmarkt erreichte und das Stehley sah. Leichtfüßig sprang er die schmale Holztreppe hinauf, hörte schon die vielen streitenden Stimmen, das Rufen und Höhnen der Debatten. Er mochte diese Geräuschkulisse. Schlagartig wurde ihm leichter ums Herz. Oben angekommen, öffnete er die Tür. Zigarrenqualm hieß ihn willkommen. Größer könnte der Kontrast zum Zuhause seiner Schwester kaum sein: Glitzernde Leuchter hingen an der Decke, die Tapeten waren gemustert und am Rand des langen Lesekabinetts standen elegante Nussbaumtische, an denen dicht gedrängt Herren unterschiedlicher Altersgruppen saßen,

Zeitung lasen, diskutierten und einander ins Wort fielen. Manche trugen Frack und Zylinder, andere betonten ihre politische Gesinnung durch ihre voluminösen Vollbärte. Demokraten ließen derzeit möglichst dichte Gesichtsbehaarungen wuchern – und Kasimir war ziemlich enttäuscht darüber, dass ihm einfach kein ansehnlicher Bart wachsen wollte. Die wenigen hellen Härchen, die auf seinen Wangen sprossen, rasierte er sich lieber ab.

Vorsichtig bahnte er sich seinen Weg und hielt Ausschau nach seinen Freunden.

«Die Zeit ist gekommen!», rief eine ihm wohlbekannte Stimme. Er folgte ihrem Klang bis zu einem kleinen Tischchen in der Ecke, wo er kurzes, krauses Haar, einen dunklen Anzug und eine gelbe Fliege ausmachen konnte. «Jetzt müssen auch wir tätig werden», sagte Louise Aston gerade und zog kräftig an ihrer Zigarre.

Nach allem, was Kasimir heute erfahren und erlebt hatte, konnte er ihr nur aus vollem Herzen zustimmen.

5. Kapitel

Boxhagen, Dezember 1847

Ich schloss die Haustür von Clara und Philipp hinter mir und zog den Mantel enger zusammen. Es war ein eiskalter Dezembermorgen. Der Frost lag weiß und scharfkantig auf sämtlichen Grashalmen, auf der hart gefrorenen Erde der Feldwege und den kahlen Ästen der Kirschbäume. Den Blick hinüber zu Ottilies unheimlichem Haus, das auf derselben Höhe wie das von Clara und Philipp stand, mied ich. Stattdessen betrachtete ich den Gutshof schräg hinter Ottilies Anwesen: unser Elternhaus. Das alte Gemäuer war mit Efeu bewachsen, die Fensterläden grün gestrichen, und vor der zweiflügeligen Eingangstür erstreckte sich eine breite Treppe. Ich war sie lang nicht mehr hinaufgestiegen. Mittlerweile lebte Ludmila gemeinsam mit Otto in den Zimmern, in denen wir Schwestern aufgewachsen waren. Schnell lief ich weiter, vorbei an dem großen Kirschgarten, der sich rückwärtig an den Gutshof schmiegte, dem alten Schuppen und dem Pferdestall, die auf einer von Ludmilas weiten Wiesen standen. Ich passierte das Land von Amalie und Friedrich, ihre elegante kleine Villa inmitten ihrer Felder und überlegte, nach Hause zu gehen, entschied mich dann aber dagegen. Ich konnte der traurigen Schönheit dieser Winterlandschaft nicht widerstehen.

Tag für Tag lief ich auf meinen ausgetretenen Wegen und sehnte den Frühling herbei. Auch heute wollte ich eine kleine Runde drehen.

Unsichtbar ruhten die Hyazinthenzwiebeln unter dem Frost. Sie brauchten diese Kälte, um irgendwann blühen zu können. Und ich wollte so sehr daran glauben, dass ich ihnen ähnlich war. Dass aus dieser Winterstarre eines Tages doch noch etwas Gutes erwachsen würde.

Auf dem kleinen Hügel ganz am Rande der Boxhagener Ländereien blieb ich stehen und drehte mich um. Immer wieder kehrte ich an diese Stelle zurück. Einst hatte Mutter uns hierher mitgenommen. Damals, als wir noch Kinder waren und keine Waisen, als die Familie noch vollständig war und kein Streit in der Luft lag. Hier hatte Mutter uns zum ersten Mal von der Sprache der Blumen erzählt: «Eine Blume ist nie nur eine Blume. Sie ist ein Kunstwerk. Und wie ein Kunstwerk ist auch die Blume all das, was wir in ihr sehen.»

Hier hatte sie uns die Ländereien der Familie gezeigt. Unser Vater war immer der Überzeugung gewesen, wir sollten vor allem auf ein Leben als Ehefrauen vorbereitet werden, das wäre genug, um für unsere Sicherheit zu sorgen. Doch Mutter sah das anders. Wir dürften uns nicht darauf verlassen, dass Männer für uns sorgten, betonte sie. Stattdessen sollten wir unbedingt zusammenhalten.

«Im Grunde seid auch ihr wie Blumen», hatte Mutter gesagt. «Ihr steht genauso aufrecht, seid ebenso grundverschieden.»

Wie recht sie damit hatte, spürte ich seit unserer Auseinandersetzung mehr denn je. Nachdenklich ließ ich den Blick über die Landschaft wandern, stellte mir vor, wie sich die brachliegenden Felder in ein paar Monaten in ein Blütenmeer verwandeln würden.

Ich konnte es kaum erwarten.

«Wir können uns sehr glücklich schätzen, in unserem wunderschönen Boxhagen», hatte Mutter uns damals erklärt. Wir waren ihrem Blick gefolgt, hatten gen Südosten die herrliche Fernsicht Boxhagens genossen. Ich erinnerte mich gern an diesen friedlichen Moment mit meinen Schwestern zurück, versuchte, die Umgebung mit den Augen meiner Mutter zu sehen.

«Erkennt ihr ganz weit hinten, am Horizont, die kleinen Häuser?», fragte sie in meiner Erinnerung.

Amalie schnaufte. «Ich seh nur Punkte. Winziger noch als Ameisen.»

«Das ist die Kolonie. Es ist wichtig, dass ihr den Kolonisten gegenüber immer freundlich seid, hört ihr?»

«Oh Mama!» Amalie verdrehte die Augen und strich sich wie eine Erwachsene über ihren Rock. «Das sagst du uns jedes Mal. Dabei haben wir mit ihnen sowieso nie zu tun!»

«Ich mag unsere Nachbarn!» Clara, gerade sechs Jahre alt, strahlte. «Heute Morgen haben mich zwei Mädchen zum Spielen in ihren Garten eingeladen, und ich durfte Kirschen essen! Die waren köstlich.»

«Ich hoffe, du hast dir nicht den Magen verdorben», tadelte Ludmila sie sanft. «Dein Rock hat in jedem Fall einiges abbekommen.»

Wie Clara würdigte auch Mutter die roten Flecken keines Blickes, sondern schaute weiter in die Ferne. «Seht ihr ganz dahinten das Wasser?» Sie zeigte auf einen Punkt rechts von der Kolonie.

«Das ist ...», setzte ich an.

«... der Rummelsburger See!», ergänzte Clara.

«So dunkelgrün und herrlich kühl», sagte Ottilie. Die ganze Zeit lang hatte die Mittlere von uns schweigend dagestanden. Ich hatte mich schon gefragt, ob sie überhaupt dem Gespräch lauschte oder mit ihren Gedanken mal wieder ganz woanders war. Doch nun sah sie mich mit ihren übergroßen, leicht vorstehenden Augen an.

Clara blickte ebenfalls zu uns hinüber, und wir blinzelten uns verschwörerisch zu. Schließlich waren wir erst vor ein paar Tagen am Rummelsburger See gewesen – mit Mutter. Sie brachte uns drei jüngeren Schwestern dort das Schwimmen bei. Doch das sollte besser unser Geheimnis bleiben, fand Mama. Ludmila würde es am Ende noch Vater sagen, und der machte sich immer zu viele Sorgen um seine Mädchen.

Ich liebte Geheimnisse. Sie fühlten sich an, als würden sie tief in mir Wurzeln schlagen, um eines Tages zu erblühen.

«Seht ihr dahinten die Gleise?» Mutter schwenkte den ausgestreckten Arm langsam nach rechts.

«Das ist die Frankfurter Eisenbahn, richtig?», fragte Clara. Amalie seufzte resigniert. «Was habt ihr nur für Augen? Ich sehe rein gar nichts.»

Nun schaute Ottilie Amalie direkt ins Gesicht. «Ich habe in einem Buch von einem Zauber gelesen, der deine Sehkraft verbessern könnte, Amalie ...»

Amalie stemmte die Hände in die Hüften. «Du weißt genau, dass ich an den Unsinn nicht glaube.»

Ludmila bekreuzigte sich.

Ottilie zuckte mit den Schultern. Doch ihr Lächeln verrutschte keinen Millimeter, während sie den Kopf wieder drehte, um weiter in die Ferne zu schauen. Mir kroch ein wohliger Schauer über den Rücken. Ottilies unerschütterlicher Glaube an die Magie erfüllte mich stets mit einer Mischung aus Aufregung und Furcht. Konnte es wahr sein, dass Ottilie besondere Fähigkeiten hatte? Wenn Ottilie zaubern konnte, wäre auch für mich alles möglich.

«Und jetzt schaut auf die Felder dazwischen», fuhr Mutter fort. «Dahinten die Streuobstwiese, dort vorn das Weizenfeld, der Acker, der noch bearbeitet werden muss. Und all die weiten, bunten Blumenfelder. Seht ihr das?»

«Oh ja», sagte ich.

«Das sehe sogar ich.» Amalie warf ihr Tigerlilienhaar zurück.

«Dieses Land gehört eurem Vater. Unserer Familie», erklärte Mutter stolz.

«Möge der Herr es schützen», sagte Ludmila.

«Amen!», rief Clara laut und klatschte fröhlich in die Hände.

«Guckt mal», rief Amalie, die sich offenbar nicht für Mutters Ausführungen interessierte. «Dort hinten liegt Berlin.» Mit ausgestrecktem Arm zeigte sie nach Nordwesten.

Mutter verzog das Gesicht. «Berlin ist eine Steinwüste. Dort gibt es nichts als verwahrloste Häuser, dazwischen Rinnen voller Unrat, durch die sich die Ratten fressen, und einen erbärmlichen Gestank.»

«Iiiih!» Clara kicherte.

«Nur ein einziges Tor ist prächtig: das Brandenburger Tor im Westen. Der König hat den Platz davor für Besucher elegant herrichten lassen – und dabei die alten Häuser hinter blendenden Fassaden versteckt. Deswegen solltet ihr immer erst die Türen öffnen, bevor ihr ein Gebäude bewundert.»

Ich runzelte die Stirn und versuchte, mir die Worte meiner Mutter genau einzuprägen. Verstehen würde ich sie erst Jahre später.

Ich brauchte all meine Kraft, um die Augen zu öffnen und wieder in der Gegenwart anzukommen. Im Winter 1848, in dem das Boxhagener Land weiß gefroren und in fünf Abschnitte geteilt war. So vieles hatte sich verändert seit den glücklichen Stunden, die wir mit unserer Mutter auf diesem Hügel verbracht hatten.

Vier Jahre waren meine Schwestern und ich nun schon Erbpächterinnen von 260 Morgen Land. Alles, was ich von meinem kleinen Aussichtspunkt sehen konnte, gehörte nun uns.

Als kleine Mädchen hätten wir niemals damit gerechnet, all das könnte einmal uns gehören. Es hieß, wir würden heiraten und die Felder verlassen. Vielleicht haben meine Schwestern ihr Herz deswegen niemals an die Blumen verschenkt. Unsere Älteste, Ludmila, hatte ihre Gefühle sowieso meist gut im Griff. Täglich schloss sie die langen Hände zum Gebet, wie die Wetterdistel bei Nacht ihre Blütenblätter, und schöpfte Kraft in Gott.

Amalie, die Schönste, sah die Blumen immer nur als Waren. Sie wusste genau, wie viel eine Hyazinthenzwiebel gerade wert war und wann man neue Modefarben hineinkreuzen sollte, um mehr Gewinn zu machen. Manchmal schüttelte sie über die Bereitschaft der Menschen, so viel Geld für etwas derart Vergängliches wie Schnittblumen auszugeben, missbilligend den Kopf, sodass ihre Tigerlilienhaare wogten.

Ich glaube, Clara, unser Nesthäkchen, hing noch am meisten an unseren Feldern. Sie war zwei Jahre jünger als ich und so voll von Leidenschaft, dass auch jede einzelne Blume ihren Teil erhielt. Allerdings liebte sie nicht nur die Blumen, sondern die ganze Welt. Und je nachdem, in welcher Richtung das Licht gerade heller leuchtete, drehte sie, wie die Ringelblume, ihren Kopf.

Und dann war da noch Ottilie, unsere Mohnblüte. Betörend und fragil, liebreizend und gefährlich zugleich. Ich konnte ihren Namen nicht einmal denken, ohne einen lautlosen Schrei in meiner Kehle zu spüren. Hatte sie die Blumen je geliebt? Am liebsten pflückte sie die Pflanzen nachts, um sie heimlich zwischen den Fingern zu zerreiben …

Wir alle hatten nicht gewusst, wie uns geschah, als wir das Vorwerk Boxhagen erbten. Auch ich nicht, dabei hatte ich mir in meinem Leben nichts sehnlicher gewünscht, als hierbleiben zu dürfen. Von Kindesbeinen an konnte ich mich an den Feldern nicht sattsehen. Vater ließ damals gelbe Tulpen anbauen, dunkelrote Rosen, hellblaue Vergissmeinnicht, riesige, weiß gesprenkelte Jasmin-Büsche, Nelken und Heliotrope in den unterschiedlichsten Violett-Tönen und hohe, schlanke, tiefgrüne Reseden. Freilich zog er all die Schönheiten nicht selbst heran. Er war gelernter Koch und beschäftigte sich lieber mit der Ernte seiner Gemüsefelder. Für die Arbeit mit der Erde hatte er Gärtner eingestellt.

Dennoch war es Mutter, die die schönsten Blumen züchten konnte. Alles, was sie über Pflanzen wusste, hatte sie als Kind von ihrem Vater gelernt. Und dann gab sie es an mich weiter, an die einzige Tochter, die es wirklich interessierte. Wann immer unsere Gouvernante mir die Gelegenheit ließ, lief ich zu Mutter. Ich bettelte darum, mit ihr ins Gewächshaus gehen zu dürfen, wo sie mir das Kreuzen verschiedener Farben zeigte, oder zu unseren Beeten, in denen nur die prächtigsten Pflanzen stehen bleiben durften. Sie erklärte mir, wann man Blumenzwiebeln in die Erde setzte, damit sie es im Winter dunkel und kalt hatten. Und weil ich nicht bis zum Frühling warten wollte, brachte sie mir bei, wie ich Hyazinthen auch in meinem Zimmer ziehen konnte: Gemeinsam setzten wir eine Zwiebel in ein mit abgekochtem Wasser gefülltes Hyazinthenglas. Anfangs musste es tief hinten in meinem Regal stehen – es durfte kein Licht abbekommen. Tag für Tag holte ich es heimlich hervor und musterte es. Tatsächlich brachen schon bald winzige, dann immer größere Wurzeln aus der unteren Zwiebelhaut hervor. Sie waren so weiß wie der Rand meiner Fingernägel und so fein wie meine Haare. Immer dicker wurden sie, immer länger, kräuselten und verknoteten sich. Als der runde Bauch des Glases voller Wurzeln war, durfte ich es auf die Fensterbank stellen und der Zwiebel, die noch immer nicht viel Licht vertrug, ein Papierhütchen aufsetzen. So verkleidet sah es aus wie ein Kobold mit tausend dünnen Wurzelbeinen. Jeden Morgen sprang ich aus dem Bett und lugte neugierig unter das Hütchen. Als das erste Grün darunter zum Vorschein kam, konnte ich meinen Freudenschrei nicht unterdrücken. Mit aufgerissenen Augen starrte ich auf diese winzige grüne Spitze, die aus der Zwiebel ragte. Ein kleines Wunder, hier, in meinem Zimmer! Was vorher nur eine dunkelbraune Knolle gewesen war, begann zu leben.

Von da an fieberte ich den Blüten regelrecht entgegen. Langsam wurde die grüne Spitze immer länger. Sie schob, Millimeter für Millimeter, ihr Hütchen hinauf – und eines Tages lag es neben dem Glas. In der Mitte war das Grün aufgesprungen und hatte sich in vier dicke Blätter verwandelt. Von nun an ging alles so schnell, dass es mir den Atem raubte. Wann immer ich hinsah, hatte sich die Pflanze verändert. Aus den grünen Blättern wurden dicke, lange Stängel, die immer höher wuchsen, und dann erschienen unzählige, kleine Knospen, die sich daran emporrankten. Bald sprangen die ersten auf. Kleine, oval geformte Blütenbüsche strahlten mir entgegen. Wie sie leuchteten, wie filigran sie sich gen Licht streckten und wie herrlich intensiv sie dufteten! Draußen fiel der erste Schnee des Jahres, doch hier drin, in meinem Zimmer, war Frühling.

An dem Tag, an dem die Hyazinthe auf meinem Fensterbrett zum ersten Mal blühte, beschloss ich, Gärtnerin zu werden.

Mittlerweile waren meine Glieder steif vor Kälte, meine Fingerspitzen spürte ich kaum noch. Mein Wunsch von damals war in Erfüllung gegangen. Doch heute fragte ich mich immer wieder: zu welchem Preis?

Ich riss mich vollends aus meinen Erinnerungen und lief schnellen Schrittes zum Haus hinüber. Im September hatte ich Efeu gepflanzt, damit sich seine Wände bald hinter Grün verstecken konnten – und ich mich zwischen ihnen. Doch noch waren die Backsteine um die hohen Fenster und die dunkelrote Tür gut zu erkennen. Das Schönste an meinem Haus aber war seine Rückseite: Ich hatte es direkt an unser altes Gewächshaus anbauen lassen. Früher war der Glasbau der ganze Stolz meiner Mutter gewesen: Es war eines der ersten Gewächshäuser der ganzen Umgegend und verfügte über eine gläserne Kuppel sowie modernste Stahlträger.

Ich stürmte in meine Stube, und sofort hüllte mich der Duft von Hyazinthen ein. Aus den unterschiedlichsten Gläsern – schlank oder bauchig, gemustert oder gefärbt – leuchteten sie mir von sämtlichen Fensterbrettern entgegen. Mutter würde diese bunte Pracht in hellem Blau, kräftigem Rot und leuchtendem Gelb lieben. Doch sie war nicht hier. Niemand war hier. Das Mädchen, das mit vier Schwestern und einem Bruder aufgewachsen war, das nirgends im Elternhaus auch nur ein kleines bisschen Ruhe finden konnte, war einsam geworden.

Ich hatte sie alle verloren, vertrieben.

Still war das Haus.

Und nur die Blumen dufteten wie früher.

6. Kapitel

Kasimir konnte kaum glauben, was er da las. Atemlos entzifferte er die Zeile wieder und wieder.

«Gib her!»

«Lies vor!»

«Nun mach schon!»

Die Umstehenden versuchten, ihm die Zeitung aus der Hand zu reißen. Er hielt sie so hoch, wie er konnte, und erklomm schließlich den Stuhl, den Louise ihm mit dem Fuß entgegenschob. In den vergangenen zwei Monaten war er beinahe täglich hier gewesen. Seine Schwester und ihre Familie hatte er in dieser Zeit kaum besucht. Zu aufregend war die Stimmung im Stehley gewesen, zu groß die Hoffnung auf eine Nachricht wie diese. Und nun war sie endlich da.

«Am 24. Februar 1848», las Kasimir laut und deutlich vor, «wurde in Paris König Louis Philippe gestürzt. Der Monarch ist geflohen. In Frankreich wurde die Republik ausgerufen!»

Einen Moment lang war es vollkommen still im Stehley am Gendarmenmarkt. Dann brach der allgemeine Jubel los. Glücklich lachte und johlte die Menge, noch mehr Arme streckten sich Kasimir entgegen, und irgendjemand schaffte es schließlich doch, ihm die Zeitung wegzunehmen. Mit einem ungläubigen Lachen sprang Kasimir von seinem Stuhl.

«Es ist passiert, es ist wirklich passiert…»

Tagelang war der Postweg zwischen Berlin und Paris unterbrochen gewesen. Niemand hatte gewusst, was in Frankreich geschehen war, nur von Barrikaden hatten sie gehört, von Straßenkämpfen. Immer wieder hatten Kasimir und seine Mitstreiter die preußischen Blätter durchforstet, hatten zwischen den Zeilen gelesen, auf jedes noch so kleine Wort geachtet. Doch kein einziger Hinweis hatte es durch die strenge Zensur geschafft. Erst heute, am 28. Februar, waren endlich die französischen Zeitungen im Kabinett eingetroffen.

«Jetzt gilt es!», sagte Louise. Sie hüllte sich in dichten Zigarrenqualm und ließ sich seelenruhig auf einem Stuhl in der Mitte des Raums nieder.

«Und wie stellst du dir das vor, meine Liebe?», fragte Adalbert mit einem hintergründigen Schmunzeln. Er wedelte den Rauch beiseite, sodass Kasimir sein rundes Gesicht mit dem wilden, ungezähmten Vollbart der Demokraten sehen konnte. «Du bist schon einmal aus dieser Stadt verbannt worden.»

Louise zeigte mit ihrer Zigarre auf ihn: «Das wird diesmal nicht passieren. Weil wir allesamt nonkonformistisches Verhalten an den Tag legen werden. Sie können uns nicht zu Tausenden verbannen.»

Kasimir beobachtete die Männer um Louise herum. Wer sie nicht kannte, starrte sie an. Schließlich trug Louise das krause Haar verboten kurz. Zudem steckte ihr zierlicher Körper in Männerkleidung. Die Hosen passten ihr wie angegossen, und ihre gelbe Fliege ließ sie entschlossen und stark wirken.

«Was macht dieses Frauenzimmer denn hier? Und wie sieht sie überhaupt aus?», hörte Kasimir einen Kerl murmeln, der mit zwei anderen an der hellrot tapezierten Wand lehnte. Tagsüber waren die kleinen Tischchen, die an den Wänden standen, normalerweise nur mäßig besetzt. Ein Diener konnte die wenigen Gäste in aller Ruhe mit Getränken versorgen. Doch heute war kaum ein Durchkommen, so voll war es.

«Kennst du sie nicht? Das ist Louise Aston», antwortete sein Gegenüber mit gedämpfter Stimme. «Die kriegst du nur hier heraus, wenn du die Polizei rufst.»

Kasimir verdrehte die Augen und versuchte, ruhig zu bleiben.

«Louise Aston! Die Emanzipierte? Ich habe von ihr in der Zeitung gelesen. Sie glaubt nicht einmal an Gott. Wieso hat man die wieder in die Stadt gelassen? Mit welchem Recht …»

Kasimir konnte nicht länger an sich halten. Er trat einen Schritt auf die Herren zu und unterbrach sie ruhig und freundlich. «Sagen Sie, mit welchem Recht sind *Sie* eigentlich hier?» Er fand, dass er ehrlich interessiert klang.

Den Angesprochenen, ein verhuschter Mann mit Zwicker, hatte er noch nie zuvor gesehen. Ertappt nahm er seine Sehhilfe ab, um sie zu putzen und wegzuschauen, als hätte er nichts gehört.

«Jetzt ist der Moment gekommen, um für unsere Freiheit einzustehen», rief Louise aus. «Presse-, Versammlungs- und Redefreiheit. Wir brauchen eine allgemeine deutsche Volksvertretung und echte allgemeine Wahlen!»

«Das sehe ich anders. Wenn wir so an die Sache herangehen, werden wir gar nichts erreichen», sagte Siegfried mit seiner ungewöhnlich tiefen Stimme, die so gar nicht zu seinem länglichen, jungenhaften Gesicht passte. Er war der Größte im Raum und musste sich unter den Deckenlampen bücken. «Wir sollten versuchen, einen friedlichen Weg einzuschlagen. Nicht fordern, sondern bitten.»

«Pah!», machte Louise. «Ich habe erlebt, was passiert, wenn man diese Männer bittet. Ich war höflich und freundlich. Habe untertänigst und gehorsamst an den Herrn Staatsminister geschrieben und ihn gebeten, mir meine Aufenthaltserlaubnis für Berlin zurückzugeben. Die Antwort: Es behält bei dieser Verfügung sein Bewenden. Nichts weiter! Und mein einziges Vergehen war es, öffentlich zu äußern, dass ich nicht an Gott glaube, und mit wissenschaftlich gebildeten Männern Umgang zu pflegen.»

«Meinten die damit etwa uns?», fragte Kasimir amüsiert dazwischen. Er besuchte zwar regelmäßig die Universität, aber als wissenschaftlich gebildet würde er sich selbst nun wirklich nicht bezeichnen.

Sie seufzte nur, statt seine Frage zu beantworten. «Ich konnte einzig deswegen zurückkommen, weil die Stadt in Aufruhr ist und die Bürokratie längst nicht mehr hinterherkommt bei all dem Tumult. Und genau das ist unser Trumpf. Wir brauchen den Aufruhr. Wenn wir alle gemeinsam auf die Straße gehen, können wir ebenfalls unseren König stürzen.»

«Den König stürzen?» Der Fremde mit dem Zwicker traute sich nun doch, das Wort zu ergreifen, allerdings überschlug sich seine Stimme vor Furcht. Er drückte sich enger an die Wand. «Sie sind ja des Wahnsinns!»

«Wir müssen ihn nicht gleich stürzen», sagte der lange Siegfried mit seiner Bassstimme. «Und selbst wenn wir es versuchen würden – wir hätten keine Chance.»

«Doch, Brüderchen.» Jetzt stand Levin auf. Er war kleiner als sein Bruder, dafür aber kräftiger, und sein Kopf war umrahmt von dichten, wirren Locken. Es waren diese Locken gewesen, die Kasimir damals, während seiner ersten Vorlesung, zuerst aufgefallen waren. Seiner Ahnung folgend, hatte er sich neben ihn und seinen Bruder gesetzt – und schon am Ende der Stunde gewusst, dass er zwei neue Freunde gefunden hatte. Der eine, Levin, unbefangen und voller Energie, der andere, Siegfried, freundlich, aber auch stets etwas besorgt und zweifelnd.

«Die Monarchen unterdrücken ihr Volk», fuhr Levin fort. «Ihnen ist egal, wie es uns geht. Hast du mal dort hinausgeschaut?» Er deutete durch das kleine Fenster auf den Gendarmenmarkt unter ihnen. Kasimir folgte seinem Fingerzeig und musste unweigerlich an seine Schwester denken, an seinen Schwager und die Kinder, die ohne Kasimir noch nicht einmal zur Schule gehen würden. Seit seinem Versprechen vor zwei Monaten gab er beinahe jeden Pfennig, den er verdiente, an sie weiter. Und hoffte, dass es reichte.

«Wenn wir echte Freiheit und ein Ende des Hungers wollen, müssen wir unsere Forderungen mit Gewalt durchsetzen», sagte Levin.

Auf seine Worte hin riefen alle unter großen Gesten durcheinander. Louise betonte immer wieder, dass Frauenrechte ebenfalls berücksichtigt werden müssten. Siegfried fand es wichtiger, dass die Presse frei arbeiten durfte. Und Levin überlegte laut, wie und wo im Falle eines Straßenkampfs Barrikaden nach französischem Vorbild gebaut werden könnten.

Kasimir war für Frauenrechte, für Pressefreiheit und, wenn nötig, auch für Barrikaden. Die Welt musste sich vollkommen verändern, das war klar. Doch wenn alle durcheinanderredeten, kämen sie keinen Schritt weiter.

Statt sich an den Streitereien zu beteiligen, warf er einen Blick auf Adalberts neue Satire. Eigentlich war Adalbert Arzt, ein kluger und verdammt guter sogar. Seinen Patienten hörte er mit ruhigem Ernst zu. Seine Hände waren immer warm und sein Blick geduldig. Doch Adalbert war nicht nur Adalbert. Er war auch Aujust Buddelmeyer. Und Jakob Leibche Tulpenthal. Wenn er schrieb, schlüpfte er in andere Rollen und äußerte eine so beißend witzige Kritik, dass es Kasimir immer wieder sprachlos machte. Er griff Absurditäten der preußischen Armee oder Handlungen des Königs höchstpersönlich auf und zog sie im Berliner Dialekt dermaßen ins Lächerliche, dass sie noch dem größten Thronverteidiger albern vorkommen mussten. Adalbert war ein Volksschriftsteller, wie ihn diese Stadt derzeit brauchte.

Kasimir wünschte manchmal, er hätte sein Talent. Oder das von Louise Aston. Louises Gedichte berührten ihn noch tiefer als Aujust Buddelmeyers Scherze. Ihre Worte waren kraftvoll, sie zogen den Leser mit einem Ruck in den Abgrund und zeigten ihm dort all die Schatten, die Fäulnis, den Tod. Aber auch die Wurzeln, die hier unten nach Halt suchten, und den Weg hinauf, zurück ins Licht. Ihre Gedichte klangen, als würde sie sie schreien. Gaben Hoffnung, dass Veränderung möglich war.

In seinen Texten für Plakate und Artikel versuchte Kasimir, die gleiche Stärke an den Tag zu legen, mengte aber für die Popularität den Witz hinein, den er bei Adalbert so bewunderte. Nie würde er an einen der beiden auch nur im Entferntesten herankommen. Aber eines Tages würde er seinen eigenen Weg finden, das hoffte er zumindest.

Auch diesmal musste er beim Blick auf Adalberts Flugblatt in sich hineinlachen: Zu sehen waren zwei preußische Soldaten, die verkehrt herum auf Eseln saßen und deren Schweife in den Händen hielten. Darüber stand: «Sie reiten hier sehr schön Parade, doch ist es um die Esels schade.»

Auch der Text unter dem Bild war beißend komisch. Adalbert hatte ihn direkt an die Soldaten gerichtet, die er *Lümmels mit de Theekessels uff de Trützköppe* nannte.

Kurz entschlossen fasste Kasimir ihn am Arm. «Das muss auf den Schlossplatz!»

Adalbert sah ihn mit seinem abwartenden Schmunzeln an. Während um sie herum gerufen, debattiert und gespuckt wurde, beugte sich Kasimir zu ihm vor. «Wir sollten es direkt auf die Sockel der Rossebändiger kleben.»

«Famose Idee!», sagte Levin hinter Kasimir und legte ihm beide Hände auf die Schultern. «Ich bin dabei.»

«Ihr wisst, was ihr da vorhabt?» Amüsiert schaute Adalbert zwischen den beiden hin und her. «Dafür werden sie euch ins Zuchthaus sperren, das ist euch doch klar?»

«Wofür kommt ihr ins Zuchthaus?», mischte sich Louise ein, die anscheinend von dem Geschrei der Männer genug hatte.

Kasimir erklärte es ihr, und Louise sprang auf. «Worauf wartet ihr noch?»

7. Kapitel

Boxhagen, 1. März 1848

Erschrocken heulte Echo auf. Gerade hatte er noch vor dem Gewächshaus in der Sonne gefläzt, jetzt rannte er laut kläffend ums Haus herum. Die wenigen Menschen, die mich besuchten, kannte und liebte Echo. Es musste sich also um einen Fremden handeln, der gerade an meine Tür geklopft hatte. Ich stöhnte leise. Ich wollte niemanden sehen und mit niemandem reden. Konnte ich so tun, als wäre ich nicht zu Hause?

«Dieser Köter», schimpfte draußen mein Besucher. Vielleicht sollte ich abwarten, bis Echo das Problem für mich gelöst hatte, überlegte ich und schämte mich gleichzeitig für diesen Gedanken.

Ein Pfiff ertönte.

«Echo, hierher!», rief in der Ferne Tom, Amalies Stallbursche. Aus Echos drohend dunklem Bellen wurde ein fröhliches Quietschen, das sich schnell entfernte. Sicherlich rannte er gerade schwanzwedelnd zu Tom hinüber.

«Entschuldigen Sie, Herr Fuchs», sagte der Stallbursche.

Ausgerechnet. Tief atmete ich durch, streifte die Gartenschürze ab und schritt durch die Stube zum Foyer. Widerwillig öffnete ich.

Im Türrahmen lehnte mein Vetter. Einen kurzen Moment sah er in die Ferne, als ob er mir Zeit lassen wollte, sein makelloses Profil zu bewundern: seine strengen Gesichtszüge, die tief liegenden Augenbrauen und die geschwungene, leicht vorstehende Oberlippe. Ich unterdrückte ein Grinsen, während ich wartete, bis er den Kopf in meine Richtung drehte und mich mit seinem intensiven Blick betrachtete.

«Schön wie eh und je», raunte er.

Ich wusste nicht, was ich sagen sollte, und blickte auf meine Schuhe.

«Sprichst du nicht mit mir?» Seine Stimme klang dunkel, und ich spürte ein Kribbeln im Nacken. «Das wäre schade. Ich bin nur für ein paar Tage in Boxhagen. Philipp und ich müssen einige Geschäfte besprechen. Darf ich reinkommen?»

Schon stand er in der Diele und überreichte mir einen Blumenstrauß.

«Ich weiß.» Antons Mundwinkel zuckte. «Ich bringe Eulen nach Athen. Aber was sollte man einem Blumenmädchen sonst schenken?»

Kurz ließ ich meinen Blick über die Blüten gleiten. Sie redeten wirr durcheinander.

«Hast du eine Vase?» Er steuerte auf die Küche zu, öffnete mehrere Schränke, fand, was er suchte, und goss zu viel Wasser hinein. Ohne die drei Rosen im Strauß anzuschneiden, steckte er die Blumen hinein, das Wasser quoll über den Rand und tropfte auf meine Tischdecke. Dann zog er einen Stuhl zurück und bot ihn mir an. Zögerlich ließ ich mich nieder. Im nächsten Moment saß er mir gegenüber und griff nach meiner Hand. Wärme zuckte durch meinen Arm.

«Hast du noch einmal über meine Frage nachgedacht?»

Es war die erste Berührung seit … Ich zog meine Hand weg.

«Ich habe dir Zeit versprochen. Nach allem, was geschehen ist, konnte ich deine Bitte verstehen. Aber nun ist es über vier Jahre her. Und du lebst noch immer ganz allein inmitten der Felder …»

Ich sah aus dem Fenster hinaus auf die Wiesen und Äcker. Wie sehr wünschte ich mir, endlich die ersten Blüten des Jahres zu sehen.

«Es sind gefährliche Zeiten. Ich komme direkt aus der Stadt, und dort braut sich etwas zusammen. Unsere Majestät Friedrich Wilhelm wollte es lang nicht wahrhaben, aber die französische Bewegung ist in Berlin angekommen, man spürt es in jeder Gasse.»

Bei diesen Worten beschleunigte sich mein Herzschlag. Ich unterdrückte den Impuls, mich überrascht vorzubeugen und nachzuhaken. Wie sehr sich Heinrich über diese Nachricht gefreut hätte!

«Der Pöbel fordert die Demokratie. Ein Irrsinn, wenn du mich fragst. Das wird blutig enden.» Anton lehnte sich zurück und schlug die Beine übereinander. «In Frankreich wurde die Republik ausgerufen. Das hast du im beschaulichen Boxhagen vielleicht nicht mitbekommen. Unsere Majestät hat es in seinen Grundfesten erschüttert.»

In den preußischen Zeitungen, die wir erhielten, hatten tatsächlich keinerlei Details über die Lage in Paris gestanden. Ich spürte, dass sich meine Lippen unwillkürlich zu einem kleinen Lächeln verzogen. Glücklicherweise schien Anton es nicht zu bemerken.

«Der Pöbel wird übermütig», fuhr er fort. «Keine Sorge, ich werde dich nicht mit den Einzelheiten der großen Politik langweilen. Doch es wäre durchaus möglich, dass der Blumenhandel nach Berlin in den nächsten Wochen noch schwierig werden könnte. Und das ausgerechnet im März. Hyazinthenblüte, habe ich recht?» Sein Blick bohrte sich tief in meinen. «Alba, ich möchte dir helfen.»

Plötzlich lag seine Hand auf meiner Wange. Seine Fingerspitzen strichen über mein Ohrläppchen. Mir verschlug es den Atem. Ich sollte seine Hand wegschlagen, aufstehen, ihn hinauswerfen. Doch ich fand keine Kraft.

«Alba, ich bitte dich noch einmal.» Ernst sah er mir in die Augen, und ich versuchte, mich gegen die Worte, die nun folgen würden, zu wappnen. Und dann sprach er sie aus: «Werde meine Frau.»

8. Kapitel

Berlin, 1. März 1848

Es war bereits dunkel, als sie langsamen Schrittes über den Schlossplatz liefen. Kasimir sah an der schlichten Fassade des Schlosses hinauf, musterte die glatten Säulen und die gewaltige Kuppel. So viel Raum für so wenige Menschen! Über die von Gaslaternen erhellte Straße zuckelte eine Droschke nach der anderen. Kasimir, Louise und Levin schlenderten um die Ecke und hielten sich dicht an den kugelrunden Büschen, die sich an der Seite der Fassade entlangreihten und sie schließlich zu ihrem Ziel führten: Auf zwei hohen Sockeln thronte jeweils ein wildes, steinernes Pferd, das von einem unbekleideten Mann am Zügel gehalten wurde.

Louise hatte es sich nicht nehmen lassen, den Eimer voll Knochenleim zu tragen. Kasimir hielt das Plakat zusammengerollt in der Hand. Levin ging vor und wählte die Stelle für ihren Anschlag aus: direkt zu den Füßen eines der Rossebändiger, sodass es von der Straße aus ins Auge fiel. Einzig Adalbert beteiligte sich nicht an der Aktion. Er hatte behauptet, am Abend spontan einen Krankenbesuch machen zu müssen. Dabei hatten sie ihr Vorhaben eigens für ihn ein paar Tage aufgeschoben. Dennoch war Kasimir nicht böse über die Abwesenheit des Freundes. Adalbert war ohnehin nicht der Schnellste und Mutigste von ihnen.

Louise schaute sich gar nicht erst um. Bevor Kasimir erneut über die Gefahren ihres Unterfangens nachdenken konnte, darüber, dass andere Männer für eine Tat wie diese bereits ins Zuchthaus geworfen oder gar erhängt worden waren, oder darüber, dass er für eine ganz ähnliche Tat bereits heftige Konsequenzen erlebt hatte, fischte sie mit dem Pinsel einen Schwung Leim aus dem Eimer und verteilte ihn auf dem Stein. Entschlossen vertrieb Kasimir seine Sorgen und zog das Plakat aus dem Zeitungspapier, in das sie es zum Schutz eingewickelt hatten.

«Sie kommen», flüsterte Levin da. Sein Lockenkopf ruckte kurz in Richtung Schlossplatz.

Sofort schoss Kasimir das Blut ins Gesicht, er hörte es in seinen Ohren rauschen. Verdammt, das war zu früh!

«Schnell!» Louise fasste Levin an der Hand und rannte los. Doch Kasimir blieb stehen. Wenn er jetzt ebenfalls loslief, wäre nichts gewonnen.

Mit fahrigen Händen und einem wilden Pochen in der Brust entrollte er das Plakat.

«Kasimir!», rief Louise. «Lass das, wir versuchen es später!»

Doch später könnte es sogar noch schwieriger werden als jetzt. «Ich komme gleich!», rief Kasimir und presste das Plakat gegen den Sockel.

Hinter seinem Rücken hörte er das unverkennbare Knirschen von Lederstiefeln. Kurz wandte er den Kopf. Drei Blauröcke mit hohen Helmen und langen Säbeln kamen eilig auf ihn zu. Fast provozierend sorgsam, aber mit bebenden Händen, fuhr Kasimir über das Papier, damit es sich nicht gleich wieder vom Stein rollte.

Plötzlich spurtete einer der drei los. «Stehen bleiben! Sie beschädigen das Eigentum Unserer Majestät!»

Erst jetzt löste sich Kasimir von dem Plakat und rannte. Das war vielleicht sein größtes Talent. Wenn er wollte, konnte er jedem davonlaufen. Und in diesem Moment wollte er.

Er mischte sich in die Menschenmenge auf der Straße, schlängelte sich durch die Kutschen und verschwand in einer Gasse. Keuchend sah er sich um. Seine Taktik wäre aufgegangen, hätte es da nicht diesen einen Soldaten gegeben, der es mit Kasimirs Talent aufnehmen konnte. Kasimir war bereits langsamer geworden, als sich Schritte näherten. «Stehen bleiben!»

Sofort beschleunigte er wieder, hastete über den Petriplatz zur Rossstraße und von dort in Richtung Jannowitzbrücke. Während kurze Distanzen seine Stärke waren, ließ sich das von Langstreckenläufen leider nicht behaupten. Schon spürte er, wie sich seine Lunge schmerzhaft zusammenzog und seine Beine bei jedem Schritt protestierten. Sein Körper wollte langsamer werden. Da entdeckte Kasimir ein schmales, kleines Handelsschiff, das den Fluss hinaufgetreidelt wurde. Sechs Pferde kämpften sich den Treidelpfad entlang und zogen das Boot mit vereinter Kraft in Richtung der Brücke.

Kasimir blickte sich nach dem Soldaten um. Er hatte ihn beinahe erreicht. Nur noch zehn Schritte war er von ihm entfernt, Kasimir sah bereits den Zorn in seinem Blick, hörte das Klirren seines Säbels. Wenn er ihn in die Finger bekam, würde er ihn mit Sicherheit einsperren. Kasimir versuchte, Atem zu holen, doch seine Lunge gab kaum mehr etwas her. Erneut sah er sich um. Höchstens fünf Schritte trennten sie noch. Zu spät bemerkte Kasimir die Obstkisten. Er sprang ab, stieß mit dem Fuß dagegen und stolperte. Unter ihm krachte es. Er verlor den Halt. Und dann spürte er den Schmerz.

9. Kapitel

Boxhagen, 1. März 1848

An meiner Seite würde es dir an nichts fehlen, Alba», sagte Anton, während ich noch immer seinen Blick mied. «Ich bin mir sicher, Heinrich hätte gewollt, dass wir heiraten.»

Bei dem Namen meines Bruders fuhr ich endlich hoch. Dabei stieß ich so heftig gegen den Tisch, dass der sinnlose Strauß schwankte.

«Bitte, Anton. Du weißt genau, dass ich das niemals tun würde.»

Kurz glaubte ich, Wut in seinem Blick aufblitzen zu sehen. Er wischte sich über das Gesicht, und schon hatte er sich wieder im Griff. «Ich kann dich verstehen. Wir zwei sind uns ähnlich, du und ich. Aber im Grunde hilft es niemandem, wenn du allein bleibst. Der Hyazinthenhandel ist hart umkämpft …»

Ich spürte, dass mir Tränen in die Augen stiegen. Um sie zu verbergen, trat ich ans Fenster und sah hinaus. Draußen auf der Wiese spielte der Stallbursche mit Echo, sie balgten sich um einen großen Ast und jagten sich rund um den Brunnen.

Ich hörte Antons Schritte und ahnte, dass er direkt hinter mir stehen blieb. Als ich seine Finger in meinem Nacken spürte, überzog eine Gänsehaut meinen Körper.

«Denk darüber nach», raunte er in mein Ohr, bevor die Dielen im Foyer knarrten und die Tür hinter ihm klackend ins Schloss fiel.

Anton war nicht der Erste, der mir einen Heiratsantrag gemacht hatte. Seitdem Heinrich uns Schwestern seinen gesamten Besitz vererbt hatte, kündigte sich immer wieder Besuch an. Cousins zweiten und dritten Grades reisten aus Berlin oder sogar Hamburg an, um mir ihre Aufwartung zu machen. Geschäftsfreunde meiner Schwäger stellten sich mir vor. Die Söhne von Freunden meines längst verstorbenen Vaters machten unterwegs halt in Boxhagen, um unsere Blumen und meine angebliche Schönheit zu rühmen.

Doch Anton war ohne Zweifel der hartnäckigste Anwärter auf meine Hand – und damit auch auf mein Land. Ihn hatte ich schon als junges Mädchen gekannt. Er war zehn Jahre älter als ich und schon als Junge selbstbewusst und beispiellos elegant. Ich hingegen war ein blasses, stilles Kind gewesen. Schon damals war es mir schwergefallen, mich bei Tischgesellschaften an Gesprächen zu beteiligen. Meist war ich zu schüchtern, um etwas sagen. Und wenn ich einmal innerlich einen Einwurf formulierte, war ich dabei viel zu langsam – schon drehte sich das Gespräch um ein anderes Thema. Anton hatte mich kaum beachtet und sich viel lieber atemberaubend schnellen, neckenden Wortwechseln mit der schönen Amalie hingegeben.

Hätte mir damals jemand erzählt, Anton Fuchs würde eines Tages ausgerechnet um meine Hand anhalten, und ich wäre es, die ihn zurückwies, ich hätte ihm kein Wort geglaubt.

Was ein Erbe doch alles verändern konnte. Natürlich war

Anton nicht in mich verliebt. Er liebte nur das Vorwerk Boxhagen, das ihn schon immer gereizt und fasziniert hatte. Außerdem sah ich an meinen Schwestern, dass eine Heirat mein Leben nicht unbedingt zum Positiven verändern würde. Keine von ihnen durfte ihr Land selbst verwalten, keiner gehörten die Früchte und Blumen wirklich, die in Boxhagen wuchsen. Nur mir. Natürlich hatte auch ich einen Vormund. Doch Otto ließ mich in Frieden. Nie redete er mir in meine Entscheidungen hinein. Es musste schon Monate her sein, dass ich ihn überhaupt gesehen hatte – meist hielt er sich in seiner Stadtvilla in Berlin auf und ließ meine Schwester Ludmila allein zurück.

Ich brauchte keinen Ehemann. Nur hin und wieder, wenn ich nachts wach lag und in die Stille des Hauses hineinlauschte, sehnte ich mich heimlich danach, den Atem eines anderen zu hören. Doch dann kniff ich die Augen fest zusammen und flüsterte: *Es ist gut, wie es ist, Alba. Du hast nichts anderes verdient.*

Gedankenverloren lief ich durch mein Gewächshaus und blieb vor dem Eisenkraut stehen. Leuchtete es an diesem Abend noch stärker als sonst? Ich griff zu meiner Schere, suchte den schönsten Stängel mit den violettesten Blüten heraus und schnitt ihn ab. Nachdem ich ihn eine Weile nachdenklich zwischen den Fingern gedreht hatte, öffnete ich die Seitentür und trat hinaus. Die Hyazinthen waren kaum merklich gewachsen. Noch ein paar Wochen, dachte ich sehnsüchtig, und die Welt wäre eine andere.

Echo begleitete mich. Er lief um mich herum, sprang in die Luft, spielte mit meinem Rock und stupste seine Schnauze gegen meine Waden. An manchen Tagen redete ich mir ein, er wolle mich ermutigen. An anderen glaubte ich, er versuche, mich zurückzuhalten. *Was bringt das noch?*, fragte sein Stupsen. *Was lässt dich hoffen, es könnte diesmal anders sein?*

Ich ließ den Brunnen und die Wiese hinter mir, lief an Amalies Land, ihrer Villa und dem Pferdestall vorbei, am Gutshof, in dem Ludmila mit Otto lebte. Und dann konnte ich es sehen: Ottilies Haus mit seinen düsteren Fenstern. Immer wieder war ich erstaunt, dass das alte Fundament des Geräteschuppens die neuen, modernen Wände dieser Villa überhaupt halten konnte. Kurz schloss ich die Augen, wünschte mir so sehr, dass sie meine alten Botschaften gelesen und fortgeräumt hätte. Dass es eine Antwort gäbe. Doch als ich vor dem Haus stehen blieb, lag all das Eisenkraut noch an seinem Platz.

Ich schritt die Reihe ab. *Verzeih mir. Verzeih mir. Verzeih mir*, schienen die längst vertrockneten Blüten zu wispern. Hin und wieder flüsterte auch ein wütend hingeworfenes Eisenhütchen: *Dein Benehmen erzürnt mich.* Es gab diese Tage, an denen ich nicht an mich halten konnte und Eisenhut unter das Eisenkraut mischte. War das nicht allzu verständlich? Ich bog um die Ecke, wo sich meine Reihe der Entschuldigungen fortsetzte, und sank auf die Knie. Neben mir blieb Echo stehen und beobachtete, wie ich mein Mitbringsel auf den Kies legte.

Verzeih mir, flehte es lautlos.

10. Kapitel

Berlin, 1. März 1848

Was soll der Mist?», fluchte der Obstverkäufer. Doch Kasimir konnte nichts sagen. Das Stechen in seiner Hüfte raubte ihm den Atem. Etwas hatte ihm die Seite aufgeschlitzt. Er stöhnte, rappelte sich auf und sah, dass aus einer der Kisten, über die er gerade gestolpert war, ein rostiger Nagel hervorragte. Heiß und nass brannte seine Hüfte. Er hörte die schnellen Schritte seines Verfolgers, das Klappern des Säbels. Der Soldat hatte ihn beinahe erreicht. Nur eine kleine Traube von Arbeitern trennte sie noch voneinander. Nein, sagte sich Kasimir. Keinesfalls würde er wegen eines einzigen Plakats ins Zuchthaus wandern. Er hatte noch so viel vor! Er dachte an Lina, an Hanns, an das Geld, das er für ihren Schulbesuch verdienen musste. Mit letzter Kraft holte er Atem. «Er ist hinter mir her!» Sein Blick begegnete dem eines Arbeiters, der sofort verstand. Kasimir wusste instinktiv, dass er auf seiner Seite war.

Geistesgegenwärtig versperrte der Junge dem Soldaten den Weg. «Können wir Ihnen helfen?»

Kasimir konnte sein Glück kaum fassen. Die selbstlose Rückendeckung des Fremden verschaffte ihm für ein paar Sekunden neuen Schwung. Später würde Kasimir nicht begreifen, woher er die Kraft genommen hatte, doch er lief zur Brücke und sprang genau in dem Moment über das Geländer, als das Schiff darunter entlangfuhr. Hart landete er auf den Planken und sank in die Knie.

«Aber …», stotterte ein blutjunger Kerl vor ihm, den Kasimir für einen Matrosen hielt. Er hatte helles, verstrubbeltes Haar und bog den kleinen, drahtigen Körper zurück.

«Die Soldaten …» Kasimir keuchte leise. «Kannst du mich verstecken? Ich … ich habe nur ein Plakat aufgehängt …»

Der Junge betrachtete ihn mitleidig, während Kasimir nach Atem rang. Dann sagte er entschlossen: «Komm mit.»

Kasimir kauerte unter einer Decke. Er sah nichts, hörte nur die Rufe der Schiffsjungen und spürte das sanfte Schaukeln unter sich. Das Schiff trug ihn fort von den Soldaten, fort vom Zuchthaus. Er hatte es geschafft. Wie verdammt leichtsinnig er gewesen war! Das durfte er nicht noch einmal riskieren.

Allmählich erholte sich seine Lunge, doch seine Beine blieben müde, und seine Seite brannte wie Feuer. Sobald er die Gelegenheit hatte, musste er sie säubern und verbinden. Er wusste nicht, wie lange es dauerte, bis der Junge die Decke endlich wieder von ihm herunterzog.

«Du bist in Sicherheit», sagte er.

«Ich danke dir von Herzen, Matrose.» Kasimir klopfte ihm auf die Schulter.

«Oh, ich bin kein Matrose. Nur Schlosserlehrling.»

«Ganz egal.» Kasimir lachte. «Ein Held bist du so oder so. Hättest du mir nicht geholfen … Ich bin Kasimir. Und du?»

«Ernst. Freut mich.»

Wieder musste Kasimir lachen. Er mochte diesen sanften, höflichen Jungen auf Anhieb. «Und mich erst!»

Ernst brachte ihm Branntwein und einen Lappen, mit dem Kasimir sich, die Zähne zusammengebissen, die Wunde säuberte. Wenige Minuten später ließ er ihn am Oberbaum unbemerkt an Land.

«Du hast was gut bei mir!», rief Kasimir ihm winkend zu und verzog bei der Bewegung unwillkürlich das Gesicht.

Ernst winkte zurück, während das Handelsschiff weiter den Fluss hinaufglitt.

Einen Moment lang blieb Kasimir stehen und sah sich um. Er war nicht weit vom Stralauer Tor entfernt. Langsam näherte er sich diesem einzigen Rückweg in die Stadt – bis er die Wachsoldaten sah. Mit strengen, unbewegten Gesichtern starrten sie ihm entgegen. Wurde bereits nach ihm gesucht? Kannten sie seine Beschreibung, wussten sie vielleicht sogar von seiner Verletzung? Er hielt inne. Besser, er verbrachte die Nacht außerhalb der Akzisemauer. Am nächsten Tag, wenn es hell war, würden unzählige Arbeiter aus den Dörfern in die Stadt strömen. Dann wäre es sicherlich leichter, unbemerkt durchs Tor zu kommen.

Langsam und mit schweren Gliedern streifte Kasimir durch die sandige Heide vor den Toren Berlins, auf der Suche nach einer kleinen Scheune, in der er sich für die Nacht verkriechen konnte. Allmählich dämmerte es. Erst jetzt, da niemand mehr hinter ihm her war und die Angst aus seinem Körper wich, wurde ihm bewusst, wie kalt es war. Sein Atem bildete weiße Wolken vor seinem Mund, seine Zehen wurden taub.

Er schleppte sich vorwärts, über gefrorene Wiesen und frostharte Wege, bis er in der Ferne eine Schafhütte sah. Mit einem erleichterten Seufzen blickte er gen Himmel und stieß ein Stoßgebet der Dankbarkeit aus.

«Mach dich bloß weg!», gellte ihm da eine panische Frauenstimme entgegen. «Hau ab, Landstreicher! Hier gibt es nichts zu holen!»

Vor der Hütte stand eine junge Schäferin. In der Hand hielt sie einen Besen, mit dem sie auf Kasimir zeigte.

Schnell hob Kasimir beide Hände. «Es tut mir leid, ich wollte dich nicht erschrecken. Ich bin verletzt und muss nur ein paar Stunden schlafen …»

«Auf keinen Fall in meinem Schafstall! Scher dich fort!»

Einen Moment erwog Kasimir, auf sie einzureden. Doch in ihrem jungen Gesicht stand eine solche Angst geschrieben, dass er es nicht übers Herz brachte. Sie war höchstens fünfzehn Jahre alt. Und sie sah ihn an, als wären ihr schon andere Landstreicher begegnet, die sich nicht mit einem Besen hatten vertreiben lassen.

Schweigend lief er weiter. Jeder Schritt war eine Qual. Kaum konnte er die eiskalten Füße vom Boden heben. Er umschloss den Oberkörper fest mit beiden Armen, wobei seine Wunde pochte und nässte. Mittlerweile war es so dunkel geworden, dass er kaum etwas sehen konnte. Der halbe Mond warf nur ein spärliches Licht auf die Gräser, Feldwege und Bäume um ihn her. Vielleicht sollte er zurückgehen und in der Nähe der Stadtmauer auf den nächsten Morgen warten. Doch der Rückweg erschien ihm schrecklich lang. Vielleicht würde er irgendwann auf ein Dorf oder einen Bauernhof stoßen, wenn er weiterlief.

Endlich sah er in der Ferne Lichter. Es waren zu viele für einen Bauernhof, zu wenige für ein Dorf. Hier und da blinkte es, als würden verstreut einzelne Häuser in den Feldern stehen. Es war nicht mehr weit, sagte er sich. Wo es Wohnhäuser gab, waren sicher auch Schuppen und Ställe. Vielleicht hatte er Glück, und die Knechte schliefen im Anwesen der Herrschaft und nicht beim Vieh. Voller Hoffnung steuerte er durch die Dunkelheit auf das Licht zu, doch lange bevor er ankam, versagten ihm die Beine. Dumpf und hart schlug er auf der Erde auf.

Er wusste, dass es viel zu kalt war, um liegen zu bleiben. Die Wunde an seiner Seite schien nun zu vibrieren. Doch in seinen Gliedern war keinerlei Kraft mehr übrig. Nur ganz kurz würde er die Augen schließen, nur einen Moment würde er sich ausruhen, um neue Energie zu schöpfen. Er zog sich seinen Hut über das Gesicht, rollte sich ein, umschloss den Schmerz in seiner Seite mit seinem Körper und versank in einen tiefen Schlaf.

Etwas berührte ihn sachte an der Schulter. Doch Kasimir wollte nicht aufwachen. Dort, wo diese Berührung war, da waren auch Kälte und Schmerz, da war sein Körper steif gefroren, und in seinem Kopf und seiner Seite pochte es.

Hinter seinen Lidern wurde es hell. Jemand hatte ihm den Hut vom Gesicht genommen. Es gab kein Zurück mehr in den Schlaf, also öffnete er die Augen.

Vor ihm hockte eine junge Frau. Dunkles Haar, volle Lippen, leicht schiefes Kinn. Ihr Blick war düster und neugierig zugleich. Verblüfft bemerkte er, dass er nicht wegsehen konnte.

Langsam richtete sie sich auf. Räusperte sich. «Darf ich fragen …», sie stockte, «… warum Sie in meinem Blumenfeld schlafen?» Ihre Stimme klang so rau, als hätte sie sie lange nicht benutzt.

Kasimirs Gedanken rasten. Er brauchte einen Moment, um sich zu orientieren. Das Plakat fiel ihm ein. Die Flucht. Die Obstkiste und der rostige Nagel. Das Schiff. Ernst. Die Schafhirtin. Hatte er die ganze Nacht auf diesem eiskalten Feld verbracht? Verletzt? Wie leichtsinnig! Er musste sich dringend aufwärmen und verarzten. Vielleicht würde die hübsche Fremde ihm helfen. Allerdings nicht, wenn sie ihn für einen Streuner hielt.

Er versuchte es mit einem Schmunzeln. «Ah!», sagte er. «Das ist Ihr Blumenfeld.» Er sprang auf und überspielte den Schmerz und die Kälte in seinem Körper so gut wie nur möglich. «Ich habe mich schon gefragt, wo ich Sie finden kann!»

11. Kapitel

Ich trat einen Schritt zurück. «Mich finden?» Verwirrt starrte ich den Mann mit den halblangen, honigfarbenen Haaren an, den ich an diesem frühen Morgen in meinem Blumenfeld gefunden hatte. Er hatte auf der Seite gelegen, die Mütze ins Gesicht gezogen und die Knie an den Bauch. Ratlos hatte ich mich zunächst umgeschaut – niemand zu sehen, nicht einmal Echo. Ich war ganz allein hier draußen mit diesem Fremden. Er könnte ein Landstreicher oder Räuber sein. Sicherlich wäre es das Beste, wenn ich Hilfe holte. Doch wen? Die Kolonie war zu weit entfernt. Natürlich könnte ich bei einer meiner Schwestern klopfen. Aber was, wenn sie mir persönlich öffnen würde? Dem fühlte ich mich nicht gewachsen. Dennoch konnte ich diesen armen Kerl keinesfalls in der kalten Morgenluft liegen lassen. Was, wenn er krank war? Oder verletzt? Also hatte ich die Lippen zusammengekniffen, mich gebückt und dann, mit laut pochendem Herzen, seine Schulter berührt.

Nun stand er vor mir, eine seiner fein gezeichneten Augenbrauen hochgezogen, so als wäre er kurz davor, einen guten Witz zu verstehen. Eindringlich erwiderten seine hellgrünen Augen meinen Blick. Da war etwas in seinem Gesichtsausdruck, das mich auf seltsame Weise traurig stimmte. Oder sehnsüchtig? Er war jedenfalls nicht gefährlich, das konnte ich spüren.

Und dann ging mir endlich ein Licht auf. Früher hätte ich in einem solchen Moment angefangen zu kichern und beschämt über mich selbst den Kopf geschüttelt. Jetzt seufzte ich nur erleichtert auf. «Sie sind wohl der neue Gärtner? Herr Trönicke?»

Aus seinem Schmunzeln wurde ein freundliches Lachen. «Genau der bin ich. Sie haben es erraten, Fräulein.» Ein wenig steif verbeugte er sich.

«Und warum haben Sie hier … geschlafen?» Ratlos sah ich auf die kalte Erde hinunter.

«Ich kam gestern erst so spät an – es war schon dunkel. Da habe ich mich dummerweise verlaufen.»

«Das klingt grauenvoll.» Ich verzog das Gesicht. «Gut. Nun, dann folgen Sie mir doch bitte.» Ich atmete tief durch, versuchte, meine angespannten Schultern zu lockern, und winkte ihn hinter mir her.

Eigentlich hatte ich Herrn Trönicke bereits am Vortag erwartet. Obwohl Ludmila mir immer wieder Druck machte, hatte ich mir bei der Auswahl meines neuen Gärtners viel Zeit gelassen. Erst als mir der letzte Gärtner meiner Mutter – mittlerweile ein alter Herr, der selbst nicht mehr arbeiten konnte – einen gewissen Herrn Trönicke empfahl, hatte ich zugesagt.

Vorsichtig, um keinen der frisch aus der Erde ragenden Hyazinthenstängel zu zertreten, lief ich hinüber zum Feldweg und dann in Richtung meines Hauses. Anfangs folgte mir Trönicke schweigend, dann begann er allerdings doch zu reden: «Bitte entschuldigen Sie, dass ich mitten im Feld geschlafen habe. Das ist sonst wirklich nicht meine Art.» Seine Stimme klang aufrichtig und freundlich. Früher hätte ich genau hingehört, ihn von der Seite gemustert und meinem Eindruck vertraut. Doch heute wusste ich es besser. Ich schwieg.

«Das ist ein schönes Land. Wenn erst der Frühling kommt … Ich habe gehört, die Hyazinthenfelder von Boxhagen duften meilenweit», sagte er.

Ich sah auf meine Schuhe, doch Trönicke ließ sich nicht beirren.

«Darf ich Ihnen eine Frage stellen?»

Unwillkürlich lief ich ein wenig schneller. Wir waren schon fast bei meinem Haus angekommen. Obwohl ich nicht antwortete, fuhr er fort: «Wie kommt es, dass einer jungen Frau wie Ihnen solch gewaltige Ländereien gehören?»

Etwas in seinem Tonfall ließ mich aufhorchen. Kurz drehte ich den Kopf und sah ihn nun doch an. In seinen grünen Augen glaubte ich, noch viel mehr Fragen zu sehen. Gleichzeitig blitzte darin aber etwas anderes auf. Ein Lauern. Eine Herausforderung.

Schnell wandte ich mich wieder um und dachte noch über eine Antwort nach, als ein zorniges Knurren und Kläffen einsetzte. Echo. Deswegen also war er nirgends zu sehen gewesen: Er hatte sich gestern Abend wieder einmal ins Gewächshaus geschlichen, wo ich ihn wohl aus Versehen eingeschlossen hatte.

Der Gärtner hörte ihn anscheinend auch.

«Ist der Hund gefährlich?»

Ich wich seinem Blick aus. «Für mich nicht …»

Ich führte ihn vorbei an den Frühblüherkästen und über die Blumenwiese, an deren Stirnseite sich die Gärtnerhütte befand.

Fast erleichtert, ihn nun sich selbst überlassen zu können, zeigte ich darauf.

«Dort werden Sie wohnen.»

12. Kapitel

Kasimir stand am Fenster und sah der jungen Frau hinterher, wie sie durch den kalten Morgen zu ihrem Haus lief. Ihre Schritte wirkten hastig, ihre Körperhaltung abweisend. In dem Moment, in dem er aufgewacht war – dort draußen, auf dem eiskalten Blumenbeet –, da hatte er für einen winzigen Moment eine andere Frau gesehen, fast noch ein Mädchen, sanft und warm. Doch das Fräulein, das sich dann zu seiner vollen Größe aufrichtete, um fragend zu ihm hinabzusehen, war verschlossen – zurückgezogen und still.

Hatte er sich eine von beiden nur eingebildet?

Er versuchte, den Gedanken abzuschütteln, und sah sich in seinem neuen Heim um. Was hatte er für ein unsagbares Glück! Zwar bestand die Hütte aus nur einem Zimmer, doch schien sie alles zu enthalten, was er brauchte: ein Bett, einen Tisch und einen Feuerherd. Schnell machte er ein paar Schritte darauf zu. Er fror erbärmlich. Seine Hände waren weiß und seine Füße taub. Mit fahrigen Fingern entzündete er ein Feuer. Es dauerte eine halbe Ewigkeit, bis endlich das erlösende Knistern ertönte und die erste Flamme nach dem Holz griff. Er streckte Hände und Füße in Richtung des Feuers, verharrte und wartete auf die

Wärme. Sobald seine Glieder aufzutauen schienen, überrollte ihn eine Welle von Schmerz. Er verzog das Gesicht und krempelte sein Hemd hoch.

«Verdammt», entfuhr es ihm. Ein roter Striemen zog sich quer über seine Seite. Schwerfällig richtete er sich auf. Er brauchte etwas zum Desinfizieren. Ob es in dieser Hütte Alkohol gab? Er begann, die spärlichen Regale und den einzigen Schrank zu durchsuchen. Im Regal über dem Herd gab es nichts als ein paar Bücher. Er kämpfte sich hinüber zu einem kleinen Küchenschrank, fand aber nur Salz und ein halbes Glas Honig. Seine Mutter hatte ihm beigebracht, dass Honig eine desinfizierende Wirkung habe. Einen Moment lang wog er das Glas in seiner Hand, dann steckte er kurz entschlossen seinen Finger hinein und schmierte sich die zähe Masse vorsichtig und mit verzerrtem Gesicht auf die Wunde. Endlich taumelte er zu seinem neuen Bett und schlief augenblicklich ein.

Als Kasimir erwachte, war das Holz im Ofen restlos heruntergebrannt, und kalter Wind drang durch die Türschlitze herein. Fröstelnd richtete er sich auf. Seine Schmerzen waren noch da, doch zumindest hatten sie nachgelassen. Durch das Fenster blendete ihn grelles Mittagslicht. Die Sonne schien die Winterstimmung des Morgens vertrieben zu haben. Am liebsten hätte Kasimir weitergeschlafen, doch er sollte besser aufstehen. Wie viel Zeit würde ihm der wahre Gärtner wohl lassen, bis er selbst eintraf? Vielleicht wäre es das Beste, sich zur Sicherheit schon jetzt wieder davonzustehlen. Doch noch immer fühlten sich seine Beine schwer an, seine Wunde pochte. Der Weg nach Berlin kam ihm in diesem Zustand schrecklich weit und beschwerlich vor. Und was, wenn die Soldaten ihn bereits am Tor erwarteten? Nein, er würde zumindest noch ein wenig hierbleiben und das Spiel, das er begonnen hatte, weiterspielen – so lang es eben möglich war. Und wenn der wahre Gärtner auftauchte, würde ihm schon etwas einfallen.

Kasimir sah an sich hinab. Seine Kleider waren staubig, und sicher roch er unangenehm. Zunächst sollte er sich waschen. Unter dem wackligen Küchentisch entdeckte er eine alte Schüssel. Wasser gab es keines, also schnappte er sich den Eimer neben der Tür, drehte den Schlüssel herum und trat hinaus.

Es war ein überraschend warmer Märztag. Die Wolken waren verschwunden, und die Sonne fühlte sich wundervoll auf seinem Gesicht an. Er schaute sich um. Eine winterbleiche Wiese lag zwischen seiner Hütte und dem Anwesen, in dem das Fräulein lebte. Er kannte nicht einmal ihren Namen. Den würde er geschickt in Erfahrung bringen müssen, wenn er nicht auffliegen wollte. Direkt neben dem Wohnhaus entdeckte er einen steinernen Brunnen, auf den er nun zusteuerte. Seine Wunde schmerzte bei jedem Schritt, doch er bemühte sich, nicht zu humpeln. Schließlich war es durchaus möglich, dass die junge Frau am Fenster stand und ihn beobachtete.

Auf seinem Weg ließ er den Blick schweifen. Was für eine Weite! Wie gigantisch waren die Gemüse- und Blumenfelder! Nur hier und da standen dazwischen schmucke kleine Wohnhäuser, scheinbar willkürlich hingeworfen, als hätte ein riesiges Kind mit ihnen gewürfelt.

Ein unheilvolles Knurren ließ ihn zusammenfahren. Auf dem Feldweg, nur wenige Meter von ihm entfernt, stand ein struppiger, mittelgroßer Hund, die Rute steil nach oben gereckt, das

Fell auf seinem Rücken gesträubt. Zwar hing ein Ohr schlaff herab, doch das andere war warnend aufgestellt. Alarmbereit starrte er Kasimir an.

In der Stadt begegneten ihm ständig bettelnde Streuner, doch die meisten waren mit ein paar großen Gesten leicht zu vertreiben. Instinktiv wusste Kasimir, dass er das bei diesem Tier nicht versuchen sollte. Zudem hatte die junge Frau ihn in recht seltsamem Ton gewarnt.

Er blickte sich um – niemand war zu sehen. Vielleicht sollte er in seine Hütte zurückkehren und darauf warten, dass der Hund wieder verschwand. Aber was, wenn er auf seinem Land ständig nach dem Rechten sah? Es wäre sicher das Beste, sich gleich mit ihm anzufreunden.

«Hallo, kleiner Kerl», sagte er freundlich. «Lässt du mich vorbei?»

Aus dem Knurren wurde ein tiefes Grollen. Langsam kam der Hund zwei steife Schritte auf ihn zu.

So also nicht, dachte Kasimir. Er schob die Hände in die Hosentaschen, drehte sich zur Seite und versuchte, sich auf etwas anderes zu konzentrieren, musterte den Boden zu seinen Füßen: Die ersten Hyazinthen waren durch die alte Schneedecke gebrochen. Er betrachtete ihre grünen, kurzen Stängel – und sah aus den Augenwinkeln, dass der Hund langsam auf ihn zukam. *Nicht weglaufen*, mahnte er sich. *Aber auch nicht hinsehen.*

Mit der Fußspitze schob er vorsichtig ein wenig trockenen Schnee beiseite und legte zwei junge Pflänzchen frei. Dabei spürte er an seinem Hosenbein ein sanftes Schnuppern.

Ohne den Hund anzuschauen, flüsterte Kasimir: «Du bist ein braver Kerl, nicht?»

Er drehte die Hand, wartete, bis der Hund auch daran schnüffelte, dann kraulte er ihn unter dem Kinn. Vorsichtig schaute er ihn von der Seite an – und konnte sich ein Grinsen nicht verkneifen. Das Tier sah ganz und gar nicht mehr gefährlich aus. Es hatte eine so dunkle Schnauze, als hätte es in einem Mauseloch gewühlt, und hellbraune, halblange Barthaare. Vielleicht eine Mischung aus Schäferhund und Schnauzer.

«Sind wir jetzt Freunde?» Langsam richtete er sich auf, und der Hund sprang fröhlich um ihn herum.

«Na dann, komm mit.»

Gemeinsam liefen sie hinüber zum Brunnen, wo sich der Hund in der Sonne ausstreckte. Kasimir stellte den Eimer ab. Eigentlich sollte er gleich Wasser schöpfen und wieder in der Hütte verschwinden. Doch wie so oft siegte seine Neugier gegen die Vernunft. Bei seiner Ankunft hatte er von Weitem diesen seltsamen Glasbau an der Hinterseite des Wohnhauses gesehen. Nur kurz wollte er von Nahem einen Blick darauf werfen. Er ging um das Gebäude herum und blieb fasziniert stehen. Unzählige, längliche Glasplatten türmten sich vor ihm auf, gehalten von modernsten Stahlträgern. In der Mitte erhob sich sogar ein halbrunder, gläserner Turm mit Kuppeldach. Die Säulen waren verspielt in sich selbst gedreht und die Fenster unter dem Dach wie große Blüten geformt.

Er hatte davon gehört, dass für tropische Pflanzen seit Neuestem gläserne Häuser errichtet wurden. Doch nie zuvor hatte er selbst so etwas gesehen. Ein paar Sekunden blieb er mit offenem Mund stehen und betrachtete die bunte Pracht hinter dem Glas. Blaue Blütenbüsche leuchteten neben roten, gelben und violetten. Erst auf den zweiten Blick bemerkte er, dass sich hinter dem Glas etwas bewegte. Eine Tür ging auf, und die Gestalt der jungen Frau trat zwischen die Blumen. Reflexartig machte er einen Schritt zurück. Doch er konnte den Blick nicht von ihr abwenden … Erst jetzt fiel ihm auf, dass sie – anders als die feinen Damen in Berlin – keinen glockenförmigen Rock mit unzähligen Unterröcken trug. Ihr graues Kleid floss gerade an ihr herab wie das einer Arbeiterin. Ihre Haare hatte sie zu einem Knoten am Hinterkopf zusammengebunden, keine einzige ihrer dunklen Haarsträhnen fiel heraus. In der rechten Hand hielt sie eine Gießkanne, mit der linken nahm sie eine Blume nach der anderen aus ihren Gläsern, um das alte Wasser in einen Kübel zu kippen und neues hineinzugeben. Ihre Bewegungen schienen ihm fließend, sanft und selbstvergessen. Sie stellte die Kanne ab, nahm eine Schere zur Hand und beugte sich zu einem Strauch hinunter. An jedem seiner Zweige prangte ein Fächer winziger, hellvioletter Blüten. Einen dieser kleinen Sträuße schnitt sie ab, betrachtete ihn nachdenklich und drehte sein Grün zwischen Daumen und Zeigefinger hin und her. Eisenkraut, wenn ihn nicht alles täuschte.

Mit einem Mal stockte sie. Unwillkürlich hielt er den Atem an. Er sollte verschwinden. Doch da drehte sie schon den Kopf und sah ihm durch die gläserne Wand direkt ins Gesicht.

Tu irgendwas, sagte er sich selbst. *Was soll sie von dir denken?* Doch sein Körper rührte sich nicht. Ihr Blick hielt ihn fest. Sie hatte unfassbar ernste, dunkle Augen. Ihre blassen, vollen Lippen waren leicht verzogen – als würde darauf eine Frage ruhen. Er brauchte all seine Kraft, um endlich eine Hand zum Gruß zu heben.

Ganz langsam nickte sie. Und erst als sie ihren Blick senkte, gehorchten seine Füße ihm wieder. Er ging zurück zum Brunnen, um endlich Wasser zu schöpfen.

«Entschuldigen Sie, Herr Trönicke?»

Kasimir begriff nicht sofort, dass er gemeint war. Ohnehin war er abgelenkt vom Schmerz, der ihm durch den Körper fuhr, während er den vollen Eimer aus dem Brunnen hob.

«Herr Trönicke!»

Ein Ächzen unterdrückend, drehte er sich um. Vor ihm stand ein Junge von vielleicht fünfzehn Jahren. Er war knabenhaft dünn, hatte aber alte Augen. «Bitte entschuldigen Sie. Fräulein Sonntag schickt mich, um Ihnen das Vorwerk Boxhagen zu zeigen.»

«Ah, das ist ja sehr freundlich ...» Sonntag, so hieß sie also.

«Ich bin Alfred», schob der Junge schnell hinterher. «Der Gartengehilfe.»

«Alfred, schön, dich kennenzulernen.» Kasimir reichte ihm die Hand. Der Junge ergriff sie zögernd und wurde rot.

«Fräulein Sonntag sagt, es reicht, wenn wir morgen früh mit der Arbeit beginnen. Heute soll ich Sie erst mal herumführen.»

Kasimir konnte sich Angenehmeres vorstellen, als mit einer kaum versorgten Wunde die weitläufigen Ländereien von Boxhagen zu durchstreifen, aber ihm blieb keine Wahl. Er stellte noch seinen Eimer am Haus ab, dann folgten er und der Hund Alfred durch die Äcker und Blumenfelder. Kasimir zwang sich dazu, nur das Nötigste zu sagen – einerseits um Kraft zu sparen, andererseits um sich nicht durch Unwissenheit zu verraten. Stattdessen hörte er gut zu.

«Dieses Vorwerk ist gigantisch», sagte er und drehte immer wieder staunend den Kopf.

«Früher hat all das Herrn Heinrich Sonntag gehört», erklärte Alfred, und Kasimir nahm lächelnd zur Kenntnis, dass in der Stimme des unsicheren Jungen nun Stolz über sein Wissen mitschwang.

«Und jetzt gehört all das dem Fräulein?», fragte Kasimir.

«Dem Fräulein Sonntag? Nein, doch nicht alles!» Alfreds Augen weiteten sich. «Ihr gehören die Blumenwiese vor der Gärtnerhütte, der kleine Acker dort hinten und die zwei großen Blumenfelder hier vorn.»

Erleichtert atmete Kasimir auf. «Und ich bin nur für das Land des Fräuleins zuständig, richtig?»

«Richtig.»

«Und was wird hier in der Regel gepflanzt?»

Verwirrt musterte Alfred ihn von der Seite. «Hyazinthen natürlich. Nur auf dem Acker bauen wir Gemüse an.»

Kasimir nickte schnell. «Ja, natürlich. So, wie mir gesagt wurde. Und wem gehören all die anderen Felder?»

Wieder runzelte Alfred die Stirn. «Das wissen Sie nicht?»

Es war wahrscheinlich besser, darauf nicht zu antworten. Tatsächlich fuhr Alfred schnell fort: «Den restlichen Sonntag-Schwestern und ihren Familien.» Nacheinander zeigte er auf die kleinen Villen, die Kasimir schon vorhin aufgefallen waren. «Gegenüber wohnen Frau Amalie Schmidt und ihr Mann, dort Frau Clara Albrecht und ihre Familie, sie hat gerade ihr erstes Kind bekommen, müssen Sie wissen. Dahinter lebt Frau Ottilie Baumühl, allerdings ist sie … Nun ja.» Er brach ab und wurde wieder rot, als habe er zu viel gesagt. Hastig sagte er: «Und in dem großen Gutshof dort hinten leben die Priems. Früher gab es nur diesen alten Hof. Der gnädige Herr wohnte dort gemeinsam mit Fräulein Sonntag und den Priems. Das Fräulein Ludmila ist die älteste der Schwestern. Aber als Herr Sonntag gestorben ist, sind die anderen Schwestern mit ihren Ehegatten aus Berlin zurückgekommen und haben sich Landhäuser bauen lassen. Sie sind nicht immer hier, die Herren zumindest nicht ...»

«Warte, warte», unterbrach Kasimir ihn. Alfred schien so richtig in Fahrt gekommen zu sein, und Kasimir schwirrte schon der Kopf vor all den neuen Namen und Informationen.

«Dieser Herr Sonntag hat alles seinen Töchtern vererbt? Einen Sohn hatte er wohl nicht?»

Alfred blieb stehen und runzelte die Stirn. «Heinrich Sonntag war doch der Bruder, nicht der Vater. Vielleicht hatte er kein Testament gemacht, er war noch jung, als er starb. Jedenfalls wurde sein Besitz dann unter seinen fünf Schwestern aufgeteilt.»

«Verstehe. Natürlich.»

Alfred verschränkte die Arme hinter seinem Rücken und lief langsam weiter.

«Das heißt, im letzten Jahr wurden vier Häuser neu gebaut?»

«Nun ja. Nicht ganz. Das Gewächshaus wurde für Fräulein Sonntag um einen Wohnbereich erweitert. Das Anwesen der Baumühls war früher ein großes Gartenhaus, sodass wir nur ein wenig umbauen mussten. Neu sind die Villen Albrecht und Schmidt.»

«Beachtliche Leistung.» Kasimir nickte Alfred anerkennend zu.

Seine Haut färbte sich rosarot. «Oh, ich habe nur ein wenig geholfen. Es waren sehr viele Arbeiter ...»

«Bei einer großen Baustelle kommt es auf jeden einzelnen Mann an.»

Schmunzelnd beobachtete Kasimir von der Seite, wie Alfred in sich hineinlächelte. Jeder Junge mochte es, Mann genannt zu werden. Vor allem, wenn er eigentlich noch keiner war. Kasimir erinnerte sich allzu gut an diese Zeit. Und er hatte das Bedürfnis, diesen grundfreundlichen Jungen zum Lächeln zu bringen.

«Das hier ist also das Haus der ...» Kasimir kniff nachdenklich die Augen zusammen.

«... der Baumühls», sagte Alfred.

Neugierig musterte Kasimir das Gebäude, dem sie sich seitlich näherten. Es war kein sonderlich großes Haus, hatte aber ein Obergeschoss und ein spitzes Dach. Je näher sie kamen, desto auffälliger wurde der Unterschied zwischen dem Erdgeschoss und dem oberen Stockwerk. Dort waren die Fenster sauber, die Vorhänge weiß und die Fassade hellgelb gestrichen. Unten aber bestanden die Wände und Läden aus dunklen, krummen Holzbrettern.

«Frau Ottilie Baumühl hat darauf beharrt, den unteren Teil beizubehalten.» Alfred zuckte mit den Schultern, als er Kasimirs Blick bemerkte.

Kasimir rieb sich das Kinn. «Sie scheint eine ... eigenwillige Frau zu sein.»

Ernst sah Alfred ihn an. Und dann, so leise, dass Kasimir es kaum verstand, sagte er: «Gehen Sie ihr besser aus dem Weg.»

Kasimir legte den Kopf schief und musterte erst den Jungen, dann das Haus. Er wollte die Bemerkung schon schulterzuckend übergehen, da beobachtete er, wie der Hund neugierig an etwas schnüffelte. Sobald Kasimir ein wenig näher herangetreten war, erkannte er, dass es vertrocknete Schnittblumen waren, die dort im Kies auf dem Boden lagen: unzählige winzige Blüten. Sie mussten vor Wochen dort abgelegt worden sein. Grau und starr, in Reih und Glied, eine neben der anderen. Der Hund folgte der Spur – und Kasimir folgte dem Hund. Langsam schritt er an der seltsamen Blumenreihe entlang und stellte fest, dass sie an der Ecke abbog und immer weiter ums Haus herumführte. Hier hinten erschienen ihm die Blüten ein wenig frischer. Aus dem anfänglich blassen Braungrau wurde nach und nach ein kräftig leuchtendes Violett. Eisenkraut, schoss es Kasimir durch den Kopf. War es Zufall, dass ihm diese Pflanze vorhin erst bei Fräulein Sonntag aufgefallen war? Nur hin und wieder lag dazwischen auch eine andere Blume mit blauen, glockenförmigen Blüten.

Der Hund verlor das Interesse und lief weiter, doch Kasimir blieb verwirrt stehen und bückte sich nach der frischesten Blume in der Reihe. Sie duftete noch.

«Was zur Hölle …», murmelte er.

«Bitte, kommen Sie.» Hektisch winkte Alfred ihn zu sich heran. «Wir sollten hier nicht bleiben.»

Er eilte davon und sah sich mit besorgtem Gesicht immer wieder zu Kasimir um, bis dieser sich zwang, dem Jungen zu folgen, den Kopf noch immer voller Fragen.

13. Kapitel

Boxhagen, 2. März 1848

Ich weiß nicht, wie lange ich dort verharrte, zwischen meinen blühenden Gewächshaus-Hyazinthen. Minutenlang starrte ich auf die Stelle, an der gerade noch der Gärtner gestanden hatte, und fragte mich, was er wohl gesehen haben mochte. Dieser Ort musste seltsam auf einen Fremden wirken. *Ich* musste seltsam wirken. Wäre er zu einer anderen Zeit hergekommen ... Damals war das Vorwerk Boxhagen noch fröhlich, bunt gewesen. Und ich eine andere. Vielleicht hätten wir miteinander gescherzt. Womöglich hätte ich ihn selbst herumgeführt und ihn über seine vorherigen Arbeitgeber ausgefragt.

Ich schloss die Augen.

«Alba», flüsterte ich vor mich hin. «Alba, was hast du getan?»

Diese Frage war es, die mir Tag für Tag im Nacken saß. Sie riss mich morgens aus dem Schlaf – und häufig genug auch mitten in der Nacht. Was würde ich dafür geben, in der Zeit zurückgehen zu können. Alles würde ich anders machen, redete ich mir ein. Alles. Doch sobald ich über dieses «Alles» nachdachte, fröstelte ich. Meinte ich es so? Meinte ich wirklich *alles*?

Ich sollte die Augen öffnen und mich um meine Hyazinthen kümmern. Das Gärtnern hatte mich durch die letzten Jahre getragen, und auch heute würde es mir helfen. Nichts fand ich heilsamer als das Gefühl weicher, frischer Blumenerde unter meinen Fingern, die schwere Arbeit, die all meine Gedanken in meinen Körper hineinzwangen, dazu die unerschütterliche Stille der Blumen. Tief atmete ich den Duft der Hyazinthen ein.

Ein Klopfen ließ mich zusammenzucken. Für einen Moment glaubte ich, der neue Gärtner wäre zurückgekehrt und wollte mit mir sprechen. Oder hoffte ich es? Doch dann sah ich Clara dort draußen stehen. Sie hatte ihr Kind auf dem Arm, den kleinen Heribert, der im Februar geboren worden war, und winkte mir. «Du hörst den Türklopfer wieder nicht!»

Schnell schritt ich zur Tür an der Seitenwand.

Kaum hatte ich Clara hereingelassen, plauderte sie schon drauflos: «Mindestens zehn Minuten habe ich dagestanden und wie eine Verrückte an deine Tür geklopft. Ich glaube, man hat mich bis zum Pferdestall gehört, aber ich hätte mir natürlich denken können, dass du hier hinten bist und nichts hörst und nichts siehst als deine Blumen.»

Auch Heribert gab ein paar unzufriedene Laute von sich.

Zerknirscht sah ich sie an. «Du hast recht, es tut mir leid.»

Ich beugte mich zu meinem jüngsten Neffen. «Hallo, mein Kleiner.» Vorsichtig stupste ich ihm die Nase, dann wandte ich mich wieder meinen Blumen zu.

«Ist ja nicht schlimm. Aber jetzt lass diese Zwiebeln mal einen Moment lang in Ruhe, ich muss dir etwas erzählen.»

«Ich höre.» Über meine Schulter warf ich ihr einen kurzen Blick zu, während ich ein paar Blumen von gelblichen Blättern befreite.

«Ich glaube, heute ist der neue Gärtner eingetroffen.» Clara wiegte ihr Kind und ging mit ihm langsam auf und ab. «Ich sage dir, der wird noch für Klatsch und Tratsch im Vorwerk sorgen. Meine beiden Dienstmädchen haben am Fenster geklebt, während er vorbeiging, und geschworen, er wäre der bestaussehende Mann, der je in Boxhagen gesichtet worden sei. Wenn das unser eingebildeter Cousin hört!» Wie so oft grinste sie von einem Ohr zum anderen, sodass ihr rundes, mädchenhaftes Gesicht vollkommen vergnügt wirkte.

«Du meinst meinen Gärtner Trönicke?»

«Wenn er das war? Ein hochgewachsener junger Mann, blond, leichtes Humpeln ...»

«Er humpelt?» Das hatte ich gar nicht bemerkt.

Clara zuckte mit den Schultern. «So haben ihn meine Dienstmädchen beschrieben. Er habe etwas Verschmitztes im Blick, sagen sie. Ich habe die beiden noch nie so hingerissen erlebt.» Clara hob Heribert in die Höhe, bettete ihn in ihren Armen um und ließ den Blick durch den Raum schweifen. «Hast du hier keinen Stuhl? Ich trage heute nicht nur Heribert, sondern auch dieses verflixte neue Fischbeinkorsett. Das war ein Fehlkauf, das sage ich dir! Aber Philipp sieht es so gern an mir.»

«Warte ...»

Ich könnte Clara in den kleinen Salon bitten, dort hatte ich allerdings kein Feuer gemacht. Ohnehin war ich nicht gern im neuen Teil des Hauses, in dem es noch nach Putz und Farbe roch. Also zog ich kurzerhand einen alten Sessel, der im Flur zwischenlagerte, ins Gewächshaus.

Dankbar ließ sich Clara mit Heribert im Sessel nieder. «Hast du übrigens schon gehört, dass *Die Stumme von Portici* nach Berlin kommt? Stell dir das vor! All die Jahre hat Herr von Küstner, der Operndirektor, es nicht fertiggebracht – wie ich mich freue! Eine mitreißende Geschichte voller Katastrophen. Es geht um Fenella, eine ungewöhnliche Heldin aus einem kleinen Fischerdorf.»

«Oh, aber Clara … Schwesterherz …» Ich setzte einen ängstlichen Blick auf. «Du möchtest mir jetzt aber nicht ihre Arien vortragen, oder?»

Clara lachte laut. «Du hast Glück! Fenella ist eine stumme Rolle. Faszinierend, nicht wahr?»

Ich runzelte die Stirn.

«Geschrieben für eine Tänzerin. Ich kenne meine Talente, und das Tanzen gehört wahrlich nicht dazu. Im Gegensatz zum Singen natürlich.» Sie grinste breit.

«Natürlich!», sagte ich schnell und kratzte mir die Schläfe.

Sie begann, mir haarklein die Handlung zu erzählen. Von einem König, der die Stumme entführt hatte, von einer Königin, die ihm vergab, von einem Aufstand und dem Ausbruch des Vesuvs. Es waren großartige Zutaten für eine Geschichte, da musste ich ihr recht geben. Doch Opern konnten mich selten fesseln. Die Handlung raste stets so schnell an mir vorbei, die Gesten und Blicke waren so groß und gewaltig, dass mich all das nicht recht berühren konnte. Anders Clara, die bereits die ersten Töne ergriffen.

«Als sie diese Oper in Brüssel aufführten, war das ein Spektakel.» Clara sprang mit Heribert im Arm auf und rief mit verstellter Stimme: ««Laufet zur Rache! Die Waffen, das Feuer! Auf dass unsere Wachsamkeit unserem Leid ein Ende bereite!»» Heribert gluckste. «Und das Publikum schrie tatsächlich: ‹Zu den Waffen! Zu den Waffen!› Sie stürmten aus der Oper und zettelten einen echten Aufstand an. Die Oper hat in Brüssel die Geschichte verändert! Und da sage noch einmal jemand, Opern seien langweilig.» Sie warf mir einen strafenden Blick zu und ließ sich wieder auf ihren Sessel fallen. Einen Moment lang sagte sie nichts, und ich hörte nur Heriberts zufriedene Kindergeräusche.

«Ich habe alle Lieder der Königin Elvire geübt», gab sie schließlich zu.

«Oh, Clara. Du wirst doch nicht …» Doch Clara begann schon, voller Inbrunst zu singen. So lieb ich meine kleine Schwester hatte, so schrecklich war leider ihr Gesang. Sie wusste das und genoss es, mich zu quälen.

«Clara, bitte!» Doch sie tanzte schon mit Heribert trällernd durch das Gewächshaus. Er gluckste verwirrt, und auch ich musste über die schiefen Töne lachen, während ich mich wieder meinen Pflanzen widmete.

Im Gewächshaus züchtete ich nicht nur neue Hyazinthen-Sorten, sondern auch eine bunte Mischung anderer Blumen und Kräuter. Schließlich war hier immer Sommer, hier konnte alles wachsen und gedeihen. Ich strich mit der flachen Hand über kleine Kelche, hochgeschossene Blüten und elegant geschwungene Blätter. Claras Fröhlichkeit hatte mich aufgeheitert. Beinahe fühlte ich mich wie früher: so unbeschwert, dass ich Lust bekam, ihr einen Strauß zu pflücken. Das hatte ich lang nicht mehr getan. Nachdenklich ließ ich meinen Blick über die Blüten gleiten. Dann griff ich zur Schere und schnitt Engelsgesicht ab. Die Blätter waren groß, grob und dunkel, die Blüten dafür umso filigraner und blassviolett. Sie schienen aus einem winzigen Kelch hervorzuquellen und zu flüstern: *Ich wünsch dir*

Glück von Herzensgrund. Ich schmückte sie mit Lorbeerblättern: *Dir gebühren Lohn und Ehr.* Hinter mir stiegen Claras Töne in furchterregende Höhen. Schmunzelnd wählte ich eine violett gefleckte Taubnessel und schob sie in die Mitte des Straußes: *Doch hören möchte ich dich nicht.* Ich arrangierte eine Handvoll weißer Straußnarzissen dazwischen, die verzweifelt fragten: *Wie kannst du so grausam sein?* Zuletzt umrahmte ich den Strauß mit Vogelmilch, weißen Sternen, die versöhnlich flüsterten: *Trotz allem ist unsere Liebe rein. Sie wird ewig dauern.*

Claras Stimme schwang sich zu einem großen Finale auf, sodass ich trotz Strauß die Hände gegen die Ohren presste. Dann lächelte und knickste sie, als stünde sie auf der Bühne. Ich atmete erleichtert auf.

«Herzlichen Glückwunsch zu dieser Vorstellung!» Mit einer leichten Verbeugung überreichte ich ihr die Blumen.

«Für mich?»

Sie betrachtete den Strauß, als würde sie einen Brief lesen. Dann lachte sie laut auf.

«Ooh! Ich dich auch, Schwesterherz.» Fest schloss sie mich in ihre Arme.

Ich vergrub mein Gesicht in ihrem Haar und schickte ein Stoßgebet gen Himmel: *Bitte, Gott, lass mir zumindest meine Clara.*

14. Kapitel

Der Schrei einer Katze weckte Kasimir mitten in der Nacht. Er fuhr in seinem Bett hoch – und verzog das Gesicht. Sein ganzer Körper schmerzte. Der gestrige Tag hatte ihm furchtbar zugesetzt. Gemeinsam mit Alfred hatte er Kompost umgeschichtet und frische Erde in große Kästen gefüllt. Außerdem hatten sie begonnen, Feldsalat zu ernten – und waren damit noch lange nicht fertig geworden. Am späten Abend hatten sie erschöpft am Feldrand beisammengesessen. Der Stallbursche Tom war zu ihnen gestoßen, und als er erfuhr, dass Kasimir aus Berlin kam, fragte er ohne Umschweife nach der französischen Bewegung. Kasimir erzählte natürlich gern von der Stimmung in der Stadt und den Träumen von der Demokratie. Danach hatte er nur noch seine Wunde erneut mit Honig desinfiziert und war anschließend todmüde ins Bett gefallen.

Wieder schrie das Tier. In Berlin hatte er dieses Geräusch schon häufig gehört. Nicht selten war er in der Sorge, einen ausgesetzten Säugling mitten auf der Straße zu finden, mit Schlafmütze und Pantoffeln hinausgerannt – nur um Zeuge eines Katzenkampfs zu werden. Er wollte seinen geschundenen Körper zurück in die Kissen sinken lassen, er brauchte seinen

Schlaf, nicht nur wegen seiner Verletzung. Schließlich war es gut möglich, dass schon morgen der wahre Gärtner auftauchte und Kasimir sich auf den langen Heimweg machen musste. Doch der dritte Schrei brachte ihn dazu, ächzend aufzustehen und ans Fenster zu treten.

Sein Atem beschlug an der eiskalten Scheibe. Er wischte mit dem Ärmel darüber und ignorierte die Kälte. Der Mond war in dieser Nacht ein unförmiger Klumpen, der schwach leuchtend am trüben Himmel hing. Angestrengt starrte Kasimir hinaus, konnte aber nichts erkennen.

Da hörte er es erneut – lang gezogen, schrill. Menschlich. Einen Moment lang zögerte er. Dann schimpfte er sich selbst: «Elender Feigling!», und streifte sich Socken, Schuhe und Jacke über, um in die kalte Nacht hinauszutreten.

Er hatte gehofft, hier draußen könnte er ein wenig mehr sehen als in seiner kleinen Hütte. Doch der Himmel war von Wolken verhangen, und auch aus den Häusern der Sonntag-Schwestern drang kein Licht. Es war eine Dunkelheit, wie es sie nur auf dem Land geben konnte. Dort, wo keine Nachtwächter mit ihren Fackeln umherzogen, wo kein Wirtshaus mehr Bier ausschenkte und kein Freudenhaus die Nacht zum Tage machte. Hier konnte die Finsternis jeden Grashalm benetzen, die Wege fluten und an Hauswänden und Menschenbeinen emporsteigen. Kasimir wollte sich zurück in seine Hütte tasten, um seine Ölfunzel zu entzünden. Doch da raschelte es nicht weit entfernt von ihm.

Er wandte den Kopf und starrte in die Dunkelheit. Er glaubte, eine Bewegung zu erkennen. Schritte zu hören. Das konnte keine Katze sein.

«Hallo? Ist da jemand?»

Niemand antwortete, doch das Geräusch näherte sich. Ein sanftes Rauschen. Als würde Stoff über nasses Gras und welke Blätter gleiten. Für einen kurzen Augenblick entkam das Mondlicht der Wolkendecke, fiel auf das Blumenfeld – und Kasimir konnte sie sehen.

Nicht weit von ihm lief eine junge Frau mit majestätischen Schritten quer über das Hyazinthenfeld. Sie trug ein Kleid aus cremefarbener Seide, das von dunklen Flecken übersät war. Eine Schleppe schleifte im Dreck und sog die Feuchtigkeit von Schnee und Wintererde ein. Ihr langer Hals und die dünnen Arme waren trotz der Kälte nackt, und ihre Haare lagen in leichten, dunklen Wellen eng am Kopf. Kasimir wich einen Schritt zurück und spürte die Türschwelle an seinen Fesseln.

«Entschuldigen Sie?» Seine Stimme war ihm fremd. «Brauchen Sie Hilfe?»

Die Frau reagierte nicht. Als hätte sie ihn nicht gehört, lief sie weiter. Das Mondlicht verschwand, und die Dunkelheit verschluckte sie wieder.

Kasimir runzelte die Stirn. Wahrscheinlich eine Schlafwandlerin, überlegte er. Schlafwandlerinnen sollte man nicht wecken. Allerdings war sie viel zu leicht angezogen, sie könnte sich eine Lungenentzündung holen. Und dann waren da noch die Schreie. Sie klangen zwar nicht wie die eines Menschen, doch es mussten ihre gewesen sein.

«Gnädige Frau?», rief er entschiedener und folgte ihr. Kaum konnte er sie noch sehen, doch er hörte ihre knisternden Schritte und ihren Atem. Schnaufend und stoßweise, als wäre sie gerannt. Oder wütend.

Mit einem Mal blieb sie stehen. «Wage es nicht, mir zu folgen.»

«Sie ... sind wach», stammelte er. «Ich dachte ...»

«Ich bin so wach, wie du es bist. Ich schlafe so tief, wie du schläfst. Nur unsere Träume sind verschieden.»

Kasimir versuchte zu atmen, hatte aber für einen Moment das Gefühl, unter Wasser zu sein. Kräftig sog er die Luft ein, bevor er erwiderte: «Ich wollte Ihnen nur helfen. Ich dachte ...»

Sie unterbrach ihn: «Glaubst du, ich habe dich nicht beobachtet?»

In der Dunkelheit kam sie auf ihn zu. Mondlicht fiel auf ihr bleiches, herzförmiges Gesicht und spiegelte sich im Weiß ihrer Augen. Nie zuvor hatte Kasimir so große Augen gesehen. Sie waren von grauen Schatten umrandet und von roten Adern durchzogen. Wie lange hatte diese Frau wohl nicht geschlafen? Wirr und verletzlich wirkte sie. Und doch auch bedrohlich. Ein Teil von ihm wäre gern näher herangetreten, um ihr Schutz anzubieten. Der andere wollte fortlaufen. Ein seltsamer Geruch stieg ihm in die Nase. Nach säuerlich bitteren Blumen – betörend schwer, verwelkt.

«Ich frage mich», setzte die Fremde an, «wieso meine Schwester einen verwundeten Gärtner anstellt. Was zeichnet dich aus, bis auf dein Äußeres, hm? Was bringst du uns mit in unser ach so idyllisches Boxhagen, Schönling?» Ihre Lippen verzogen sich zu einem bösartigen Grinsen. Kasimir lief es kalt den Rücken hinunter. Langsam kam sie noch einen Schritt näher. Und trotz der Kälte strahlte ihr Körper eine ungewöhnliche Hitze aus.

Tief atmete sie ein. «Honig», sagte sie. «Zum Desinfizieren, habe ich recht?»

Sie legte ihre heißen Hände auf seine Schultern, streckte sich und flüsterte in sein Ohr: «Kamille hilft besser bei der Heilung der Haut. Und wenn du mehr brauchst als ein paar Blumen, dann klopf an meine Tür ...»

Langsam drehte sie sich um und ließ sich erneut von der Dunkelheit einnehmen.

In dieser Nacht fand Kasimir keinen Schlaf mehr. Die ersten beiden Tage in Boxhagen waren zu schön gewesen, um wahr zu sein. Er hatte es geahnt, während er in der Erde wühlte und in die Ferne sah. Irgendetwas stimmte nicht mit diesem Ort.

Da war das schüchterne, verschlossene Fräulein Sonntag, das den halben Tag in seinem Gewächshaus stand und gedankenverloren auf seine Blumen starrte. Da war Alfred, der Kasimir ausdrücklich und mit seltsamer Angst im Blick vor Frau Baumühl gewarnt hatte. Und da war diese junge Frau, die nachts in einem Hochzeitskleid über das Blumenbeet wandelte ... Er konnte sich gut vorstellen, dass sie es war, von der Alfred gesprochen hatte.

Was tat Kasimir überhaupt noch hier? Mittlerweile hatten ihn die Wachen an den Stadttoren sicherlich vergessen. Er sollte endlich aufbrechen und nach Hause zurückkehren. Seine Freunde machten sich bestimmt Sorgen um ihn. Außerdem musste er bald das Schulgeld bei seiner Schwester abgeben. Allerdings hatte er seit seiner Flucht noch kein einziges Wort zu Papier gebracht. Wie sollte er ohne Texte an Geld kommen? Vielleicht sollte er jeden Tag nutzen, den der wahre Gärtner fernblieb, um zu arbeiten, und so bald wie möglich um seinen ersten Lohn bitten. Sobald er das Geld hätte, würde er zurück nach Berlin laufen. Hoffentlich verspätete sich der echte Gärtner noch ein paar Tage.

In den frühen Morgenstunden stand er auf, um ein wenig zu schreiben. Er entzündete seine Ölfunzel, holte den Stift und die zusammengefalteten Papierseiten hervor, die er immer in der Hosentasche hatte, und setzte sich an den klapprigen Küchentisch. Überrascht darüber, dass die Wörter sich ihm geradezu aufdrängten, schrieb er:

> Du hast's gewagt! Der Würfel fiel,
> Du hast den Rückweg Dir verrammelt.
> Durch Ströme Blut willst Du zum Ziel,
> Wo Dir die Wut noch Flüche stammelt.
> Doch auf dem schuldbelad'nen Haupt
> Wankt schon die blutbefleckte Krone,
> Längst war Dein Lorbeerkranz entlaubt.
> Herab! Herab von Deinem Throne!

Später klopfte Alfred an seine Tür, um weiter mit ihm Feldsalat zu ernten. Während der Arbeit überlegte Kasimir, ob er ihm von seiner nächtlichen Beobachtung erzählen sollte. Doch die Erinnerung an Alfreds beinahe panischen Gesichtsausdruck vor Frau Baumühls Haustür hielt ihn davon ab. Er wollte dem Jungen nicht noch mehr Angst einjagen.

In der Mittagspause entschied er, stattdessen mit Fräulein Sonntag zu sprechen. Sollte er wirklich ihre Schwester gesehen haben, wäre es das Beste, es ihr möglichst diskret mitzuteilen.

Echo begleitete ihn bis zu ihrer Haustür. Kasimir klopfte, doch nichts geschah. Fröhlich tänzelte der Hund ums Haus herum und sah Kasimir immer wieder herausfordernd an. Zögernd folgte er ihm nach hinten zum Glasbau. Wie er erwartet hatte, pflegte Fräulein Sonntag dort ihre Blumen. Vorsichtig klopfte er gegen eines der zahllosen Fenster.

Sie zuckte zusammen, gleichzeitig ertönte ein Schreckenslaut aus einer anderen Ecke des Gewächshauses, der wiederum Kasimir zusammenfahren ließ. Entschuldigend hob er beide Hände und machte einen Schritt zurück. Eine zweite Dame trat aus dem Schatten der Blumen ins Licht: Sie war kleiner als das Fräulein, rundlicher und rosiger, mit vergnügt wirkenden Lachgrübchen im Gesicht. Schon lief sie zur Tür, riss sie auf und rief fröhlich: «Schön, dass wir uns auch einmal kennenlernen, Herr Trönicke. Mein Name ist Clara Albrecht. Haben Sie sich schon ein wenig in Boxhagen eingelebt?»

«Guten Tag, Frau Albrecht.» Kasimir deutete eine Verbeugung an. «Ja, vielen Dank. Sie haben es wirklich sehr schön hier, ein wunderbarer Ort.»

Hinter ihr kam Fräulein Sonntag aus dem Gewächshaus. Ihre Schritte waren zögerlich, fast schien sie sich hinter ihrer Schwester zu verstecken. Und doch konnte Kasimir den Blick nicht von ihr abwenden, sobald sie in seine Nähe kam. Nicht von ihren dunklen, geheimnisvollen Augen, nicht von dem sinnlichen Mund. Sie war keine klassische Schönheit mit diesem ernsten Blick, dem leicht schiefen Kinn, der strengen Frisur und dem einfachen Kleid. Und doch machte sie ihn schrecklich neugierig.

«Guten Tag, Fräulein Sonntag.»

Sie nickte ihm zu.

«Wie können wir Ihnen helfen?», fragte ihre Schwester.

«Ich … Es ist mir sehr unangenehm, Frau Albrecht, Fräulein Sonntag … Aber ich denke, es ist wichtig, dass ich Ihnen davon erzähle.»

«Nur raus mit der Sprache, Herr Trönicke!» Frau Albrecht breitete die Arme aus, als wollte sie seinen Bericht willkommen heißen.

Kasimir lachte verlegen. Vielleicht gab es an diesem Ort doch mehr Wärme und Fröhlichkeit, als er angenommen hatte.

«In der letzten Nacht habe ich etwas gesehen. Also, zunächst habe ich es gehört …» Er räusperte sich. Und dann schilderte er, was er erlebt hatte. Während er sprach, warfen die Frauen einander betretene Blicke zu. Kurz darauf schaute Fräulein Sonntag auf ihre Fußspitzen, und auch Frau Albrecht, die gerade noch so unerschütterlich gewirkt hatte, knetete ihre Hände. Selbst der Hund schien ihre Verlegenheit zu spüren. Er schlängelte sich an Kasimir vorbei und stupste Fräulein Sonntag an. Sichtlich dankbar beugte sie sich zu ihm hinunter und streichelte ihn mit langen Strichen von den Ohren bis zur Rute. Ob sie Kasimirs Worte überhaupt noch hörte?

«Ich hatte den Eindruck, dass die junge Frau nicht ganz bei sich war. Und in diesem Zustand … Also womöglich schadet sie sich selbst. Daher hielt ich es für das Beste, es Ihnen zu sagen.»

«Sie haben das Richtige getan», sagte Frau Albrecht. Sie zeigte erneut ihre Grübchen, wirkte nun aber ein wenig betreten. Hilfe suchend schaute sie sich zu ihrer Schwester um.

«Ich glaube, Echo hat eine Zecke», sagte die nur. «Komm, Echo.» Dann nahm sie den Hund mit ins Gewächshaus und schloss die Tür hinter sich.

Einen Moment lang war Kasimir sprachlos. War sie tatsächlich einfach gegangen?

Nachdenklich sah Clara Albrecht ihn an. «Begleiten Sie mich auf meinem Heimweg?» Ohne eine Antwort abzuwarten, lief sie voran.

«Natürlich, Frau Albrecht», beeilte sich Kasimir zu sagen und ging neben ihr her.

Ein paar Schritte lang schwieg sie. Kasimir nahm an, dass sie sich ihre Worte sorgfältig zurechtlegte. Doch dann sprudelten sie unkontrolliert aus ihr hervor: «Wir haben schon oft überlegt, unsere Ottilie – Frau Baumühl – zu einem speziellen Arzt zu schicken.»

Er hatte also richtiggelegen, dachte Kasimir.

«Doch diese Psychiker in Berlin haben teilweise so rabiate Methoden, dass wir es einfach nicht übers Herz bringen. Den ganzen Winter schon geht das so. Sie läuft ohne Mantel nachts umher. Allerdings erfreut sie sich dennoch bester Gesundheit – glücklicherweise, muss man sagen. Es klingt sicher schrecklich abgebrüht, aber wir haben uns beinahe daran gewöhnt. Einmal die Woche kommt unser Hausarzt, um nach Ottilie zu sehen und mit ihr zu sprechen. Sie ist in besten Händen. Nur einsperren wollen wir sie nicht … Das würde sie nicht ertragen, sie braucht das Umhergehen. Sie hat schließlich schon so viel durchgemacht … aber was rede ich. Ich langweile Sie sicher fürchterlich.»

«Ganz und gar nicht! Ich danke Ihnen für Ihre Offenheit.»

Frau Albrecht kicherte vergnügt. «Wie höflich von Ihnen. Die meisten leiden viel eher unter meiner Offenheit. Sagen Sie, sind Sie ledig?»

Vor Überraschung stolperte Kasimir.

«Sie machen großen Eindruck auf mein Personal, wissen Sie? Aber ich möchte Sie warnen!» Sie hob spielerisch drohend einen Zeigefinger. «Meine Dienstmädchen sind die besten der ganzen Umgegend. Wehe, wenn Sie mir eine davon wegheiraten!»

Jetzt musste Kasimir lachen. «Keine Sorge, Frau Albrecht. Ich habe nicht vor, in nächster Zeit zu heiraten.»

Frau Albrecht nickte und wirkte dabei mit einem Mal ein wenig nachdenklich. «Nun ja, nicht für jeden ist die Ehe das Richtige, nicht wahr? Manche Menschen wollen lieber eigenständig bleiben. Meine Schwester Alba zum Beispiel. Sie lehnt jeden Gedanken an Heirat ab, dabei bekommt sie viele Anträge von namhaften Männern. Sehr viele. Doch sie ist rigoros. Wenn unser lieber Vater das wüsste …» Sie unterbrach sich selbst und schüttelte den Kopf, als könnte sie sich nur so vom Weitersprechen abhalten.

Kasimir schob die Hände in die Taschen. Mit einem Seitenblick fragte er: «Meinen Sie Fräulein Sonntag? Sie ist in der Tat eine … ungewöhnliche Frau.»

Clara Albrecht lächelte. «Das ist sie.» Leise sang sie vor sich hin: «*Voll Anmut und Reiz ist ihre Zeichensprache. Fasse Mut …*»

Mit gerunzelter Stirn sah Kasimir sie an. Obwohl sie fürchterlich sang, erkannte er das Lied. «*Die Stumme von Portici!*»

Augenblicklich blieb sie stehen. «Sie kennen *Die Stumme von Portici?*»

Erst jetzt wurde Kasimir klar, was er getan hatte. Schnell winkte er ab und wich ihrem Blick aus. «Ich habe einmal … in einem Klostergarten gearbeitet. Nicht weit von einer Oper …»

«In Berlin?» Langsam ging Frau Albrecht weiter.

«Mmh», machte Kasimir unbestimmt, in der Hoffnung, sie würde nicht weiter nachfragen. «Ich liebe Musik.»

«Ein Gärtner mit einer Vorliebe für die Oper.» Frau Albrecht kicherte vergnügt. «Das findet man nicht häufig. Alba, ich meine Fräulein Sonntag, muss sich meinen Gesang tagtäglich anhören. Die Oper ist meine große Leidenschaft, wissen Sie? Aber behalten Sie das bitte für sich. Sie können doch besser schweigen als ich?»

Kasimir schmunzelte. «Wie soll ich auf diese Frage antworten und gleichzeitig höflich bleiben?» Er zwinkerte und sah mit Vergnügen, dass Frau Albrechts Lachgrübchen noch tiefer wurden.

«Sagen Sie einfach nichts! Ich bin es gewohnt, wenig Antwort zu bekommen, damit kann ich umgehen.»

«Ihre Schwester …» Kurz überlegte Kasimir, ob er zu weit ging, doch was hatte er schon zu verlieren? «Fräulein Sonntag scheint tatsächlich das Gegenteil von Ihnen zu sein …»

«Da haben Sie recht. Wir sind sehr unterschiedlich, und doch ein Herz und eine Seele. Sie werden es nicht glauben, aber Alba war nicht immer so. Natürlich hat sie ihre Gedanken niemals auf einem Silbertablett serviert – so wie ich.» Erneut lachte sie. «Schüchtern war sie schon immer. Aber früher hat sie es geliebt, uns Schwestern Geschichten zu erzählen.»

«Fräulein Sonntag hat Geschichten erzählt?»

«Und was für welche! Es gibt keinen fantasievolleren Kopf als den ihren. Vor allem Ottilie hat ihre Geschichten über alles geliebt. Die beiden haben manchmal ganze Nächte lang zusammengesessen.»

Kasimir versuchte, sich die Frauen als Kinder vorzustellen, brachte es aber nicht fertig.

«Und beide haben sie gern getanzt. Unsere Mutter hat früher viele Bälle in Boxhagen gegeben. Und obwohl Alba immer zurückhaltend war, konnte sie stundenlang ausgelassen tanzen.»

Wie gern hätte er das gesehen ...

«Sie hat so viele Blumenbotschaften von jungen Männern bekommen, dass es sogar unser Bruder Heinrich bemerkte und wütend wurde. Sie war damals noch keine siebzehn ...»

«Blumenbotschaften?»

Clara winkte ab. «Wehe, wenn Sie jemandem davon erzählen. Man wird noch sagen, ich sei eine Klatschbase.»

«Wer würde denn so etwas behaupten?!», rief Kasimir in gespielter Entrüstung.

Sie griff nach ihrer Handtasche und schlug damit lachend in die Luft. «Ironie entgeht mir nie, Herr Trönicke!»

Er lächelte. «Ich danke Ihnen von Herzen für das nette Gespräch, Frau Albrecht.»

«Und ich Ihnen für die Begleitung.» Sie winkte freundlich und verschwand in ihrem Wohnhaus.

15. Kapitel

Boxhagen, Frühling 1835

Ottilie hing an Albas Lippen. Gemeinsam saßen sie in Ottilies Zimmer. Alba war zwar erst zwölf und damit nur ein Jahr älter als Ottilie, doch sie kannte die besten Geschichten, die Ottilie je gehört hatte. Die meisten waren schon alt. Alba hatte sie irgendwo gelesen oder bei Mama gehört. Doch während Mama sie nur erzählte, machte Alba daraus ein Abenteuer. Ihre Stimme wurde beschwörend, und ihre dunklen Augen schimmerten fast schwarz. So ähnlich wie die Nacht. Oder wie Gott. Für Ludmila war Gott ein alter Mann mit weißem Bart oben im Himmel. Das wunderte Ottilie nicht, Ludmila hatte noch nie besonders viel Fantasie besessen. Sie wiederholte immer nur, was die Priester in der Kirche oder die Nonnen in der Schule ihr sagten. Ottilie hielt nicht viel von Nonnen, noch weniger von Priestern und am wenigsten von Ludmila. Sie war die frommste und langweiligste Schwester von allen. Und ihre Vorstellungen von Gott waren falsch. Diese Welt war voller wahnwitziger Wunder, die sich kein Greis jemals ausdenken könnte.

Wenn Ottilie an Gott dachte, dann dachte sie viel eher an Schatten in der Dunkelheit. An die Nacht. An die Schwärze von

Albas Augen. Alba brauchte die Dinge nur anzuschauen, um sie zum Leben zu erwecken. So wie jetzt.

Gerade balancierte sie auf ihrem Schoß einen halb fertigen Blumenkranz. Ihre Finger banden grüne Stängel mit festen Blättern und krausen Blüten aneinander, flochten filigrane Maiglöckchen an fransige Kornblumen, kreisrunde Nigellas und blassblaues Kaffeekraut. Und während Alba ihre Geschichte erzählte, glaubte Ottilie, inmitten der Blätter, Stempel und des Blütenstaubs beinahe menschliche Gesichter, Gestalten, bewegte Bilder zu sehen. Eine kleine Welt.

«In einer längst vergangenen Zeit, in der Jungfrauen noch mit offenem Haaren umhergingen», erzählte Alba, «begegneten sich Grete und Hans. Es war ein sonniger Frühlingstag, genau wie heute. Beide waren sie ausgezogen, um Maiglöckchen zu suchen, denn wer ein Maiglöckchen fand, der würde Glück und Liebe erfahren und stets die rechte Wahl treffen. Grete war die Tochter des reichsten Bauern der ganzen Gegend. Ihre offenen Haare wehten im Wind, dazu trug sie einen weißen, glockenförmigen Rock. Hans aber war der Sohn des ärmsten Bauern. Alles, was er besaß, war eine verblichene Hose und eine kornblumenblaue, völlig zerrissene Jacke. Als die anderen Kinder ihn sahen, lachten sie ihn aus. Nur Grete lachte nicht. Sie betrachtete ihn ganz genau – und entdeckte zu seinen Füßen das schönste aller Maiglöckchen. Da wusste sie, dass Hans und sie zueinander gehörten. Ruhig und voller Gewissheit beugte sie sich hinunter, um das Pflänzchen zu pflücken, und schenkte es ihm. Hans errötete und schwor Grete seine immerwährende Treue. Doch die anderen Kinder liefen erfüllt von Neid und Gehässigkeit ins

Dorf und erzählten, was sie beobachtet hatten. Noch am gleichen Tag verbot Gretes Vater seiner Tochter jeden Kontakt zu Hans. Und dem Jungen in der kornblumenblauen Jacke untersagte er, jemals näher als bis zu seinen Feldern zu kommen.

Also blieb Hans inmitten von Weizenähren stehen. Tag und Nacht schaute er in Gretes Richtung. Und auch Grete konnte den Blick nicht von ihm wenden. Sie verharrte im Garten. Es wurde Sommer, es wurde Herbst, dann Winter und erneut Frühling. So lang und innig betrachteten sie einander, bis sie sich beide in Blumen verwandelten. Noch heute wachsen sie, der eine hier, die andere dort. Hansl am Wege und Gretl im Busch.»

Alba deutete auf die beiden Blüten, die so genannt wurden. Die Hansl-Blüte war klein und unscheinbar, kreisrund und blassblau. Die Gretl-Blume war ebenso rund, aber größer, ihr Stempel sah aus wie eine kleine Krone mit schlaffen Zacken und ihre unzähligen Blütenblätter wie die volle Mähne eines Löwen.

«Das ist eine furchtbar traurige Geschichte, Alba!» Ottilie seufzte.

Alba zuckte entschuldigend die Schultern. «Mutter hat sie mir erzählt. Das Ende ist nun einmal, wie es ist.»

Entschieden schüttelte Ottilie den Kopf. «Ist es nicht! Du bist die Geschichtenerzählerin. Du kannst ein neues Ende erzählen.»

Einen Moment lang sah Alba Ottilie an.

«Guck nicht mich an!», rief Ottilie schrill. Sie konnte dieses Ende nicht hinnehmen. Wenn Alba nur weitererzählte, dann würde alles wieder gut. «Schau die Blumen an, Alba! Finde ein neues Ende für sie.»

Alba gehorchte. Sie betrachtete den Kranz, strich sanft über die Hansl-Blüte und über die Kornblume, dann sprach sie endlich weiter:

«Der Himmel war so traurig über das Ende der Geschichte, dass er sich tröstend nach dem Weizenfeld ausstreckte. Hier und dort ließ er blaue Blumen wachsen: Kornblumen in der Farbe von Hansls Jacke, die ihm nun Gesellschaft leisteten.

Und als Gretes Vater auszog, um das Weizenfeld zu bestellen, machten die Kornblumen mit ihren Stängeln all seine Sensen stumpf. Viel zu langsam erntete er den Weizen, sodass er schon bald vom reichsten zum ärmsten Bauern des Dorfes wurde, der eines Tages nicht mehr besaß als die bleiche Hose und die zerrissene kornblumenblaue Jacke, die Hans vor Jahren auf dem Feld zurückgelassen hatte.»

Alba nahm den Kranz in beide Hände und legte ihn Ottilie auf den Kopf. «Wie schön du damit aussiehst!»

Ottilie lächelte. «Danke, Alba!» Sie erhob sich und ging hinüber zu dem kleinen runden Spiegel an der Wand. Sie mochte, was sie sah. Natürlich war sie nicht so schön wie Alba. Und ihre Augen waren lang nicht so magisch wie die ihrer Schwester, aber zumindest leuchtete das dunkle Blau im Zusammenspiel mit den Kornblumen in ihrem Haar nun noch stärker als sonst.

«Was weißt du alles über Kornblumen?», fragte Ottilie.

Alba trat hinter sie. «Die Kornblume bedeutet: *Ich baue auf deine Treue.* Wenn sie aber ihre Blütenfarbe ändert und statt blau violett oder gar weiß leuchtet, steht sie für das genaue Gegenteil.»

«Und was noch?»

«Sie soll heilende Kräfte haben», sagte Alba. «Man sagt, mit den ersten Kornblumen, die man findet, soll man die Augen bestreichen, um sie zu schützen und zu stärken.»

«Das ist schön. Aber es ist nicht alles, oder? Wenn Kornblumen Sensen stumpf machen, sind sie dann nicht auch die Blumen der Rache?»

Überrascht sah Alba sie an. «Ich glaube nicht, dass …»

Doch Ottilie beachtete Alba nicht mehr. Sie hielt ihren Kranz fest, während sie hinausstürmte, über die Blumenwiese lief und sich ins Gras sinken ließ. Sie schloss die Augen und versuchte, die Wirkung der Blume zu spüren. Die Treue würde Ottilie ihrer Lieblingsschwester Alba immer halten, das war klar. Ganz leicht spürte sie nun aber auch etwas anderes tief in ihrem Inneren erwachen. Etwas, so dunkel wie Albas Augen, wie Gott, wie der Tod. Sie strich über ihre Arme, und ihre Haut fühlte sich an wie weiche Blätter. Sie fuhr sich durch die Haare und stellte sich vor, sie wären tiefblau.

«Was machst du da, Ottilie?», fragte Alba.

Erschrocken fuhr Ottilie herum. Sie hatte gar nicht gemerkt, dass Alba ihr gefolgt war.

«Komm mit», flüsterte Ottilie. «Ich verrate dir ein Geheimnis.»

Sie sprang auf und lief hinüber zur alten Trauerweide, die nicht weit vom Hintereingang entfernt, am Rand des Blumenfeldes, wuchs. Ihre herabhängenden Zweige bildeten einen dichten Blättervorhang, unter dem sich die drei jüngsten Sonntag-Schwestern, so oft sie konnten, vor der Gouvernante versteckten.

Zuerst kroch Ottilie darunter, hinter ihr Alba. Sie rückten nah zusammen. Das Licht hier war sanft und der Laubboden weicher als jedes Bett.

«Ich habe etwas beobachtet», flüsterte Ottilie. «Willst du wissen, was?»

Alba nickte.

«Einmal habe ich eine Betonie gepflückt. Du weißt, was Betonien bedeuten?»

«Überraschung», sagte Alba.

«Am gleichen Tag hat Mutter mir eine Puppe geschenkt.»

Albas dunkle Augen weiteten sich ein wenig.

«An einem anderen Tag habe ich Clara eine gelbe Rose gegeben und ihr ein Geheimnis anvertraut. Und du weißt, was eine gelbe Rose bedeutet?»

«Untreue.»

Ottilie sah Alba direkt in die Augen. Wenn jemand sie verstand, dann Alba. Tatsächlich schlussfolgerte ihre Schwester richtig: «Sie hat dein Geheimnis weitererzählt.»

«Sie hat es Mutter verraten. Mutter sagt, Blumen können nicht zaubern, jedenfalls nicht so, wie ich es mir denke. Aber ich glaube, was das angeht, hat Mama ausnahmsweise einmal unrecht.»

Fragend schaute Alba sie an.

«Du hast mir diesen Kranz geflochten, und ich denke, die Kornblumen wirken schon.»

Endlich überzog ein breites Lächeln Albas Gesicht. «Das ist eine wunderbare Geschichte», flüsterte sie.

Erleichtert lachte Ottilie auf. Alba glaubte ihr! «Komm!», rief sie. «Lass uns etwas zaubern.»

Sie stürmten hinaus und rannten zwischen den Obstbäumen ins Blumenfeld. Ottilie schlug vor, Monatsrosen zu suchen, damit sie sich immerwährende Schönheit herbeizaubern könnten. Alba wollte lieber Beifuß pflücken, damit ihnen das Glück hold bliebe. Als Erstes stießen sie jedoch auf eine Akazie. Begeistert hielten beide inne und sahen an dem Baum hinauf.

«Geschwisterliebe», flüsterte Alba, während Ottilie schon hinaufkletterte, um einen besonders schönen Ast abzubrechen.

16. Kapitel

Boxhagen, 4. März 1848

Schon beim ersten Blick aus dem Gewächshaus sah ich, dass die Winterlinge blühten. Kleine gelbe Farbtupfer ragten aus dem nur noch dünn mit Schnee bedeckten Gras. Jahr für Jahr beruhigte mich dieses Farbenspiel: Sosehr ich daran gezweifelt hatte, auch diesmal würde es einen Frühling geben.

Ich griff nach meinen Handschuhen und dem Spaten – und zögerte. Allein würde ich Stunden brauchen. Und der neue Gärtner wartete ohnehin auf meine Aufträge. Bisher hatte er sich nicht als sonderlich selbstständig erwiesen. Doch sobald man ihm eine Tätigkeit zuteilte, kam er der Bitte gewissenhaft, wenn auch langsam nach. Sicher würde er in seine neue Aufgabe hineinwachsen, dachte ich. Bis dahin musste ich ihn vielleicht ein wenig an die Hand nehmen.

«Komm mit!», rief ich Echo zu und lief quer über die Wiese, um an Trönickes Tür zu klopfen.

Er brauchte einen Moment, um zu öffnen, und als er vor mir stand, war sein honigblondes Haar zerzaust. Schnell streifte er sich einen Hosenträger über die kräftige Schulter und verzog dabei kurz das Gesicht. Hatte er Schmerzen?

Ich wollte mir diesen Gedanken verbieten, doch er schoss

mir dennoch durch den Kopf: Claras Dienstmädchen hatten recht. Der neue Gärtner war erstaunlich gut aussehend. Dieser aufmerksame Blick, die eine Augenbraue, die immer ein wenig höher stand als die andere ...

«Guten Morgen, Fräulein Sonntag. Sie sehen aus, als gäbe es Arbeit für mich.»

«Guten Morgen, Herr Trönicke ...»

Sollte ich ihm mitteilen, dass es für einen Gärtner in Boxhagen immer Arbeit gab und dass sein Vorgänger diese Arbeit stets selbst erkannt hatte? Doch sein Blick war so freundlich und aufgeschlossen, dass ich mich sofort für meine Gedanken schämte.

«Ich komme wegen der Winterlinge ...», sagte ich. Wie schrecklich schüchtern meine Stimme klang.

Seine Augen leuchteten auf. «Ein schönes Wort. Winterlinge. Woher der Name wohl kommt?» Er wiegte nachdenklich den Kopf.

Ich zwang mich dazu, ihm ins Gesicht zu schauen. «Ist das nicht offensichtlich? Der Winter bringt sie hervor. Ohne die Kälte würde es sie nicht geben. Aber auch nicht ohne die Frühlingssonne. In ihnen steckt beides, das Wechselspiel der Jahreszeiten.»

Ich brach ab. So viel hatte ich schon lang nicht mehr zu einem Fremden gesprochen. Clara wäre stolz auf mich.

«Dann sind sie wie wir, habe ich recht?»

Fragend sah ich ihn an. Ich persönlich könnte auf den Winter verzichten. Nur meine Blumenzwiebeln benötigten seine Kälte.

«Wir brauchen die Nacht, und wir brauchen den Tag», fuhr

er fort. Dann blickte er auf die Schaufel in meiner Hand. «Was machen wir heute?»

«Ich möchte die Samen einsammeln und größere Wurzelballen ausgraben, um sie zu teilen.»

«Sie wollen die Winterlinge vermehren?»

Ich nickte.

«Aber verkaufen können Sie sie nicht ...»

«Nein. Wir tun das für die Menschen in Boxhagen. Wir alle hatten einen langen Winter, nicht wahr?»

Nachdenklich sah er mir in die Augen. Und dann breitete sich ein so wohlwollendes Lächeln auf seinem Gesicht aus, dass ich davon angesteckt wurde.

Den ganzen Tag lang beugten wir uns über die Wiese, auf der Suche nach den kleinen dunklen Samen. Und wenn wir kleine Blumeninseln fanden, gruben wir sie aus. Trönicke war ganz offensichtlich nicht der erfahrenste Gärtner. Immer wieder fragte ich mich, warum sein Vorgänger ihn empfohlen hatte. Immerhin hörte er genau zu und setzte all meine Anweisungen um. Ich zeigte ihm, wie er die Ballen teilen konnte, wie groß sie sein und wohin er sie pflanzen sollte. Außerdem wies ich mit dem Zeigefinger auf passende Stellen für die Samen. Ich sah es schon vor mir: In wenigen Tagen würden auf der ganzen Wiese große und kleine Blumeninseln entstehen, hoffnungsvolles Frühlingsgelb.

«Sie sind eine Künstlerin, Fräulein Sonntag», sagte Trönicke irgendwann auf seinen Spaten gestützt. Die Vormittagssonne schien über seine Schulter und blendete mich, sodass ich die Hand hob, um meine Augen zu schützen.

«Sie erinnern mich an eine Malerin. Nur, dass Sie nicht mit dem Pinsel arbeiten, sondern mit Samen.»

Er bückte sich und sammelte weiter.

Ich blieb einen Moment stehen. Es war lange her, dass jemand etwas so Schönes zu mir gesagt hatte. Ich wollte es beiseiteschieben und Trönicke ignorieren. Doch es gelang mir nicht. Seine selbstbewusste, warme Stimme verfing sich in meinem Ohr. Mein Blick wanderte immer wieder zu seinen großen Händen, mit denen er durch das Gras fuhr, zu den halbnackten Armen, in denen die Sehnen und Muskeln bei jeder Bewegung hervortraten. Wie schön wäre es, wenn er recht hätte! Ich stellte mir vor, ich könnte tatsächlich mit Blumen malen. Am liebsten mit meinen Hyazinthen. Ja, warum eigentlich nicht? Zum Malen brauchte man nichts anderes als Farbe. Und Hyazinthen blühten in den wunderbarsten Schattierungen. Würde ich sie in einer ganz bestimmten Reihenfolge anordnen, könnten dabei tatsächlich Kunstwerke entstehen. Ich könnte sie so wachsen lassen, dass sie einen Vogel darstellten, ja sogar einen Hund – Echo! – oder Amalies Pferd …

«Fräulein Sonntag!», rief in diesem Moment Alfred. Fröhlich bellend flitzte Echo auf den Gehilfen zu. «Ich soll Ihnen etwas von Frau Priem ausrichten.»

Ich richtete mich auf und wischte mir den Schweiß von der Stirn. Ludmila hatte von sich aus schon lange keinen Kontakt mehr zu mir gesucht.

«Sie bittet darum, dass sich ihre Schwestern in einer Stunde bei ihr einfinden.»

Und mich beschlich die Ahnung, dass das nichts Gutes bedeuten konnte.

Wann war ich zuletzt mit all meinen Schwestern in einem Raum gewesen? Ich konnte mich nicht entsinnen. Nun hatten wir uns auf Ludmilas ausgesucht elegantem Mobiliar verteilt: Amalie saß wunderschön und missmutig auf dem Kanapee. Clara und Philipp hatten sich auf zwei Stühlen niedergelassen. Als sie meinen Blick bemerkte, zwinkerte Clara mir aufmunternd zu und zeigte ihre Grübchen. Ludmila stand neben dem samtenen Ohrensessel, in dem wie immer ihr Gatte Otto saß, und musterte erst Clara, dann Amalie. Mich sah sie kein einziges Mal an. Ebenso wenig Ottilie, die uns allen den Rücken zukehrte: Mit anstößig offenen Haaren lehnte sie sich aus dem Fenster.

Ob wohl auch die kleine Elise im Haus war? Wahrscheinlicher war, dass Ludmila das Kindermädchen für die Dauer des Gesprächs mit ihr in den Kirschgarten hinausgeschickt hatte.

«Vielen Dank, dass ihr meiner Einladung gefolgt seid», sagte Ludmila steif. «Otto, möchtest du beginnen?»

«Ich werde gar nicht um den heißen Brei herumreden», brummte er und faltete die Hände auf dem vorgewölbten Bauch. «Ihr wisst es ja ohnehin: Die Geschäfte laufen schlecht. Die Konkurrenz auf dem Blumenmarkt wächst mit jedem Tag. Gleichzeitig verschlechtern sich unsere Anbaubedingungen. Berlin gräbt uns wortwörtlich das Wasser ab.» Ludmila kniff die Lippen fest zusammen, während sie ihren Mann von der Seite beobachtete. «Die meisten von uns haben ihren Lebensmittelpunkt ohnehin in Berlin. Auch wenn wir unsere Wohnsitze nach dem bedauernswerten Tod unseres lieben Heinrich hierherverlegt haben. Für Boxhagen nehmen wir umständliche Reisen auf uns sowie die Doppelbelastung, die es erfordert, abseits von zu Hause Geschäfte anzuleiten. Amalie, dein Mann

Friedrich ist derart eingespannt, dass er heute nicht hier sein kann. Auch Peter schafft es fast nie nach Boxhagen, habe ich recht, Ottilie?»

Ottilie rührte sich nicht.

«Otto, jetzt redest du ja doch um den heißen Brei herum», beschwerte sich Philipp. Nicht die geringste Spur von Humor lag in seinen Worten. Dennoch lachte Clara laut und fröhlich, als hätte er sich einen Scherz erlaubt. «Woher dieses Sprichwort wohl kommt? Heißer Brei?»

Otto ließ sich nicht beirren. «Unser Vetter Anton Fuchs hat uns einen Vorschlag unterbreitet, über den wir alle gründlich nachdenken sollten», fuhr er fort. «Dieses Angebot könnte uns das Leben enorm erleichtern.»

In diesem Moment flog die Tür auf. «Mama, Mama, du bist hier!» Die kleine, dunkel gelockte Elise stürmte in den Raum. Alle Erwachsenen schienen augenblicklich die Luft anzuhalten. Kurz sah ich zu Ottilie hinüber, die sich nicht einmal zu ihrer Kleinen umdrehte. Stattdessen hob Ludmila das Kind hoch. Als Ottilies Tochter zweieinhalb Jahre alt gewesen war, hatte Ludmila sie bei sich aufgenommen. Und wahrscheinlich hätte sie es schon früher tun sollen.

«Was machst du denn hier, meine Süße?», fragte sie sanft.

Atemlos erschien das Kindermädchen in der Tür. «Bitte entschuldigen Sie, gnädige Frau, sie ist mir ausgebüxt, dabei wollte ich nur kurz …»

«Ist schon gut», schnitt Ludmila ihr das Wort ab und gab ihr Elise in den Arm. Das Mädchen war für seine fünf Jahre ungewöhnlich klein und zart, sagte manchmal aber schon erstaunlich kluge Dinge.

«Mama!», rief Elise und streckte ihre Arme in Ottilies Richtung.

Eilig trug das Kindermädchen sie hinaus.

Einen Moment lang hing eine schwere Stille im Raum.

Ludmila räusperte sich und nahm den Gesprächsfaden wieder auf: «Anton hat uns eine großzügige Offerte unterbreitet.»

Nur die leicht flatternden Lider und die roten Flecken auf ihrem sonst so bleichen, langen Hals verrieten ihre Nervosität. Der rötliche Schatten unter ihren grünen Augen war dunkler als sonst. Sicher hatte sie sich in der vergangenen Nacht hin und her gewälzt. Ich wusste, lange bevor sie es aussprach, was sie sagen würde. «Er möchte unsere Ländereien kaufen.»

Ich krallte die Finger ineinander. *Bleib ruhig. Denk nach.*

Amalie lachte abfällig. «Woher sollte Anton Fuchs Geld genug haben, um uns alle auszubezahlen?»

«Er ist viel herumgekommen in den letzten Jahren und dabei zu einem wohlhabenden Geschäftsmann aufgestiegen.»

«Dem kann ich zustimmen», sagte Philipp und rieb sich über den verkniffenen Mund. «In den letzten Monaten habe ich häufig mit ihm zusammengearbeitet. Ein tüchtiger, fähiger Mann.»

Ich dachte an Antons Besuch am Vortag. An die Erneuerung seines Antrags. Er ahnte wohl, dass ich mein Land niemals hergeben würde. Um es dennoch zu bekommen, wollte er mich sogar heiraten. Er war zu allem bereit …

«Gott weiß, Anton hat dieses Land schon immer geliebt», sagte Ludmila. «Jeden Sommer hat er uns für Monate besucht und konnte sich im Herbst stets schwer trennen.»

Ein schrilles Lachen ließ uns alle zusammenzucken. «Möchtest du … etwas sagen, Ottilie?», fragte Ludmila.

Doch darauf reagierte Ottilie nicht.

«Wir haben sein Angebot auf dem Esstisch ausgebreitet. Schaut es euch in Ruhe an», sagte Otto. «Wir sollten auch an die Zukunft denken. Ludmila und ich haben zwei Söhne. Noch sind sie auf dem Internat, keiner von uns kann sich vorstellen, dass diese Lausejungen eines Tages erwachsen werden.» Er lachte glucksend. «Doch der Tag wird kommen. Die Albrechts sind mit ihrem kleinen Heribert gesegnet – und weitere Söhne könnten folgen. Genauso bei den anderen Mitgliedern dieser Familie.»

Ich sollte bei diesen Worten nicht zu Amalie hinüberschauen. Abgesehen von mir, war sie die einzige Schwester, die keinen Nachwuchs hatte. Doch ich konnte nicht anders. Auch sie starrte mich an, und ihr strafender Blick ging mir durch Mark und Bein.

«Die nächste Generation wird erhebliche Probleme haben, dieses Land weiter aufzuteilen», sagte Otto.

«Ein Verkauf würde uns zudem einigen Spielraum für andere Projekte geben», überlegte Philipp laut, stand auf und ging hinüber zum Tisch. Otto folgte ihm.

Konzentriert schaute ich auf meine Hände und versuchte, mich zusammenzureißen. Noch war nichts entschieden, sagte ich mir. Ich konnte es abwenden. Nur wie? Als ich fragend in die Runde schaute, wichen bis auf Clara alle meinen Blicken aus. Ich öffnete den Mund, brachte aber kein Wort hervor. Stattdessen spürte ich, wie mir Tränen in die Augen stiegen.

«Alba.» Clara sah mich besorgt an.

Schnell versuchte ich, den Schleier wegzublinzeln.

Kurz traf mich Ottilies durchdringender Blick. «Wir alle

sollten weinen», murmelte sie, «wenn Alba weint.» Dann drehte sie sich gänzlich um und starrte mich an. Ihre Iris leuchteten dunkelblau, und ich musste an den Tag denken, an dem ich ihr den Kornblumenkranz aufgesetzt hatte. Wie gern würde ich zu diesem Moment zurückkehren …

Amalie achtete keine Sekunde auf meine Tränen. «Mutter würde sich im Grabe herumdrehen, wenn sie wüsste, worüber wir hier beraten», zischte sie.

«Würde sich Mutter nicht auch im Grabe herumdrehen, wenn wir Monat für Monat einen Teil unseres Wohlstands verlören?», wandte Ludmila ein. «Sie hat immer gewollt, dass es uns an nichts fehlt.»

«Sie hat ihre Blumen genauso sehr geliebt wie uns, Ludmila. Mach dir nichts vor. Wir waren für sie nicht mehr und nicht weniger als die Tulpen in ihrem Beet.»

Wütend starrte ich Amalie an. Ich wollte ihr widersprechen, Mutter in Schutz nehmen und alles richtigstellen. Fieberhaft suchte ich nach Worten, doch schon warf Ottilie ein: «Recht so, Amalie. Selbstmitleid hat dir immer gut gestanden.»

«Wer hat überhaupt die Verrückte eingeladen? Als ob ihre Meinung irgendetwas zählen würde!»

«Amalie!» Ludmila klang entsetzt.

«Und schon ist es wie früher, habe ich recht?» Clara mühte sich ein leichtfertiges Lachen ab.

«Wenn du früher sagst», sagte Ottilie, «meinst du dann damals, als Mama im Sterben lag? Oder damals, als Vater tot umgefallen ist?»

«Nein, ich …», stammelte Clara.

«Doch, du hast recht», unterbrach sie Ottilie. «Wir stehen

wieder an einem Totenbett. Nur dass es diesmal nicht unsere Mutter oder unser Vater ist, den wir verabschieden. Es ist die Seele dieser Familie.»

Ein Schauder ergriff mich.

«Nein, ich meinte: Wir liegen uns wie die kleinen Mädchen in den Haaren», rief Clara. «Dabei lieben wir uns doch in Wahrheit alle.» Sie klang mit einem Mal überfordert und traurig.

«Es wird der Tag kommen, an dem dein Selbstbetrug in sich zusammenbricht, Clara», sagte Ottilie. «Und ich werde gespannt dabei zusehen.»

Zum ersten Mal wirkte Clara geschlagen. Sie senkte die Lider, und ihr sonst so rosiges Gesicht erblasste. Amalie sprang auf und zog Ludmila in eine Ecke. Gedämpft hörte ich sie schimpfen: «Im Ernst, Ludmila. Warum hast du Ottilie holen lassen?»

«Wir brauchen ihre Zustimmung.»

«Sie ist nicht mehr zurechnungsfähig, das siehst du doch. Wir sollten an Peter schreiben. Er wird dankbar sein. All das hier kann er sowieso nicht ertragen …»

«Also bist du doch mit dem Verkauf einverstanden?»

«Ich sagte lediglich, Mutter würde sich im Grabe herumdrehen. Und für sie tut es mir leid. Aber wenn es nun einmal das Beste ist …»

Bei diesen Worten sprang ich auf. Ich wollte ihnen so gern eine flammende Rede halten. Ihnen erklären, dass dieser Ort alles für mich war. Mein Zuhause, mein Leben, meine Hoffnung. Dass nur dieser Ort uns heilen könnte – irgendwie, eines Tages, vielleicht. Nur hier hätten wir zumindest eine Chance. Wir brauchten das Vorwerk Boxhagen.

Alle starrten mich an: Clara mitleidig, Ottilie boshaft, Amalie überheblich, Ludmila ungeduldig. Ich stockte und suchte nach Worten, wo keine waren.

«Alba möchte uns eine Geschichte erzählen.» Ottilie lächelte süffisant.

«Wenn du etwas zu sagen hast, dann sag es, Alba.» Amalie verdrehte die Augen.

Endlich kam etwas über meine Lippen: «Ich möchte nicht verkaufen.»

Dann rannte ich hinaus.

17. Kapitel

Boxhagen, Oktober 1836

Ottilie gluckste vor Lachen und versuchte, sich dennoch gut auf das Seil zu konzentrieren. Es schwang über ihren Kopf, Ottilie sprang.

«Heile, heile Segen, sieben Tage Regen», rief auf der einen Seite Alba, auf der anderen Seite Clara, während sie das Seil schwangen.

«Sieben Tage Sonnenschein, wer wird wohl dein Mann mal sein?»

Jetzt musste Ottilie höllisch aufpassen, nichts falsch zu machen. Einmal an einer ungünstigen Stelle gestolpert, und es würde ihr Ewigkeiten nachhängen. Es war nicht lange her, dass sie sich bei «S» versprungen hatte und ihre Schwestern sie zwei Wochen lang mit «Frau Schweinebraten» angesprochen hatten. Clara hatte ihr ein sittsames und schrecklich ödes Leben an der Seite des Pfarrers von Boxhagen prophezeit und nicht aufhören können, über diese Vorstellung zu lachen.

«A, B ...», riefen die beiden Schwestern. Ottilie sprang hoch konzentriert.

«C, D ...»

Sie könnte ewig so weitermachen, dachte sie stolz. Nichts

könnte sie aus dem Konzept bringen. Doch in diesem Moment trat ihr Bruder Heinrich aus der Haustür.

«E, F …», rief Clara laut aus.

Ottilie stolperte, verhedderte sich im Seil und fiel.

Clara lachte. «F! Wie … Fuchs! Anton Fuchs! Oh, ich glaube, Ottilie wird einmal unseren Vetter heiraten, Alba!»

Doch weder Alba noch Ottilie beachteten sie. Ottilie rappelte sich auf und starrte in Heinrichs Gesicht. Heinrich war ein großer, breiter Mann, ruhig und aufgeräumt. Seine fünf Schwestern behandelte er zwar nicht ohne Strenge, aber immer gerecht und beherrscht. Nun wirkte er zum ersten Mal, seit Ottilie denken konnte, gehetzt. Sein Gesicht war verschwitzt, das hellblonde Haar ungekämmt, die Wangen eingefallen.

«Lasst den Unsinn», sagte er mit tiefer Stimme. «Kommt mit.»

Mutter lag in ihrem Bett. Sie war in den letzten Wochen häufig krank gewesen. Wann immer Ottilie besorgt in ihr Zimmer gelassen wurde, beruhigte Mutter sie, dass Krankheiten völlig normal seien, nichts, über das man sich Sorgen machen müsse. Zur Sicherheit hatte Ottilie ihr Zimmer dennoch mit ein paar Zauberblüten geschmückt: Balsamkraut für die schnelle Genesung, Iris für Heilung, Kirschblüten für die Hoffnung.

Doch als Ottilie nun in Mutters Zimmer stand, begriff sie schlagartig, dass diese Krankheit keine normale war. Ottilie hätte viel wirksamere Zauberblumen bringen müssen.

Ihre großen Schwestern Ludmila und Amalie waren schon da. Natürlich, sie waren erwachsen und wussten, wie Heinrich, immer viel mehr als die jüngeren Schwestern.

Ottilie starrte Mutter an. Waren ihre Augenringe all die Zeit so dunkelblau gewesen, ihre Lippen so blutleer? Mamas Lider flackerten, kaum konnte sie die Augen aufhalten. Was war Ottilie doch für ein naives Mädchen! Spielte mit zwölf Jahren noch wie ein Kleinkind mit dem Springseil, kicherte albern und begriff nicht, was hier wirklich vor sich ging. Sie wollte nicht mehr zu den Kindern dieser Familie gehören. Sie wollte vernünftig genug sein, bei Mutter bleiben. Jede Minute, jede Sekunde. Sie hätte keine einzige davon verpassen dürfen. War es nun etwa zu spät? Würde sie ihre Mutter verlieren, weil sie nicht gut genug auf sie aufgepasst hatte?

«Kommt her, meine Kleinen.»

Clara begann sofort zu weinen und stürzte sich in Mutters Arme.

«Vorsichtig», sagte Ludmila. «Pass auf, dass du Mama nicht wehtust.»

Die Worte ließen Ottilie ganz starr werden. Bei Mutter hatte sie noch nie vorsichtig sein müssen. Sie hatte nicht gewusst, dass man sie verletzen könnte. Wie oft hatte Ottilie ihr wehgetan und es nicht einmal gemerkt? Hatte sie Mutter am Ende sogar krank gemacht? Unwahrscheinlich war es nicht. Ottilie konnte ganz furchtbar unvernünftig sein.

Alba nahm Mutters Hand, Amalie strich ihr sanft über die Schulter. Dann drehte sie sich zu Ottilie um. «Komm her, Liebes», flüsterte sie in einem Tonfall, den Ottilie noch nie von ihr gehört hatte. Alles Schnippische und Hochmütige, das Amalies Stimme sonst auszeichnete, war daraus verschwunden. Und vielleicht war es diese Sanftheit, die Ottilie am meisten Angst machte. Die Dinge gerieten vollkommen durcheinander, wenn

Amalie sanft war. Etwas Schreckliches würde passieren. Das absolut Schrecklichste. Ottilie versuchte, zu Mutter zu laufen, konnte aber ihre Füße nicht mehr bewegen. Sie schienen fest in dem Boden verwurzelt zu sein. Suchend tastete sie nach ihren Armen und glaubte, nur dünne, haarige Blumenstängel zu fühlen. Sie riss die Augen auf, atmete schneller.

«Meine süße Ottilie. Komm.» Mutter brauchte sie jetzt, schoss es Ottilie durch den Kopf. Ottilie musste ihr helfen. Zumindest jetzt. Es war der vielleicht wichtigste Moment, der letzte wichtige Moment überhaupt. Doch was sollte sie tun?

Alba drehte sich zu ihr um und musterte sie mit ihren dunklen, magischen Augen. Sie kam auf sie zu, nahm ihre Hand, und in diesem Moment kehrte Ottilies Körper zu ihr zurück. Sie hatte Arme, Beine und Füße. Sie war ein Mensch, ein kleines Mädchen, das endlich an das Bett seiner Mutter stürmte.

«Mama!», rief Ottilie. Sie wollte sich entschuldigen, betteln, flehen. Doch alles, was sie sagen konnte, war: «Mama», immer wieder: «Mama …»

«Schhh», machte Mutter. «Ich bin ja da. Ich werde immer da sein, hörst du? Immer.» Mit zittriger, kalter Hand streichelte sie Ottilies Haar. «Meine lieben Kinder …»

Einen Moment lang sah sie Ottilie an, als wollte sie noch etwas sagen, doch dann schien die Erschöpfung sie zu überwältigen. Sie blinzelte müde.

«Heinrich», sagte sie leise, und er trat mit ernstem Blick näher heran. «Hol bitte deinen Vater.»

Sofort lief Heinrich davon.

Mutter ließ den Blick von einer Schwester zur anderen wandern. «Versprecht ihr mir, dass ihr aufeinander aufpasst?»

«Natürlich, Mutter», erwiderte Ludmila. «Ich habe schon ein Auge auf diese wilde Meute.»

«Mich brauchst du nicht anzuschauen», sagte Amalie. «Ich bin alt genug.»

Ihre Stimme zitterte. Kurz lachte sie schluchzend auf, dann verbarg sie ihren Mund hinter ihrer Hand.

«Das weiß ich doch, Amalie. Jede von euch ist auf ihre eigene Weise stark.»

«Aber Mama», flüsterte Clara. «Ich kann noch nicht einmal die Schubkarre allein halten, wenn sie voller Erde ist.»

Mutter lächelte. «Du bist ja auch erst elf Jahre alt, Clara. Aber dein Herz ist schon stark. Und irgendwann schiebst du die Schubkarre mit Leichtigkeit.»

«Meinst du wirklich?»

«Ganz bestimmt. Und selbst wenn nicht: Am allerstärksten seid ihr ohnehin, wenn ihr einander helft und zusammenhaltet. Dann könnt ihr alles meistern.»

Sie atmete tief durch. Dann zeigte sie auf die Fensterbank, auf der fünf kleine Blumensträuße aufgereiht waren.

«Ludmila und Amalie haben mir geholfen, sie zusammenzustellen. Für jede von euch gibt es einen …»

Ottilie wollte ihren nicht lesen, nicht einmal anschauen. Sie wollte niemals von Mutters Seite weichen, krallte sich an ihrer Hand fest und ließ die Gespräche der Schwestern an sich vorüberziehen. Irgendwann kam Vater, der zum ersten Mal, seit Ottilie denken konnte, hemmungslos weinte. Clara klammerte sich schluchzend an Ludmila, Amalie hielt Alba im Arm, Heinrich stand bleich am Fußende des Bettes, und Vater lehnte seine Stirn gegen die seiner Frau.

Kaum nahm Ottilie all das wahr. Sie fühlte nur Mutters Hand, strich wie besessen über ihre Haut, ihre Knöchel. *Wenn ich ihre Fingerknöchel genau acht Mal umrande, wird alles wieder gut*, sagte sie sich und probierte es. Sie zählte: *sechs, sieben, acht*, sah in Mutters Gesicht, doch nichts hatte sich verändert. *Noch einmal*, dachte sie. Doch obwohl Ottilie es immer wieder versuchte, hing Mutters Hand irgendwann schlaff in ihrer.

«Aber Mama», sagte sie. «Das kann nicht sein … Ich wollte doch …» Ottilie schloss fest die Augen, schrie. Und als man sie von Mutter lösen wollte, schlug sie um sich.

Kaum bemerkte sie, dass Vater sie auf den Arm nahm und davontrug. Sie brüllte, strampelte, und sobald er sie in ihrem Zimmer abgesetzt und Mutters Strauß in eine Vase gestellt hatte, wischte Ottilie ihn mit einer so heftigen Bewegung vom Tisch, dass der Ton zerbrach, das Wasser umherspritzte und die Blumen durch den Raum flogen.

Ich werde dich immer vermissen, rief die Kamelie. *Eines Tages werden wir uns wiedersehen*, behauptete die Glockenblume. *Ich bin noch dann bei dir, wenn alle anderen verschwinden*, flüsterte die Zeitlose.

Lautlos landeten sie alle auf dem dicken Teppich.

18. Kapitel

Boxhagen, 4. März 1848

Ich rannte hinaus ins Blumenfeld. Nicht wie eine erwachsene Frau, die Besitzerin von 52 Morgen Land, sondern wie ein kleines Kind. Bilder aus einer Zeit, in der wir zu sechst Räuber und Gendarm gespielt hatten, durchzuckten mich. Am meisten hatte ich es geliebt, wenn Heinrich mir auf den Fersen war. Denn sobald er mich packte, kitzelte er mich durch, bis ich laut kreischte.

Ich wollte nicht auch noch an Heinrich denken, meinen geliebten großen Bruder, und lief schneller. Doch eine traurige Erinnerung wurde oft von der nächsten abgelöst: Ich dachte daran, wie ich nach Mutters Tod hinaus ins Blumenfeld gerannt war. Ich hatte geglaubt, hier könnte ich ihr nah sein.

«Wir sterben nicht wirklich, weißt du? Wir machen es wie die Blumen», hatte Mutter mir einmal erklärt. «Wenn es kälter wird, ziehen wir uns in die Erde zurück. Und sobald der Frühling anbricht, wachsen wir wieder empor ins Licht.»

Seitdem hatte ich sie Frühling für Frühling in unseren Feldern gesucht. Ich war durch unsere Tulpen und Hyazinthen gestreift, immer in der Erwartung, sie würde zwischen ihnen knien und sich, sobald sie mich hörte, mit Erde an der Stirn aufrichten.

Elfmal war seitdem Frühling gewesen. Nie war sie zurückgekehrt. Nun würde ich bereits den zwölften Frühling ohne sie erleben. Und obwohl ich längst wusste, dass sie es metaphorisch gemeint hatte, würde ich auch diesmal nicht über unsere Wiesen und Felder laufen können, ohne nach ihr Ausschau zu halten.

«Fräulein Sonntag!», rief Trönicke mit hocherhobener Hand. Er stand in der Blumenwiese zwischen meinem Haus und seiner Hütte, den Spaten im Anschlag. Neben ihm saß Echo. Er sah ihn gespannt an und wischte mit der Rute über die niedrigen Winterlinge, immer hin und her.

«Sie haben Besuch.»

Ich schloss die Augen. Nicht jetzt, dachte ich. Unwillkürlich duckte ich mich und lief mit gesenktem Kopf weiter, auf Trönicke zu.

«Echo hätte ihn gern gefressen», sagte der Gärtner mit einem kleinen Grinsen, sobald ich näher gekommen war. «War es richtig, dass ich ihn davon abgehalten habe?»

Verstohlen schaute ich erst zu ihm, dann zum Haus hinüber. Ein Einspänner wartete vor der Tür. Die beiden Passagiere hatten uns den Rücken zugekehrt. Dennoch wusste ich sofort, wer sie waren. Und dass einer von ihnen garantiert um meine Hand anhalten würde. Ein gequälter Laut entfuhr mir.

«Wir könnten uns verstecken», schlug Trönicke schmunzelnd vor.

Ich sollte keinesfalls auf diesen Scherz eingehen und mich stattdessen würdevoll von ihm verabschieden. Doch ich brachte es nicht über mich. Wie verlockend diese Vorstellung war! Ich erwiderte seinen Blick vielsagend.

Da ließ Trönicke den Spaten fallen, griff nach meiner Hand

und zog mich hinter sich her. Ich keuchte vor Überraschung, dennoch lief ich mit. Echo sprang begeistert um uns herum.

«Kommen Sie, Fräulein Sonntag, bevor uns jemand bemerkt!» Trönicke eilte in Richtung der Schienen, über die dann und wann ein dampfendes Ungetüm der Frankfurter Eisenbahn ratterte. Erst zwischen den Bäumen, die die Gleise säumten, blieb er stehen.

«Hier dürften sie uns nicht sehen. Aber wir haben sie genau im Auge.» Er zwinkerte mir zu. «Notfalls könnten wir Echo auf sie hetzen.»

Zufrieden ließ er sich auf den Boden sinken.

Der Tag war erstaunlich warm geworden. Die Sonne schien vom klaren Himmel auf uns hinab und lockte mit ihrer Wärme all die verschlafenen Blumen in den Feldern. Erschöpft ließ auch ich mich nieder.

Schweigend beobachtete ich den Einspänner: Obenauf saß mein Vetter zweiten Grades, Wilhelm Johann Junge, mit seiner Mutter. Sie war in einen Haufen Decken gewickelt, trug einen dicken Hut und lange Handschuhe. Er schien weniger verfroren zu sein, rutschte aber unruhig auf dem Kutschbock hin und her.

«Sind das Verwandte von Ihnen?»

Ich nickte.

«Familie kann schon anstrengend werden, was?»

Einen Moment lang schwiegen wir beide. Dann fragte er: «Bekommen Sie häufig Besuch?»

Ich schluckte, wich seinem Blick aus und beobachtete die beiden vor meiner Haustür. Ich sollte etwas sagen. Schließlich versuchte Trönicke offensichtlich, mir zu helfen. Ich hätte erzählen können, dass beinahe jede Woche ein Bekannter oder

Verwandter auftauchte und mir eine Heirat vorschlug. Ich hätte von dem siebzigjährigen Freund eines Onkels berichten können, der mich während seines Antrags durchweg «Kind» genannt hatte. Oder von dem Neffen eines Geschäftsfreundes von Otto, der noch keine achtzehn war und mir großspurig von seinem Traum erzählte, eines Tages ein reicher Mann in Australien zu werden.

Aber was, wenn Trönicke mich fragte, ob es denn keinen einzigen vernünftigen Antrag gegeben hatte? Wenn er wissen wollte, wieso ich hier seit Jahren allein lebte und verlernt hatte, Konversation mit Fremden zu betreiben? Wenn er die Sprache auf meine Familie brachte? Sich wieder nach Ottilie erkundigte? Oder, noch schlimmer, nach unserem Bruder, der uns alles vererbt hatte und nach dessen Tod mir bis auf Clara alle Schwestern den Rücken gekehrt hatten?

Minutenlang spürte ich seine Seitenblicke. Irgendwann gab er auf. Bestimmt würde er sich gleich verabschieden, um weiterzuarbeiten. Warum sollte er auch mit einer so schweigsamen Person wie mir auf dem kalten Boden sitzen bleiben? Normalerweise wäre ich ohnehin lieber allein. Doch nicht heute. Aus irgendeinem Grund wollte ich ihn nicht gehen lassen.

Ich musste endlich etwas sagen! Irgendetwas …

«Wo bleibt sie nur?», säuselte ich mit verstellter Stimme, darum bemüht, die Tonlage von Frau Junge zu treffen. Dann antwortete ich mir selbst mit tieferer Stimme: «Ach, Mutter. Vielleicht ist sie bei einer ihrer Schwestern. Glaubst du denn, eine junge Frau sitzt den ganzen Tag allein in ihrem Haus herum?»

Unentwegt sah ich auf die beiden Wartenden in der Ferne. Ich konnte mir ihre Unterhaltung lebhaft vorstellen.

«Was weiß denn ich, Wilhelm?», ließ ich Frau Junge in hochnäsigem Tonfall antworten. «Ein unverheiratetes Mädchen sollte gar nicht allein in einem Haus wohnen. Es wird höchste Zeit, dass sich jemand ihrer annimmt.»

Überrascht sah Trönicke mich an. Was musste er jetzt von mir denken? Einem Fräulein, das ganz allein zwischen Blumenfeldern wohnte, kaum sprach, sich dann aber über ihren Besuch lustig machte. Ich spürte, dass ich rot wurde. Bestimmt würde er sich schleunigst nach einer neuen Stelle umsehen. Und wennschon, versuchte ich mich selbst zu beruhigen. Ich würde einen anderen Gärtner finden. Dieser hier taugte ohnehin wenig. Ich schluckte. Wieso taten diese Gedanken weh? Wieso wollte ich Trönicke trotz allem bei mir behalten?

Er holte Luft und sagte, tiefer und langsamer als sonst: «Vielleicht kommt das Fräulein hier draußen ja auch wunderbar allein zurecht, Mutter. Möglicherweise braucht es niemanden, bis auf den Hund.»

Unwillkürlich lachte ich auf und schielte zu ihm hinüber. Sein Gesichtsausdruck spiegelte eine Mischung aus Belustigung und seltsamem Ernst. Ich spürte, dass ich noch röter wurde, und sagte schnell in der hochmütigen Stimme, die ich mir für Frau Junge ausgedacht hatte: «Ach was, du Dummerchen. Jede Frau braucht jemanden, der sich ihrer annimmt. Vor allem eine, die 52 Morgen Land besitzt.»

Trönicke wiegte den Kopf. «Ach, Mutter», brummte er, den Blick fest auf die zwei Besucher gerichtet. «Ich bin davon überzeugt, dass eine wohlhabende, alleinstehende Frau viele Anträge bekommt. Gerade eine, die so beispiellos schön ist wie Fräulein Sonntag.»

Ich schluckte. In meinem Magen flatterte und raschelte es wie eine Levkoje im Wind.

Doch er sprach einfach weiter, als hätte er etwas völlig Nebensächliches gesagt: «Bestimmt zwei pro Woche. Würde sie einen Mann wollen, hätte sie schon einen.»

Ich versuchte, meine Verlegenheit zu überspielen: «Du hast recht, Wilhelm. Sie bekommt zahlreiche Anträge. Aber du kennst doch die jungen Herren in unserer Verwandtschaft. Ist da auch nur einer dabei, der dir das Wasser reichen könnte? Nein, alles aufgeblasene Schaumschläger. Keiner dieser Männer ist ein so geeigneter Kandidat wie du.»

«Ach, Mutter, du machst mich verlegen!» Trönicke lachte brummend. «So großartig bin ich nicht. Ich trage zwar einen schicken Anzug und kann allein einen Einspänner lenken, aber niemals könnte ich Winterlinge so wunderschön auf einer Wiese verteilen, wie Fräulein Sonntag das kann …»

«Mach dich nicht über mich lustig, Wilhelm!», schimpfte ich ihn. «Wer sagt denn, du müsstest Winterlinge verteilen? Wenn dir dieses Land erst mal gehört, kannst du damit machen, was du möchtest. Du bist elegant, freundlich und klug. In der Gesellschaft wirst du noch deinen Platz erobern. Wehe, wenn du deine Vorzüge nicht gut ausspielst. Du weißt, dass wir dieses Land gut gebrauchen können.»

Kurz schielte Trönicke zu mir herüber. «Ich dachte, wir wollen dem Fräulein helfen?»

Ich lachte spitz auf. «Natürlich, natürlich, Sohn. Diese Ehe wird ein Gewinn für beide Seiten. Das Mädchen wird nicht mehr mutterseelenallein hier draußen im Nirgendwo leben. Ihr Gatte wird ein tüchtiger Geschäftsmann sein, auf den sie sich verlassen kann. Und wir stopfen unsere Haushaltslöcher und besitzen fortan sehr viel Land.»

«Aber Mutter ... was machen wir denn mit all dem Land, wenn ich keine Blumen darauf pflanzen werde?», fragte Trönicke. Wort für Wort wurde seine Stimme ein wenig authentischer. Fast klang er wieder wie er selbst. Fragend sah er mich an.

«Als frischgebackener Ehemann nimmst du deine Gattin mit nach Berlin», erklärte ich. Ich wollte Frau Junge bleiben, doch unter Trönickes Blick gelang es mir nicht. «Die Arbeit hier draußen können Angestellte erledigen. Sie werden die Hyazinthen pflanzen und ernten. Du hingegen bist von höherer Geburt. Und wer reich ist, bleibt es auch. Du wirst den beträchtlichen Gewinn des Verkaufs einstreichen. Jahr für Jahr.»

Trönicke hob seine Augenbrauen. Mit einem Mal erschien mir sein Blick forschend. Langsam fragte er: «Und du glaubst ... meine Zukünftige hat diesbezüglich die gleiche Einstellung wie wir, Mutter? Passt sie denn zu uns?»

Mein Herz raste, dennoch sprach ich aus, was mir als Erstes in den Sinn kam: «Ich will es doch stark hoffen! Es wäre ungeheuerlich, würden sich hinter der Stirn einer wohlhabenden jungen Dame demokratische Gedanken tummeln!»

Einen Moment lang hatte es Trönicke wohl die Sprache verschlagen. Ich spürte, dass ich rot wurde. Doch dann stellte ich mir das anerkennende Nicken meines Bruders vor. Hätte Heinrich meine sarkastischen Worte gehört, wäre er stolz auf mich.

«Mmh.» Allmählich schien sich der Gärtner wieder zu fangen. Mit ernstem Blick musterte er mein Gesicht. «Wohl wahr ... Das wäre wirklich ungeheuerlich.» Seine Stimme klang rau, mit einem Mal ganz nah. Beinahe berührte sein Ellenbogen meinen Oberarm. Nur beinahe. Und doch breitete sich von dieser Stelle eine Gänsehaut über meinen gesamten Körper aus. Trönicke ließ meinen Blick nicht los, forschte in meinen Augen. Kaum merkte ich, dass ich den Atem angehalten hatte.

Endlich öffnete er den Mund. «Und wie, denkst du, sollte ich dem Fräulein meine Aufwartung machen? Was würde sie wohl überzeugen?»

Ich riss meinen Blick von ihm los, winkte ab und erwiderte mit Frau Junges Stimme: «Natürlich mit Blumen! Du brauchst kein Wort zu sagen, du schenkst ihr einfach eine Handvoll Schlüsselblumen. Sie wird es verstehen.»

«Schlüsselblumen?», fragte Trönicke, nun wieder mit seiner eigenen, sanften Stimme. «Mag sie Schlüsselblumen so sehr? Oder haben sie eine spezielle Bedeutung?»

Bevor ich antworten konnte, knallte eine Peitsche. Erst jetzt kam ich zur Besinnung. Was zur Hölle tat ich hier? Die Kutsche der Junges setzte sich in Bewegung, und ich dankte Gott dafür. Was hatte ich doch für ein Glück! Ich sprang auf die Füße.

«Sie … fahren fort …», stammelte ich – als das seltsame, unsichere Fräulein Sonntag, das ich nun einmal war. «Ich … sollte jetzt gehen.»

Auch Trönicke richtete sich auf, doch ich lief bereits los. Echo schoss fröhlich an mir vorbei.

«Warten Sie, Fräulein Sonntag!», rief der Gärtner. «Wie wäre Ihre Antwort gewesen? Was hätten Sie gesagt, wenn Wilhelm Junge Ihnen Schlüsselblumen geschenkt hätte?»

Ich lief weiter, kämpfte mit mir, und dann rief ich ihm doch über meine Schulter zu: «Ich hätte ihm Tausendgüldenkraut gepflückt!»

19. Kapitel

Boxhagen, 4. März 1848

Kasimir sah Alba Sonntag und Echo noch sekundenlang nach. Er hatte von Anfang an das Gefühl gehabt, eine sonderbare Frau vor sich zu haben – unsicher und wortkarg. Doch erst jetzt ahnte er, dass das längst nicht alles war. Hinter ihrem distanzierten Blick verbarg sich ein verdammt ungewöhnlicher Humor. Und nicht nur das. Wie hatte sie das vorhin wohl gemeint, als sie über demokratische Gedanken gesprochen hatte? Er konnte doch nicht wirklich hoffen, dass diese schöne junge Frau, eine Landbesitzerin, seinen Traum von der Demokratie teilte. Oder?

Lange blieb Kasimir bei den Bäumen in der Nähe der Gleise stehen und hing seinen Gedanken nach. Er war wahrlich an einem merkwürdigen Ort gelandet. Nicht nur das Benehmen von Fräulein Sonntag überraschte ihn. Da war auch noch ihre Schwester, die nachts über die Blumenbeete wandelte. Und obendrein lagen vor dem Haus der Baumühls all diese Blumen und erinnerten ihn an Opfergaben. Dabei ging ihn all das im Grunde gar nichts an. Die Frauen von Boxhagen hatten ihr Leben, ihre Streitigkeiten, ihre Herausforderungen. Und er hatte die seinen. Er sollte endlich wieder etwas zu Papier bringen. Und dann sollte er sich aus dem Staub machen, bevor sein Schwindel doch noch aufflog. Entschieden lief er über den Feldweg auf die Gärtnerhütte zu und schloss, dort angekommen, die Tür hinter sich.

Auf dem Tischchen in der Mitte lagen die wenigen Entwürfe, die er bisher fertiggestellt hatte. Während er sie betrachtete, tauchte vor seinem inneren Auge das Bild seiner Schwester auf. Abgemagert, verhärmt. In diesem Moment fragte sich Henriette sicher bereits, wo er war und wann er wieder Schulgeld für die Kinder bringen würde …

Er nahm Platz, setzte den Stift aufs Papier und schrieb.

Er versuchte, sich nur auf das Lied zu konzentrieren, das er verfassen wollte – eine Hymne auf das Volk, auf den glühenden Kampf für die Freiheit.

Doch er schweifte ab. Auch den Augen von Alba Sonntag wohnte ein seltsames Glühen inne. Er schüttelte den Kopf, versuchte, ihr Bild zu vertreiben, und schrieb weiter, dichtete einen Vers über den Mut der Kämpfenden. Und sah vor seinem inneren Auge, wie Alba Sonntag ihren Kopf hob, um in die Ferne zu schauen. Nicht wie eine junge Frau, sondern wie ein Soldat inmitten einer Schlacht. So als hätte sie schon unzählige Schläge eingesteckt und sähe dem Feind dennoch tapfer ins Gesicht.

So ein Unsinn!, schalt sich Kasimir. Er sprang auf die Füße und tigerte in der kleinen Hütte auf und ab. Um sich abzulenken, betrachtete er die schmalen Büchlein in einem Regal schräg über dem Ofen. Er stutzte. Warum gab es in dieser Gärtnerhütte eigentlich Bücher?

Neugierig nahm er eines heraus. *Wally, die Zweiflerin* von Karl Gutzkow. Er musste grinsen. Dieses Buch hatte einen Skandal ausgelöst und war wegen pornografischer und blasphemischer Inhalte eigentlich verboten. Gutzkow hatte deswegen sogar ins Gefängnis gemusst. Ob Fräulein Sonntag wusste, dass ihr ehemaliger Gärtner solch aufrührerische Literatur gelesen hatte? Er nahm das nächste Buch in die Hand: *Taschenbuch der Blumensprache* von Johann M. Braun. Kasimir schlug es auf. «Allen edlen deutschen Jungfrauen gewidmet», stand auf der ersten Seite. Obwohl dieses Buch anscheinend nichts mit ihm zu tun haben wollte, blätterte er weiter.

Er wusste, dass sich Damen und Herren der gehobenen Kreise mithilfe von Blumenbotschaften verständigten, seiner Meinung nach absurder Luxus: Wenn man sein Geld für Schnittblumen ausgeben konnte, hatte man zu viel davon. Doch das Buch rührte an eine alte Erinnerung … Er setzte sich ans Fenster und vertiefte sich ins Lesen.

> Wer mit den Blumen und dem Blumenleben umzugehen weiß, wird nie die Leere im Inneren fühlen, die so oft im gewöhnlichen, durch Luxus und Zerstreuungssucht beherrschten Leben das Herz verödet.

Kasimir musste lachen. Das gewöhnliche Leben war also voller Luxus und Zerstreuungssucht? So, so. Er schüttelte den Kopf und dachte an seine Mutter, die nach dem Tod seines Vaters in einer Textilfabrik geschuftet hatte, um ihre fünf Kinder durchzubringen. Er dachte daran, dass sich das gewöhnliche Leben, das er kannte, lange Zeit in einem winzigen Zimmer abgespielt hatte: eine kleine Kochecke, über der man auch die Wäsche trocknete, ein feuchtes, miefendes Bett, in dem fünf Menschen abwechselnd schliefen, in der Luft der Gestank von Schweiß und dem ranzigen Fett, das wieder und wieder zum Kochen verwendet wurde. Das gewöhnliche Leben trat sich gegenseitig auf die Füße, es hatte kaum Platz zu atmen, es stand vor Dreck, und es taumelte vor Erschöpfung. Das gewöhnliche Leben war der bohrende Hunger in der Nacht, der einen nicht schlafen ließ. Es war ein Jucken in der Kopfhaut, ein ersticktes Wimmern, Eimer voller Scheiße. Und eine ganze Reihe von Kindersärgen.

Kasimir schüttelte die Gedanken ab und las weiter:

> Er wird die empfangenen Eindrücke wohltätig auf das Leben anwenden, wird immer mehr das Gute und Schöne erschaffen …

Diese Worte las Kasimir mehrmals. Konnte die Beschäftigung mit Blumen die Menschen wirklich dazu bringen, Gutes zu tun?

Bisher war Kasimir der Überzeugung gewesen, diese Macht hätten nur gute Bücher. Früher, bevor die Fabrik seiner Mutter erst all ihre Farben, dann all ihre Ideen und zuletzt sogar all ihre Worte geraubt hatte, in einer Zeit, als sie noch nicht in dem winzigen Zimmer gehaust hatten, da hatte sein Vater ihn regelmäßig mit in seine Bibliothek genommen. Dort durfte er lesen, was und so lang er wollte. Als Kind verlor er sich wieder und wieder in *Nussknacker und Mausekönig* von E. T. A. Hoffmann. Jedes Mal erschauderte er von Neuem, wenn der Nussknacker zum Leben erwachte und den Kampf gegen die Mäuse aufnahm, die aus ihren Löchern hervorwuselten.

Als er älter wurde, verschlang er alles von Schiller, dann

Schauerromane wie *Das Schloss von Otranto* von Horace Walpole und *Frankenstein* von Mary Shelley. Erst später entdeckte er politischere Autoren für sich: Heinrich Heine, Christian Dietrich Grabbe und Karl Gutzkow. Doch immer wenn er unglücklich verliebt war, blätterte er durch Bücher über Botanik. Aus irgendeinem Grund beruhigten ihn die lateinischen Namen der Blumen, die feinen Aquarelle bunter Pflanzenpracht.

Kasimir verliebte sich selten, aber heftig. Seine erste Liebe war die Tochter des Buchbinders gewesen, bei dem sein Vater Bücher für seine Bibliothek erstand. Sie war vier Jahre älter als er und schon verlobt, als er gerade fünfzehn wurde. Trotzdem erwiderte sie seinen Blick stets lang und intensiv. Wenn er heute daran zurückdachte, klangen noch immer vibrierende Erinnerungen seiner Gefühle in ihm nach.

Die Bibliothek blieb sein Rückzugsort, sein zweites Zuhause, auch als sein Vater bereits tot war. Der neue Bibliothekar erlaubte Kasimir weiterhin zu lesen, was er wollte, egal wie mager und dreckig er wurde. Hier, in der Stille zwischen den Büchern, fühlte er sich seinem Vater und seinem verlorenen Leben am nächsten.

Auch in dieser Zeit des Kummers halfen ihm die Aquarelle von Blumen. Er murmelte ihre lateinischen Namen vor sich hin und fuhr mit den Fingern über die Blüten, las, wo sie zu finden waren und was sie auszeichnete.

Kasimir war sich immer sicher gewesen, dass er sich gut mit Blumen auskannte. Er kannte Blütenformen und Namen zahlreicher Pflanzen, außerdem wusste er, wie sie gesät wurden, in welchem Untergrund sie gediehen und wann sie blühten. All das kam ihm nun zugute und bewahrte ihn davor, sich als vermeintlicher Gärtner vollends zu blamieren. Doch mit ihren Bedeutungen hatte er sich nie beschäftigt. Neugierig blätterte er im *Taschenbuch der Blumensprache* zum Wörterbuch-Teil.

Als Erstes schlug er die Schlüsselblume nach: *Wann wirst du mir dein Herz aufschließen?*

Fräulein Sonntag hätte mit Tausendgüldenkraut darauf geantwortet: *Du schaust zu sehr auf Geld und Gut.*

Das passte zu diesem schnöseligen Herrn Junge. Er dachte nach. Ob auch die Blumen vor dem Haus der Baumühls eine Bedeutung hatten? Wenn er sie richtig erkannt hatte, musste es sich bei den meisten um Eisenkraut handeln.

Er schlug auch das nach und fand: *Ich reiche dir die Hand zur Versöhnung.*

Kasimir erinnerte sich an all die Blumen, die dort vertrockneten, um Vergebung bittend, die sie nicht erhielten. Und an Frau Baumühls Schreie in der Nacht. Wie gern hätte er gewusst, wie all das zusammenhing …

20. Kapitel

Boxhagen, 4. März 1848

Amalie lehnte ihre Stirn an die von Adonis. Sie konnte seine Wärme spüren, sein glattes Fell.

«Was tue ich nur?», flüsterte sie.

Sie wusste, was das Richtige wäre. Und was das Falsche. Und dann ließ sie Adonis satteln.

Tom, der Stallbursche, sagte kein Wort, und sie vermied es, ihn anzusehen. Sie fragte sich, was er wohl wusste, und fürchtete sich doch vor der Antwort. Sobald er fertig war, bedankte sie sich mit gesenktem Blick.

Während sie Adonis durch den Stall führte, betrachtete sie ihn liebevoll von der Seite. Diesen stolzen und doch so zierlichen Wallach, das Geschenk ihres Mannes, das sie viel zu sehr ins Herz geschlossen hatte. Bestimmt schöpfte Friedrich Hoffnung. Wann immer er in Boxhagen war, stand er am Fenster oder saß in der Sonne vor dem Stall, um sie bei ihren Ausritten zu beobachten. Es war kaum zu ertragen, wie glücklich er ihr entgegensah … Gut, dass er heute eine Unterredung mit Otto hatte.

Amalie umfasste die Zügel fester. Sie konnte kaum das schwerelose Gefühl erwarten, das sie ergriff, sobald sie im Sattel saß. Solange sie mit den Füßen auf dem Boden stand, fühlte sie sich bleiern und verbittert. In ihrem Bauch meinte sie das grüne Wasser des Rummelsburger Sees schwere Wellen schlagen zu spüren. Manchmal glaubte sie sogar, ihr Atem rieche nach den Algen, die ihr Inneres täglich mehr verklebten. Doch dann trat sie aus dem Stall heraus und schwang sich in den Sattel. Und mit den Zehen im Steigbügel kehrte die Leichtigkeit in Amalie zurück. Sie vergaß das Schwappen und blickte sich um: Die Sonne stand so tief, dass sie die Felder berührte. Noch waren die Hyazinthen kaum zu sehen, doch Amalie wusste, dass sie sich überall zaghaft durch die Erde bohrten. Albas Gewächshaus warf einen langen Schatten in Amalies Richtung. Ein Arm, der nach ihr zu greifen schien. Sie wollte seine Kälte abschütteln, wenigstens für ein paar Stunden, und drückte die Waden gegen Adonis' Bauch. Der Wallach preschte los. Nur seinen Gelenken zuliebe hielt sie ihn vom Galopp ab. Gemächlich ließ sie ihn den Feldweg entlanggehen – vorbei an dem alten, ehrwürdigen Gutshof, an der gläsernen Fassade von Albas Haus, die im Abendlicht aufblitzte, und an der kleinen Gärtnerhütte, aus deren Schornstein in diesem Moment ein wenig Rauch aufstieg.

Wenn sie zurückblickte, sah sie im Osten das bürgerlich anmutende Anwesen von Clara und Philipp und weiter entfernt, kurz vor der Kolonie, den alten Schuppen, den Ottilie zu ihrem Wohnhaus hatte umbauen lassen.

Links von ihr, im Süden, verliefen die Gleise der Frankfurter Eisenbahn, und dahinter stand ein kleines Wäldchen. Es war nicht weit, doch Amalie durfte nicht den direkten Weg nehmen. Schließlich konnte man die Felder von sämtlichen Häusern ihrer Schwestern aus überblicken. Zunächst ritt sie in Richtung des Frankfurter Tors, bog dann zwischen die Bäume ab, um hintenherum auf das kleine Wäldchen zuzusteuern. Bald hielt sie es nicht mehr aus und ließ Adonis erst antraben, dann galoppieren. Sie liebte das Geräusch seiner Hufe auf dem Feldweg, die Geschwindigkeit unter ihren Beinen, den Wind im Haar, sogar die Kälte in ihren behandschuhten Fingern. Sie beugte sich vor, stellte sich leicht in die Steigbügel und ließ Adonis schneller werden.

Sein Hals hob und senkte sich unter ihr, sie lenkte ihn über eine weite Wiese und sah, wie die Hyazinthenfelder dahinter miteinander verschmolzen und die Sonne immer tiefer sank. Vom Himmel tönte ein lautes Trompeten. Sie schaute hinauf und stellte fest, dass die Kraniche zurückkehrten. In einem eleganten V flogen sie über den Himmel.

Und dann tauchte sie ein in den kühlen Schatten des kleinen Wäldchens.

Ein Schnalzen ließ Pferd und Reiterin innehalten. Amalie drehte sich um und sah ihn sofort. Er hockte auf einem Baumstumpf, ein Bein angewinkelt, das andere ausgestreckt. Sein Hut lag neben ihm, in der Hand hielt er eine Taschenuhr. Er fixierte Amalie.

«Du solltest nicht hier sein», sagte sie in dem hochmütigsten Ton, den sie zustande brachte. Doch ihre Atemlosigkeit war nicht zu überhören. Adonis tänzelte unter ihr.

Anton Fuchs stand auf, steckte die Uhr in die Innentasche seines Jacketts, strich es glatt und ging mit langsamen Schritten auf sie zu, ohne den Blick auch nur eine Sekunde von ihr abzuwenden.

«Du auch nicht», stellte er in genüsslich dunklem Tonfall fest. «Und trotzdem wirst du jetzt von deinem Pferd steigen. Habe ich recht?»

21. Kapitel

Boxhagen, 1837

Ein Schrei weckte Ottilie. Sie fuhr hoch und lauschte mit wild klopfendem Herzen. Es musste früher Morgen sein. Draußen war es noch nicht ganz hell, nur das Personal schlich schon durch das Haus. Da war es wieder: ein lang gezogener Klagelaut. Hörte das denn niemand außer ihr? Was, wenn es eine ihrer Schwestern war, die vor Schmerzen jammerte? Sie schwang die Beine über die Bettkante und blinzelte ein paarmal, bis sie das Bett auf der anderen Seite des Raums erkennen konnte. Clara rührte sich nicht. Tief und langsam vernahm man ihre Atemzüge. Kurz überlegte Ottilie, ihre Schwester zu wecken. Doch sie schien so friedlich zu schlafen, dass Ottilie es nicht übers Herz brachte. Vorsichtig stand sie auf und schlich aus dem Zimmer, folgte den weit entfernten Schreien durch den Flur und die Treppe hinunter.

«Guten Morgen, Ottilie!», grüßte sie ein Dienstmädchen. «Du bist aber früh wach!»

Ottilie blieb stehen. «Hörst du das?», flüsterte sie.

Das Dienstmädchen hielt inne und lauschte. «Ach …» Sie winkte ab. «Sicher nur eine Katze. Schau mal auf der Kellertreppe nach – dort habe ich letztens eine gesehen.»

«Eine Katze in unserem Keller?» Ottilie legte beide Handflächen an ihre Wangen. «Das wäre ja wundervoll!»

Sofort eilte sie zur Haustür. Sie warf sich den Wintermantel über, stieg in die Stiefel einer ihrer Schwestern und stapfte los.

Draußen war es für diese Jahreszeit ungewöhnlich kalt. Seitdem Ottilie dreizehn Jahre alt geworden war, fror sie ohnehin ständig. Amalie hatte ihr erklärt, das liege am Alter. Der Körper wachse nun so schnell, da könne einem schon einmal schaudern. Heinrich glaubte hingegen, es sei einfach ein ungewöhnlich kalter Winter, jeder von ihnen fror. Mutter war seit sieben Monaten tot. Und Ottilie hatte das Gefühl, sie habe den Frühling mitgenommen. Seit dem Herbst, in dem sie gestorben war, fühlte sich der Gutshof kalt an. Natürlich feuerte das Hauspersonal die Öfen an, und Ottilie trug auch im Haus mehrere Mäntel und Tücher übereinander. Doch die Kälte steckte tief in den Wänden und den Fußböden und strahlte unbarmherzig auf Ottilie aus. Dabei war längst April. Eigentlich müsste Boxhagen von Tulpen, Hyazinthen und Narzissen nur so leuchten. Doch noch immer wurden die Frühblüher von einer dicken Schneedecke begraben. Zeitweise hatte der Schnee so hoch gelegen, dass man nicht einmal in die weiße Pracht hinausstürmen konnte – sie bekamen die Haustür nicht mehr auf.

An diesem Morgen ließ die Aufregung Ottilie die Kälte vergessen. Laut knirschte der Schnee unter ihren Sohlen, als sie zur Kellertür lief.

«Kätzchen?»

Für einen Moment war es still, dann hörte sie das Wimmern erneut. Es war ganz nah.

Ein Kribbeln überzog ihren Nacken.

«Du bist hier.»

Ottilie schob das bereitliegende Holzscheit unter die Tür und stieg die Treppe hinab. Stufe um Stufe wurde es düsterer um sie herum.

«Wo bist du?», fragte sie in die Dunkelheit. «Kleines Kätzchen, wo bist du nur?»

Die steinernen Stufen waren staubig, und ihre Kälte drang sogar durch Ottilies Stiefel. Immer tiefer stieg sie. Und dann, als sie kaum noch etwas sehen konnte, tauchte ein Schatten in der Dunkelheit auf. Ottilie sog scharf die Luft ein.

«Kätzchen?»

Der Schatten rührte sich nicht. Ottilie nahm all ihren Mut zusammen und bückte sich zu diesem Etwas hinunter, das da auf der Treppenstufe hockte. Sie brauchte einen Moment, bis sie begriff, dass dort ein Fetzen Stoff lag, vielleicht von einer alten Decke. Und darauf fand sie nicht nur ein Kätzchen, sondern sechs. Sie waren winzig klein und hatten sich eng aneinandergedrängt, als würden sie schlafen. Von ihrer Mutter war nichts zu sehen. Behutsam nahm Ottilie die Decke in beide Hände und trug sie Stufe für Stufe hinauf ans Licht. Oben angekommen, legte sie sie auf den Fußboden. Kaum bemerkte sie, dass eine größere Katze, vielleicht die Mutter, aus dem Keller geschossen kam und um die nächste Ecke verschwand.

Ottilie streckte eine zitternde Hand aus, um eines der Tiere zu berühren. Es war dünn, steif und kalt, das rot-weiß gemusterte Fell stumpf und verklebt. Sie zuckte zusammen. Diesen Kätzchen konnte niemand mehr helfen. Sie sollte gehen. Doch ihre Füße bewegten sich nicht. Ganz langsam nahm sie eines der toten Tiere in die Hand. Es hatte riesige, rotbraune Augen. Sie schienen Ottilie anzustarren, ihren Blick festzuhalten. Ottilie zitterte und blieb doch hocken, Auge in Auge mit dem erfrorenen Kätzchen.

Am schlimmsten fror Ottilie Anfang Juni. Schließlich wurden die Fenster morgens nun lange sperrangelweit geöffnet und kein Feuer in den Öfen mehr entzündet.

Gemeinsam mit Alba und Clara musste Ottilie den Vorträgen ihrer Gouvernante lauschen. Fräulein Bachmüller war genauso alt wie Amalie, äußerlich aber ähnlich unscheinbar wie Ludmila. Leider besaß sie kein bisschen von Albas Erzähltalent. Ihre weit auseinanderstehenden Augen schauten unentwegt auf ihre gefalteten Hände, während sie mit leiser Stimme über Bibelverse sprach. Ottilie konnte nicht zuhören, denn Alba war langsam aufgestanden und zum Fenster hinübergegangen. Sie schaute so lange hinaus, dass Ottilie die Stirn runzelte. Dann ordnete Alba die drei Blumensträuße, die auf der Fensterbank standen, neu.

Ottilie stieß Clara vorsichtig mit dem Fuß an und deutete, so unauffällig sie konnte, mit dem Kopf auf Alba. Beide beobachteten genau, welche Blüten Alba mit den Fingerspitzen streifte und aus dem Strauß herauszupfte.

Ich gräme mich noch zu Tode, seufzte die Malve lautlos. *Lasst uns eine List gebrauchen*, riet die Feuerflamme. *Wir treffen uns an unserem Ort*, schlug der Oleander vor.

Zuerst gab Alba vor, dringend ihre Notdurft verrichten zu müssen. Als sie schon erstaunlich lange fort war, erklärte Clara, einmal nach ihr sehen zu wollen. Und sobald Fräulein Bachmüller aufstand, um die beiden suchen zu gehen, machte sich auch Ottilie aus dem Staub.

Ottilie trat aus der Haustür und traute ihren Augen kaum. Denn an diesem 2. Juni 1837 fielen Schneeflocken vom Himmel. Erst streckte sie die Hände aus, um sie aufzufangen, dann die Zunge. Spürte die nasse Kälte.

Alba und Clara warteten bestimmt schon unter der alten Trauerweide auf sie. Ottilie liebte diesen Ort. Sie hatte das Gefühl, im Kreis der herabhängenden Äste könnte ihnen niemals etwas zustoßen. Es war, als bliebe dort die Zeit stehen, als wären sie noch immer die kleinen Kinder, die sie früher gewesen waren, und Mutter könnte sie jeden Moment rufen. Schnell wollte Ottilie zu ihren Schwestern laufen, bevor Fräulein Bachmüller sie erwischte.

Doch in diesem Moment sah sie etwas Kleines, Rötliches im Schnee. Langsam kam es auf Ottilie zu. Bald erkannte sie die dürren Beine, die hoch aufgestellten Ohren, den verklebten, aber doch gefährlich erhobenen Schwanz. Das Kätzchen sah sie mit seinen riesigen rotbraunen Augen an, und Ottilie wusste, dass es tot war und dass es sie dennoch nie verlassen würde. Nicht wirklich.

Das Katzenjunge lief majestätisch an Ottilie vorbei und steuerte geradewegs auf die Straße an der Vorderseite des Gutshauses zu. Ohne darüber nachzudenken, ging Ottilie ihm nach. Es verschwand um die Häuserecke.

«Was machst du denn hier?», fragte Amalie. Ihre ältere Schwester stand auf der breiten Treppe des Haupteingangs, wie immer eine überwältigende Erscheinung. Selbst in dem warmen, pelzbesetzten Wintermantel konnte niemandem Amalies Grazilität entgehen. Aufrecht stand sie da, das Tigerlilienhaar zu einer komplizierten Flechtfrisur aufgesteckt, die Lippen dunkelrot, die Wimpern dicht und lang. Ottilie hätte sie stundenlang anschauen können. Niemand war so schön wie Amalie. Doch ihre Schönheit war es gar nicht, die Ottilie derart imponierte. Es war viel eher ihre Stärke. An Amalie könnte sich jeder stoßen, der ihr zu nah käme. Sie ließ sich nichts gefallen und durchschaute alles und jeden, auch die Gesellschaft mit all ihrem Lug und Trug. Ottilie konnte nicht anders, als sie zu ihrem großen Vorbild zu erklären. Spätestens in zehn Jahren, wenn sie selbst Anfang zwanzig wäre, wollte sie genauso stark und aufrecht sein wie Amalie, den Unsinn der Erwachsenen ebenso mühelos entlarven wie sie. Manchmal übte sie sich schon in der Kratzbürstigkeit ihrer großen Schwester. Dafür schimpfte Ludmila sie zwar regelmäßig aus, doch Ottilie ignorierte sie. Amalie ließ sich schließlich auch von niemandem etwas sagen. Am allerwenigsten von Ludmila. Seitdem Mama gestorben war, glaubte Ludmila, sie könnte die Rolle der Erzieherin übernehmen. Doch das sahen Amalie und Ottilie nun wirklich nicht ein.

«Ich ... dachte, ich hätte ein Kätzchen gesehen», erklärte sie Amalie nun wahrheitsgemäß.

«Müsstest du nicht bei eurer Gouvernante sein?»

Noch mehr Wahrheiten sollte Ottilie ihr besser nicht anvertrauen. Sonst würden die drei jüngeren Schwestern noch Ärger bekommen.

Also behauptete sie: «Wir haben Pause.»

Hufgetrappel rettete Ottilie vor weiteren Befragungen.

«Ah, da ist er!», sagte Amalie. «Möchtest du unseren Vetter mit mir begrüßen? Er wird uns für ein paar Wochen besuchen.» Amalie streckte die Hand nach Ottilie aus und zog sie die zwei Stufen zu sich hinauf. Ohne eine Antwort abzuwarten, legte sie Ottilie freundschaftlich den Arm um die Taille, und Ottilie genoss die Berührung. Stolz und aufrecht sah sie der Droschke entgegen, die über den dünn mit Schnee berieselten Weg auf das Gutshaus zusteuerte.

Sie kannte den Vetter schon seit Kindertagen und fand ihn ziemlich arrogant. Mit den drei jüngsten Sonntag-Schwestern hatte er bisher kaum ein Wort gewechselt – für Kinder interessierte er sich wohl nicht.

Doch als er nun aus der Kutsche sprang, erschrak sie. Zum ersten Mal bemerkte sie, wie leichtfüßig und geschmeidig sich Anton Fuchs bewegte. Sie sah plötzlich, dass er blaue Augen und einen durchdringenden Blick hatte. Sein Gesicht war kantig, seine Haut glatt und seine vollen Lippen leicht geöffnet. Mit einem Mal konnte Ottilie nicht mehr übersehen, dass ihr Vetter ein überaus anziehender Mann war. Ihr ganzer Körper begann zu kribbeln.

«Welch ein atemberaubender Empfang», bemerkte Anton und musterte erst Amalie von Kopf bis Fuß, dann Ottilie. Sein Blick glitt über ihren Körper, und sie verfluchte sich dafür, dass sie heute das Kleinmädchenkleid mit den roten Blümchen und dem gelben Kragen angezogen hatte. Er sah bestimmt nicht, dass sie schon dreizehn Jahre alt war, beinahe eine Frau. Dann betrachtete er ihr Gesicht.

«Eine schöner als die andere», murmelte er. «Wie soll man sich da nur entscheiden?»

22. Kapitel

Boxhagen, 4.–5. März 1848

Am Abend, als ich noch einmal zum Brunnen ging, fand ich auf dem Rand eine Blume: ein langer Stängel mit winzigen, glockenförmigen Blüten. Ich trat näher, nahm sie in die Hand und drehte das Maiglöckchen zwischen den Fingern. Das Glück kommt zu dir zurück, flüsterte es. Meine Hände wurden warm. Ich hatte lange keine Blumenbotschaft mehr bekommen. Von wem könnte sie stammen?

Keinesfalls von Clara. Sie plapperte zu gern, um sich lange mit Pflanzen aufzuhalten. Konnte es sein, dass eine meiner anderen Schwestern versuchte, das Schweigen zu brechen? War es eine Antwort von Ottilie auf meine Beharrlichkeit? Unwahrscheinlich … Sie hatte noch nie mit lieblichen, unscheinbaren Pflanzen kommuniziert. Stattdessen liebte sie Blumen in dunklem Rot oder tiefem Blau, große Blüten und pathetische Botschaften.

Auch Ludmila traute ich das Maiglöckchen nicht zu. Sie zog christliche Botschaften von Buße oder Vergebung vor.

Blieb noch Amalie. Doch auch sie konnte ich mir nicht beim Pflücken eines Maiglöckchens vorstellen. Sie glaubte nicht an Glück. Sie glaubte an Eigenverantwortung, an gute und falsche Entscheidungen.

Und Wilhelm Junge hätte wohl eindeutigere Blumen gewählt, ein Geißblatt für das Band der Liebe oder Schleedorn für die Hoffnung. Ohne dass ich es wollte, wanderte mein Blick hinüber zur Gartenhütte. Trönicke war nirgends zu sehen, doch ich stellte mir vor, wie er hinter dem Fenster stand und mich beobachtete. Immer wieder musste ich an unser Gespräch denken, daran, wie sich unsere Hände berührt und wir gemeinsam an den Eisenbahngleisen gesessen hatten … Kam die Blume von ihm?

Ich versuchte, den Blick von der Hütte zu lösen, doch ich konnte nicht. Unwillkürlich musste ich an die Zeit denken, in der ich mich dort so gern mit Ottilie versteckt hatte …

Früher hatte die Hütte immer wieder leer gestanden. Unsere Mutter war nicht gut darin gewesen, Gärtner zu halten. So liebevoll sie mit uns auch gewesen war, so ungeduldig und streng war sie mit dem Personal. Schon wenn einer von ihnen die Schaufel anders griff, als sie es selbst tun würde, stürmte sie aus dem Haus und hielt dem armen Mann einen Vortrag. Sie konnte es nicht mitansehen, wie andere Unkraut jäteten oder Brunnenwasser auf dem Feld verteilten, wie sie säten oder ernteten. Die Hyazinthen standen für ihren Geschmack zu eng beisammen, die Tulpen zu weit. Die meisten Gärtner hielten es nur wenige Monate bei uns aus, bevor sie die Hütte fluchtartig verließen. Mutter war das ganz recht, schließlich hatte sie somit eine Entschuldigung, um die Arbeit selbst zu übernehmen.

Vater gefiel es gar nicht, dass sie einen Gärtner nach dem anderen vergraulte, doch ich liebte die Zeiten, in denen Mutter die Gärtnerin unserer Blumenfelder war. Dann wühlten wir Geschwister mit ihr in der feuchten Erde, rochen an frisch aufgesprungenen Blüten, zogen mit aller Kraft an Wurzeln von Disteln oder Löwenzahn und spürten mal die Sonne auf der Stirn, mal die Kälte in der Nase.

Nach Mutters Tod hatte es vier Jahre lang niemanden gegeben, der sich um die Blumen von Boxhagen kümmerte. Vater brachte es nicht übers Herz, einen Gärtner einzustellen, den Mutter nicht davonjagen konnte. Und so wurde aus Mutters Blumenfeld eine wilde Blumenwiese, die niemand aberntete. Keine Hyazinthe, keine Tulpe wurde verkauft. Sie alle wucherten, leuchteten und verwelkten ungepflückt. Nur Ottilie und ich stahlen heimlich welche für meine Tagebücher oder für ihre Zaubersprüche. Gemeinsam schlichen wir in die Gärtnerhütte, um unsere Blüten zusammenzubinden oder zu trocknen. Manchmal blätterten wir auch durch Mutters Bücher. Sie hatte einige in der Hütte versteckt, von denen Vater nichts wissen sollte, und andere dort gelassen, weil sie sie nicht mochte. Es gab Bücher über die Sprache der Blumen, aber auch komplizierte Geschichten, die wir nicht verstanden. Erst später begriff ich, dass sie sich hin und wieder mit demokratischem Gedankengut beschäftigt hatte. Am besten aber erinnerte ich mich an ein Buch mit dem Titel *Hochzeit der Pflanzen* von Philippe Petit-Radel. Darin beschrieb er haarklein, wie sich eine Wasserpflanze namens Froschbiss vermehrte, und seine Worte ließen mir die Röte ins Gesicht schießen. Als ich daran dachte, hatte ich sofort wieder Ottilies Stimme im Ohr.

«‹Wenn die Zeit der Fortpflanzung gekommen ist und sich die weiblichen Blüten entwickelt haben, verlängern sie unmerklich ihre Stängel›», trug Ottilie laut vor. Sie wirkte ganz ungerührt, während sich mir schon die Brust zusammenzog. «‹So erreichen sie die Wasseroberfläche, wo eine jede unter ihnen sich alsbald denjenigen Liebhaber sucht, der ihr gefallen mag.›»

Entschlossen fuhr ich hoch und versuchte, Ottilie das Buch wegzunehmen. Ich war schließlich die Ältere und hatte damit die Verantwortung, für unser beider Sittsamkeit zu sorgen. Wenn Ludmila hörte, was Ottilie gerade vorgelesen hatte, würde sie dieses Buch sicherlich verbrennen und uns tagelang in unseren Zimmern einsperren. Doch Ottilie war schneller und sprang auf den Tisch, um dort weiterzurezitieren: «‹Unterdessen öffnet sich die Spalte der männlichen Blüten …›» Ich stieg auf den Stuhl, um ihr zu folgen, doch schon sprang sie auf der anderen Seite wieder hinab und brachte einen zweiten Stuhl zwischen uns. «‹… und da diese von aller Freiheit Gebrauch machen können, umringen die besonders wollüstigen Individuen jene Weibchen, die für sie mit einer nie gekannten Inbrunst erglühen …›»

Ich kam um den Stuhl herum, doch sie sprang schon aufs Bett. «‹Sie üben ihre Manneskraft sogar auf diejenigen aus, die sich besonders schamvoll geben. Auf diese Weise erwecken sie die Embryos zum Leben, die in den weiblichen Blüten versteckt sind …›»

Endlich erwischte ich das Buch und riss es ihr aus der Hand. Wild entschlossen lief ich zum Kamin hinüber. Ich hatte kaum eine Vorstellung davon, was diese Worte zu bedeuten hatten. Dennoch brannte mir die Scham im ganzen Körper.

«Alba, warte!», schrie Ottilie. «Das hat Mama gehört!»

Bei diesen Worten hielt ich sofort inne. Es stimmte. Wie könnte ich etwas verbrennen, das einmal durch ihre Hände gegangen war? Als Kind hätte ich vielleicht sogar den Mut gehabt, Mama das Buch vorzulegen und sie zu fragen, was es damit auf sich hatte. Doch sie war seit zwei Jahren tot. Ich war fünfzehn Jahre alt, beinahe erwachsen, doch ich vermisste sie noch immer an jedem einzelnen Tag. Regelmäßig pflückte ich ihr Botschaften: Zweige der Trauerweide – *namenloser Schmerz*, Rosmarin – *Hoffnung jenseits des Grabes*, Stachelbeere – *Du verwundest mich*. Jahrelang zog ich keine einzige Hyazinthe auf meiner Fensterbank, stattdessen ließ ich dort meine Trauerblumen welken.

«Wir sollten es Amalie zeigen», schlug Ottilie vor und nickte zum Buch hinüber. «Sie kann es uns sicherlich erklären.»

Amalie frisierte gerade ihr Haar und bedachte uns durch ihren Toilettenspiegel mit hochmütigen Blicken, während Ottilie unsere Fragen vortrug. Schweigend hörte sie zu.

Als Ottilie geendet hatte und ich schon nicht mehr wusste, wohin mit meinen Händen, wurde es ganz still in Amalies Zimmer, in dem sich ihre eigene Schönheit spiegelte: Ihr gewaltiges Himmelbett war über und über mit roten Kissen geschmückt, das Muster der Tapete wiederholte Alpenrosen der gleichen Farbe – *Traue mir, traue mir, traue mir* –, und vor dem Fenster stand ein schwarz glänzendes Klavier.

«Ihr wisst, dass ich euch niemals belüge.»

Wir nickten.

«Deswegen kann ich euch diese Frage nicht beantworten. Ihr seid schlichtweg zu jung. Kommt im nächsten Jahr wieder. Ich sage euch aber eins: Denkt nicht, ein Froschbiss wäre mit einem Menschen vergleichbar.»

Für sie war das Gespräch damit beendet – mit einem Nicken

scheuchte sie uns nach draußen. In der Tür blieb ich noch einmal stehen. «Wo wächst er, dieser Froschbiss?»

«Das müsstet ihr doch am besten wissen, oder?»

Ottilie und ich sahen uns verwirrt an. Und als ich wieder zu Amalie schaute, entdeckte ich ein ganz kleines Schmunzeln auf ihren dunkelroten Lippen.

«Er wächst an dem Ort, an dem euch Mama heimlich das Schwimmen beigebracht hat.»

Begeistert sahen wir einander an, doch bevor wir davonstürmen konnten, fuhr Amalie in die Höhe. «Es gibt gleich Essen. Lasst Vater nicht wieder warten, er steht seit Stunden in der Küche!»

Im Flur schworen wir einander, uns noch in der gleichen Nacht zum Rummelsburger See zu schleichen. Kurz überlegten wir, auch Clara mitzunehmen, doch diese Idee verwarfen wir schnell. Clara trug ihr Herz auf der Zunge. Wahrscheinlich würde sie uns noch während des Essens verraten. Und selbst wenn wir es ihr später sagten, würde es ihr schwerfallen, das Geheimnis für sich zu behalten.

Ich weiß noch, dass es gebackenen Blumenkohl gab, und während ich ihn verschlang, war ein Gefühl zum ersten Mal seit Langem stärker als die Trauer um Mutter: Mein Körper vibrierte von einer wohlig verheißungsvollen Nervosität.

Abends mussten wir warten bis Clara, die ein Zimmer mit Ottilie teilte, eingeschlafen war. Als mittlere Schwester hatte ich das Glück, ein eigenes Zimmer zu haben. Immer wieder kniff ich mich in den Oberarm, um im Dunkeln nicht einzunicken. Ich starrte hinauf zur Decke, lauschte ins Haus hinein und wartete darauf, dass ich Ottilie im Flur hörte. Irgendwann musste ich dann doch eingeschlafen sein, denn ich fuhr erschrocken hoch.

War Ottilie schon hier gewesen? Ich schlich hinaus auf den Flur und drückte die geschwungene Messingklinke nebenan hinunter. Durch das offene Fenster schien der Mond, die hellblauen Vorhänge wehten im Nachtwind. Clara lag laut schnarchend auf dem Bauch, mit dem Gesicht zur Wand. Ottilies Bett war leer.

Ich machte kehrt und lief auf leisen Sohlen zur Hintertreppe. Zwar führte sie an den Zimmern des Dienstpersonals vorbei, doch die hatten einen tieferen Schlaf als Vater, dessen Zimmer in der Nähe der Vordertreppe lag.

Warum war Ottilie ohne mich gegangen? Hatte sie mich nicht wach bekommen? Das konnte ich mir beim besten Willen nicht vorstellen. Ich öffnete die Hintertür und lief über den Kies zum Feldweg und in Richtung des Rummelsburger Sees. Ottilie sah ich schon von Weitem. Sie trug ihr langes, weißes Nachthemd mit den Rüschen an den Schultern. Ihre dunklen Haare waren offen und strähnig, ihre Füße nackt. Ich musste daran denken, dass unsere Schwestern sie hin und wieder ein wenig unheimlich fanden. Meistens verteidigte ich sie vor den anderen. Sie hatte nur eine wunderbare Fantasie – genau wie ich. Ich glaubte, deswegen verstünden wir uns so gut: Wir beide konnten stundenlang in unsere Gedankenwelten abtauchen, so tief, dass es uns schwerfiel, wieder in die Wirklichkeit hinaufzusteigen. Wir sahen mehr als die anderen; alles, was wir erlebten, löste unzählige neue Ideen und Bilder aus. Ich wusste damals noch nicht, dass es dennoch einen gewaltigen Unterschied zwischen ihr und mir gab: Ich konnte meine Ideen immer von der Wirklichkeit unterscheiden.

«Ottilie!», rief ich und rannte auf sie zu. Sie schien mich nicht zu hören, holte aus und warf etwas in hohem Bogen ins Wasser. Es flog, Seiten flatterten im Wind, dann hörte ich es auf der Oberfläche aufschlagen.

Als ich atemlos bei ihr ankam, sah ich nur noch, wie sich der Ledereinband des Buches mit Wasser vollsog und unterging.

Ein paar Wimpernschläge lang beobachtete ich die leichten Wellen, die hier und dort grüne, flach auf dem Wasser liegende Blätter zum Schaukeln brachten – *Froschbiss*, dachte ich.

Dann fragte ich: «Warum hast du das Buch weggeworfen?»

Ottilie drehte sich zu mir um – und zum ersten Mal verstand ich, warum die anderen sie unheimlich fanden. Sie starrte mich mit einem wilden Ausdruck in ihren ungewöhnlich großen, vorstehenden Augen an und schien eine ganze Weile zu brauchen, bis sie mich erkannte. «Alba», sagte sie zerstreut. «Hast du gesehen, dass der Froschbiss seine Farben zurückerhalten hat?»

Ich schaute aufs Wasser. Es war so düster, dass ich sein Graugrün nur erahnen konnte.

«Gerade war er noch vollkommen farblos, und jetzt leuchtet er grün …»

Ich schluckte, griff nach ihrer Hand und führte sie entschieden zurück nach Hause.

❧

Bei dieser Erinnerung ließ ich mich ins Gras sinken und lehnte den Rücken an den Brunnen. In letzter Zeit verging kein Tag, an dem ich nicht an Ottilie dachte. Sie war schon immer anders gewesen. Labil und verwundbar. Wie hatte ich das übersehen können? Ich allein trug Schuld daran, dass es so weit mit ihr gekommen war. Ich wollte mein Gesicht in den Händen vergraben, doch ich hielt noch immer das Maiglöckchen darin, das ich auf dem Brunnenrand gefunden hatte. *Das Glück wird zu dir zurückkehren.* Welches Glück sollte damit gemeint sein? Das größte Glücksgefühl, an das ich mich erinnerte, war viele Jahre her. Damals lebte Mutter noch, gerade war wieder ein Gärtner vor ihr geflüchtet, wir wühlten im Blumenfeld, lachten und rochen den Duft der gebratenen Pastinaken, die Vater in der Küche für uns zubereitete. Niemals könnte ein Glück wie dieses zurückkehren. Damals waren wir noch zu acht gewesen – eine vollständige Familie. Heute waren nur wir fünf Schwestern übrig. Wir waren wie ein zur Hälfte verwelkter Busch aus Sternblumen. Und unsere Gegenwart vergiftete allmählich die Vergangenheit …

Am nächsten Morgen fand ich eine neue Botschaft auf der Brunnenmauer: ein kleiner Zweig mit der rosaweißen, struppig wirkenden Blüte des Kastanienbaums. Vor Empörung klappte mir der Mund auf. Die Kastanienblüte war ein Sinnbild von wertlosem Luxus. «Der Wollust verleiht er einen anmutigen Schatten, doch der Armut gibt er nur ein unbrauchbares Holz», hatte Mutter gern über den Kastanienbaum gesagt. Es war ein Zitat aus Charlotte de Latours *Die Blumensprache oder Symbolik des Pflanzenreichs* – eins von Mutters Lieblingswerken.

In diesem Moment war ich mir sicher, dass der Zweig von Trönicke kommen musste. Wer sonst sollte mir etwas Derartiges vorwerfen? Außer Trönicke traute ich keinem unserer Arbeiter zu, mir Blumenbotschaften zu schicken – und dann eine so dreiste. Ob sie etwas mit meinen leichtsinnigen Andeutungen zu tun hatte, hinter meiner Stirn könnten sich demokratische Gedanken tummeln?

Ich machte auf dem Absatz kehrt und lief ins Gewächshaus. Bevor ich den Eisenhut pflückte, zog ich mir Handschuhe über. Schließlich verursachte er schnell einen Ausschlag auf der Haut. Als Gärtner würde Trönicke das sicherlich wissen, dachte ich. Und selbst wenn er es vergaß: Juckende Finger würden ihn vielleicht daran erinnern, dass er ganz und gar nicht freundlich zu mir gewesen war. Wirklich gefährlich wäre es nur, wenn er ihn aß. Doch so dumm würde er wohl nicht sein.

Entschlossen lief ich quer über die Blumenwiese und legte ihm den Eisenhut direkt vor die Hüttentür.

23. Kapitel

Boxhagen, 5. März 1848

Kasimir lehnte mit dem Rücken an der Hüttenwand und lächelte in sich hinein. War Fräulein Sonntag aufgefallen, dass er sie durch das Fenster beobachtet hatte, als sie den Kastanienzweig fand? Er spürte seinen schnellen Herzschlag und gleichzeitig sein schlechtes Gewissen. Was tat er hier eigentlich noch? Er hatte doch so viele Pläne. Er wusste, was er tun müsste – und entschied sich immer wieder für das Gegenteil, nicht erst seitdem er dieses Buch in der Gärtnerhütte gefunden hatte. Obwohl er an seinen Texten schreiben sollte, las er stattdessen etwas über die verschiedenen Bedeutungen der Blumen und freute sich, wenn er eine Pflanze fand, deren Botschaft zu Fräulein Sonntag passte. Lange spazierte er über die Wiese vor dem Haus, suchte sogar zwischen den Bäumen an den Gleisen und am Ufer des Rummelsburger Sees nach geeigneten Blumenworten. Heute Morgen hatte er dabei, wie so oft, von Weitem die Postkutsche gesehen – und nicht zum ersten Mal an den wahren Gärtner gedacht, der sich noch immer nicht hatte blicken lassen. Fräulein Sonntag wunderte sich darüber natürlich nicht, doch Kasimir wusste, dass in einer dieser Kutschen eines Tages ein verspätetes Entschuldigungsschreiben ankommen könnte, wenn er nicht einschritt. Hin- und hergerissen ließ er die Finger über die duftenden Kräuter auf dem lockeren Humusboden gleiten. *Frisch gewagt ist halb gewonnen*, schien die Kresse zu flüstern. Also sprang er auf und fing den Wagen ab. Schon kurz darauf hatte er endlich Gewissheit: Ein paar Tage blieben ihm noch. Beschwingt hatte er weiter nach den richtigen Pflanzen gesucht.

So albern er diese ‹Sprache› auf den ersten Blick gefunden hatte, so sehr faszinierte sie ihn jetzt. Blumen gab es schließlich überall auf der Welt. Wenn er mit ihrer Hilfe sprechen könnte, so wäre es möglich, sich mit Menschen aller Völker zu unterhalten! Die Blumensprache schien das Zeug zu haben, die Menschen zusammenzubringen, Missverständnisse zu vermeiden und Frieden zu stiften.

Wie schön müsste es sein, eines Tages in flüssigen Sätzen sprechen zu können! Aber bis dahin musste er erst mal üben.

Die erste Blume, die Kasimir gewählt hatte, war ein Maiglöckchen gewesen. *Vergönne mir eine unschuldige Freude*, stand dazu in seinem Buch. Hoffentlich hatte Fräulein Sonntag verstanden, dass er damit dieses Blumengespräch gemeint hatte. Er wollte es nur ein wenig ausprobieren – und das mit der Meisterin. Als sie nicht reagierte, hatte er sich für ein vorsichtiges Kompliment entschieden: *Ich bewundere deine Eleganz.*

Die Kastanienblüte hatte Fräulein Sonntag offenbar dazu gebracht, tatsächlich zu antworten! Er hörte ihre Schritte auf dem Kies vor seiner Hütte. Sie hielt an, und nach einer kurzen Pause entfernte sie sich wieder.

Er wartete noch eine ganze Weile, dann öffnete er die Tür einen Spaltbreit und hob das Blümchen auf. Blau, seltsame Form. Er drehte es zwischen den Fingern und dachte nach.

Irgendetwas daran gefiel ihm nicht. Die hohe Wölbung der Blüte schien ihn zu warnen, sie sah beinahe aus wie ein Helm …

«Eisenhut!», flüsterte er. Der war giftig, das wusste er. Schnell legte er ihn weg, spürte aber schon, wie seine Finger zu jucken begannen. Wieso hatte sie das getan?

Er blätterte in seinem Buch und fand die Bedeutung: *Dein Benehmen erregt bei mir Misstrauen.*

Wieder beschleunigte sich sein Herzschlag, doch diesmal vor Sorge. Sie wusste doch nichts von seinem Täuschungsmanöver? Nein, wahrscheinlicher war, dass er mit seinen Blumen etwas falsch gemacht hatte. Nun, er würde es wiedergutmachen. Schnell blätterte er in dem Buch, doch die Blumen, die er brauchte, blühten gerade nicht oder aber ausschließlich in wärmeren Gefilden.

Kurz entschlossen setzte er sich und griff zu Papier und Bleistift.

24. Kapitel

Boxhagen, 5. März 1848

Ich stand im Gewächshaus und ließ mich von meinem Gewissen plagen. Wie hatte ich dem armen Trönicke nur Eisenhut hinlegen können? Hoffentlich hatte er ihn rechtzeitig erkannt und seinen Duft nicht zu tief eingeatmet. Vielleicht sollte ich zurücklaufen und mich entschuldigen. Doch wie sollte ich mich erklären?

Ich rang noch nach einer Entscheidung, als ich Trönicke aus der Gärtnerhütte kommen sah. Erschrocken atmete ich ein und drehte mich weg, um so zu tun, als sei ich in die Pflege meiner Frühblüherkästen vertieft. Doch aus dem Augenwinkel sah ich, wie er immer näher kam. Am Brunnen machte er halt, bevor er wieder umkehrte.

Ich wartete, bis er in seiner Hütte verschwunden war. Mein Stolz wollte mich davon abhalten, zum Brunnen zu gehen. Sicherlich stand er am Fenster und beobachtete mich. Doch meine Neugier war stärker.

Also öffnete ich die Glastür, griff mir meinen Wassereimer als Vorwand und ging betont langsam zum Brunnen. Statt einer Blume fand ich auf dem Rand ein Stück Papier. Es war in der Mitte gefaltet und mit einem kleinen Stein beschwert. Erst kurbelte ich in aller Ruhe den Eimer Wasser hinauf, dann nahm ich beiläufig das Papier an mich.

Zurück im Gewächshaus, faltete ich es auseinander. Trönickes feine Striche halfen mir, die Pflanzen sofort zu erkennen. In der Mitte wuchs eine stolze Platane empor. *Ich habe vor deiner Gelehrsamkeit Respekt.* Ich musste schmunzeln. Daneben erkannte ich Rosen, allerdings ohne Blütenblätter. Nur ihre Stängel mit den grünen Blättern und Dornen reckten sich traurig dem Baum entgegen. *Du hast mich unglücklich gemacht.* Auf der anderen Seite hielten Sonnenblumen ihre Köpfe hoch. Sie standen für scheinbaren Reichtum. Doch ich konnte mir nicht vorstellen, dass Trönicke das gemeint hatte. Wenn ich mir die Komposition der Pflanzen ansah, musste ich vielmehr an eine andere Bedeutung denken: *Bleibst du auch unerreichbar für mich, werde ich dich stets verehren.*

Ich entschied mich für Futterklee. Er wuchs hinter dem Haus zuhauf und erklärte: *So ist das Leben.* Es sollte eine Versöhnung sein, ein freundliches Schulterzucken. Und vielleicht auch ein Schlusspunkt für diese unpassende Unterhaltung. Noch am selben Abend streute ich ihn vor Trönickes Tür. Am nächsten Morgen kam seine Erwiderung. Und innerhalb der folgenden Stunden spann sich unsere Unterhaltung weiter und ließ mich alles andere vergessen.

Während wir einander Blumenbotschaften sendeten, wurden unsere Begegnungen zwischen Glashaus und Gärtnerhütte immer seltsamer. Ich traute mich nicht mehr, ihm in die Augen zu schauen, und sprach kaum das Nötigste mit ihm. Auch er schien verlegen. Zwar stand er stets aufrecht, den Rücken gerade und auf seinem Gesicht dieser aufgeschlossene, neugierige

Blick. Aber die tief in den Hosentaschen vergrabenen Hände verrieten seine Unsicherheit.

In der leisen Stimme, die ich mir angewöhnt hatte, gab ich ihm Anweisungen für die Arbeiten auf den Feldern, beantwortete seine Fragen zu Saat und Salaternte und half ihm beim Auspflanzen der Kübelblumen. Manchmal fragte ich mich, ob Alfred die veränderte Stimmung zwischen uns wohl spürte. Doch er ließ sich nichts anmerken.

Hin und wieder, wenn ich unachtsam war, begegneten sich unsere Blicke, und dann fühlte es sich an, als wäre ich gestolpert und würde einen kurzen Moment lang fallen.

Wie wenn man nach einer Mücke schlägt, die einen einfach nicht in Ruhe lässt, pflückte ich ihm schließlich ein Schilfrohr. *Ich schwanke in meinem Entschluss.*

Er antwortete mit einer traurig-schönen Zeichnung einer Skabiose. Nervös räusperte ich mich in der Stille meines Gewächshauses. Sofort sprang Echo auf, wedelte mit der Rute und sah mich freudig an. Dabei gab es keinen Grund für Freude. Die Skabiose stand für die Witwenschaft. Für eine trauernde Frau. Für die Einsamkeit. Was wollte er mir damit sagen? Glaubte er etwa, zu wissen, wie es mir ging? Warum ich so zurückgezogen lebte und niemanden als Clara in mein Haus lassen wollte? Nichts konnte er wissen, gar nichts.

Ärgerlich lief ich erneut zum See, um einen großen Stängel Wolfsfuß zu pflücken: *Angeblich verstehst du dich auf Geheimnisse? So errate doch meine Gedanken!*

Am nächsten Morgen lag vor meiner Tür Spanischer Flieder und begrüßte mich mit dem ersten Ahnen der Liebe. Ich starrte lange auf die unzähligen kleinen Blüten, die sich zu einem kegelförmigen, violetten Busch zusammendrängten. Das passte so gar nicht zu meinem gestrigen Vorwurf. Und dann hatte er gleich drei Stängel hingelegt. Wieso drei? Ich bückte mich und hob sie auf, atmete den intensiven Duft ein, den nur Flieder verströmte. Vielleicht sprach Trönicke ja gar nicht von Liebe. Vielleicht schlug er mir ein Treffen vor …

Um drei Uhr lief ich mit nervösem Magen und einem Hopfenblatt in der Hand hinüber zu den Bäumen, die die Gleise säumten und zwischen denen wir vor ein paar Tagen Wilhelm Junge und seine Mutter beobachtet hatten. Es war der einzige Ort, der mir in den Sinn gekommen war.

Und tatsächlich saß Trönicke dort im Gras, die Beine angewinkelt, die Arme locker auf den Knien abgelegt. Sobald er mich sah, sprang er auf und blickte mir ruhig entgegen.

In sicherer Entfernung blieb ich stehen. Einen Moment lang wagte keiner von uns, etwas zu sagen.

Mit dem Kinn deutete er auf das Blatt in meiner Hand. «Darf ich fragen, was Sie mir mitgebracht haben?»

Ich wich seinem Blick aus. «Hopfen.»

«Hopfen», wiederholte er. Er bückte sich und hob etwas aus dem Gras. Ein Buch, das ich zuvor nicht gesehen hatte. Suchend blätterte er darin. «Entschuldigen Sie, ich bin noch nicht sicher in dieser Sprache …»

Ich beobachtete ihn überrascht – und dann entzifferte ich den Titel. Mutter hatte uns seinen Inhalt zwar beigebracht, allerdings hielt sie nicht besonders viel von dem vereinfachenden Werk, dem *Taschenbuch der Blumensprache*. Sie mochte es so wenig, dass sie es anscheinend vor vielen Jahren in der Gärtnerhütte vergessen hatte. Natürlich wusste der arme Trönicke nicht, dass wir Sonntag-Schwestern viel lieber de Latour gelesen hatten und damit tiefer in die Bedeutung der Blumen eingetaucht waren.

Während er noch blätterte, dachte ich fieberhaft nach. Sicherlich hatte es wegen dieses Buchs einige Missverständnisse gegeben. Ich hatte ihm Klee hingestreut, um ihn zu beruhigen und gleichzeitig auf Abstand zu halten. Doch bei Braun hieß Klee: *Meine Treue ist unverwüstlich.* Hitze stieg mir ins Gesicht.

«Blumen haben nicht nur eine einzige Bedeutung», rief ich mit so scharfer Stimme aus, dass Trönicke überrascht aufsah. «Es kann leicht zu Missverständnissen kommen.» Das Beben in meiner Stimme war nicht zu überhören.

«Tatsächlich?» Erschrocken und ein wenig enttäuscht sah er auf das Buch in seinen Händen, dann wieder zurück in mein Gesicht. «Ich dachte, endlich hätte ich eine Sprache entdeckt, die jenseits von Missverständnissen funktioniert.»

Ich befeuchtete meine Lippen. «Ich kenne keinen Gärtner, der so formuliert wie Sie …»

Langsam schlug er das Buch zu und strich über den Einband. Ohne auf meinen Einwurf einzugehen, überlegte er laut: «Sie haben mir Wolfsfuß gegeben. Waren Sie wütend auf mich?»

«Wegen der Skabiose …» Ich biss mir auf die Unterlippe.

Schockiert sah er mich an. «Hier steht: *Darf ich deine Einsamkeit zerstreuen?*»

Nervös strich ich mir über den Rock. «Auch über eine solche Frage sollte ich wütend sein.»

«Der Eisenhut war ebenfalls nicht sonderlich freundlich von Ihnen.» Ein schiefes Grinsen tauchte in seinem Gesicht auf.

«Nein, das tut mir leid. Aber Sie hatten mir Kastanienblüten hingelegt.»

Er schlug die Seite auf und hielt sie mir hin. Doch ich wusste schon, was er mir hatte sagen wollen. *Ich bewundere deine Eleganz.*

«Ich hätte nicht herkommen sollen», murmelte ich, ohne das Buch entgegenzunehmen.

«Hat wenigstens das Maiglöckchen gestimmt?»

Ich schüttelte den Kopf und konnte mir ein Lachen nicht verkneifen.

«Ich habe mir eingebildet, die Blumensprache wäre so universell, dass Sie meine Bitte sofort verstehen würden …»

Ich trat von einem Fuß auf den anderen und sah mich um. Weit und breit war niemand zu sehen. Nur Echo bellte in der Ferne und lief fröhlich auf uns zu.

«Ich denke, es dauert Jahre, um Blumen wirklich zu verstehen. Wir haben die Bedeutungen von Kindesbeinen an gelernt. Meine Mutter hat uns Stapel von Büchern geschenkt und zu jeder der Bedeutungen ihre eigenen Gedanken hinzugefügt.»

Trönicke hob die Brauen. Einen Moment lang sahen wir uns schweigend an. Ich wollte den Blick abwenden und mich verabschieden, doch als würde er das spüren, fragte er schnell: «Bringen Sie es mir bei?»

Aus Versehen zerdrückte ich das Hopfenblatt zwischen meinen Fingern. «Ich soll Ihnen …?»

Nachdenklich sah er auf das Grün in meiner Hand. «Laut Braun sagen Sie mir damit: *Wahrheiten sind oft bitter.*»

Ich schwieg.

«Keine Sorge, das halte ich aus.» Fest und aufrichtig sah er mir ins Gesicht.

«Sie können sich bei mir Bücher abholen», entschied ich endlich. Mit einem Nicken verabschiedete ich mich, dann lief ich, von Echo begleitet, so schnell ich konnte zurück nach Hause.

25. Kapitel

Boxhagen, 1837–1838

Mit weit geöffneten Augen lag Ottilie in ihrem Bett und lauschte auf Claras Atemzüge. Sie konnte es kaum erwarten, sich endlich zu Alba hinauszuschleichen und mit ihr gemeinsam zum Rummelsburger See zu laufen, um mehr über dieses verheißungsvolle Buch herausfinden: «Hochzeit der Pflanzen».

Sobald Clara schnarchte, schälte sich Ottilie aus dem Bett, lief zum offenen Fenster hinüber und schaute hinaus. Mittlerweile waren alle Kirschen geerntet oder im Gras verfault, und es lag ein schwerer Duft von Most in der Luft. Wie jede Nacht, seitdem Anton Fuchs in Boxhagen angekommen war, stellte sie sich vor, er würde dort inmitten der schwarzen Bäume auftauchen und sie ansehen. Die Hand ausstrecken und Ottilie mit ernstem Blick zu sich winken.

Ottilie hatte schon häufig von der Liebe gelesen. Nun aber Tag und Nacht unter ihren Symptomen zu leiden, war etwas anderes. Das Gute daran war, dass sie nicht mehr so schlimm fror und dass es ihr leichter fiel, hin und wieder nicht an Mutter zu denken. Das Schlechte war, dass sie dennoch kaum schlief.

Heute hatte sie allerdings keine Zeit, auf das Brummen der

Insekten zu lauschen und zu beobachten, wie die Schatten der Nacht das Blätterwerk verschluckten, während sie von Anton Fuchs träumte. Gerade wollte sie sich vom Fensterrahmen lösen, da sah sie tatsächlich eine dunkle Gestalt, die durch den Hinterausgang trat: groß und schmal. An seinen katzenhaften Bewegungen erkannte sie sofort, dass er es sein musste. Vor Schreck entfuhr ihr ein leiser Schrei. Anton wirbelte herum und sah zu ihr in den ersten Stock hinauf. Sie konnte sich nicht rühren – es war fast wie in ihrem Traum. Einen kleinen Schritt kam er auf sie zu, bevor er in seine Jackentasche griff und seine Uhr hervorholte. Nach einem kurzen Blick darauf sah er hoch zu ihr und schüttelte missbilligend den Kopf. Nur eine hochgezogene Augenbraue verriet, dass er seinen Tadel nicht ganz ernst meinte.

«Kannst du fangen?», flüsterte Ottilie. Sie wusste nicht, woher sie ihren Mut nahm. Beinahe glaubte sie, nicht sie selbst zu sein und sich nur aus sicherer Entfernung zu beobachten. Sie nahm das Buch, das neben dem Fenster auf dem Tisch lag, und warf es ihm zu. Die Seiten flatterten im Wind.

«Verrätst du mir, was das zu bedeuten hat?»

Mit ernster Miene schlug er es an der markierten Stelle auf, trat näher an die Laterne am Hintereingang heran und vertiefte sich.

Das gab Ottilie Zeit, ihn mit wild pochendem Herzen zu betrachten. Seine schlanke Statur, die lässige Art, in der eine Hand in seiner Hosentasche steckte, das kantige Kinn. Wahrscheinlich war dies der Moment, in dem sie ihre Entscheidung traf. Anton Fuchs würde eines Tages ihr gehören. Ihr allein.

Plötzlich sah er auf. «Ich erkläre es dir, wenn du den Mut hast herunterzukommen.» Er flüsterte nicht. Er lächelte nicht. Nur sein Kiefermuskel arbeitete.

«Schhh», machte Ottilie, doch er zuckte nicht mal mit der Wimper.

Kurz entschlossen kletterte sie auf die Fensterbank.

Er kam keinen Schritt auf sie zu. Wortlos beobachtete er, wie sie sich im Fensterrahmen herumdrehte und mit dem Fuß vorsichtig nach den Rankhilfen des Efeus tastete, der das Haus seit Jahrzehnten einfasste. Sobald sie endlich neben ihm stand, bedeutete er ihr, ihm zu folgen.

Langsam liefen sie über die Einfahrt in Richtung der Kirschbäume. Ottilie traute sich nicht, irgendetwas zu sagen, und auch Anton schwieg. Als sie das Licht der Laterne hinter sich gelassen hatten und zwischen die Bäume traten, wurde es für einen Moment so dunkel, dass Ottilie nur noch Anton neben sich sehen konnte – grau und undeutlich vor der Schwärze der Nacht. Bevor sich ihre Augen an die neue Dunkelheit gewöhnen konnten, begann er, ihre Frage zu beantworten. Er beschrieb ihr erst den Körper des Mannes, dann den der Frau. Ottilie brach der Schweiß aus, sie begann zu zittern, schämte sich. Doch stärker noch waren ihre Neugier und das Kribbeln auf ihrer Haut. Anton setzte sich auf einen Baumstumpf, sah ruhig zu ihr auf und berichtete ihr davon, was ein Mann mit seiner Frau tat.

«Er schiebt ihre Röcke hoch. Vielleicht entkleidet er sie gänzlich.» Seine Stimme klang kühl und sachlich. «Meistens legt er sie rücklings aufs Bett, aber natürlich ist das nicht unbedingt nötig. Wichtig ist, dass er sich zwischen ihre Beine schiebt, in sie eindringt und sich in ihr bewegt.»

Ottilies Körper schien zu brennen vor Scham. Sein Blick

suchte in der Dunkelheit nach ihrem. Und obwohl sie weglaufen und in der Finsternis verschwinden wollte, konnte sie diesem Augenkontakt nicht widerstehen.

«Es gibt Männer, denen das reicht. Sie denken nur an sich und machen es auf die Weise, die ihnen am einfachsten erscheint. Aber so muss es nicht sein, kleine Cousine. Es gibt schließlich auch diejenigen, die Freude daran haben, einer Frau Lust zu bereiten.»

Ottilies Atem ging schnell, ihre Hände waren feucht. Sagen konnte sie nichts.

«Wirf das Buch weg, Cousine», empfahl er ihr schließlich. «Und wenn du weitere Fragen hast, frag mich.»

Mit diesen Worten stand er auf und ließ sie stehen.

Sie blinzelte ein paarmal, versuchte, ihren Atem zu beruhigen, wischte ihre nassen Handflächen an ihrem Kleid ab. «Anton?», flüsterte sie. Doch er war bereits zwischen den Bäumen verschwunden.

Was zur Hölle hatte er um diese Uhrzeit eigentlich hier draußen vorgehabt? Und wie konnte er sie einfach so stehen lassen?

«Anton!»

Er antwortete nicht.

Sie sollte sofort zurückgehen – Alba wartete sicher auf sie. Doch ihre Füße bewegten sich nicht. Und als sie sich umdrehte, um in Richtung des Feldwegs zu schauen, der zum See führte, glaubte sie, in der Dunkelheit die leuchtenden Augen einer kleinen Katze zu erkennen. Sie lockten Ottilie, lockten sie den Weg hinunter bis zum See. Alba hatte mit ihr herkommen wollen, zusammen hatten sie die Rätsel des Buchs hier lösen wollen.

Doch Anton hatte ihr schon verraten, was sie wissen wollte. Und ihr empfohlen, dieses Buch wegzuwerfen.

Also holte Ottilie, am Ufer angekommen, weit aus.

Der Sommer, in dem Anton Fuchs sie zum ersten Mal mit seinen intensiven Blicken taxierte, erschien ihr wie der erste Sommer ihres Lebens. Nie zuvor hatte sie gemerkt, wie dunkel die Levkojen leuchteten, wie weiß der Jasmin strahlte und wie hoch die Staubwolken auf den Wegen aufwirbelten, wenn eine Kutsche vorbeifuhr. Die Luft flirrte von Insekten und offenen Chancen.

Alles konnte passieren, dachte sie.

Nichts passierte, bis Anton Fuchs wieder abreiste.

Wie düster erschienen Ottilie die Wintermonate, die auf diesen ersten Sommer ihres Lebens folgten. Den Herbst übersah sie, sofort war da der baumkahle, schneelos kalte Winter. Stundenlang gab sie sich ihren Tagträumen hin: Anton könnte ihr einen Brief schreiben. Vielleicht verzehrte er sich ebenso nach ihr wie sie sich nach ihm. Zwar war sie erst vierzehn Jahre alt und er genau zehn Jahre älter, doch es gab so viele Eheleute mit dem gleichen Altersunterschied. In zwei Jahren würde ihr Bruder Heinrich einer Heirat sicher zustimmen. Zumal sie mit Anton Fuchs einen wohlhabenden Vetter heiraten würde, der auch der Familie zur Ehre gereichte …

Als sie erfuhr, dass er im nächsten Sommer wieder für einige Wochen in Boxhagen zu Besuch sein würde, glaubte sie, er käme allein ihretwegen. In diesem Jahr war sie immerhin schon fünfzehn. Alt genug, damit er zu seiner Liebe stehen könnte. Sie bereitete sich gut auf seinen Besuch vor, pflegte ihr langes Haar wie nie zuvor, bettelte bei Ludmila um zwei neue Kleider, die sie weniger kindlich erscheinen ließen, und pflückte Spanischen Flieder.

Sie durfte Anton gemeinsam mit ihren großen Schwestern Ludmila und Amalie willkommen heißen. Zu dritt warteten sie am Haupteingang. Ludmila sah erst prüfend an sich selbst hinab und musterte dann Ottilie. Alarmiert schob sie den Kopf zurück.

«Ottilie, wieso steckt Flieder in deiner Frisur?»

Amalie beugte sich vor, um an Ludmila vorbeischauen und Ottilie ebenfalls begutachten zu können. «Glaubst du etwa, dass Anton deine Botschaft versteht?» Amalie zwinkerte ihr verschwörerisch zu.

Ludmila schien alles aus dem Gesicht zu fallen. «Heilige Mutter Gottes, du hast doch nicht etwa vor, unseren Vetter um den Finger zu wickeln? Du bist fünfzehn Jahre alt, Mädchen!»

Amalie seufzte. «Mach dir nichts vor, Ludmila. Ottilie ist schon lang kein Mädchen mehr.»

Ottilie sagte nichts dazu. Natürlich wusste sie, dass Anton Fuchs keine Ahnung hatte, was der Flieder in ihrem Haar bedeutete. Sie hatte ihn aus zwei anderen Gründen ausgewählt: Zum einen war er in Wahrheit eine Botschaft an Amalie. Ottilie hatte im letzten Sommer deutlich gesehen, wie Anton Fuchs sie beobachtete. Amalie war die schönste Sonntag-Schwester, das konnte ihm nicht entgehen. Doch in den Wintermonaten hatte Amalie bei jedem Ball mit Friedrich Schmidt getanzt. Alles wäre gut, wenn sie sich bald mit ihm verloben würde. Doch da es noch nicht geschehen war, wollte Ottilie Amalie zur Sicherheit zu verstehen geben, dass Anton Fuchs ihre Zukunft war.

Der zweite Grund war die Magie. Während ihre Schwestern glaubten, die Blumen wären eine Sprache, war Ottilie der Überzeugung, dass sie viel mehr Macht hatten. Richtig angewandt, konnten sie die Zukunft verändern.

Noch bis vor Kurzem hatte Alba ihr geglaubt. Gemeinsam hatten sie zum Selbstschutz Blüten der Ochsenzunge in ihren Schuhen versteckt, wenn sie die Gouvernante wegen ihrer Hausaufgaben belügen mussten. Klee hatte Ottilie geholfen, trotz ihrer Rastlosigkeit ganz ruhig liegen zu bleiben, als sie eine Erkältung durchlitt. Und Schneeglöckchen trösteten Heinrich, wenn er heimlich und allein um Mutter weinte.

Bald darauf fand Ottilie eine Möglichkeit, auch die entgegengesetzte Wirkung einer Blume zu erzielen: Aus Versehen fiel ihr ein wenig ihres Ruhe-Klees ins Feuer – und augenblicklich wurde die Stille, die zuvor in der Stube geherrscht hatte, von der laut trällernden Clara unterbrochen. Hinter ihr her marschierte Ludmila und schimpfte sie derart gemein aus, dass Ottilie und Alba unbedingt etwas unternehmen mussten. Sie pflückten eine Distel, die für Härte stand, verbrannten sie und zerstreuten ihre Asche auf Ludmilas Bettlaken.

Am nächsten Morgen fand Ludmila die Distelasche auf ihrem Nachthemd und tobte entsetzlich. Doch am Abend zeigte die verbrannte Distel endlich Wirkung: Ludmila wurde ganz sanft und nutzte jede Gelegenheit, um ihre jüngeren Schwestern in eine feste Umarmung zu ziehen.

Alba hörte auf, an den Zauber der Blumen zu glauben, als sie dreizehn oder vierzehn Jahre alt war. Mit einem Mal fand sie Ottilies magische Rituale weniger spannend und wollte viel lieber über die Bücher sprechen, die sie las, oder die Geschichten, die sie sich ausdachte. Doch Ottilie wusste, dass es sich bei der Magie der Blumen weder um ein Spiel noch um eine Geschichte handelte.

Sie hatte Spanischen Flieder im Haar, weil Anton Fuchs ihre erste Liebe war. Und sie würde ihn ihm schenken, damit sie auch seine würde. Im letzten Jahr war sie ein ganzes Stück gewachsen. Ihr Körper war fraulicher geworden und ihr Gesicht rosiger und voller, sodass ihre Augen nicht mehr ganz so übermächtig wirkten. Mit Sicherheit würde er von ihrer Erscheinung überrascht sein. Prüfend sah sie an ihrem hellblauen Kleid hinab. Dann hörte sie das Hufgetrappel und die auf dem Kies knirschenden Räder seiner Kutsche, sah den Staub, den er endlich wieder aufwirbelte. Sobald sein kantiges Gesicht und seine athletische Gestalt in der Kutschentür erschienen, glaubte Ottilie zu glühen. Er sprang zu ihnen hinunter – im gleichen Moment, in dem Ludmila in Ottilies Haar griff und den Flieder herauszog, um ihn achtlos hinter sich zu werfen.

Ottilie erstarrte.

«Meine schönen Cousinen!», rief Anton Fuchs. Mit ausgebreiteten Armen kam er auf sie zu, doch Ottilie konnte sich nicht darüber freuen. Sie musste einzig an den Flieder denken, der hinter ihr im Staub lag.

Abend für Abend saß sie auf der Fensterbank ihrer Kammer und wartete darauf, dass Anton wie letztes Jahr in den Hof käme. Doch das tat er nicht. Schlaf fand sie keinen, also schlich sie sich manchmal allein in die Nacht hinaus, um durch den Kirschgarten zu spazieren und an ihr Gespräch mit ihm zu denken.

Später würde sie nicht mehr wissen, warum ihr der Garten

in dieser einen Nacht nicht reichte. Wieso sie den Feldweg hinunterschaute und an die Katzenaugen dachte, die ihr damals aus der Dunkelheit entgegengeblickt hatten. Und wie damals lief sie los. Vielleicht war es diesmal das Flüstern, das sie lockte, das zumindest würde sie sich später sagen. Möglicherweise trugen die Wellen es den ganzen weiten Weg bis zu ihren Ohren.

Als sie am See ankam, sah sie zuerst das schwankende Spiegelbild des runden Mondes auf dem dunklen Wasser. Ein Baumstamm ragte weit hinaus, und darauf saßen zwei Menschen eng beisammen. Sie flüsterten. Ihre Worte konnte Ottilie nicht verstehen. Ihre Füße waren nackt, und ein Zeh malte, ganz langsam, eine elegante, mondbleiche Linie in das Schwarz. Wie eine Grenze, die Ottilie ausschloss.

Sie blieb zwischen den Uferbüschen stehen und starrte hinaus auf den See. Auf Anton. Auf Amalie. Und auf den hellroten Spanischen Flieder in ihrem Haar. Ottilie brauchte lange, um zu begreifen, was sie sah. Ihre große schöne Schwester, der sie unmissverständlich deutlich gemacht hatte, dass sie Anton Fuchs liebte, saß hier, des Nachts, allein mit ihm am See. Mit Ottilies Haarschmuck! Das konnte kein Zufall sein … Ihr Atem ging stoßweise, ihr Kopf war heiß. Antons Hände an Amalies Rücken verrieten Ottilie, dass sie einander küssten. Und als sie das begriff, konnte sie nicht länger an sich halten.

«Wie kannst du nur?» Mit geballten Fäusten trat sie aus ihrem Versteck.

Amalie wirbelte herum, verlor auf dem nassen Stamm den Halt und rutschte ins Wasser. Sie kreischte auf und klammerte sich mit beiden Händen fest.

Anton sah erst Ottilie verdattert an, dann Amalie. Schließlich lachte er leise. «Wenn du schwimmen gehst, Schönheit, komme ich mit.» Kurzerhand öffnete er sein Hemd, zog es aus und warf es in Ottilies Richtung. Dann stieg er aus der Hose und sprang Amalie hinterher.

Ottilie wusste nicht, wie ihr geschah. Sie hatte gerade Antons Körper gesehen. Seine Haut, seine Schultern, seine Schienbeine. Nur in Unterwäsche war er in den See eingetaucht. Sie konnte an nichts anderes denken, während er prustend auftauchte und von hinten Amalies Hüften ergriff, als wolle er sie vom Stamm wegziehen.

«Lass mich los!», schrie Amalie warnend und wütend zugleich. «Ich kann nicht schwimmen!»

Fragend sah Anton Ottilie an. «Stimmt das? Könnt ihr Sonntag-Schwestern nicht schwimmen?»

Ottilies Gedanken waren wild und düster wie der Kirschgarten bei Nacht. In der Ferne glaubte sie, den Schrei einer Katze zu hören. Sie starrte auf den Flieder, der noch immer in Amalies Haaren leuchtete. Dann zog sie ihre Schuhe aus und lief auf den Baumstamm zu. Vorsichtig balancierte sie darüber, machte einen großen Schritt über Amalies Arme und hielt erst dort inne, wo sich der Stamm zum Wasser neigte und seine Äste im See zu fischen schienen.

Sie dachte daran, wie sie vor Jahren als Kind hier gestanden hatte. Alba und Clara waren unter ihr geschwommen, lachend und stolz auf die neuen Techniken, die Mutter ihnen beigebracht hatte. Und dann war Ottilie mit einem fröhlichen Glucksen hinterhergesprungen.

Auch diesmal sprang sie. Der See war so kühl, dass sie für einen Moment an nichts anderes denken konnte. Die Kälte breitete sich rasend schnell in ihren Kleidern aus, sie saugten sich voll und hingen schwer an ihr hinab. Mit kräftigen Zügen kämpfte sie gegen den Sog an, schwamm an die Oberfläche und nahm einen tiefen Atemzug.

«Beeindruckender Sprung.» Anton lachte. Ottilie drehte sich zu ihm um. Bisher hatte sie ihn nur lachen sehen, wenn Vater oder Heinrich Scherze machten. Sie kannte einzig sein wissendes Männerlachen, das bei politischen Themen aufkam und eher abfällig als belustigt klang. Nun schien sein Gesicht vollkommen verändert, beinahe weich. Er schwamm ganz in ihrer Nähe, glättete sich das nasse Haar, und zum ersten Mal blitzte in seinen Augen ehrliche Überraschung auf. Vielleicht sogar Neugier.

Sie schwamm mit Anton Fuchs im See, schoss es ihr durch den Kopf. Er war nur zwei Züge von ihr entfernt, er trug nur sein Unterhemd und erwiderte ihren Blick unumwunden. Streckte eine Hand nach ihr aus. Wie sollte sie widerstehen? Mit einem Schwimmzug war sie bei ihm, verschränkte ihre Finger mit seinen und ließ sich durch das Wasser ziehen. Sie hatte keinen Boden unter den Füßen, der Mond verschwand hinter einer Wolke, und dann zog Anton sie mit einem kräftigen Ruck unter Wasser. Erschrocken strampelte sie, bis sie seinen festen Griff um ihre Hüfte und seine Lippen auf ihren spürte. Nur ganz kurz, kalt und hart. Einen Moment blieben sie dort unten, seine Nase an ihrer, seine Lippen öffneten sich, und seine Zunge schob sich heiß und fordernd in ihren Mund. Schon ließ er sie wieder los, und sie tauchten auf. Anton lachte erneut, diesmal noch lauter, und Ottilie glaubte, in seinem Lachen ihren eigenen Triumph zu hören. Er hatte sich mit Amalie hier verabredet und dann sie geküsst, Ottilie!

Bei diesem Gedanken wirbelte sie erschrocken herum. «Wo ist Amalie?»

Der Baumstamm war leer. Davor schwamm einzig ein Zweig hellroten Flieders.

«Amalie?» Anton lachte noch immer. «Komm schon raus, wir haben nur Spaß gemacht!»

Ottilie wirbelte einmal um ihre eigene Achse. «Amalie!» Ihre Stimme klang schrill und panisch.

«Ganz ruhig, Cousine!» Anton spritzte ein wenig Wasser in ihre Richtung. «Sie ist bestimmt wütend geworden, ans Ufer geschwommen und längst auf dem Heimweg.»

«Das ist sie sicher nicht!», schrie Ottilie. «Amalie kann nicht schwimmen!»

Antons Lachen erstarb von einem auf den anderen Augenblick. «Du hast doch gesagt ...»

«Nichts habe ich gesagt! *Ich* kann schwimmen. Amalie kann es nicht!» Ihre Stimme überschlug sich.

Sie holte tief Luft und tauchte unter. Mit offenen Augen schwamm sie in Richtung Baumstamm, doch es war so dunkel, dass sie nur Schlick und Schatten sah. Immer wieder schoss sie zurück an die Oberfläche, um Luft zu holen und erneut unterzutauchen zu können.

Es war Anton, der sie fand. Amalies elegantes Kleid hatte sich mit Wasser vollgesogen, sodass sie bis hinab auf den Seegrund gesunken war. Anton schleifte sie ans Ufer, drehte sie auf die Seite und schüttelte sie.

Ottilie würde ihr so gern blaue Glockenblumen pflücken für die Beständigkeit und Queckengras für die Beharrlichkeit, mit der sie am Leben festhalten sollte. Anton sprach von Tabakrauch. Hätten sie Tabakrauch, könnten sie ihr sofort helfen. In der Stadt würde er Ertrinkenden kurzerhand in den Anus geblasen. Ottilie war sich sicher, er redete vor Schreck wirr. Zum Glück hustete Amalie schließlich auch ohne jede Medizin und rang gierig nach Luft.

Vor Erleichterung liefen Ottilie die Tränen über die Wangen. Doch Amalie war offensichtlich alles andere als erleichtert. Erst sah sie Anton lange und vernichtend an, dann Ottilie. Ottilie wollte wegschauen, doch sie konnte nicht. Amalies Blick hielt sie fest und schien sie noch einmal unter Wasser zu ziehen, doch diesmal war es dort unten eiskalt, und niemand küsste sie.

Ruckartig stand Amalie auf, wirbelte in ihrem triefend nassen Kleid herum und rannte davon. Anton sah ihr lange nach. Dann drehte er sich mit funkelndem Blick zu Ottilie um.

Sie war sich sicher: In diesem Moment endete Antons Geschichte mit Amalie. Und Ottilies begann.

26. Kapitel

Boxhagen, 9.–10. März 1848

Kasimir ließ sich ein Buch nach dem anderen auf die Unterarme stapeln.

«*Neuste Blumensprache* von Karl Wilhelm Ewaldt, *Die Blumensprache oder Symbolik des Pflanzenreichs* von Charlotte de Latour. Und: *Der Blumensprache neuste Deutung – Ein Taschenbuch der Liebe und Freundschaft* von C. F. Bürger», zählte Fräulein Sonntag auf.

«Unglaublich.» Kasimir versuchte, sie über den Bücherturm hinweg anzusehen. «Sie scheinen wirklich jedes Buch zu diesem Thema zu besitzen.»

«Es ist ein Bruchteil der Bücher, die es gibt. Ich habe nur die der letzten Jahre ausgewählt. Viel Erfolg damit.» Mit einem Nicken drehte sie sich weg.

«Warten Sie! Fräulein Sonntag? Wenn ich Fragen habe … darf ich mich an Sie wenden?»

Sichtlich unbehaglich blieb sie stehen. Und dann sagte sie in überraschend warmem Tonfall: «Gern.» Ihr Blick flackerte und traf den seinen. Die Begegnung schien ihm heiß in den Magen zu fahren und von dort zu Kopf zu steigen wie ein Gläschen Schnaps.

Auf dem Rückweg ertappte sich Kasimir dabei, dass er breit grinste. Sie mochte ihn, dachte er stolz. Auch wenn er nicht ganz verstand, warum. Ebenso wenig verstand er, welche Ziele er hier eigentlich verfolgte. Alba Sonntag war eine ungewöhnlich schöne Frau, deren geheimnisvolle Ausstrahlung ihn anzog. Mysterien hatten ihn schon immer gereizt, und ihre schwarzen Augen erschienen ihm so tief, dass er sich sicher war, dieses schüchterne Mädchen müsse zahlreiche Geheimnisse in seinem Inneren verbergen. Kurz stellte sich Kasimir vor, was sein bester Freund Levin dazu sagen würde. Sicherlich würde er aufstöhnen und ihm ins Gewissen reden. «Was willst du nur immer mit diesen stillen Frauen, Kasimir? Die meisten Geheimnisse, die diese Mädchen haben, sollten besser im Dunkeln bleiben, glaub mir. Such dir lieber eine, die laut und frei lacht und vor niemandem Geheimnisse zu haben braucht!»

Levins und Kasimirs Meinungen über Frauen waren schon immer weit auseinandergegangen. Kasimir würde niemals verstehen, was Levin an den lauten, vorwitzigen Mädchen fand, die er so gern küsste. Und Levin würde Kasimirs Vorliebe für die Dunkelheit nicht begreifen. Dabei hatten sie beide Verluste erlitten und düstere Zeiten durchgemacht. Levin lenkte sich gern mit dem Licht ab. Kasimir hingegen suchte in den Schatten der anderen nach seinen eigenen.

Fräulein Sonntags Dunkelheit ging ihn allerdings rein gar nichts an, er sollte sie in Ruhe lassen, dankbar für ihre Gärtnerhütte sein und die Zeit nutzen, die ihm noch blieb.

Wie beinahe jede Nacht, seitdem Kasimir in Boxhagen weilte, weckten ihn die Schreie. Er fuhr hoch und stellte fest, dass er mit dem Gesicht auf Charlotte de Latours Wörterbuch eingeschlafen war. Zwischen «Liebreiz – Eine Rosenknospe» und «Lüge – Ochsenzunge» hatte er einen Knick hinterlassen. Die Ölfunzel flackerte noch immer und warf ihr warmes Licht auf das Chaos an Büchern, das er auf dem kleinen Tisch angerichtet hatte, anstatt weiter an seinen Texten zu feilen.

Seufzend rieb er sich über das Gesicht und stand auf. Es war kalt geworden in der Hütte. Wenn sich die Märztage auch immer stärker erwärmten, so erinnerten die Nächte weiterhin an den eisigen Winter, der sich noch nicht verabschieden wollte. Am liebsten wäre Kasimir in sein warmes Bett gekrochen und hätte weitergeschlafen. Doch da erklang erneut ein lang gezogener Schmerzenslaut, der ihm eine Gänsehaut über die Arme jagte. Diesmal glaubte er sogar, die Worte «Wie kann sie nur?!» heraushören zu können.

Frau Baumühl schrie häufig, doch noch nie hatte er ihre Schreie verstanden. Kasimir zog sich seine Jacke über, fröstelte und trat vor die Tür. Auch das hatte er sich in der letzten Zeit angewöhnt. Er schaute hinauf in den Himmel, der in dieser klaren Nacht übersät war von einer überwältigenden Sternenpracht, und beobachtete seine Atemwolke dabei, wie sie sich über seinem Kopf auflöste. Der Anblick beruhigte ihn ein wenig und gab ihm Kraft, den Schauder zu unterdrücken, der in ihm aufzusteigen drohte. Frau Baumühl stand nicht weit von ihm entfernt mit dem Rücken zu ihm. Wieder trug sie dieses alte Hochzeitskleid. Ihr offenes Haar war zerzaust und voller Grashalme.

Ohne sich zu Kasimir umzudrehen, sagte sie: «Ich hab dir schon so oft gesagt, dass du in deiner Hütte bleiben sollst.»

«Ich bliebe sogar gern drin, wenn Sie nicht so schreien würden», gab er leichthin zurück und zuckte mit den Schultern. «Wie soll ich dabei weiterschlafen?» Er hoffte, unbesorgt zu klingen. In Wahrheit jedoch raste sein Herz. Er sagte sich, dass er schon stärkere Gegner bezwungen hatte und diese Frau ihm nichts tun würde. Sie war verwirrt, vielleicht eine Gefahr für sich selbst. Aber nicht für ihn. Sie hatte ihm sogar Ratschläge für seine Wunde gegeben. Als sie nach einem Tag harter Arbeit wieder etwas röter geworden war, hatte er es tatsächlich mit Kamille versucht. Seitdem hatte er kaum noch Beschwerden.

Er sollte ihr ebenfalls seine Hilfe anbieten. Wie könnte er sich in Berlin damit brüsten, den Schwächeren beistehen zu wollen, und dennoch hier in Boxhagen den Kopf unter die Bettdecke stecken, während eine junge Frau allein durch die Kälte irrte?

«Du hättest diese Bücher nicht bekommen dürfen.» Plötzlich fuhr sie herum und starrte Kasimir mit ihren großen Augen an. «Du hättest dich nicht verlieben dürfen.»

Kasimir wollte ihr widersprechen, doch er brachte kein Wort hervor. Woher wusste sie überhaupt davon? Hatte sie ihn und Fräulein Sonntag beobachtet? Stand sie tagsüber zwischen den Bäumen an den Gleisen und sah zu ihnen hinüber? Oder an ihrem Fenster hinter den Vorhängen?

Mit einem seltsamen Lächeln griff sie in ihre Haarpracht und zog eine Blume hervor. Mit ausgestrecktem Arm kam sie auf Kasimir zu. Er widerstand dem Drang, in der Hütte zu verschwinden und die Tür zu verriegeln, und sah ihr so ruhig wie nur möglich entgegen. Sie erinnerte ihn an Echo bei ihrer ersten Begegnung. So steif und drohend wie der Hund setzte sie einen Fuß vor den anderen.

«Wolfsmilch», flüsterte sie, als sie ihm so nah war, dass sie ihn hätte berühren können. Mit ihren dichten grünen Blättern und der noch geschlossenen Knospe wirkte die Pflanze unscheinbar. Doch in den Augen der Frau sah er, dass sie das nicht sein konnte. «Für dich», fügte sie in süßlichem Ton hinzu.

Sobald er die Blume in die Hand genommen hatte, ließ Frau Baumühl den Arm fallen. Einen Moment sah sie ihn noch an, dann lief sie in Richtung des Sees davon.

Zurück in der Hütte, schlug er die Bedeutung der Blume nach. *Es droht Gefahr*, las er. *Nimm dich in Acht, sonst wirst du Schaden leiden.*

Erst in den frühen Morgenstunden fand er Ruhe, die allerdings jäh von einem Klopfen beendet wurde.

«Kasimir?!», rief Alfreds Stimme. «Fräulein Sonntag verlangt nach dir! Schläfst du noch?»

Kasimir fuhr hoch und blinzelte gegen das Sonnenlicht an, das bereits in die Hütte schien.

So schnell er konnte, kleidete er sich an, hastete hinaus in den späten Morgen und rannte hinüber zum Glasbau.

Dort waren Fräulein Sonntag und Alfred damit beschäftigt, Stroh in Blumentöpfe zu drücken.

«Bitte entschuldigen Sie», rief Kasimir noch im Rennen. «Was kann ich tun?»

Fräulein Sonntag sah ihn einen Moment lang an, dann schlug sie die Augen nieder und arbeitete weiter. Alfred antwortete für sie: «Es sind die Ohrwürmer», erklärte er. «Genau wie letztes Jahr.»

«Die … Ohrwürmer?»

Alfred zeigte auf das Blumenfeld vor dem Haus, auf dem bereits mehrere Kolonisten arbeiteten. «Fräulein Sonntag hat welche bei den Hyazinthen entdeckt. Man sieht es auch an den runden Fraßspuren in den Blättern …» Er unterbrach sich selbst und sah peinlich berührt auf seine Hände. Ein Gehilfe sollte dem Gärtner so etwas wohl nicht erklären.

«Natürlich, natürlich», brummte Kasimir. Er hoffte, dass er zumindest ein wenig ärgerlich klang. Schnell bückte er sich, hob ein wenig Stroh auf und ahmte die Bewegungen von Alfred und Fräulein Sonntag nach. Alfred sah immer wieder verschwörerisch zu ihm hinüber. Mittlerweile hatten sie schon häufig gemeinsam mit Tom über die Demokratie diskutiert. Kasimir genoss ihre kleinen Runden. Zu dritt redeten sie sich in Rage, fuchtelten mit den Händen, schimpften und träumten. Wahrscheinlich würde Alfred ihre Gespräche in diesem Moment gern fortführen. Doch natürlich war das unmöglich, solange Fräulein Sonntag in der Nähe blieb. Und so leid es Kasimir auch für Alfred tat – er selbst freute sich über ihre Anwesenheit …

27. Kapitel

Boxhagen, 10. März 1848

Während wir die Blumentöpfe mit Stroh ausstopften, beobachtete ich Trönicke, so unauffällig es mir möglich war. Täuschte ich mich, oder hatte er keine Ahnung, was wir da taten? Ich hatte diese Technik schon als Kind von meiner Mutter gelernt: Ohrwürmer konnte man mit Stroh in Blumentöpfe locken. Am nächsten Morgen würden wir sie ausleeren und die Insekten zertreten. Ich dachte, jeder Gärtner müsste davon wissen, doch Trönickes unsichere Bewegungen und seine zahlreichen Blicke hinüber zu Alfred und mir verrieten, dass er keine Ahnung hatte.

«Hatten Sie noch nie mit Ohrwürmern zu tun?», fragte ich ihn, während wir die Blumentöpfe hinüber zu den Hyazinthen trugen.

«Doch, doch, schon oft», sagte er schnell und ohne mich anzusehen.

Ich glaubte ihm kein Wort.

Er verbarg etwas, da war ich mir sicher. Doch hatte ich ein Recht, sein Geheimnis lüften zu wollen? Schließlich hatte ich meine eigenen …

Am Feld angekommen, blieb ich kurz stehen, um meinen

Blick über die Landschaft schweifen zu lassen. Der Frühlingsnebel, der die Felder und Wiesen am Morgen noch verhangen hatte, war verschwunden. Nun brachte die Märzsonne sämtliche Farben Boxhagens zum Vorschein. Von meinem Hyazinthenfeld aus hatte man einen guten Blick auf die elegante Villa von Amalie und Friedrich. Dahinter erkannte ich den gedrungenen Pferdestall und noch weiter entfernt den Kirschgarten, der von diesem Blickwinkel aus die Sicht auf das efeubewachsene Gutshaus verstellte. Am meisten aber erfreute mich der Anblick des Hyazinthenfeldes selbst. Jedes Jahr überraschte es mich wieder aufs Neue, wie plötzlich die Zwiebelblumen in die Höhe schossen. Gerade hatte der Frost sie noch klein gehalten, doch seitdem die letzten Tage so sonnig gewesen waren, konnte es ihnen nicht schnell genug gehen. All meine Felder bestanden nun von einem auf den anderen Tag aus kräftigen, grünen Blättern, aus deren Mitte bereits die ersten Knospen hervorschauten. In wenigen Tagen könnten sie nach und nach aufspringen, sich gen Himmel strecken und ihren betörenden Duft verbreiten. Umso schlimmer wäre es, wenn die Ohrenkneifer sich vorher auf dem Feld ausbreiteten. Normalerweise bevorzugten sie Blattläuse und Motten, hin und wieder bekamen sie aber auch Appetit auf süße Früchte und Zierpflanzen.

Vielleicht war es übervorsichtig, das gesamte Feld nun mit Ohrenkneiferfallen zu versehen. Hätte ich Dahlien angepflanzt, wäre das etwas anderes, Hyazinthen gehörten normalerweise nicht zum Speiseplan dieser Schädlinge. Doch sicher war sicher, fand ich und wies Alfred und die anderen Gärtner aus der Kolonie an, ein paar Stöcke aus dem Schuppen hinter dem Haus zu holen.

Trönicke, der hin und her lief und schließlich Blumentöpfe auf eine Schubkarre hob, um sie schneller zu mir bringen zu können, war an diesem Morgen ungewöhnlich ernst. Am liebsten hätte ich ihn gefragt, wie ihm die Bücher gefielen, die ich ihm gebracht hatte. Doch seine nachdenkliche Miene verunsicherte mich. Die halbe Nacht hatte ich wach gelegen und darüber gegrübelt, was ich getan hatte. War es richtig gewesen, einem Mann, den ich kaum kannte – meinem Gärtner! –, meine Blumenbücher zu leihen? Sie waren ein Geschenk meiner Mutter gewesen. Und es fühlte sich nicht nur so an, als wären die Ledereinbände durch Mutters Hände gegangen, sondern auch jedes einzelne Wort, das darin stand. Die Blumen und ihre Bedeutungen hatten immer nur uns gehört – meiner Mutter und uns Schwestern. Es war unser Heiligtum, unsere vielleicht letzte Gemeinsamkeit. Wie hatte ich einen Fremden einweihen können? Als ich in der Nacht darüber nachsann, wurde mir abwechselnd kalt und heiß. Ludmila und Amalie würden mich noch mehr hassen, wenn sie davon wüssten. Sogar Clara könnte zumindest die Nase darüber rümpfen. Und Ottilie …? Es könnte das Chaos in ihrem Inneren noch vergrößern.

Aber Trönicke hatte so ehrlich interessiert gewirkt, als ich ihm die Bücher gebracht hatte. Immer wieder rief ich mir den Moment vor Augen. Seine vorsichtigen Hände, mit denen er die Seiten umblätterte. Das Funkeln in seinen Augen.

Wahrscheinlich war es das. Diese Neugier hatte ich schon so lang nicht mehr gesehen. Ludmila flocht längst keine Kränze mehr. Stattdessen wählte sie nur noch Blüten für die Gestecke in der Kirche aus. Amalie hatte sämtliche Blumen beiseitegelegt wie ein zu klein gewordenes Kleid. Clara sprach wohl nur aus einem Grund noch hin und wieder mit mir durch die Blumen: Sie wusste, wie viel mir daran lag. Und Ottilie hatte mittlerweile ihre ganz eigene, seltsame Überzeugung kultiviert.

Es hatte gutgetan, Trönicke beim Blättern und Übersetzen zuzuschauen. Vielleicht könnte er diese Sprache eines Tages so lieben wie ich. Doch was ich suchte, war längst vergangen. Meine Mutter war tot, und meine Schwestern hatten sich von mir abgewendet. Das konnte auch kein fremder Mann ändern, schon gar nicht dieser Gärtner, der sich nicht mit Ohrenkneifern auskannte.

«Wie haben Sie denn eigentlich Lesen und Schreiben gelernt?», platzte es aus mir heraus. Überrascht sah er mich an. Augenblicklich schämte ich mich für meine Frage. Natürlich konnte auch ein Gärtner eine gute Schulbildung genossen haben. Mein Großvater beispielsweise war hochgebildet gewesen.

Ich senkte den Blick. «Entschuldigen Sie ... ich wollte nicht ...»

«Es macht mir nichts aus, Fräulein Sonntag. Ich erzähle es Ihnen gern.»

Ich schaute auf das Stroh in meinen Händen.

Mit entschiedenen Griffen arbeitete er weiter, während er erzählte: «Mein Vater war Bibliothekar. In meinen ersten Lebensjahren ging ich nicht nur zur Schule, sondern half auch täglich bei ihm aus. Leider starb er, als ich noch sehr jung war. Mithilfe seiner Freunde konnte ich dann eine Lehre machen.»

«Als Gärtner», ergänzte ich.

Er lächelte.

«Es wird blaue und rote Hyazinthen geben, habe ich recht?»,

fragte er nach einer kurzen Pause. «*Du bleibst mir ewig eine schmerzliche Erinnerung*, sagen die blauen. *Die Erinnerung an dich erfüllt mich mit Wonne*, sagen die roten.»

Wie gut sich seine Sätze anfühlten! «Sie sind also bei der Übersetzung von Johann M. Braun geblieben?»

Trönicke schüttelte den Kopf. «Ich habe auch gelernt: *Mein Herz ist dir gewogen.* Und: *Ich lieb allein die Gleichgesinnten.* Welche ist die Richtige?»

Er hockte am Boden, drückte Stroh in einen Blumentopf und sah fragend zu mir hoch. Schnell drehte ich mich weg. Seine Blicke hatten die seltsame Fähigkeit, mich wie ein Schmerz zu durchfahren. Vielleicht lag es aber auch an den Hyazinthen. Dass er ausgerechnet nach ihnen fragen musste …

«Vielleicht stimmen sie alle.» Ich stellte einen Blumentopf mit der Öffnung nach unten auf einen Stock und positionierte ihn über ein paar aufkeimenden Hyazinthen. Trönicke beobachtete mich und tat es mir gleich.

«Aber dann ist Verständigung doch unmöglich.»

Ich zuckte mit den Schultern und antwortete langsam: «Hätten Sie recht, wäre Verständigung nie möglich. Schließlich können Sie nicht wissen, ob Sie mit Gott den gleichen meinen wie ich. Ob Sie, wenn Sie Baum sagen, das gleiche Bild vor sich sehen, das ich sehe.»

Trönicke schaute mich so lange an, dass mir unbehaglich wurde. Diesmal konnte ich mich nicht rühren, musste seinen Blick erwidern. Seine Mundwinkel zuckten.

«Warum nutzen Sie die Blumensprache?», fragte er.

Ich wollte erwidern, dass ich mit Blumen seltener etwas Falsches sagte. Ich dachte länger über meine Botschaften nach und richtete sie schöner her als ein hingeworfenes Wort. Doch ich konnte nicht über all das sprechen, nicht während ich ausgerechnet zwischen meinen Hyazinthen stand. Stattdessen sagte ich, ein wenig zu schnell: «Kennen Sie die Geschichte der Blumensprache?»

Trönicke sah mich überrascht an. Während ich weiterarbeitete, erklärte ich: «Beinahe wäre sie in Vergessenheit geraten. Doch vor über 100 Jahren reiste die Schriftstellerin Lady Mary Wortley Montagu nach Konstantinopel. Dort lebten Frauen häufig in streng bewachten Harems zusammen. Sie durften ihre Gemächer nicht verlassen und entwickelten eine ausgeklügelte Blumensprache, um sich einerseits mit ihren Liebsten außerhalb der Mauern austauschen zu können, andererseits sprachen sie auf diesem Weg auch heimlich miteinander. Lady Montagu schrieb darüber in ihren Briefen, die später veröffentlicht wurden. Erst dadurch wurde die Blumensprache hierzulande wieder beliebt.»

Diese Geschichte hatte unsere Mutter uns gern erzählt, und ich musste mich regelrecht zwingen, zum Ende zu kommen. Sicher hatte ich Trönicke damit ziemlich irritiert.

Doch als ich aufsah, war sein Blick ernst und konzentriert. «Sagen Sie, gibt es eigentlich eine Blume, die für große Veränderungen steht?»

«Welche Art Veränderungen meinen Sie?»

Er verengte die Augen. «Eine Umwälzung, einen großen Wandel – innerhalb der Gesellschaft.»

Ich legte den Kopf schief. Wagte es mein Gärtner etwa, mit mir über die französische Bewegung zu sprechen? Ich spürte die Aufregung wie einen jungen Vogel durch meinen Körper flattern. Was hätte mein geliebter Bruder ihm geantwortet?

«Die Drachenblume steht für Zwietracht.» Ich schluckte, fuhr dann aber fort: «Und die Nelke für Liebe und Mut. Sie ist die Blume des Volkes. Ich … habe gehört, dass sie vor allem in Frankreich beliebt ist.» Meine Finger waren ganz feucht. Hatte ich mich zu weit aus dem Fenster gelehnt?

Mit seltsamer Entschlossenheit im Gesicht sah er mich an. Langsam kam er einen Schritt näher. «Die Nelke also …» Er flüsterte beinahe. Und ein Teil von mir wünschte sich, dass er noch näher käme, die Hand nach mir ausstreckte.

Stattdessen wich ich einen Schritt zurück. «Sie sind wirklich ein ungewöhnlicher Gärtner.»

Er verzog entschuldigend das Gesicht. «Das bin ich wohl …»

«Verzeihung, die Herrschaften?» Claras Stimme wehte über das Feld. Alfred, Trönicke und ich drehten die Köpfe. Meine jüngste Schwester stand auf dem Feldweg, raffte ihre strahlend gelben Röcke mit einer Hand und winkte mit der anderen. «Mein Hausdiener hat am Bahnhof einen jungen Mann mit viel Gepäck angetroffen. Alfred, Herr Trönicke, würden Sie ihm bitte mit den Koffern helfen?»

Ich schüttelte den Kopf. «Wir haben hier zu tun, Clara!»

«Er sagt, er möchte zu dir.»

«Zu mir? Mit viel Gepäck? Ganz sicher nicht!»

«Ich helfe ihm», sagte Trönicke hinter mir und legte mir sachte die Hand auf die Schulter. Es war das erste Mal, dass er mich berührte.

«Nein, wir sollten …», setzte ich an. Doch da holte er etwas aus seiner Hosentasche, überreichte es mir und ging.

Verdattert schaute ich auf den Zweig in meiner Hand: eine Brombeerstaude. Mit offenem Mund beobachtete ich, wie Trönicke gemeinsam mit Alfred und dem kläffenden Echo den Feldweg hinunterlief, vorbei an der Kolonie, in Richtung der Frankfurter Eisenbahn. Nicht ein einziges Mal sah er sich um.

Kaum hatte ich bemerkt, dass Clara mit hochgehobenem Rock auf mich zugekommen war.

«Was hast du da?» Sie deutete auf den Zweig in meiner Hand. «Brombeere?» Forschend sah sie mich an.

Ich ließ sie stehen und ging entschlossenen Schrittes zur Gärtnerhütte hinüber. Die Tür war unverschlossen, ich stieß sie auf. Die Decke lag ordentlich auf dem Bett, der Kamin schien sauber, der Boden gekehrt. Trönicke musste ein ordentlicher Mensch sein. Nur auf dem Tisch hatte er ein Chaos aus Blumenbüchern angerichtet. Hastig ging ich sie durch – sie waren alle unversehrt. Und unter den Ledereinbänden und Taschenbüchern fand ich zwei Seiten vollgeschriebenes Papier. Die Sätze waren teils durchgestrichen und neu geschrieben, dennoch konnte ich sie lesen.

«Doch auf dem schuldbelad'nen Haupt
Wankt schon die blutbefleckte Krone,
Längst war Dein Lorbeerkranz entlaubt.
Herab! Herab von Deinem Throne!»

Wieso schrieb mein Gärtner Verse über den Sturz des Königs? Immer wieder las ich die Zeilen und musste an das denken, was mir Anton Fuchs erzählt hatte. Der Pöbel in Berlin wolle den König stürzen, die französische Bewegung sei in Berlin angekommen.

Schließlich entdeckte ich unter dem Papier einen kleinen

Stapel von versiegelten Briefen. Ich drehte sie um und entzifferte die Adresse. Sie waren an mich gerichtet.

Echos Gebell riss mich aus meinen Gedanken. Ich ergriff die Briefe, lief hinaus und sah, dass ein Mann mit zwei Koffern über den Feldweg gelaufen kam. Ihm folgten ein aufgeregter Echo und ein dienstbeflissener Alfred, der ebenfalls zwei große Taschen trug. Von Trönicke keine Spur.

Ruhig ging ich dem Fremden entgegen. «Guten Tag», sagte ich. «Wie kann ich Ihnen helfen?»

Er stellte seine Koffer ab und verbeugte sich. «Guten Tag, gnädiges Fräulein. Mein Name ist Trönicke. Bitte entschuldigen Sie meine Verspätung. Ich hoffe, Sie haben meine Briefe über die Krankheit meiner Mutter rechtzeitig erhalten?»

Ich konnte nichts sagen. Ich öffnete nur meine Hand und ließ den Brombeerzweig fallen. *Hat mancher Dorn an mir Dich auch verletzt, darf ich doch bitten: Lass Dein Zürnen schwinden*, flehte er. Und als ich mich umdrehte, um den wahren Gärtner zu seiner Hütte zu führen, zertrat ich ihn mit meinem linken Stiefel.

2

28. Kapitel

Boxhagen, Juni 1840

Heinrich sah die Droschke schon von Weitem. Sie parkte auf der Streuobstwiese, im Schatten der Apfelbäume, und bei ihrem Anblick fuhr er sich mit beiden Händen durchs Haar. Er würde nicht widerstehen können, das wusste er schon jetzt. Dabei sollte er. Er musste unbedingt widerstehen.

«Heinrich?» Er spürte eine Hand auf seiner Schulter und fuhr herum. Vergnügt sah sein Vater zu ihm hinauf. «Hast du etwa geträumt?»

«Es scheint so», wich Heinrich aus. «Entschuldige, Vater. Was hast du gesagt?»

Obwohl Heinrich seinen Vater bereits seit Jahren überragte, fühlte er sich in seiner Größe und Breite noch immer unwohl, während sie nebeneinander hergingen. Er wurde das Gefühl nicht los, auf seinen Vater aufpassen zu müssen, der ihm zunehmend klein und schmächtig erschien. Hinzu kam sein Gesundheitszustand. Das Gehen fiel ihm sichtlich schwer. Heinrich vermutete, dass es die Hüfte war, doch Vater ließ Ärzte nur für seine Kinder und das Personal kommen, niemals für sich selbst. Außerdem war er furchtbar kurzatmig geworden. «Du liebst dieses Land ebenso sehr wie ich, oder, Heinrich?», keuchte er.

Heinrich brauchte nicht darüber nachzudenken. «Wie könnte man dieses Land nicht lieben, Vater?»

Auch wenn er nicht die Zeit hatte, um wie seine Schwestern Blumen zu kreuzen, in Sträußen zu arrangieren und ihre Bedeutungen auswendig zu lernen, liebte er Boxhagen doch auf seine Art und Weise. Er mochte die kleinen, gewissenhaft gepflegten Gärten der Kolonisten nördlich der eigenen Ländereien, die Kirschbäume hinter dem Gutshof, deren Zweige sich je nach Jahreszeit mit strahlend weißen Blüten oder dunkelroten Früchten füllten. Die gewaltigen Gemüsefelder, den hellgrünen Salat im Sommer wie den dunkelvioletten Kohl im Spätherbst. Und natürlich, mehr als alles andere: die weiten Blumenfelder.

«Ich bin stolz auf dich, weißt du das?» Vaters Locken waren in den letzten Monaten grau und ein wenig länger geworden, seine Wangengrübchen, die er einzig Clara vererbt hatte, tief und schlaff.

Heinrich nickte und versuchte, seine Verlegenheit nicht zu zeigen.

«Deine Schwestern schauen zu dir auf und wissen, dass du immer für sie sorgen wirst.»

«Du sprichst sicher nicht von Ludmila und Amalie», brummte Heinrich und konnte sich ein Schmunzeln nicht verkneifen.

«Doch, natürlich!» Sein Vater blieb stehen und gab vor, dass allein seine Entrüstung der Grund war. Doch Heinrich wusste, dass er einen Moment zum Durchatmen brauchte. «Gerade Ludmila und Amalie! Ich weiß, dass Ludmila die mütterliche Rolle übernommen hat, seitdem …»

«Schon seitdem Alba geboren ist», warf Heinrich ein, damit sein Vater nicht vom Tod seiner Mutter sprach. Und es stimmte.

Zwischen den drei älteren Geschwistern und den drei jüngeren lagen sieben Jahre. Die Eltern hatten nie darüber gesprochen, doch er ging davon aus, dass in dieser Zeit weitere Kinder geboren worden waren, die es nicht geschafft hatten. Als dann Alba kam und klar war, dass Mutter nicht mehr die gleiche Energie hatte wie früher, nahm sich die zehnjährige Ludmila der Kleinen an. Sie betreute sie, trug sie umher und übernahm ihre Erziehung, genau wie später die von Ottilie und Clara.

«Genau.» Langsam lief Vater weiter. «Gerade deswegen ist sie heilfroh, dass es dich gibt und sie nicht die alleinige Verantwortung trägt. Ebenso Amalie. Durch ihre Verlobung mit Friedrich wird sie in Zukunft wenig Zeit haben, um in Boxhagen nach dem Rechten zu sehen.»

Heinrich warf seinem Vater einen kurzen Seitenblick zu, den dieser sofort verstand. Johann kicherte. «Du hast recht, sie hat auch schon vorher nicht unbedingt das Bedürfnis gehabt, in Boxhagen nach dem Rechten zu sehen.»

Heinrich schmunzelte, sagte aber nichts. Einen Moment lang liefen sie schweigend weiter.

Immer wieder sah Heinrich so unauffällig wie möglich zu den Apfelbäumen hinüber. Zu der Kutsche, die im Schatten parkte. Hoffentlich bemerkte Vater nichts davon. Nicht auszudenken, wenn er geradewegs hinlief, um freundlich zu grüßen … Doch er schien sie nicht wahrzunehmen.

«Eines Tages wird all das hier dir gehören», sagte er gerade mit großer Geste. «Und ich bin stolz, dass du mein Erbe bist.»

Heinrich wich seinem Blick aus. Er wollte sich nicht vorstellen, dass er irgendwann die alleinige Verantwortung tragen sollte. Auf seinem Schreibtisch wartete bereits jetzt ein so großer Berg an Arbeit, dass dieser Spaziergang eigentlich ein zu großer Luxus war. Wie sollte es erst werden, wenn Vater eines Tages nicht mehr lebte?

«Hab keine Angst, mein Sohn», sagte Vater, als hätte er seine Gedanken erraten. «Du wirst eine gute Frau finden, die dir zur Hand geht. Ich sage dir, die Frauen werden unterschätzt. Tu das bloß nicht, es kommt alles nur auf die Frauen an.»

Vater hatte gut reden. Mutter war eine großartige Frau gewesen. Unter dem Gewicht, das sie jahrelang getragen hatte, wäre Heinrich nach ihrem Tod beinahe eingebrochen. Wie sollte er jemals jemanden finden, der all das mit ihm gemeinsam schultern konnte?

Er wollte es nicht, musste nun aber doch an die Monate nach Floras Tod denken. Mit einem Mal war er verantwortlich gewesen für Gemüsebauern, Pächter, Stallburschen, Gartenjungen, Gärtner und das gesamte Hauspersonal. Er musste Mutters Buchhaltung übernehmen und versuchte, gleichzeitig für seine Schwestern da zu sein. Vater war zwar ein liebevoller und fürsorglicher Mann, doch er versteckte seine Gefühle niemals. Während er also immer wieder von Schluchzern geschüttelt wurde, zornig auf das Schicksal schimpfte oder melancholisch aus dem Fenster starrte, wirkte der steife Heinrich unerschütterlich. Seine Trauer ließ er sich nicht anmerken, so bodenlos und schmerzhaft sie auch war. Und so kamen seine Schwestern, die Vater schonen wollten, mit ihrer Traurigkeit von nun an zu ihm. Die kleine Clara stürzte sich regelmäßig in seine Arme, um hemmungslos zu weinen. Alba flocht Kränze für Mutter und erzählte die Geschichten, die sie dort eingewebt hatte, am liebsten ihrem großen Bruder. Ottilie ließ sich einzig von ihm verbieten, kistenweise

Blüten im Kaminofen zu verbrennen. Amalie schimpfte bei ihm über den Friedhofsgärtner, der Mutters Grab mit Schlüsselblumen bepflanzt hatte, obwohl Mutter sie nicht mochte. Und Ludmila besprach mit ihm geschäftliche Entscheidungen, nicht mit Vater. Bis dieser sich wieder gefangen hatte, waren Heinrich und Ludmila in sämtlichen Geschäftsangelegenheiten bewandert.

«Ah, Frau Range!», rief Vater und riss Heinrich aus seinen Gedanken. Sie waren gerade an der Kolonie am Rande Boxhagens angelangt. Vor der ersten Haustür stand die rotwangige Bäuerin und sah ihnen freudestrahlend entgegen.

«Die Herren Sonntag! Was ist das eine Freude, Sie zu sehen!» Sofort kamen weitere Kolonisten aus ihren Schuppen oder Gärten und liefen den Sonntags entgegen, um mit ihnen zu plaudern. Meist sprachen sie über das Wetter. Darüber, dass es endlich einmal sonnig war in Boxhagen, dass die Erde aber sofort staubtrocken wurde. Sie war seit eh und je sandig gewesen, ein heißer Sommer konnte ihnen daher viele Probleme bereiten. Obwohl sie selbst immer genug zu tun hatten, sprangen sie bereitwillig als Erntehelfer oder Gärtner ein, wenn bei den Sonntags Not am Mann war. Schließlich war der Lohn angemessen und das Verhältnis zwischen den Kolonisten und der Familie Sonntag seit Jahren von gegenseitigem Respekt geprägt. Heinrich grüßte jede Bäuerin und jeden Bauern freundlich und wünschte sich, er könnte mit ebenso viel Leichtigkeit scherzen und lachen wie sein Vater.

«Herr Sonntag, sagen Sie, wie stehen die Dinge in Berlin?», raunte ihm da eine Stimme zu. Er wusste schon, wer sprach, bevor er in Herrn Ranges freundliches Gesicht blickte. Der alte Bauer mit den dichten Augenbrauen lehnte ein wenig abseits an einem Zwetschgenbäumchen und blickte ihn neugierig an. Heinrich schaute sich kurz nach seinem Vater um. Der beachtete seinen Sohn nicht, also lief er ein paar Schritte gemeinsam mit Bauer Range.

«Der König ignoriert die Armut der Bevölkerung weiterhin», sagte Heinrich schnell und gedämpft. «Immer wieder kommt es zu Unruhen, doch in den preußischen Blättern wird kaum davon berichtet …»

«Eine Ungeheuerlichkeit.»

«Aber es formiert sich Widerstand. Immer mehr Demokraten treffen sich heimlich in wachsenden Gruppen. Eines Tages muss der König der Forderung nach allgemeinen Wahlen zustimmen.»

Herr Range nickte. «Und Sie engagieren sich in dieser Bewegung, Herr Sonntag?»

Heinrich fuhr sich mit der flachen Hand über den Mund. «Ich würde gern», gab er zu. «Doch mir fehlt die Zeit …»

«Zumindest lesen Sie viel.»

Heinrich nickte. Zu viel, würde sein Vater mit Sicherheit sagen.

«Wir müssen dann leider wieder!», rief Johann in diesem Augenblick und winkte Heinrich mit einer Hand zu sich heran. Unter dem Arm trug er einen gewaltigen Kürbis. «Entschuldigen Sie mich, Herr Range.» Heinrich nickte dem Bauern zu.

«Selbstverständlich. Es war mir wie immer eine Ehre, mit Ihnen zu sprechen, Herr Sonntag.»

Während des Rückwegs senkte sich die Dunkelheit über das Land.

«Ich werde uns ein Kürbisbrot backen», erklärte Vater, sobald er auf der breiten Eingangstreppe stand.

Heinrich lächelte – er liebte Vaters Kürbisbrot.

«Ich sehe nur kurz im Pferdestall nach dem Rechten», behauptete er.

Heinrich wartete, bis sein Vater im Haus verschwunden war. Dann schaute er wieder zur Droschke hinüber. Wie lange sie nun schon dort stand und auf ihn wartete. Sein Körper war starr vor Aufregung, sein Mund ganz trocken.

In der Dämmerung ging Heinrich auf den Wagen zu. Jetzt konnte man ihn nur noch sehen, wenn man wusste, dass er da war. Heinrich versuchte, ruhig zu atmen. Immer wieder blickte er sich um.

Bei der Kutsche angelangt, öffnete er die Tür und verschwand im Inneren. Nur die bange Frage, die hinter geschlossenen Kutschentüren geflüstert wurde, die verschwand nicht. Sie ließ ihn nicht los. Nicht in diesem Moment, nicht später: *Was, wenn uns jemand sieht?*

Bei seiner Rückkehr roch Heinrich zuerst das süße Kürbisbrot. Der Duft lockte ihn quer durch das Foyer zur Treppe und hinunter in die Küche. Er freute sich darauf, gemeinsam mit seinem Vater noch einen Moment beisammenzusitzen und die ersten Bissen des Gebäcks zu kosten. In der Ruhe und Wärme der Küche hatten sie häufig die besten Gespräche. Hier drehten sie sich ausnahmsweise nicht um das Vorwerk Boxhagen, sondern um Gott und die Welt. Manchmal sprachen sie sogar über Politik – und das, ohne sich zu streiten.

«Vater?», fragte er in den großen, stillen Raum hinein. Die

Töpfe, Schüsseln und Schöpflöffel hingen sauber aufgereiht an der Wand. Auf dem großen Tisch stand golden glänzend das frische Kürbisbrot. Es dampfte noch. Und auf dem Boden darunter lag ausgestreckt Johann Sonntag. Seine Augen waren starr auf die Tischplatte gerichtet, die Handflächen geöffnet. Einen Moment lang konnte Heinrich sich nicht rühren. *Nein*, dachte er. *Lass mich nicht allein, bitte. Es ist zu früh.*

Endlich lief er auf ihn zu, langsam, als müsse er gegen eine unsichtbare Macht kämpfen. Er ging in die Hocke, nahm die kalte Hand seines Vaters zwischen seine warmen Finger und wusste, dass es zu spät war. Vater hatte ihn verlassen. Heinrich war in dieser verdammten Droschke gewesen, während Vater sich für immer von dieser Welt verabschiedet hatte.

Später sagte der Arzt, Johann Sonntag habe vermutlich einen Schlaganfall erlitten und sei sofort tot gewesen. Das Brot musste er kurz vorher aus dem Ofen geholt haben. Es war das Letzte, was von ihm geblieben war, und die Geschwister aßen es andächtig auf. Stück für Stück. Bis auf den allerletzten Krümel, der noch nach alten, längst verlorenen Zeiten schmeckte.

Es stimmt, Vater hat immer gesagt, eine Hochzeit könne helfen, schrieb Heinrich zwei Wochen später. Seine Hand bebte so sehr, dass seine Schrift kaum zu lesen war. Doch er zwang sich dazu, diesen Brief so schnell wie möglich zu schreiben. Keine Sekunde wollte er verlieren. *Er sagte, ich bräuchte eines Tages Unterstützung. Aber nicht so. Ich weiß, du willst nur helfen, und dafür bin ich dankbar. Doch deine Idee ist grausam. Ich flehe dich an, davon abzusehen. Ich werde es allein schaffen. Vertrau mir, dein Heinrich.*

29. Kapitel

Kasimir lief zu Fuß von Boxhagen nach Berlin und dann quer durch die Gassen der Hauptstadt. Seitdem er seine Wunde mit Kamille behandelt hatte, schmerzte sie ihn glücklicherweise kaum noch. Nicht einmal auf diesem langen Weg bereitete sie ihm allzu große Probleme. Er zog seine Kappe tief in die Stirn und ließ seinen Blick schweifen. Die ganze Stadt war plakatiert: Protest und Satire wellten sich in dicken Schichten an den Wänden. ‹Hautausschlag› nannten das die vom König zensierten Zeitungen. Kasimir aber sah es mit Genugtuung, dass sich das Elend dieser Stadt endlich auch auf ihren Fassaden spiegelte. Er hoffte allerdings, dass er selbst sich in diesem Spiegel nicht wiederfand. Nicht auszudenken, wenn die Soldaten wegen des Plakats noch immer nach ihm fahndeten … Die Menschen drängten sich so dicht vor den Anschlägen zusammen, dass er nicht viel erkennen konnte. Er sollte auf der Hut sein.

Er brauchte beinahe zwei Stunden, bis er endlich das Brandenburger Tor sah. Dahinter konnte er die Bäume des Tiergartens erkennen. Er trat heraus aus der Stadt, hinein in den Park. Obwohl es guttat, den Mief der Gassen gegen die frische Luft der Pflanzen einzutauschen, kam dieses Aufatmen nicht gegen das Gefühl an, inmitten der Boxhagener Felder zu stehen. Dort hatte eine unfassbare Ruhe geherrscht. Die Allee, die durch den Tiergarten führte, war hingegen mit Menschen gefüllt. Kasimir sah befrackte Herren mit hohen Zylindern und wohlhabende Frauen mit ausladenden Röcken ebenso wie einfach gekleidetes Volk: Arbeiterinnen, Studenten, Stadtstreicher, rotznasige Kinder und zwielichtige Gesellen. Sie alle strebten, wie jeden Abend, durcheinander und hinaus aus der Stadt in die Zelte. Strahlenförmig liefen gen Norden sämtliche Wege auf die Vergnügungsecke am Spreeufer zu. Kasimir passierte einige der weißen Sandsteinfiguren, die antike Göttergestalten zeigten und von den Berlinern nur «Die Puppen» genannt wurden. Bei der Skulptur der Flora bog er ab. Schon von Weitem hörte er einen Leierkastenmann und dazwischen die Rufe eines Gondolieres auf der Spree: «Wer will mit nach Moabit?» Sicher war der Wasseromnibus wie gewöhnlich schon so voll besetzt, dass er gefährlich schwankte, dachte Kasimir.

Dann tauchten die Zelte auf – Vergnügungslokale, in denen sich Spaziergänger schon seit Jahrzehnten erfrischen konnten. In vergangenen Zeiten hatten sie aus Leinenzelten bestanden, die im Winter abgebaut werden mussten. Mittlerweile waren es feste Bauten, die ihre Besucher ganzjährig in den weitläufigen Park lockten. Doch der alte Name war bis heute geblieben. Vor den Zelten tummelten sich unzählige Menschen an zahlreichen Tischen und Stühlen, die ins Freie gestellt worden waren. Kasimir ließ den Blick schweifen. Hier war es immer voll, doch so viele Menschen wie heute hatte Kasimir noch nie an diesem Ort gesehen. Sogar vor dem edelsten Zelt Nr. I drängte sich die feine Herrschaft eng zusammen. Die anderen Gartenlokale, die immer günstiger wurden, je weiter man den Weg hinuntersah, waren ebenfalls bis auf den letzten Platz belegt.

Wegen seines mageren Geldbeutels musste Kasimir stets die Grünebergschen Sommerhütten ganz am Ende wählen. Sie waren aus Brettern errichtet und mit Austernschalen benagelt worden, Krethi und Plethi trank hier, hieß es. Tatsächlich traf er dort gern seine alten Freunde aus der Zeit, in der seine Mutter noch gelebt und in der Fabrik gearbeitet hatte. Arbeiter, die derben Dialekt sprachen und ihm mit ihren schwieligen Händen durchs Haar fuhren, als wäre er noch immer der kleine Junge von damals.

Doch manchmal, wenn er es sich leisten konnte, wechselte er hinüber in Zelt Nr. III. Das Bier war noch nicht ganz so teuer wie in den edleren Lokalen, und das Wichtigste: Hier trafen sich die Künstler und Studenten der Stadt, um über Politik und Literatur zu diskutieren.

Heute steuerte Kasimir gleich darauf zu. Er war mehr als eine Woche fort gewesen und hatte keine Ahnung, wie es mittlerweile um ihre Sache stand. Je näher er kam, desto lauter wurde es. Schnell begriff er, dass es diesmal kein Plauderton war, der ihm entgegenwogte. Die Leute riefen laut, sie stampften mit ihren Füßen auf und schlugen mit den Händen auf die Tische. Kasimir sah enge Trauben von Menschen und wütendes Armgefuchtel. Viele drängten sich vor dem Eingang des Backsteinhauses zusammen, es war offensichtlich, dass sie nicht mehr hineinpassten. Anscheinend fand in diesem Augenblick im Saal eine Versammlung statt.

«Der verlorene Sohn!», hörte er da eine ihm bekannte laute

Stimme, die stets vor Herzlichkeit und Entschlossenheit zu vibrieren schien.

Sein Blick suchte die Sprecherin – und entdeckte sie am Rande des Tumults an einem Tischchen sitzend. Wie immer war sie eine imposante Erscheinung. Die Witwenkleider hatte sie vor ein paar Jahren abgelegt. Stattdessen trug sie ein dunkelrotes Kleid, über dem ihre silbrigen Locken wie die einer Königin wirkten.

«Bettine!», rief er ihr zu. «Wie schön, Sie zu sehen.»

Sie lächelte freundlich und winkte ihn zu sich heran.

Es war selten, dass man Bettina von Arnim allein antraf. Meist war sie umringt von ihren Bewunderern. Vor allem die Studenten sahen in Ehrfurcht zu der Frau auf, die vor fünf Jahren *Dies Buch gehört dem König* geschrieben hatte. Damals hatte sich Friedrich Wilhelm IV. so geschmeichelt gefühlt, dass er es ungelesen freigab. Erst später begriff er, dass er darin scharf für soziale und politische Missstände kritisiert wurde, und entzog seinem einstigen Günstling seinen Schutz. Kasimir bewunderte Bettine, wie jeder junge Mensch diese Frau bewundern musste. Jedes Gespräch mit ihr war voller Erkenntnisse und neuer Blickwinkel. All ihre Bewegungen strotzten vor Lebenslust, und um sie her schien die Luft stets ein wenig frischer zu sein.

Jetzt stand vor ihr ein Teller Hecht mit Klößen, den sie in kleinen Bissen genüsslich verschlang.

«Es freut mich, dass du wohlauf bist, mein Lieber. Aber im Gegensatz zu Levin und Adalbert habe ich nicht daran gezweifelt», sagte sie. Prüfend musterte sie ihn, bevor sie sich das nächste Stück Kloß in den Mund schob.

«Es war knapp», gestand Kasimir. «Aber es geht mir gut.» Vor ihrem Tisch blieb er stehen und sah sich um. «Wo sind denn die anderen?»

«Sie haben eine neue Adresse aufgesetzt und diskutieren jetzt darüber, wie sie zum König gelangen sollte.»

«Eine neue Adresse?»

«Setz dich erst einmal, Kasimir, und bestell dir etwas zu essen. Es ist Freitag, sie haben herrlichen Fisch. Keine Sorge, ich zahle.»

Bei diesen Worten spürte Kasimir, dass seine Wangen heiß wurden. Es war eine Ehre, von Bettine zum Essen eingeladen zu werden, und er wusste nicht, womit er sie sich verdient hatte. Vielleicht war es einzig seine Erscheinung, die sie dazu veranlasste. Sein Hemd war von Erdschlieren verziert, seine Schuhe verkrustet, und sicher hing noch Stroh von heute Morgen in seinem Haar.

«Oh, ich habe ein wenig Geld verdient …»

«Behalt dein Geld, aber erzähl mir, wo du es herhast.»

Sie zeigte so entschieden auf einen Stuhl, dass er nicht anders konnte, als sich zu setzen.

«Ich habe in den letzten Tagen als Gärtner in Boxhagen gearbeitet.» Er grinste und kratzte sich am Kopf.

«Als Gärtner?» Sie gluckste, und sofort entspannte sich Kasimir ein wenig. Er konnte gut verstehen, dass sich die Studenten reihenweise in Bettine verliebten, obwohl sie bereits über sechzig war. Bis vor wenigen Jahren hatte sie ein Verhältnis mit einem von ihnen gehabt. Doch dann stellte sich heraus, dass der Student Judenfeind war, und sie brach mit ihm.

«Ich kann mir vorstellen, dass einzig der Garten ein noch schönerer Arbeitsort ist als die Bibliothek.»

Er berichtete ihr von dem Gutshof in Boxhagen, den Hyazinthenfeldern und von der Familie Sonntag, deren Mitglieder, bis auf eines, mittlerweile andere Namen trugen. Dabei brauchte er all seine Selbstbeherrschung, um nicht unentwegt nur über *sie* zu sprechen: Alba Sonntag … Ob sie ihm wohl jemals verzeihen könnte?

Nachdem Kasimir mit seiner Geschichte fertig war, lachte Bettine herzlich. Nicht nur sie hatte mittlerweile ihren Fisch aufgegessen, auch Kasimirs Teller war bereits leer.

«Herrlich! Aber was macht deine Wunde?»

«Sie heilt. Es geht mir viel besser.»

«Kasimir!»

Überrascht drehte er sich nach Levins Stimme um und entdeckte seinen Lockenkopf zwischen den Kappen der Arbeiter und Zylindern der feinen Herren, von denen die meisten ihn überragten. Sein Freund musste gerade aus dem Lokal getreten sein. Er winkte mit beiden Händen und kämpfte sich durch die Menge auf ihn zu. «Du bist wieder da!»

«Ich wusste, dass sie ihn nicht eingesperrt haben», erklärte Louise, die ihm folgte. Sie sah nicht ganz so glücklich aus wie Levin. Stattdessen vermittelten ihre herabhängenden Mundwinkel und die blasse Haut einen abgekämpften Eindruck. «Wir haben dich tagelang in der ganzen Stadt gesucht!»

Als sie bei ihm angekommen waren, schlossen sie ihn beide nacheinander fest in die Arme.

«Sag, wo hast du gesteckt?»

«In Boxhagen. Ich habe Erde umgegraben.»

Levin lachte, als hätte Kasimir einen Scherz gemacht.

«Ich erkläre es euch später. Erzählt mir erst mal, was da drinnen los war. Was habe ich verpasst?»

Louise stützte sich mit einer Hand auf einen Stuhl und stemmte die andere in die Hüfte. Auch heute trug sie weite Hosen, dazu eine grüne Fliege. «Wir haben zigmal darüber diskutiert, wie unsere Adresse zum König gelangen soll.»

«Bettine hat so etwas erwähnt. Was für eine Adresse?»

«Es hat Stunden gedauert, uns drauf zu einigen.» Levin seufzte. «Letztlich haben wir unsere Forderungen nach», er begann, ebendiese Forderungen an den Händen abzuzählen, «Pressefreiheit, vollständiger Redefreiheit, freiem Versammlungs- und Vereinigungsrecht, gleicher politischer Berechtigung aller, ohne Rücksicht auf religiöses Bekenntnis und Besitz, und einer allgemeinen deutschen Volksvertretung niedergeschrieben.»

Louise lachte abfällig. «Forderungen? Du und ich wollten es vielleicht Forderungen nennen. Die Feiglinge da drin haben sie als Wünsche deklariert und dann auch noch mit ‹tiefster Untertänigkeit gegenüber Eurer Majestät› unterzeichnet.»

«Warum wundert mich das nicht?» Kasimir stürzte den letzten Schluck seines Biers hinunter und rieb sich über das Gesicht. «Und wie kommt die Adresse nun zum König?»

Levin hob verzweifelt beide Hände. «Der Polizeipräsident hat empfohlen, sie per Post zu senden.»

«Das haben sie nicht ernsthaft erwogen?» Kasimir stöhnte.

«Schlimmer.» Louise ließ sich neben Bettine auf einen Stuhl sinken, der gerade frei geworden war. «Sie wollen sie der Stadtverordnetenversammlung geben. Die arbeitet in diesen Tagen ihre eigene Petition aus.»

«Der Stadtverordnetenversammlung?» Bettine hatte die ganze Zeit geschwiegen, nun lenkte sie mit ihrer kraftvollen Stimme alle Blicke auf sich. «In diesen Zelten hat gerade die erste revolutionäre Volksversammlung Berlins stattgefunden.» Sie seufzte und fügte resigniert hinzu: «Und sie hat soeben ihre eigenen Forderungen aus der Hand gegeben.»

30. Kapitel

Boxhagen, 10.–12. März 1848

Der neue Gärtner musste mich für eine seltsame Person halten, schließlich starrte ich ihn immer wieder fassungslos an. Natürlich, dachte ich. So sieht ein echter Gärtner aus: sehnig, gebeugter Rücken, kräftige Hände, schweifender Blick. Er war einige Jahre älter als der falsche Trönicke. Und sehr viel schweigsamer, ja, von ihm ging eine angenehme und tiefe Ruhe aus. Unter anderen Umständen hätte ich die Gegenwart dieses Mannes mit dem lichten grauen Haar genossen. Ich hätte mich hin und wieder kurz mit ihm über den besten Dünger und die effektivsten Mittel gegen Schädlinge austauschen und ansonsten schweigend auf unseren Hyazinthenfeldern arbeiten können. So aber erinnerte mich der wahre Herr Trönicke schmerzhaft an den falschen.

Er begriff schnell, brachte sofort eigene Vorschläge ein und nahm die Arbeit bereits am nächsten Tag selbstständig in die Hand. Wie hatte ich ignorieren können, dass dem falschen Trönicke die Aufgaben eines Gärtners so fremd gewesen waren? Ich hatte ihm alles haarklein erklären müssen, sogar Alfred hatte ihm geholfen. Im Nachhinein kamen mir so viele Situationen in den Sinn, in denen mir seine Lüge hätte auffallen müssen.

Wieso sollte ich den neuen Gärtner auch nachts auf dem Feld finden – vollkommen durchgefroren und erschöpft? Weshalb nur hatte ich ihn einfach so auf unseren Hof gebracht und ihm zur Gärtnerhütte, der Scheune und sämtlichen Gerätschaften Zutritt gewährt? Er hätte uns ausrauben können – oder Schlimmeres. Ich hatte nicht nur mich in Gefahr gebracht, sondern auch meine Familie. Schrecklich leichtsinnig war ich gewesen! Ich, die von meinen Schwestern und meiner Mutter früher stets dafür gerühmt worden war, die beste Menschenkenntnis von allen zu haben! Damals sagten sie gern über mich, ich könne Gedanken lesen. Ich war stolz darauf gewesen, Geständnisse, Beichten und Geheimnisse schon zu erahnen, bevor sie tatsächlich ausgesprochen wurden.

Nur bei dem falschen Gärtner hatte ich versagt. Nicht einmal einschlafen konnte ich, so groß war die Wut auf mich selbst. Ich lag im Bett und spürte, wie die Scham mir derart einheizte, dass ich die Decke von meinem Körper streifen musste. Also stand ich auf, trat ans Fenster und schaute hinaus. Zunächst sah ich nichts als Dunkelheit. Doch bald bildeten sich unter dem blassen Nachthimmel die Schemen der Boxhagener Landschaft heraus, die flache Heide mit den gedrungenen Bäumen und vereinzelten Büschen. Unter mir erkannte ich das Loch des Brunnens, dahinter die Wiese mit den nachtschwarzen Blumen und die Hütte, in der in dieser Nacht der wahre Gärtner schlief.

Gedankenverloren schaute ich in Richtung des Schlesischen Bahnhofs, der hinter Streuobstwiesen verborgen lag, dann in die andere Richtung, zu meinem alten Zuhause. Nur in der Dachkammer des Dienstmädchens brannte noch Licht. Ottilies Haus konnte ich von hier aus nicht erkennen, der Kirschgarten verdeckte es. Doch nach einigen Minuten sah ich sie trotzdem: Eine kleine, dunkle Gestalt kam über das Hyazinthenfeld auf die Gärtnerhütte zu, und ihr gleichmäßiger Schritt beruhigte mich ein wenig. Ihr Befinden schien sich zumindest nicht verschlechtert zu haben. Sie lief ihr gewohntes Dreieck: Erst steuerte sie quer durch die Hyazinthen auf die Hütte zu und bog, dort angekommen, ab, um die Blumenwiese in Richtung meines Anwesens zu überqueren. Am Brunnen machte sie gern halt, um kurz die Hand über den Stein gleiten zu lassen und dann auf den Kirschgarten vor dem Gutshof zuzugehen. Zwischen den Bäumen verschwand sie.

Früher hatte ich mich manchmal mit ihr gestritten, versucht, ihr das Überqueren des Feldes zu verbieten, doch sie hatte nur durch mich hindurchgesehen. Und ich hatte es aufgegeben, mich darüber zu ärgern. Es waren ohnehin stets die gleichen Zwiebeln, über die sie lief. Diese eine Reihe von Hyazinthen konnte ich opfern. Wahrscheinlich war es das Mindeste, was ich für sie tun konnte.

Gerade war sie an der Gärtnerhütte angelangt und kam langsam auf mich zu. Irrte ich mich, oder starrte sie mir direkt ins Gesicht? Mein Zimmer war stockfinster, zudem hielt ich ein wenig Abstand zum Fenster. Ich trat weiter zurück, doch sie löste den Blick keine Sekunde von mir. Ihr langer, verdreckter Rock schleifte hinter ihr her, ihre nackten Schultern glänzten im Mondlicht. Obwohl es dank des Feuers, das ich mir am Abend gemacht hatte, warm war in meinem Schlafzimmer, stellten sich mir die Härchen am Rücken auf. Ich umfasste meine kühlen Oberarme mit beiden Händen. Das war Ottilie, sagte ich mir. Meine kleine Schwester, mit der ich früher so gern gespielt und unter der Trauerweide gekichert hatte. Sie war gutherzig und liebevoll, niemandem könnte sie etwas zuleide tun. Doch wie sollte ich dieses Wissen mit der Frau vor meinem Haus in Einklang bringen? Neben dem Brunnen blieb sie stehen. Mit einer Hand strich sie über die Stelle, an der mir der falsche Gärtner vor wenigen Tagen noch Blumen hingelegt hatte, und sah unentwegt zu mir hoch. Wie gut ich dieses herzförmige Gesicht mit den gewaltigen Augen doch kannte, mir war jedes Zucken ihrer Brauen, jede Lachfalte und jede Bewegung ihrer Lippen vertraut. Und doch hatte ich das Gefühl, eine Fremde stehe dort unten.

Ich sollte mich endlich aus meiner Starre lösen, das Fenster öffnen und versuchen, mit ihr zu sprechen. Vielleicht könnte ich sie in dieser Nacht dazu überreden, zu mir hereinzukommen und sich aufzuwärmen. Doch ich rührte mich so wenig wie sie. Kaum blinzelten wir. Und mit einem Mal glaubte ich, mich selbst in ihr zu sehen. Dort unten stand dieses Mädchen, das zu viele Gefühle in der Brust hatte, um ihrer Herr zu werden. Dieses Kind, das ganz allein war mit all der Sehnsucht und all dem Schmerz. Und endlich begriff ich, warum ich den falschen Gärtner nicht durchschaut hatte: Ich hatte ihn nicht durchschauen wollen. Es war viel zu schön gewesen, ihm zu glauben, ihm die Blumensprache beizubringen – durch ihn wieder in meine Vergangenheit einzutauchen. Er war ein Fremder, der nichts von alldem wusste, was in Boxhagen vor sich gegangen war. Nichts von dem, was ich Heinrich und Ottilie angetan hatte. Er sah mich, wie mich niemand sonst hier noch sehen konnte. Wenn er mit diesen warmen Augen lächelte, gab er mir das Gefühl, alles könnte auch ganz anders sein. Doch das war es nicht. Er war nur eine Lüge.

Ottilie senkte den Blick, kehrte um und verschwand in den Schatten des Kirschgartens.

In den nächsten Tagen versuchte ich mit aller Macht, nicht an den falschen Gärtner zu denken. Ich zog mich in mein Gewächshaus zurück und pflegte die roten Nelken, die hinter dem Glas schon vor ihrer Zeit zu blühen begannen. Allerdings schielte ich immer wieder zum Brunnen hinaus und wünschte mir, auf dem Rand ein Maiglöckchen zu finden. Ich holte eines von Mutters alten Büchern und verzog mich damit unter die Trauerweide, spürte das weiche Laub unter mir, roch Erde und Erz. Ich versuchte, mich auf die Zeilen vor mir zu konzentrieren, doch ungebeten schoben sich andere Sätze in meine Gedanken: *Doch auf dem schuldbelad'nen Haupt / Wankt schon die blutbefleckte Krone, / Längst war Dein Lorbeerkranz entlaubt. / Herab! Herab von Deinem Throne!* Das hatte der falsche Gärtner in meiner Hütte geschrieben. Es erinnerte mich an etwas, aber ich kam nicht darauf, an was.

Ich stand auf. An Lesen war ohnehin nicht zu denken. Einen Moment lang sah ich zum Gutshof hinüber. Vielleicht hatte ich Glück, und Ludmila war drüben bei Amalie. Ohnehin würde ich ihr wahrscheinlich in dem weitläufigen Gutshof kaum in die Arme laufen. Also nahm ich meinen Mut zusammen und steuerte auf das Gebäude hinter den Kirschbäumen zu.

Wie hatte ich dieses verwunschene Haus einst geliebt! Seine breite efeubewachsene Front mit den grünen Fensterrahmen, das hohe, rote Dach, die Palmen vor dem Eingang. Ich liebte es immer noch, und doch schmerzte mich das Atmen, während ich an die Fensterscheibe der Haustür klopfte.

Das Hausmädchen öffnete mir und blieb unschlüssig stehen. «Guten Tag, Fräulein Sonntag ... Soll ich Sie bei Frau Priem melden?», fragte sie mit unruhigen Händen.

«Hallo, Anna.» Ich bemühte mich um ein Lächeln. «Ich möchte bitte kurz in die Bibliothek.»

Beinahe erleichtert nickte sie und eilte davon, um Ludmila um Erlaubnis zu fragen.

Wenig später führte sie mich die schmale Treppe mit dem blau lackierten, verschnörkelten Geländer hinauf. Wie oft ich als Kind hier ausgelassen rauf- und runtergerannt war, meist hinter Ottilie her oder von Ludmila weg. Nun traute ich mich kaum, einen Schritt vor den anderen zu setzen. Gedämpft hörte ich aus der Stube zur Linken Ludmilas Stimme. Vielleicht sollte ich zumindest Guten Tag sagen. Ich wusste, dass Ludmila mich keinesfalls sehen wollte. Allerdings würde sich daran nie etwas ändern, wenn ich nicht hin und wieder meinen Mut zusammennahm ... Ich verlangsamte meine Schritte, sah unschlüssig zur Tür hinüber und hörte dann, ein wenig lauter, auch Amalies Stimme: «Das kann nicht sein. Das glaube ich dir nicht!»

«Ich bin mir sicher, dass er es war. Wundert dich das wirklich?», erwiderte Ludmila gepresst. «Sie hat ihn schon vergöttert, als wir noch Kinder waren! Und er war auch nicht abgeneigt ...»

«Unsinn!»

Ich blieb vor der Tür stehen und starrte die Klinke an.

«Fräulein Sonntag?», fragte das Dienstmädchen alarmiert. Anna war schon den Gang nach rechts entlanggelaufen und in einigen Schritten Entfernung stehen geblieben.

«Ich möchte nur kurz ...» Meine Stimme zitterte. Ich streckte die Hand aus – doch in diesem Moment wurde der Griff hinuntergedrückt, die Tür aufgerissen und vor mir stand Amalie. Die Farben ihres Gesichts wirkten kräftiger als sonst: dunkelrot der Mund, schwarz die Augen. «Hast du etwa gelauscht?» Ihre Stimme klang beinahe schrill.

«Nein, ich wollte nur …»

Schon drehte Amalie sich mit fliegendem Rock zu Ludmila um. «Ich hab dir doch gesagt, du sollst sie nicht mehr ins Haus lassen!» Dann rauschte sie an mir vorbei die Treppe hinunter. Beim Zuknallen der Haustür zuckte ich zusammen.

Ludmila erhob sich nicht, während sie mir mit ruhigem Blick entgegensah. Sie saß auf dem Kanapee zwischen zwei Fenstern, und das kalte Licht der Märzsonne ließ ihr Gesicht noch blasser und spitzer, ihre Lider noch röter und zerbrechlicher erscheinen.

«Entschuldige», krächzte ich. «Ich wollte nur kurz Guten Tag sagen.»

Ludmila nickte langsam. «Guten Tag, Alba», sagte sie steif. «Anna öffnet dir die Bibliothek.»

Mit diesen Worten nahm sie eine Blumenstickerei auf, die neben ihr lag, und setzte ihre Arbeit fort. Ich wusste, dass sie mich nicht noch einmal anschauen würde, wenn ich jetzt nichts sagte. Doch was könnte ich hinzufügen? Alle Sätze, die mir einfallen wollten, waren entweder zu groß oder zu klein. Wir konnten nicht über Belanglosigkeiten sprechen, aber auch nicht über Ottilie. Oder Heinrich. Nicht hier, zwischen Tür und Angel.

Also schluckte ich und wandte mich ab. «Danke, Ludmila.»

Sie antwortete nicht.

«Bibliothek» war eine kleine Übertreibung meiner Mutter. In Wahrheit war es eine winzige Kammer. Mama hatte sie mit

Regalen gefüllt und die Regale wiederum mit Büchern. Sie bedeckten alle vier Wände bis zur Decke, sogar auf dem Fensterbrett stapelten sie sich, sodass nur durch den oberen Teil des Glases Licht hereinfallen konnte. Ich brauchte einen Moment, um mich an das Dämmerlicht zu gewöhnen. Dann begann ich zu suchen. Die Worte hatten mich an ein Buch meines Bruders erinnert. Heinrich hatte mindestens genauso gern gelesen wie Mutter und ich. Vielleicht hatte er uns sogar noch übertroffen. Doch während wir gern in Romanen versanken, bevorzugte er Lyrik.

Im obersten Regal fand ich den dunklen Ledereinband. Ich streckte mich, holte ihn heraus und schlug ihn auf: Gedichte von Georg Herwegh. Ich hatte lange nicht mehr daran gedacht, doch jetzt spürte ich einen Kloß im Hals. Wie hatte Heinrich dieses Buch geliebt. Eine Zeit lang hatte er es jeden Tag mit sich herumgetragen und immer wieder mit Inbrunst daraus zitiert. Ich schlug es auf und stieß auf das «Frühlingslied».

> «Alle Blumen sollen flüstern:
> Seht ihr, seht ihr den Tyrann?
> Bleib in deinem Reich, dem düstern,
> In der Hölle, finstrer Mann!»

Heinrich hatte die Wut in den Zeilen geliebt. Und irgendwie erinnerte sie mich heute an den Zorn in den Gedichten des falschen Gärtners. Ich zweifelte stark daran, dass dieses Buch legal war. Ein deutlicher Beweis dafür, dass Ludmila nichts von dessen Inhalt wusste, mit Sicherheit hätte sie es verbrennen lassen.

Doch mich versetzte es in stacheligen Aufruhr. Es erinnerte

mich an meine Gespräche mit Heinrich: Im Flüsterton, aber mit einem Glühen im Gesicht, hatte er mir erklärt, unser Land stünde vor einer gewaltigen Umwälzung. Das Volk nähme all die Ungerechtigkeiten nicht länger hin.

Nachdenklich ließ ich den Blick über die Buchrücken gleiten. Neben der Lücke, die Herweghs Gedichte offen gelassen hatten, stand *Dies Buch gehört dem König*, anonym erschienen 1843. Der leicht zerschlissene Einband verriet, dass Heinrich es häufig in den Händen gehabt haben musste.

Beide Bücher klemmte ich mir unter den Arm und verließ damit mein altes Elternhaus.

Zwei Tage lang versank ich in Heinrichs Büchern. Zu seinen Lebzeiten hatte ich sie nie gelesen. Damals hatte es mir gereicht, seinen atemberaubenden Überlegungen zu lauschen. Nun verschlang ich den offenen Brief an Preußens König. Besonders der Anhang, in dem eindringlich das Leben in einem Berliner Armenhaus geschildert wurde, trieb mir die Tränen in die Augen.

Ich wusste, dass wir hier in Boxhagen in vielerlei Hinsicht in einer Oase lebten. Ringsherum war die Heide so sandig und trocken, dass kaum etwas wuchs als vergilbtes Kartoffelkraut und Heidesträucher. Unsere Hyazinthen, unser Kohl und unsere Kirschbäume erschienen in dieser Tristesse wie ein kleines Wunder. Hinzu kam der Wohlstand, in dem wir aufgewachsen waren. Uns hatte es nie an irgendetwas gemangelt. Natürlich war ich hin und wieder auch in Berlin gewesen und hatte durch die kleinen Kutschenfenster zerrissene Gestalten gesehen, bettelnde Kinder und frierende Alte. Doch diese Ausflüge hatten stets zu Verwandten meiner Eltern geführt, die in gepflegten Gegenden wohnten und mit ihrem Putz prahlten. Wie schlimm es in Berlin tatsächlich war, wurde mir erst jetzt bewusst. Kopfschüttelnd blätterte ich um. Mit welchem Recht durfte ich in meinem schönen Haus wohnen, meine eigenen Felder bestellen und für so manche Hyazinthenzwiebel zehn Silbergroschen verlangen, für andere sogar bis zu dreißig?

Clara fand mich lesend und bereits schlotternd vor Kälte unter unserer Trauerweide. Sie hatte Heribert auf dem Arm und schenkte mir ein trauriges Grübchenlächeln. «Wie kannst du hier noch sitzen und lesen? Es ist fast dunkel!»

Ich schloss das Buch und kroch auf sie und den Kleinen zu. Einen Moment trafen sich unsere Blicke, und ich fragte mich, ob auch sie daran denken musste, wie unsere Schwester früher manchmal die langen, schmalen Blätter der Trauerweide gepflückt hatte, um sie später in den Kamin zu werfen. *Trennung von dir würde mir namenlosen Schmerz verursachen.* Wenn sie die Blätter verbrannte, erklärte Ottilie, müsse sie sich niemals von uns trennen. Anscheinend hatte sie sich geirrt.

Mit der freien Hand hielt Clara mir die Zweige wie einen Vorhang beiseite, und ich stand auf. Es dämmerte längst. Meine Beine waren steif und schmerzten vor Kälte.

«Gut, dass du mich gefunden hast. Ich sollte dringend reingehen.»

«Ich wollte dich etwas fragen.» Clara verlagerte das Gewicht ihres Sohnes von einer Seite auf die andere und legte den Kopf schief. «Gehst du morgen mit mir ins Theater?»

«Morgen?» Ich umfasste meine Taille mit beiden Armen, um mich zu wärmen. «Ich weiß nicht ... eigentlich sollte ich ...»

«Bitte, Alba! Du warst schon so lang nicht mehr in der Stadt. Du bist jung und solltest dein Leben genießen! Es kann doch nicht sein, dass du monatelang nur in deinem eigenen Haus und auf deinen Feldern ackerst, ganz allein!»

«Ich ackere nicht nur, ich …»

«Stimmt.» Clara strich Heribert über das beinahe kahle Köpfchen. «Du bläst auch Trübsal, grübelst den lieben langen Tag und denkst an den falschen Gärtner.»

«Was? Nein, ich …»

«Er war wirklich sehr charmant und gut aussehend. Ich kann verstehen, dass du auf ihn hereingefallen bist.»

Ich spürte, dass meine Ohren heiß wurden. «Unsinn! Ich …»

Diesmal unterbrach Clara mich singend: «*Mein Freund, nimm an diesem Tage / Dich einer Leidenden an, / Hör' der armen Bedrängten Klage, / Die hier nur Hilfe finden kann.*»

Ich lachte verzweifelt auf. «Gut, gut! Hörst du auf zu singen, wenn ich mitkomme?»

«Alba!» In gespielter Entrüstung sah sie erst mich, dann Heribert an. «Aber ja!» Glücklich grinste sie.

Mittlerweile schlugen meine Zähne aufeinander. Sie nahm mich am Arm und führte mich am Kirschgarten vorbei bis zu meinem Haus. «Ich freu mich so, dass du uns begleitest! Philipp trifft einen Geschäftspartner in der Loge. Ohne dich hätte ich stundenlang ihrem langweiligen Geflüster zuhören müssen! Und so können wir selbst flüstern. Ist das nicht wundervoll?»

Ich schloss das Gewächshaus auf und war erleichtert, dass die Sonnenwärme des Tages noch zwischen meinen roten Nelken hing und mich wohlig umfing. «Welches Theaterstück ist es?»

«*Die Stumme von Portici*! Sogar der König kommt! Alles, was

Rang und Namen hat, wird da sein! Stell dir nur vor, ich könnte in der Pause eine der Schauspielerinnen treffen. Oder gar Herrn von Küstner!»

Ergeben lächelte ich. «Wann soll ich morgen fertig sein?»

31. Kapitel

Boxhagen, 10.–12. März 1848

Amalies Finger spielten mit der Waldwinde. Ihre Schritte waren langsam und vorsichtig, damit sie in der Dämmerung nicht gegen eine Schubkarre stieß und doch noch das Personal auf sich aufmerksam machte. Eigentlich verschenkte man Waldwinde, um seine Liebe zu erklären. Je länger der abgeschnittene Zweig, desto größer die Gefühle. Doch die Winde in ihrer Hand bedeutete etwas anderes. Sie hatte immer etwas anderes bedeutet. Ihre neun Blätter bezeichneten die Uhrzeit. Und ihre Blüte den Ort: Amalie würde sie dorthin zurückbringen, wo sie herkam.

Vorsichtig ging sie auf den alten Schuppen zu, der schräg hinter ihrem Haus stand, nicht weit vom Pferdestall. Jedes Jahr aufs Neue war sie erstaunt, wie schnell der März ihm einen romantischen Anstrich verlieh. Im Winter war die Kletterranke, die ihn eingeschlossen hatte, braungrau und trist. Manchmal starrte Amalie ihn in den kalten Monaten an und konnte einfach nicht begreifen, was sie darin getan hatte. Doch schon jetzt waren ihre Blätter wieder grün und ihre Blüten aufgegangen. Das helle Violett der Waldwinde wies Amalie den Weg.

Sie öffnete die Tür. Eine kleine Ölfunzel spendete schummriges Licht, das sich an den Schaufeln und Äxten, den Schubkarren und Sensen brach.

Er war bereits da, sagte jedoch nichts.

Wann hatte er aufgehört, mit ihr zu sprechen? Eigentlich war er kein wortkarger Mensch. Er konnte eine ganze Tischgesellschaft mit spielerischer Leichtigkeit unterhalten. Ihm machte es Spaß, andere auflaufen zu lassen und sie zu überfordern. Doch in Amalies Gegenwart gab er gern den Geheimnisvollen. Sie durchschaute das doch! Am besten wäre es, sie würde einfach gehen.

«Warum bist du hier?», fragte sie stattdessen geradeheraus. Es war dieselbe Frage, die sie auch sich selbst stellte, immer wieder.

Er hockte auf einem alten Melkschemel, die Beine gespreizt, als wollte er den ganzen Schuppen einnehmen. Ein Zucken umspielte seine Lippen.

«Ich erhoffe mir ein paar angenehme Stunden mit dir.» Diese raue Stimme. Diese Direktheit. Vielleicht war sie es, die Amalie herlockte.

«Ich meine nicht nur heute. Warum bist du überhaupt nach Boxhagen gekommen?»

Er hob beide Augenbrauen. «Familienbesuch.» Er sprach das Wort langsam und süffisant aus. Gleichzeitig fixierte er sie mit anzüglichem Blick. Sie wollte es nicht, doch ihr Körper reagierte. Dieser verdammte Körper, der ihr nicht gehorchte, ihr nie wieder gehorcht hatte, seit dem Tag im Rummelsburger See. Sie versuchte, den Schlick hinunterzuschlucken, den sie in ihrem Hals zu spüren glaubte.

«Ludmila sagt, Otto hat dich bei Ottilie gesehen.» Sie hörte selbst, wie lächerlich sie klang.

Anton Fuchs leckte sich amüsiert über die Unterlippe. «So, so. Hat sie das gesagt.»

«Ich will nur …» Sie lehnte sich mit dem Rücken an die Tür und schloss kurz die Augen. *Haltung, Amalie,* sagte sie sich selbst. «Sie ist meine Schwester und sehr labil.»

«Ah, so ist das.» Anton stand auf und kam auf sie zu. «Du sorgst dich um sie. Die liebende große Schwester …» In zwei Schritten war er bei ihr. «Weißt du, was ich glaube?»

Sie konnte nicht antworten. Seine Hand öffnete ohne Umschweife die Schnüre in ihrem Rücken, sein Atem war warm an ihrem Mund. Ihr verdammter Körper pulsierte.

«Du bist eifersüchtig, Amalie. Und davon selbst ganz überrascht.»

Er umfasste ihre Schultern und drehte sie herum. Dann begann er, sie aus ihrem Kleid zu schälen. Es war so kalt im Schuppen, dass sie zitterte.

«Eifersüchtig auf Ottilie. Ausgerechnet auf diese arme Irre, die in ihrem alten Hochzeitskleid umhergeht.»

Amalie wollte sich zu ihm herumdrehen und endlich ihre Stimme wiederfinden, doch seine warme Hand umfasste ihren Nacken. «Schh», machte er. «Ich bin noch nicht fertig.» Dann löste er ihr Korsett.

Tief atmete sie ein. «Sprich nicht so über meine Schwester.» Sie klang beinahe wie sie selbst, scharf und deutlich.

Doch schon umschlang Anton ihren nackten Oberkörper mit seinen Armen, und unwillkürlich seufzte sie. Er war so warm, seine Bewegungen so entschieden.

«Entschuldige», flüsterte er rau in ihr Ohr.

Sie schloss die Augen und genoss die Berührungen seiner

Hände. An ihren Hüften, ihrem Bauch, ihren Brüsten. Seine Finger wanderten höher, und einen Moment lang legten sie sich fest um ihren Hals. Er drückte nicht zu, doch sie verstand die Geste trotzdem: *Ab jetzt entscheide ich.* Und sie sehnte sich nach seinen Entscheidungen. Sein Mund war ihrem Ohr so nah, dass sie seinen Atem spüren konnte. Sie lauschte, wartete auf seine Anweisungen.

Ein Schatten ließ sie zusammenfahren. Ein Schatten am Fenster. Amalie riss ihr Kleid hoch und presste es an ihre Brust. Hatten dort oben in dem kleinen Quadrat nicht gerade zwei Augen gefunkelt?

Ihre Haut, die unter Antons Händen so plötzlich warm geworden war, glühte, ihr Herz raste. «Hast du das gesehen?»

Anton küsste ungerührt ihren Rücken.

«Lass das!» Sie schob ihn beiseite. Hastig stieg sie in ihr Kleid und trat vor die Tür. Alles war still und dunkel. Sie hörte nur ihren eigenen Atem, spürte die Kälte des Abends.

«Hallo? Ist da jemand?»

In diesem Moment sprang ihr etwas entgegen. Sie schrie auf und stolperte einen Schritt zurück. Erst dann begriff sie, dass es ein Kätzchen war, das vor ihr auf vier Pfoten landete und sie neugierig anschaute. Sein Fell war rostrot gemustert, die Augen leuchteten. Nur einen Moment sah es Amalie an, dann lief es fort in die Dunkelheit.

32. Kapitel

Berlin, 13. März 1848

Der 13. März war der bisher wärmste Frühlingstag des Jahres. Als Kasimir das Fenster weit öffnete, den Sonnenschein auf seinem Gesicht spürte und in die möblierte Wohnung der Brüder Weiß einließ, dachte er schon wieder an Albas Hyazinthen. Wie schnell sie bei dieser Wärme wohl wüchsen, wann die ersten Blüten wohl aufgingen? Zu gern hätte er ihren Duft eingeatmet. Ganz Berlin redete von den betörenden Gerüchen Boxhagens. Doch es waren nicht nur die Hyazinthen-Blüten, die Kasimir betört hatten … Er dachte an die zehn Tage bei Alba zurück wie am Morgen nach einer zauberhaften, weinseligen Nacht – voller Sehnsucht. Und zugleich voller Reue. Er hatte sich nicht nur wie ein verliebter Junge aufgeführt, er hatte Alba belogen, war egoistisch und rücksichtslos gewesen. Was war nur in ihn gefahren?

Er versuchte, die Scham über sein Verhalten beiseitezuschieben, und beobachtete Levin und Siegfried, die gerade leise beteten. Eine Welle der Dankbarkeit wogte wie so oft in ihm auf. Im Grunde hatte er nicht verdient, dass sie ihn einfach so bei sich aufgenommen hatten. Eines Tages musste er es wiedergutmachen. Auch wenn er noch keine Idee hatte, wie.

Sobald die beiden ihr Morgengebet beendet hatten, besuchten sie gemeinsam eine Vorlesung über den Idealismus bei Georg Friedrich August Hegel. In den Reihen des steilen Saals war es unruhiger als sonst. Es lag eine Spannung in der Luft, von der Kasimir glaubte, die warme, durch die hohen Fenster scheinende Frühlingssonne habe sie heraufbeschworen: eine Mischung aus Lebenslust und Ungeduld, Zorn und Entschlossenheit.

Vor zwei Tagen hatte die Stadtverordnetenversammlung mit überwältigender Mehrheit abgelehnt, die Tiergarten-Adresse an den König zu übermitteln. Stattdessen hatten die Herren Abgeordneten eine eigene Petition verfasst.

«Diese steinreichen Stiefellecker sind einfach zu anbiedernd und zu sanft», hatte Louise geschimpft.

Gegen Ende der Vorlesung beugte sich Levin zu Kasimir hinüber. «Borsig sagt, der König habe die Abordnung abgewiesen», flüsterte er. «Heute Morgen erst.»

«Woher weiß Borsig das?», fragte Siegfried dazwischen.

«Sein Vater ist Sekretär des Oberbürgermeisters», rief Kasimir ihm ins Gedächtnis. «Was hat er noch gesagt?»

«Der König gibt ihnen morgen eine Audienz.»

«Und damit waren sie einverstanden?»

«Was glaubst du denn?» Er verdrehte die Augen.

Das Frühstück nahmen sie auf Levins Einladung hin zur frühen Mittagsstunde in einer Weinstube ein. Gemeinsam mit anderen Studenten echauffierten sie sich darüber, dass ihre Stadtverordneten feige und armselig seien und dass in Berlin noch nicht einmal Pressefreiheit gewährt worden war, obwohl viele andere Städte zumindest diese Forderung hatten durchsetzen können.

An normalen Tagen hätten sie nun weitere Vorlesungen oder das Stehley besucht, um Zeitung zu lesen und zu debattieren. Doch dieser blaue Montag war kein normaler Tag, das spürten sie alle. Es brodelte, nicht nur in der Universität. Also flanierten sie über die Trottoirs in Richtung des Schlosses. Die Straßen waren noch voller als sonst. Kasimir und seine Freunde ließen sich treiben und bemerkten in der Georgenstraße, am Lustgarten und vor dem Opernhaus ungewöhnlich viele Soldaten. Mittlerweile waren Kasimirs Bedenken, sein Gesicht könnte auf einem der Fahndungsplakate auftauchen, verschwunden. Die königlichen Truppen hatten an einem Tag wie diesem sicherlich größere Sorgen als seine Flucht vor fast zwei Wochen.

Neugierig sah er sich in der Menschenmenge um. Zwischen dem Putz der Bourgeoisie tummelten sich Arbeiter und Handwerksgesellen, die vielleicht erst vor Kurzem ihre Stellen verloren hatten. Die Eckensteher mit ihren roten Nasen und dreckig ausgeblichenen Mützen, die normalerweise stundenlang auf kleine, schlecht bezahlte Aufträge warteten – einkaufen, schleppen, verbotene Briefe überbringen –, achteten kaum auf mögliche Kundschaft. Lauthals diskutierten sie miteinander darüber, welche Art von Hieben die königlichen Soldaten gebrauchen könnten.

Zudem waren erstaunlich viele Frauen auf der Straße. Kasimir war es gewohnt, dass augenscheinlich vornehme Damen in Seidenkleidchen und mit Federhut bereits des Mittags umhergingen, um ahnungslose Touristen um den Finger zu wickeln. Und natürlich war diese Klientel auch heute an jeder Ecke anzutreffen – die Stadt wimmelte nur so von leichten Mädchen.

Am Opernplatz bogen sie in die Straße Unter den Linden

ein, und Kasimir spürte Aufregung in seinem Magen aufwallen. Sie waren zu Tausenden. Unaufhaltsam strömten sie hinaus in den Tiergarten, den ganzen weiten Weg, bis in die Puppen.

In den Zelten trafen sie Adalbert, Louise und Bettine. Es war brechend voll. Diesmal war der Versammlungssaal mit Handwerkern und Arbeitern gefüllt. Kasimir musste sich strecken, um die Redner sehen zu können. Sie alle klangen radikaler als noch vor wenigen Tagen.

«Was ist nur los mit dieser Stadt?», sagte Kasimir beeindruckt.

Louise drückte ihm kurz und hoffnungsvoll die Hand. «Vielleicht wacht sie endlich auf.»

Später wurden Petitionen von einem zum anderen gereicht. Kasimir unterschrieb sie alle. Er glaubte, schwüle Gewitterluft zu atmen. Dabei war der Himmel nur von wenigen Wolken verhangen.

«Eigentlich müsste es donnern, nicht wahr?», sagte Adalbert, der seinen Blick wohl bemerkt hatte, und zeigte sein hintergründiges Lächeln. «Es müsste blitzen und stürmen.»

«Das tut es doch», warf Louise ein und stieß Qualm durch die Nase aus. Ihre Fliege war an diesem Tag blutrot. «Ich kann das Gewitter schon riechen.»

Kasimir konnte das ebenfalls. Es schien ihm unmöglich, ruhig sitzen zu bleiben. Wie ein junger Hund tänzelte er immer wieder um den Tisch herum, an dem sich seine Freunde versammelt hatten. Mal stieß er dem frechen Levin lachend gegen den Oberarm. Mal massierte er beruhigend die Schultern des nervösen Siegfried. Obwohl es gegen Abend auffrischte, blieben sie lange im Außenbereich ihres Lieblingszeltes sitzen. Kasimir trank einige Gläser Wein und fühlte sich zerrissen. Einerseits spürte er wieder einmal Dankbarkeit in sich aufwallen. Dafür, dass er seine Zeit mit diesen klugen Menschen verbringen durfte, mit diesen Studenten und Dichterinnen. Und dafür, dass er in einer derart stürmischen Zeit lebte. Wer jetzt in Berlin weilte, hatte die Chance, den März 1848 unvergessen zu machen. Andererseits nagte auch ein deprimierender Gedanke an ihm: Im Grunde war er doch nichts als ein Hochstapler. Er gehörte nicht hierher. Mit voller Wucht hatte ihn dieses Gemisch aus Scham und Zweifel zum ersten Mal in Boxhagen gepackt. Er hatte geglaubt, zurück in Berlin würde das schlechte Gewissen verschwinden, und er könnte wieder er selbst sein, Kasimir Nebel. Doch auch im Tiergarten, inmitten seiner Freunde, wich es nicht von ihm. Und möglicherweise war es ja gar nicht neu. Kannte er es in Wahrheit nicht schon verdammt lang, bereits seit dem ersten Tag, an dem er die Universität besucht hatte? Jeder seiner Freunde war von höherer Geburt als er selbst. Sie alle hatten mehr gelesen, mehr gelernt als er. Mit welchem Recht mischte er, der Sohn einer Fabrikarbeiterin, sich unter diese talentierten Gelehrten? Wer war Kasimir Nebel schon? Einer, der sich bei reichen Studenten einquartiert hatte. Einer, der vorgab zu dichten, dabei aber nichts als ungelenke Stümpereien aufs Papier brachte.

Er versuchte, die Gedanken abzuschütteln und Levin zuzuhören, der soeben erklärte, ihnen würde ein Kampf bevorstehen. «Wenn wir heute wieder in die Stadt zurückkehren – gemeinsam mit all den tausend Menschen hier draußen –, wird es knallen, das sage ich euch. Besser, wir bewaffnen uns.»

«Gewalt kann nicht unser Weg sein», widersprach ihm sein

lang gewachsener Bruder mit einer Zigarre zwischen den Fingern. Sogar Siegfried rauchte zur Feier des Tages.

«Welche andere Wahl lässt der König uns noch?» Louise aschte auf den Boden und schlug eines ihrer Hosenbeine über das andere. «Wir bitten und betteln seit einer Ewigkeit. Aber Preußen soll nach seinem Wunsch ein Bollwerk des Absolutismus sein, der König wird es niemals freiwillig seinem Volk in die Hände geben!»

«Dem Volk in die Hände? Gott bewahre!» Siegfried trank hastig einen Schluck Bier. «Ich bin davon überzeugt, dass einige Reformen ausreichen würden, um ...»

«Davon bin ich keineswegs überzeugt.» Adalbert hatte sich zurückgelehnt und die Hände vor dem Bauch gefaltet. «Aber rechnet ihr euch gegen die königlichen Soldaten wirklich Chancen aus?» Er wirkte so amüsiert, als säße er im Theater und nicht in der Wirklichkeit.

«Ich tue es durchaus, mein Lieber», warf Bettine ein. Sofort hielten alle am Tisch inne und sahen die große Dichterin aufmerksam an. Unter ihrem schlichten Hut schauten zwei weiße eingedrehte Locken hervor. «Der König unterschätzt sein Volk. Er tut unsere Petitionen und Karikaturen ab, als wären sie nur die Laune eines Kindes. Sich selbst hält er für einen milden, aber strengen Vater, der uns schon bald wieder in den Griff kriegen wird. Doch niemand sollte ein leidendes Volk unterschätzen. Wir sind allmählich zu allem bereit.»

Einen Moment lang schwiegen sie alle.

«Er sollte es mit eigenen Augen sehen», sagte Kasimir schließlich. Einem nach dem anderen blickte er ins Gesicht. «Er darf es nicht nur von seinen Staatsmännern hören. Er muss unsere Wut spüren.» Ihm wurde heiß, während er das sagte, und er spürte seinen aufgeregten Herzschlag im Hals.

«Es heißt, er besucht morgen die Oper», sagte Bettine. «Überall in der Stadt wird ein richtiges Gewese darum gemacht.»

Wann immer Kasimir das Wort Oper hörte, spürte er eine dumpfe Sehnsucht in seiner Brust. Als Laternenfabrikant hatte er eine Zeit lang an der Beleuchtung von Berliner Theaterhäusern mitgearbeitet. Dabei hatte er alle möglichen Menschen kennengelernt: Kartenverkäufer, Platzanweiser, Wäscherinnen, Tischler und sogar ein paar Schauspielerinnen. Dank ihnen hatte er damals als Erster erfahren, dass der alte Theaterdiener gestorben war und dringend ein neuer gesucht wurde. Spontan hatte er sich beworben und war noch am gleichen Tag eingestellt worden. Damals brach für ihn die wohl beste Zeit seines Lebens an. Er liebte das geschäftige Treiben hinter der Bühne. Dort hämmerten, sägten, nähten und fegten die Menschen genau wie draußen in der Wirklichkeit. Aber sie taten es für eine bessere Welt. Für die Kunst, die Musik, die Poesie. Sie zeigten Kasimir, dass eine andere Realität möglich war. Manchmal stahl er sich abends zum Seiteneingang der Bühne, um den Sängerinnen zu lauschen und hin und wieder einen Blick durch die Schlitze des Vorhangs zu werfen. Wochenlang schien das niemanden zu stören, bis ihn eines Tages der Leiter der Theaterbibliothek erwischte und dafür sorgte, dass er noch am gleichen Tag vor die Tür gesetzt wurde. Kasimir war sich sicher, dass man nur einen Vorwand gesucht hatte. In Wahrheit warf man ihn wegen der Plakate raus, die er gemeinsam mit seinen Freunden in der Stadt aufhängte, und wegen der Texte, die in der Berliner Schnellpost von Ernst Litfaß veröffentlicht wurden.

Louise lachte spitz und holte Kasimir damit aus seinen Gedanken. «Dass der König wirklich die Ignoranz besitzt, in diesen Tagen in die Oper zu gehen …»

«Wir sollten es herumerzählen», schlug Kasimir vor. «Und morgen vor der Oper zeigen wir ihm, was wir von seiner Ignoranz halten.»

Levin sollte recht behalten. Als all die tausend Berliner in den Abendstunden zurück in ihre Stadt drängten, kam es zu den ersten Auseinandersetzungen mit dem Militär. Die Frauen und Adalbert waren in den Zelten geblieben, wo Bettine vor einigen Jahren ein elegantes Haus bezogen hatte. Kasimir, Levin und Siegfried wollten hingegen in ihre Wohnung im Medizinerviertel zurückkehren. Doch die Straßen waren so voll, dass es kaum ein Durchkommen gab.

Schon bald hörten sie aufgeregte Schreie. «Sie kesseln uns ein!»

Dann, in der Ferne, der erste Schuss.

Die Menge schob und drückte, rief und brüllte.

«Seht ihr etwas?»

«Was geht dort vor sich?»

«Sie werden doch nicht auf uns schießen?!»

Ein zweiter Schuss knallte in den Abendhimmel hinauf.

Kasimir versuchte, über die Köpfe der anderen Passanten hinwegzublicken, doch sah er nichts als weitere Köpfe. Die gewaltige Menschenmasse wogte auf und ab. So viele waren es, dass er kaum die Soldatenhelme am Ende der Straße erahnen konnte.

«Wir müssen kämpfen!», rief Levin und versuchte, sich einen Weg zu bahnen.

«Unsinn, Levin!» Siegfried packte ihn am Arm. «Wie willst du ohne Waffen gegen Soldaten in den Kampf ziehen?»

«Wir sind Tausende!» Levin schüttelte die Hand seines viel höher gewachsenen Bruders ab. «Wir können es schaffen.»

«Levin, komm doch zur Vernunft!» Siegfried drehte sich um und sah Hilfe suchend Kasimir an.

Der dachte nach. Er wollte keinesfalls, dass die Entschlossenheit, die an diesem 13. März zu spüren war, einfach verpuffte. Wie Levin wünschte er sich, die angestaute Wut endlich an der richtigen Stelle entladen zu können. Doch war hier und jetzt die richtige Stelle? Sie waren unvorbereitet, er für seinen Teil nicht unerheblich angetrunken. In den Gesichtern um sich herum sah er panisch aufgerissene Augen, hörte gepresstes, hektisches Atmen. Er hatte an diesem Tag so viele Petitionen unterschrieben. Die Stimmung der Menschen war doch ohnehin unumkehrbar. Sie sollten sich die Zeit nehmen, die sie brauchten, und sich organisieren. Mit Sicherheit würde es mehr bringen, dem König morgen ihre Entschlossenheit zu demonstrieren, als hier unüberlegt ins Verderben zu rennen.

«Siegfried hat recht, Levin», sagte Kasimir. «Nicht heute.»

Gemeinsam zogen sie Levin in eine Seitengasse und von dort in die Dorotheenstraße.

Levin keuchte, als wäre er gerannt. «Ich habe das Gefühl, als wären wir ausgemachte Feiglinge.» Kasimir konnte die Stimme des kleinen Jungen hören, der Levin einmal gewesen sein musste. Eines Jungen, der von seiner erwachsenen Ausgabe in diesem Augenblick bitter enttäuscht war.

«Unsinn», sagte Siegfried.

«Wir werden es dem König noch zeigen», stimmte Kasimir

zu. «Schon bald.» Doch der nagende Zweifel, den Kasimir allzu gut kannte, blieb.

Später, als sie sich zum Durchatmen in einer Weinstube niederließen, erfuhren sie, dass es Verletzte gegeben hatte. Kürassiere mit schweren Waffen und Brustpanzern hatten auf wehrlose Menschen eingeschlagen.

«Einen sollen sie abgestochen haben», sagte der Wirt mit den tief liegenden, wässrigen Augen. «Er ist tot.»

Kurz schwiegen die Männer.

Bis Levin mit bebender Stimme sagte: «Unser erster Held.»

33. Kapitel

Berlin, 14. März 1848

Die Kutsche kam kaum durch die Berliner Straßen. Immer wieder schob ich die kleine rote Gardine zur Seite, um hinauszusehen. Die Trottoirs waren so voll, dass die Passanten auf die Straße auswichen. In Berlin hatte sich alles durcheinandergemischt: die elegantesten Flaneure und die abgerissensten Gestalten. Alle sprachen laut und hektisch. War die Stadt immer schon so aufgekratzt gewesen?

«Ich bin gespannt, wie lang der König diese Stimmung noch ignorieren will», murmelte Philipp. Er und Clara saßen mir gegenüber und schauten aus unterschiedlichen Fenstern. Clara hatte rosige Wangen und glänzende Augen, Philipp war ganz blass. Sicherlich war der Geschäftspartner, den er heute traf, ein bedeutender. Die steile Falte zwischen seinen Brauen, die ihn ohnehin älter erscheinen ließ, als er war, schien an diesem Tag besonders tief, und die Mundwinkel zeigten herab. Mir fiel zum ersten Mal auf, dass sein Haar zurückging – seine Stirn war höher geworden.

«Meint ihr, heute singt Henriette Sontag?», fragte Clara, die ihrem Mann offensichtlich nicht zugehört hatte.

Philipp warf ihr einen kurzen strafenden Blick zu.

Clara schien daran gewöhnt, sich selbst zu antworten: «Wer sonst? Gerade heute, da der König kommt, muss Intendant von Küstner die *Crème* singen lassen, nicht wahr?»

«Wenn du das sagst …»

«Allerdings steht Herr von Küstner ja ohnehin heftig in der Kritik. Es heißt, er unternimmt viel zu wenig Anstrengungen, um wirklich hervorragende Sänger in sein Haus zu holen. Wisst ihr, was ich denke?»

Philipp antwortete nicht.

«Sag, was denkst du?», ermunterte ich sie.

«Er gibt vielleicht sogar sein Bestes, doch es existieren schlicht zu wenig gut ausgebildete Kräfte in unserem Land. Und woran liegt das?»

Keiner wusste die Antwort, bis auf Clara: «Natürlich an dem Mangel an Theaterschulen.»

Draußen wurden die Rufe und Pfiffe lauter. Wieder schob ich die Gardine am Fenster beiseite. Langsam passierte die Kutsche einzelne Tagelöhner, Handwerksgesellen und Studenten, die ihre Fäuste in den Himmel reckten und entschlossen durcheinanderriefen.

«Sicherlich verzeihen sie dem König nicht, dass er dieser Tage in die Oper geht», sagte Philipp, der ebenfalls hinaussah.

«Dieser Tage?» Ich hatte die preußischen Blätter nach Informationen zu den jüngsten Entwicklungen in der Stadt durchsucht, doch keine gefunden.

Philipp warf mir einen kurzen, nachdenklichen Blick zu, bevor er mir erklärte, seit dem Sturz der Monarchie in Frankreich sei nicht nur Berlin, sondern sogar ganz Europa in Aufruhr. Die Missernten und die Kartoffelfäule hätten die Menschen in Armut gestürzt. Die Gewerbefreiheit führe dazu, dass auch Handwerker kaum noch bezahlt würden und ebenfalls Hunger litten. Und die jungen Studenten und Gelehrten sehnten sich in diesem Land, das sein Volk gängelte und jedes Buch, jede Zeitung zensierte, nach Freiheit und Mitbestimmung.

So missmutig, ehrgeizig und wettbewerbsverliebt Philipp auch war – während er mir all das erzählte, empfand ich eine gewisse Sympathie für ihn. Er sprach mit mir, wie man mit einer Erwachsenen sprechen sollte. Wenige andere Männer waren dazu in der Lage. Wenn Otto – Ludmilas Mann – einer Frau etwas erklärte, nannte er sie dabei stets «Kindchen», machte Witze auf ihre Kosten und gurgelte vor Lachen. Amalies Gatte Friedrich winkte gern ab und versicherte mit sanfter und freundlicher Stimme, sie brauche sich den schönen Kopf nicht zu zerbrechen. Nur Ottilies Peter hätte vielleicht ähnlich reagiert wie Philipp. Doch ihn hatte ich schon lang nicht mehr gesehen …

Philipp und sein Diener schirmten Clara und mich von den Demonstrierenden ab, während wir aus der Kutsche stiegen. Wohin ich auch schaute, überall sah ich entschlossene Gesichter. Und nicht alle diese Menschen waren arm. So mancher junge Mann trug Rock und Zylinder. Ich sah Arbeiterinnen sowie junge gepflegte Frauen in kleinen Gruppen oder an den Seiten ihrer Gatten. Es schien ein Kampf aller Schichten zu sein. Kurz durchzuckte mich ein unangenehmer Gedanke. Stand ich hier nicht auf der falschen Seite? War es dieser Tage überhaupt vertretbar, ins Theater zu gehen, während andere davorstanden und demonstrierten?

«Alba, komm!», rief Clara und zog mich hinter sich her.

Gemeinsam stiegen wir die Treppe zum Opernhaus hinauf und eilten in den Schutz des Gebäudes. Clara und ich hielten uns an den Händen, und ich wusste nicht, wer von uns diese Berührung dringender brauchte. Clara wegen ihrer überbordenden Freude und Leidenschaft, ich wegen meiner Überforderung. Nirgends hatte ich mich je so fehl am Platz gefühlt wie hier in diesem Moment. All diese Menschen, das Glänzen ihrer Kleider, der Prunk, das Gelächter und Geplauder strömten auf mich ein und verschlugen mir die Sprache. Wie lang war es her, dass ich Teil einer solchen Menschenmasse gewesen war? Mir kam einer der letzten Bälle meiner Mutter in den Sinn. Damals waren in Boxhagen noch regelmäßig Herren und Damen der Bourgeoisie ein und aus gegangen. Ich hatte schon immer lieber beobachtet, als eine große Tischrunde selbst zu unterhalten, doch das Zuhören hatte ich genossen. Manchmal hatte ich mich sogar zum Tanz hinreißen lassen. Beim Tanzen musste man schließlich keine aufwendige Konversation betreiben, man konnte mit der Musik durch den Raum fliegen. Auch damals hatten mich all die Eindrücke, die Gesten und Worte der Gäste nach einigen Stunden so überreizt, dass ich mich mit Ottilie und Clara lachend nach draußen unter die Trauerweide zurückzog. Mittlerweile hatte ich es gänzlich verlernt, damit umzugehen. Schließlich traf ich in Boxhagen nur eine Handvoll Menschen. Hier in Berlin waren es innerhalb von Sekunden mehr als zuvor in Jahren.

Ich klammerte mich an Clara und versuchte, mich in all den fremden Augen nicht zu verlieren.

«Da, seht! Sie haben die Besetzung angeschlagen!»

Clara eilte voraus zu einer Traube von Menschen und wartete unruhig, bis sie vorgelassen wurde.

«Sie singt!» Clara klatschte zweimal in die Hände. «Henriette Sontag singt heute für uns! Dabei hat sie sich seit ihrer Hochzeit eigentlich vollkommen von den Bühnen der Welt zurückgezogen. Ach, wie ist das herrlich! Vielleicht ist es das letzte Mal, dass wir sie hören können.»

«Clara, kommst du bitte?», riss Philipp sie aus ihren Überlegungen. «Dort drüben wartet schon unser Gastgeber.»

Wir saßen in der Loge, hörten neben uns das Flüstern der Herren und sahen hinaus auf die Bühne. Kurz dachte ich darüber nach, ob dieser Geschäftspartner nicht im Grunde auch meiner war. Schließlich verkaufte Philipp meine Hyazinthen nach Berlin. Ich versuchte, ihnen zuzuhören, und war beinahe erleichtert zu bemerken, dass es um Immobilien ging. Ich hätte an diesem Ort ohnehin nicht den Mut aufgebracht, mich einzubringen. Obwohl mir die Vorstellung, für mich selbst zu sprechen, gefiel.

Doch schon der Anblick des Theaters überwältigte mich. Die Decke war mit edlem Stuck verziert und mit bunten Bühnenszenen bemalt. In der Mitte hing ein gewaltiger Kronleuchter herab und warf den Schein Hunderter Kerzen auf das Publikum im Parkett. Bis zum letzten Platz war es besetzt. An den Wänden trugen rot gestrichene Säulen die zahlreichen kleinen Logenkammern, in denen die hohe Gesellschaft von Berlin ihre Dauerplätze innehatte. Zahlreiche Herren besprachen hier ihre Geschäfte, und nicht wenige Kurtisanen lernten ihre Verehrer kennen. Für Clara und mich war es ein Ausflug in eine andere Welt, doch für diese Menschen war es so etwas wie das zweite Wohnzimmer, in dem sie Gäste empfingen, Geschäfte machten und sich über Neuigkeiten austauschten.

Hinten in der Mitte – dorthin konnte ich nur schauen, wenn ich mich über die Brüstung beugte – befand sich die Königsloge. Sie sah selbst wie eine Bühne aus, besaß einen roten, aufgezogenen Vorhang und war mit Gold verziert. Gerade trat ein uniformierter Mann an die Brüstung und kündigte den König an. Mit einem Rascheln und Schaben erhoben sich sämtliche Menschen im Saal. Auch Clara und ich standen auf und beobachteten, wie unter den Klängen des Orchesters der König in der Loge erschien.

«Möchtest du ihn sehen?», fragte Clara und hielt mir ihr Opernglas hin. Ich suchte ihn durch die Linse und fand einen reich geschmückten älteren Herrn. Er hatte hängende Wangen, ein paar letzte Haare möglichst vorteilhaft rund um den Kopf arrangiert und ein selbstgefälliges Lächeln auf den Lippen. Erst als er sich setzte, nahmen auch alle anderen wieder Platz, und das Stück begann.

Eine Balletttänzerin schwebte als die Stumme von Portici über die Bühne, und ich erinnerte mich wieder daran, was mir Clara über dieses Stück gesagt hatte.

Ich beugte mich zu ihr hinüber. «Wie kann es sein, dass der König in diesen Tagen ausgerechnet dieses Stück spielen lässt?»

Claras Blicke klebten an der Bühne, während sie mir antwortete: «Der Text liest sich sogar ausgesprochen reaktionär. Das hat dem König sicher gefallen.»

«Aber in Brüssel hat es doch …», warf ich ein.

«Es ist vor allem die Musik, die aufrührerisch klingt. Aber», sie senkte die Stimme noch ein wenig, «wer einen Herrn von Küstner als Direktor einstellt, hat vielleicht nicht ganz so viel

Gefühl für die Musik.» Sie blinzelte mir verschwörerisch zu, kicherte, und ich schmunzelte.

Normalerweise konnten mich Opern nicht so schnell mitreißen. Doch diese Musik war tatsächlich etwas Besonderes. Mein Herzschlag synchronisierte sich mit ihrem Tempo, in meinem Nacken und auf meinen Armen bildete sich Gänsehaut. Atemlos verfolgte ich die rasante Handlung und lauschte Henriette Sontags betörender Stimme.

In der Pause bot Philipp seiner Gattin den Arm. «Wir werden dem Direktor vorgestellt!»

Clara wich alle Farbe aus dem Gesicht. ‹Tatsächlich?› Ihre Stimme war nur noch ein Hauchen.

Lächelnd folgte ich den beiden. Es war das wahrscheinlich schönste Geschenk, das Philipp meiner Schwester hätte bereiten können.

Philipps Geschäftspartner machte uns im Handumdrehen mit Herrn von Küstner bekannt, einem ernsten Mann mit gepflegten Locken und einem metallenen Brillengestell auf der Nase.

«Eine fulminante Inszenierung, Herr von Küstner, mein Kompliment!», sagte Philipp mit einer Verbeugung. «Meine Gattin ist ebenfalls ganz begeistert, nicht wahr, Liebes?»

Clara starrte den Direktor ehrfurchtsvoll an. Obwohl sie gerade noch so süffisant über ihn gescherzt hatte, brachte sie nun kein Wort mehr heraus.

«Es gefällt Ihnen also, Frau Albrecht?» Höflich sah er sie an.

Clara nickte nur. Später würde sie sich dafür verfluchen, die Gelegenheit vertan zu haben. Ich nahm all meinen Mut zusammen. «Wir waren wirklich hin und weg, Herr von Küstner», sagte ich. Auffordernd schaute ich zu Clara hinüber. Doch sie schwieg weiterhin. «Vor allem Henriette Sontag hat uns begeistert.»

«Das freut mich wirklich außerordentlich.»

Schon war das Gespräch beendet. Wie eine Puppe ließ sich Clara zurück auf unsere Plätze führen.

34. Kapitel

Berlin, 14. März 1848

Kasimir pfiff auf zwei Fingern. Gemeinsam mit Louise, Levin und Siegfried schrie er gegen die königliche Kutsche an, die sich gerade vom Opernhaus entfernte. Es hieß, der König wolle nun nach Potsdam. Nicht weit von ihnen griff eine Arbeiterin nach einem Stein und warf ihn wutentbrannt in Richtung der königlichen Wachen. Doch die Absperrungen hielten sie so fern vom Geschehen, dass es keinerlei Auswirkungen hatte. Der Stein landete ein paar Fuß vor einer Gaslaterne. Kasimir und seine Leute standen mit knapp hundert Menschen am Zeughaus-Palais und reckten die Hälse, noch viele mehr hatten sich rund um das Schloss versammelt. Doch so laut sie auch protestierten – es schien bedeutungslos.

Die Kutsche fuhr ungehindert Unter den Linden davon. Möglicherweise erzählte man dem König von dem Ausmaß der Ansammlungen, doch sicherlich waren sie auch diesmal nur eine Randnotiz für ihn. Dabei hatte Kasimir all seine Hoffnungen in diesen Protest gelegt. Heute hatte dem König endlich klar werden sollen, dass er so nicht weiterregieren konnte. Klar geworden war allerdings etwas ganz anderes: Der König konnte, wenn er wollte.

«Lasst uns zum Schloss gehen», schlug Louise vor. «Es gibt Gerüchte, man wolle es besetzen.»

«Wir können keinesfalls das königliche Schloss besetzen!», sagte Siegfried, und seine sonst so tiefe, ruhige Stimme rutschte eine Oktave in die Höhe. «Wir sollten vernünftig sein und …»

«Mit Vernunft kommen wir nicht weiter, das siehst du doch», unterbrach Levin ihn.

Erneut schaute Siegfried Hilfe suchend zu Kasimir hinüber. «Entschuldige, mein Freund, aber inzwischen sehe ich es wie Levin», sagte der.

Levin klopfte ihm dankbar auf die Schulter. «Gut so. Dann mal los.»

Kasimir schaute noch einmal zurück zur Oper. Aus dem Haupteingang mit den zahlreichen Säulen und den steilen Treppen zu beiden Seiten tröpfelten die ersten Theatergäste. Strahlend blaue, grüne, rote Kleider erinnerten ihn an Albas Blumenwiese. Ein fröhliches Geplauder wehte zu ihnen herüber, er konnte den Glanz des Abends sogar über den Platz hinweg spüren, es mussten bewegende Theaterstunden gewesen sein. Eine Zeit lang hatte Kasimir im einfacheren Königstädter Theater gearbeitet, das Unterhaltung für das Volk bot. Doch hin und wieder, wenn Not am Mann war, durfte er im edleren Opernhaus aushelfen. Erinnerungen stiegen in ihm auf: Tränen der Rührung, die die Besucher in der Pause aus ihren Augenwinkeln strichen, das Schäumen und Prickeln des Champagners in den funkelnden Gläsern, das Summen, das in der Luft lag. Wie hatte er den Geruch des schweren roten Teppichs, all der Wachskerzen und Gaslichter geliebt …

«Kasimir!», rief Louise. «Kommst du?»

Er wollte sich umdrehen – als er sie sah. Gemeinsam mit ihrer Schwester stieg Alba die Treppe hinunter. Er erstarrte. Holte lange und tief Luft, spürte seinen Pulsschlag bis in die Fingerspitzen.

Dort war sie. Das dunkle Haar aufgetürmt, am Hals blitzte eine Kette. Ihr Kleid war zwar im Vergleich zum rosa gerüschten ihrer Schwester schlicht, aber dennoch elegant: Dunkelviolett floss es an ihr hinab. Kaum etwas erinnerte an das Mädchen, das vor wenigen Tagen im Dreck gewühlt hatte. Und doch erkannte er sie sofort: die ungewöhnlich vollen Lippen, den tiefschwarzen Blick. Sie war echt, schoss es ihm durch den Kopf. Die zehn Tage in Boxhagen waren ihm fast wie ein Traum vorgekommen. Sie schienen das schimmernd glänzende Gegenteil von der bitteren, staubigen Wirklichkeit in Berlin zu sein. Und nun war diese Traumgestalt, an die er nicht aufhören konnte zu denken, ihm so nah. Mitten in der Metropole.

«Fräulein Sonntag!», schrie er.

«Kasimir?» Levin klang vollkommen verdattert. Doch Kasimir hatte keine Zeit, sich seinem Freund zu erklären. Schon kämpfte er sich vorwärts, schob Arbeiterinnen und Tagelöhner beiseite und erreichte dank seiner Entschlossenheit die Absperrung.

«Fräulein Sonntag!» Er legte die Hände auf die Holzbretter, während er brüllte.

«Treten Sie zurück!»

Kasimir hatte nicht sie auf sich aufmerksam gemacht, sondern einen Soldaten, der nun mit knirschenden Stiefeln auf ihn zukam.

«Ich möchte nur kurz mit der jungen Frau dort vorn sprechen ...»

Der Soldat musterte Kasimirs lange Haare, die karierte Hose und den Hut mit der kurzen Feder. All das zeichnete ihn als Studenten aus und hinderte den Soldaten wohl daran, handgreiflich zu werden. Schließlich könnte er zumindest von besserer Herkunft sein als der Pöbel ...

Kasimir nutzte seine Chance, winkte und schrie noch einmal nach Leibeskräften, doch sie hörte ihn nicht.

«Sie möchte offensichtlich nicht mit Ihnen sprechen. Treten Sie zurück», verlangte der Soldat.

Alba Sonntag kam am Fuß der Treppe an und wandte sich einer bereitstehenden Kutsche zu. Jetzt oder nie, dachte Kasimir, umfasste das Holz mit beiden Händen und sprang darüber. Seine Wunde protestierte glücklicherweise nicht mehr, doch der Soldat zog seinen Säbel.

Da hörte er eine vertraute Stimme vom Opernplatz herüberwehen: «Lassen Sie ihn, ich kenne den Mann!» Das musste Willi gewesen sein, einer der Saaldiener, mit denen er sich immer gut verstanden hatte. Kasimir hatte keine Zeit, sich zu bedanken. Er nutzte das Zögern des Soldaten, rannte los und hörte noch, wie die Menschenmenge ob des gezogenen Bajonetts zu brüllen begann. Möglicherweise brach hinter ihm eine Schlägerei aus. Er würde, sobald er konnte, einsteigen und seine Freunde unterstützen, doch er musste mit Alba sprechen, sich bei ihr entschuldigen. Wann sollte er noch einmal ein solches Glück haben?

Er brauchte nur wenige Schritte, schon war er bei ihr.

«Fräulein Sonntag!»

Sie erschrak so heftig, dass sie zurückfuhr und gegen ihre Schwester stieß.

«Das gibt es ja nicht – der falsche Gärtner!», rief Frau Albrecht. Vor Überraschung lachte sie laut auf.

Alba hingegen blieb vollkommen ernst.

Er rückte sich den Hut zurecht, sah in ihre schwarzen Augen, wich ihrem ernsten Blick gleich wieder aus und stammelte: «Ich weiß nicht, was ich sagen, wie ich mich bei Ihnen entschuldigen soll. Das Geld zahle ich Ihnen selbstverständlich zurück, sobald ich kann. Es tut mir schrecklich leid, dass ich Sie angelogen habe. Ich habe die Zeit bei Ihnen wirklich genossen.» Er versuchte sich an einem Lächeln, doch es verrutschte, als er die Lider hob und Fräulein Sonntags unverändert kalte Miene sah. Sie musterte ihn schweigend. Seinen Hut mit der Feder, seine dunkelblaue Jacke.

Frau Albrecht sah mit großen Augen zwischen Kasimir und ihrer Schwester hin und her. «Wirklich erstaunlich …»

Wortlos drehte sich Alba um.

«Komm, Clara», sagte sie und half der Schwester gemeinsam mit dem Kutscher, einzusteigen.

«Fräulein Sonntag …» Wie kläglich er klang. «Ich wollte nicht … ich habe nicht …»

«Ist alles in Ordnung, Alba?», fragte einer der Männer, der sich bisher in wenigen Metern Entfernung unterhalten hatte.

«Es ist alles gut, Philipp», erwiderte sie. «Dieser Herr hat einmal als Gärtner für uns gearbeitet.» Wie gleichgültig sie klang. Endlich wandte sie sich an ihn. «Sie können das Geld behalten, Herr …?»

Er räusperte sich. «Kasimir Nebel, sehr erfreut.»

Sie nickte nur kurz. Dann folgte sie ihrer Schwester in die Kutsche.

35. Kapitel

Boxhagen, 15. März 1848

Ich hatte eine unruhige Nacht. Die Stimmung in Berlin hatte mich aufgewühlt. Und nicht nur sie. Unentwegt spukte mir der falsche Gärtner im Kopf herum. Kasimir Nebel. Seiner Kleidung nach zu urteilen, war er ein Student. Es sollte mir gleich sein, dass ich ihn wiedergesehen hatte. Er hatte sich entschuldigt, und ich sollte die Sache auf sich beruhen lassen. Doch meine Gedanken gehorchten mir nicht. Ich sah sein Gesicht vor meinem inneren Auge, seinen stets interessierten Blick, eingerahmt von blonden Haarwellen, fast bis zum Kinn. Ich dachte an seine Bewegungen, die vor Kraft und Lebenslust strotzten. Nachdem ich ihn hatte stehen lassen, hatte ich ihn aus der Kutsche heraus beobachtet. Einen Moment lang starrte er nachdenklich vor sich hin, bevor er sich plötzlich doch umdrehte und zurück zur Absperrung rannte, wo ein kleiner Tumult losgebrochen war. Mit Leichtigkeit schwang er sich über die Absperrung, duckte sich unter einem Säbelhieb weg und entwischte in die Menschenmenge.

Wer war Kasimir Nebel? Diese Frage stelle ich mir immer wieder. Warum hatte er behauptet, der neue Gärtner zu sein, und mir Blumenbotschaften gesendet? Ich wälzte mich von einer Seite auf die andere. Erst in den frühen Morgenstunden schlief ich ein.

Ich stand in meinem Gewächshaus und blickte hinaus aufs Hyazinthenfeld. Überall verrieten winzige bunte Farbtupfer, dass die vielen Tausend Blüten kurz davor waren aufzuspringen. Früher hatte ich die Stimmung dieser Tage geliebt. Die Ahnung in der Luft, die ständige Erwartung: Bald war es so weit. Gleich würde etwas Großes geschehen.

Doch in diesem Jahr ließ sie mich frösteln.

Ich war erst am Vormittag aufgewacht – so spät wie seit Jahren nicht –, was meinen Rhythmus durcheinanderbrachte. Daher bemerkte ich den kleinen Blumenstrauß erst später am Tag. Er lag mit einer Schleife zusammengebunden auf dem Brunnenrand. Langsam öffnete ich die Tür und trat hinaus. *Göttin der Schönheit*, rief mir eine dunkelviolette Perlblume entgegen. Langsam hob ich das Sträußchen auf. Die Perlblume war von Queckengras eingerahmt, dazwischen steckten die runden Blätter der Kapuzinerkresse und die schwer herabhängenden, gelben Blütenkelche der Schlüsselblume: *Göttin der Schönheit, sei mir gewogen. Schließe mir dein Herz auf und verrate mir dein Geheimnis.*

Es gab nur eine Person, die mir Blumen auf den Brunnenrand legte. War Kasimir Nebel in diesem Moment etwa in der Nähe? War er gekommen, um mir noch etwas zu sagen? Mit schnell klopfendem Herzen sah ich mich um, doch die Felder und Wiesen waren menschenleer. Wie konnte es sein, dass ich so dringend hoffte, ihn wiederzusehen? Einen Mann, der mich belogen hatte, von dem ich nichts wusste als den Namen? Er wollte, dass ich ihm mein Geheimnis offenbarte, und blieb selbst eines. Und doch, trotz allem ... Ich schloss die Augen und roch an seinem Strauß.

Einem Impuls folgend, lief ich in großen Schritten den Feldweg hinunter in Richtung des Gutshofs. Sobald ich die alte Trauerweide sah, bog ich ab und brach einen Zweig, den ich wenig später auf den Brunnenrand legte. *Tröpfle Balsam in mein wundes Herz.*

Dann ging ich zurück ins Haus und stellte den Strauß gedankenverloren ins Wasser. Was tat ich hier eigentlich? Ich stürzte zurück nach draußen, um den Zweig fortzunehmen – doch der Brunnenrand war leer.

Gegen Abend fand ich das Heidekraut. *Besuche mich in meiner Einsamkeit.* Es dämmerte bereits, und die sandige Erde Boxhagens gab die gespeicherte Wärme der Märzsonne zurück. Ich zerrieb die kleinen Blüten zwischen meinen Fingern. Dann zog ich Mantel, Hut und Handschuhe an und ging hinaus. Echo folgte mir. Oder besser – er führte mich. Fröhlich lief er immer wieder ein Stück vor, drehte sich zu mir um und wartete, bis ich bei ihm war. Wahrscheinlich hatte er seinen neu gewonnenen Freund schon vor Stunden begrüßt und wollte mich nun auf dem schnellsten Weg zu ihm bringen.

Er saß an der gleichen Stelle zwischen den Bäumen an den Gleisen wie beim letzten Mal und sah mir entgegen. Erst als ich in einigen Metern Entfernung stehen blieb, stand er auf. Wie gut es tat, ihn hier zu sehen ...

«Guten Abend, Fräulein Sonntag.» Er sprach leise, aber mit fester Stimme.

Ich wollte ihn ebenso höflich begrüßen, doch mir blieb das Hallo im Hals stecken. Was wollte er hier? Was wollte ich?

«Diesmal haben Sie keine Blume dabei?», fragte er lächelnd.

Ich schaute auf meine Finger. Echo bemerkte meinen Blick sofort und schnüffelte neugierig an meinen Händen. «Ist gut, Echo», sagte ich und streichelte ihn – dankbar, etwas zu tun zu haben.

«Ich habe mich fürchterlich benommen», begann er, und seine Worte wischten das Lächeln aus seinem Gesicht. «Mich hier unter falschem Namen zu verstecken. Seit ich Sie ... Seit ich Boxhagen verlassen musste, habe ich das Bedürfnis, Ihnen alles zu erklären. Und die Begegnung mit Ihnen gestern ... Glauben Sie an Zeichen, Fräulein Sonntag?»

«Warum haben Sie mich belogen?» Meine Frage klang so traurig, dass ich mich augenblicklich dafür schämte.

Er ging vorsichtig einen Schritt auf mich zu. «Es ist wahrscheinlich eine längere Geschichte. Ich müsste ein bisschen ausholen.»

Er bot mir mit einer Armbewegung und einem Schmunzeln eine Wurzel an, als wäre sie ein hübscher Stuhl. Ich zögerte nur kurz, dann raffte ich meinen Rock und setzte mich. Er ließ sich neben mir nieder und lehnte den Rücken gegen den Baumstamm. Nachdenklich blickte er über die Felder und Wiesen, während er begann zu erzählen: «Was ich Ihnen über meinen Vater gesagt habe, stimmt. Er war Bibliothekar. Doch seine Freunde haben mir in Wahrheit eine Lehrstelle bei einem Laternenfabrikanten besorgt. Nicht bei einem Gärtner.» Entschuldigend verzog er das Gesicht. «Leider, muss ich sagen. Das Gärtnern hätte mir wahrscheinlich mehr Freude gemacht.» Er sah mich von der Seite an. «Mir war früh klar, dass ich in diesem Beruf nicht alt werden wollte. Stattdessen sehnte ich mich nach den Lesesälen und Bibliotheken der Stadt, nach meinem Papier und meinem Stift.»

«Daher also das Gedicht», flüsterte ich. «In der Gärtnerhütte.»

Er drehte leicht den Kopf. «Sie haben es gelesen?»

«Es hat mir gefallen», gab ich zu.

Kurz schienen seine Augen aufzuleuchten.

«In Wahrheit sind Sie also Laternenfabrikant?»

Er wiegte den Kopf. «Irgendwie war ich schon alles und nichts. Die beste Zeit hatte ich am Königsstädter Theater. Anfangs war ich für die Beleuchtung zuständig, dann wurde ich als Theaterdiener angestellt. Leider bin ich schnell wieder rausgeflogen.»

«Wegen falscher Angaben zu Ihrer Person?» Ich konnte mir die Bemerkung einfach nicht verkneifen.

Er verzog kurz das Gesicht. «Den Seitenhieb hab ich wohl verdient. Aber nein, ich denke, es lag eher an den Freunden, die ich an der Universität kennengelernt hatte, und an den Texten, die ich in der Berliner Schnellpost von Ernst Litfaß veröffentlicht habe.»

«Student sind Sie auch noch?»

«Wenn ich Zeit habe, besuche ich ein paar Vorlesungen.»

Himmel. Dieser Kasimir Nebel war ziemlich umtriebig.

«Und was waren das für Texte?», hakte ich nach.

Er grinste mich von der Seite an. «Sie wimmeln nur so von demokratischen Gedanken, Fräulein Sonntag.» Ich hörte mein Herz in meiner Brust pochen, als er meine eigenen Worte zitierte.

«Ich glaube, es reicht nicht, sich im Theater fortzuträumen.

Die Welt selbst muss sich verändern. Meine Freunde und ich engagieren uns für die französische Bewegung. Gehe ich recht in der Annahme, dass Sie wissen, wovon ich spreche?»

Ich zögerte kurz. «Das tun Sie, ja.»

Er nickte. «Eine Freude, das aus Ihrem Mund zu hören …»

Mir wurde heiß, aber ich hielt seinem Blick stand.

«Wir schreiben für illegale Zeitungen und Anschläge. Und am ersten März haben wir eine Karikatur ans Schloss gehängt. Beinahe wurden wir dabei erwischt.»

Er berichtete von einer wilden Verfolgungsjagd mit dem Militär. Davon, wie er erschöpft zusammengebrochen war – ausgerechnet auf meinem Feld.

«Glauben Sie mir?»

Ich sah ihm in die Augen. Das Zucken in seinen kantigen Wangen verriet, dass er angespannt die Zähne aufeinanderbiss. All das klang zu abenteuerlich, um wahr zu sein. Doch zu meiner eigenen Überraschung hatte ich keinen Zweifel.

«Ich hätte Sie niemals in der Annahme lassen dürfen, der neue Gärtner zu sein. Doch ich brauchte dringend ein warmes Bett. Eigentlich wollte ich mich nur kurz bei Ihnen aufwärmen, meine Wunde versorgen und dann zurück nach Berlin. Aber Boxhagen hat mich auf eigentümliche Weise festgehalten. Dieser Ort und vor allem Sie …»

Wir waren einander so nah, dass wir uns hätten berühren können. Ernst und aufrichtig sah er mich an. «Ich weiß nichts über Sie, Alba Sonntag, aber ich kann einfach nicht aufhören, mich zu fragen, wer Sie sind.»

«Da gibt es wenig zu wissen.» Ausweichend schaute ich hinüber zu Echo, der es sich im Gras gemütlich gemacht hatte. Da spürte ich die warme Haut seiner Finger an meinem Kinn. Sanft hob er meinen Kopf. Sein Blick traf meinen und ließ ihn nicht mehr los. Seine Augen waren so grün wie Wolfsmilch: *Nimm dich in Acht, sonst wirst du Schaden leiden.* Stattdessen fiel ich in diesen Wolfsmilchblick hinein, suchte in seinem Gesicht nach einer Erklärung für die Anziehung zwischen uns. Seine Fingerspitzen strichen über meine Wange, glitten langsam durch mein Haar. Unwillkürlich seufzte ich. Es tat so gut, gesehen und berührt zu werden. Er kam mir noch näher. Oder war ich es, die sich ihm entgegenlehnte?

Und dann spürte ich seine Lippen auf meinen. Keine andere Berührung in meinem Leben hatte je so viele Gefühle auf einmal durch meinen Körper gejagt. Erregung, Entsetzen, Lust, Angst. Sie alle flirrten und bebten in meinem Bauch, meiner Brust, strahlten aus in Arme und Beine. Zum ersten Mal war ich mir meiner selbst auf diese Weise bewusst. Er legte eine Hand in meinen Nacken, den anderen Arm um meine Taille, dann zog er mich eng an sich. Nie zuvor war ich einem Mann so nah gewesen. Ich konnte seine Hitze spüren, von der Sohle bis zum Scheitel. Nie zuvor hatte ich einen Mann geküsst. Doch Kasimir wusste im Gegensatz zu mir, was er tat. Er streichelte meinen Rücken, und ich umfasste sein Gesicht mit beiden Händen, spürte die feinen Lachfältchen um Mund und Augen, die kaum spürbaren Bartstoppeln an seinem kantigen Kinn.

Ich weiß nicht, wie lang ich in seinen Armen lag, bis er sich von mir löste und ganz leicht von mir abrückte.

«Nun du. Erzähl mir etwas über dich», bat er mich, nah an meinem Gesicht, beinahe konnte ich sein erstes ‹Du› auf seinen Lippen schmecken.

Ich schwieg, noch immer hin- und hergerissen zwischen dem Bedürfnis, ihn erneut zu küssen, und dem Drang, einfach wegzulaufen. Doch woher sollte ich die Kraft nehmen, die Hitze dieses Mannes gegen die Einsamkeit einzutauschen?

«Ich weiß, du heißt Alba. Du hast vier Schwestern und lebst unverheiratet, allein in einem Haus. Dein Bruder hat euch gewaltige Ländereien hinterlassen. Und trotzdem hinterfragst du die alte Ordnung und pflanzt deine Blumen am liebsten selbst. Und du bist mit deinen Schwestern zerstritten. Wie passt das alles zusammen?»

Erwartungsvoll schaute er mich an, und ich ahnte, er würde nicht lockerlassen. Er wollte es wirklich wissen.

Kurz sah ich an ihm vorbei zu den Häusern meiner Schwestern. Vereinzelt brannte noch Licht. Und dann begann ich tatsächlich zu erzählen. Ich setzte weit vor meiner Zeit an – vielleicht, um nicht sofort über mich selbst sprechen zu müssen.

«Mein Vater war kein Gärtner, sondern Koch – hochherrschaftlicher Koch in Sanssouci. Ihn interessierten nur unsere Gemüsebeete. Niemand konnte aus Gemüse so fantastische Aromen hervorlocken wie er. Beim Essen hat er uns häufig alte Anekdoten von Friedrich dem Großen erzählt, der viele Sommer in Potsdam verbrachte. Am liebsten mochte ich Vaters Geschichten von den königlichen Hunden: Als er noch als Küchengehilfe in Sanssouci arbeitete, besaß der König eine Windspiel-Hündin namens Alcmène. Wenn sie durchs Schloss streifte, kratzte sie für gewöhnlich mit der Pfote an der Küchentür und wurde stets mit Fleischresten verwöhnt. Da sie allerdings eine besondere Vorliebe für Kartoffeln hatte, hielt sie sich gern an meinen Vater – er war dem Entremetier unterstellt, der für die Beilagen zuständig war. Er brachte ihr Kunststückchen bei, und zur Belohnung schenkte er ihr stets eine Pellkartoffel.

Jahre später – mein Vater war inzwischen Jungkoch – sollte einer der vielversprechendsten Köche zum Entremetier aufsteigen. Der König musterte die zur Auswahl stehenden Männer eindringlich und befragte dann Alcmène um Rat, die natürlich sofort zu meinem Vater sprang, der gerade mit einer Schüssel voller dampfender Pellkartoffeln an der offenen Tür vorbeilief. Und so wurde mein Vater hochherrschaftlicher Entremetier in Sanssouci.»

Kasimir hatte den Kopf an den Baumstamm gelehnt und die Augen geschlossen. Als ich nun innehielt, sah er mich fasziniert an. «Deine Schwester hatte recht. Du bist eine Geschichtenerzählerin. Ist das wirklich so gewesen?»

Ich biss mir auf die Lippe und lächelte geheimnisvoll.

«Aber wie ging es weiter? Immerhin ist dein Vater nicht in Sanssouci geblieben.»

«Mein Vater hatte das Glück, dass nicht nur Alcmène ihn schnell ins Herz schloss, sondern auch einer der königlichen Hofgärtner: Friedrich Zacharias Saltzmann. Er war Herr über eine riesige Blumenwiese am oberen Teil des Berges von Sanssouci, über den Kirschgarten, das Feigen- und das Bananenhaus. Mit ihm sprach sich Vater gern für seine Desserts ab. Zufälligerweise hatte Friedrich Zacharias Saltzmann eine Tochter. Und diese Tochter liebte nichts auf der Welt so sehr wie Blumen. Sie verbrachte ihre Tage damit, nicht nur ihre Namen, sondern auch ihre uralten Bedeutungen zu lernen. Ihr eigener Name war Flora, nach der Göttin des Frühlings. Es war also kein Zufall, dass mein Vater ihr Herz mit Salbeibutter gewann, garniert mit kandierten Veilchen.»

Überrascht sah Kasimir mich an. «Salbei?»

Ich musste grinsen. «Ich bin mir sicher, dass er keine Ahnung hatte, was er da tat. Aber meine Mutter glaubte, er flüsterte ihr zu: *Ich bin zu bescheiden. Andernfalls würde ich dich bitten: Lindere meinen Kummer durch dein Erscheinen.* Es lagen drei Veilchenblätter auf der Butter. Also war Mutter sicher, er schlage ein Treffen um drei Uhr am nächsten Tag vor. Die Veilchenblätter schmeckten so herrlich süß, die Salbeibutter so sanft, dass sie nicht anders konnte, als seiner Bitte zu folgen. Um Punkt drei Uhr stand sie am Seiteneingang der Küche. In ihr Haar hatte sie einen kurzen Pappelzweig geflochten: *Dein Streben ist sehr hoch gerichtet.* Doch wie sollte mein Vater das verstehen? Überrumpelt und kaum fähig, sein Glück zu begreifen, bot er ihr von dem Essen an, das er gerade zubereitete: Kohlrabi, gedünstet in Knoblauch. Meine Mutter starrte ihn entgeistert an. Es mochte noch so gut duften, sie hätte keinen Bissen heruntergebracht. Denn sie hörte das Essen ausrufen: *Wenn du dich für liebenswürdig hältst, bist du im Irrtum. Du bist angenehm, doch nicht für jeden.* Auf dem Absatz machte sie kehrt und lief davon.»

Kasimir lachte. «Dein armer Vater! Ich kann ihn gut verstehen.» Er kratzte sich die Schläfe. «Diese Blumensprache ist wirklich tückisch. Wie hat er es geschafft, dass deine Mutter ihm verzieh?»

«Es dauerte viele Wochen, zahlreiche heimliche Treffen und Spaziergänge bis zur Versöhnung. Und Mutter fand: Wer schon einmal heftig gestritten und sich vertragen hatte, der konnte sich auch küssen. Bis Mutter starb, stritten und versöhnten sie sich beinahe täglich. Ich glaube, das lag daran, dass sie so verschieden waren. Und doch bin ich mir sicher, dass sie einander geliebt haben. Wenn auch auf eine sehr ermüdende, laute Art und Weise …»

Einen Moment lang schwiegen wir beide.

«Also war es deine Mutter, die dir das Gärtnern beigebracht hat?», fragte Kasimir.

«Alles, was ich weiß, habe ich von ihr gelernt. Das Land hat Vater mithilfe von Mutters Mitgift gekauft. Und dann kamen wir fünf Schwestern und unser Bruder Heinrich auf die Welt.» Ich stockte. «Früher haben wir einander geliebt. Doch dann … ist etwas passiert.»

Ich war kurz davor, es auszusprechen. So offen wie heute war ich seit Jahren nicht gewesen. Und doch konnte ich es nicht. Nicht ganz.

«Heinrich ist gestorben. Und ich bin schuld.»

Ich blinzelte nervös, zwang mich dann dazu, Kasimir anzusehen. Sein Gesicht war genauso offen wie zuvor.

«Meine Schwestern werden mir das nie verzeihen. Ludmila hat es nicht einmal mehr ertragen, dass ich mit ihr unter einem Dach wohnte. Wir sprechen nur noch das Nötigste miteinander. Und manchmal nicht einmal das …»

Kasimir sah mich nachdenklich an. «Ich kann mir nicht vorstellen, dass du schuld am Tod deines Bruders bist, Alba.»

Ich antwortete nicht.

«Wie ist er gestorben?»

Ich schüttelte ganz leicht den Kopf.

«Und was ist mit deiner anderen Schwester, die nachts umhergeht?»

Ich schluckte. «Ottilie ist …» Ich suchte nach Worten und fand keine. Dann sprang ich auf die Füße und klopfte mein Kleid ab. «Du bist ein sehr neugieriger Mann.» Ich hörte selbst, dass ich plötzlich mahnend klang.

Auch er stand auf, kratzte sich verlegen an der Stirn. «Das kann ich nicht abstreiten.» Forschend sah er mich an, als wolle er ergründen, wie ernst ich meinen Tadel meinte. Ich versuchte, mich zu sammeln, doch es tat einfach zu weh, über Ottilie und Heinrich zu sprechen. Darüber, was ich beiden angetan hatte. Als ich weiter schwieg, machte Kasimir einen Schritt auf mich zu und strich über meine Wange. «Entschuldige, du musst es mir nicht erzählen. Ich wollte nicht …»

Sanft legte ich zwei Finger auf seine Lippen und sah ihm in die Augen.

Kurz standen wir einander nur gegenüber, und dann, beinahe gleichzeitig, traten wir wieder aufeinander zu. Ich spürte seine Hände an meinen Hüften, in meinem Haar, seinen Atem auf meinen Lippen.

Echo führte uns zum Gewächshaus, lief dann aber davon, bestimmt, um in Ruhe im Pferdestall zu schlafen. Wir blieben zurück im Glashaus. Uns genügten ein paar Decken zwischen den Nelken und Tulpen. In der Dunkelheit streifte ich Kasimirs Jacke von seinen Schultern, knöpfte sein Hemd auf, löste seinen Gürtel. Ich wollte seine Haut spüren. Unter meinen Fingerspitzen, dicht an meiner eigenen. Langsam stieg ich aus meinem Kleid. Wir waren einander so nah. Mein Kopf war federleicht, mein Körper grenzenlos. Nie zuvor hatte ich mich so frei gefühlt.

In dieser Nacht vergaß ich mich. Ich vergaß meine Gegenwart. Meine Vergangenheit. Meine Schwestern. Und zwischen den Schatten meiner Blumen war ich mir beinahe sicher, von nun an könnte ein neues Licht die Boxhagener Finsternis vertreiben.

36. Kapitel

Boxhagen, 15. März 1848

Amalie stand im Stall und fütterte Adonis eine Karotte. Das Malmen seines Kiefers und sein entspannter Blick beruhigten sie ein wenig. Gedankenverloren strich sie ihm über die ovale Stirnblesse.

Als die Tür knarrte und sich Schritte näherten, schloss sie kurz die Augen.

«Ich sagte doch, dass du mir nicht folgen sollst», murmelte sie, ohne sich umzudrehen. «Ich muss ein paar Minuten für mich sein.»

Direkt hinter ihr verharrten die Schritte. Sie hörte am Knarzen von Holz und an der Unruhe des Kutschpferdes, dass Friedrich sich an dessen Box gelehnt hatte.

«Du ziehst dich immer weiter vor mir zurück, Amalie.» Sie konnte es kaum ertragen, wie sanft ihr Mann klang. Diese friedfertige, liebenswerte Stimme ohne jeglichen Vorwurf darin … «Ich habe Angst, dich zu verlieren.»

Sie wusste, wie viel ihm dieser Satz abverlangte. Wie sehr er mit sich gekämpft haben musste, um ihn endlich auszusprechen. Amalie konnte hingegen nichts sagen, sich nicht einmal rühren. Tränen stiegen ihr in die Augen.

«Du glaubst doch nicht, dass ich dir die Schuld gebe, oder?» Er war nur eine Trennwand von ihr entfernt, durch die Gitterstäbe der Pferdebox konnte sie seine Blicke im Nacken spüren. Wie schön wäre es, sich umzudrehen und seine Hand zu berühren. Und zugleich unmöglich …

Amalie brauchte all ihre Kraft, um die Tränen zurückzuhalten.

«Ich kann es ertragen, keinen Erben zu haben, Amalie. Wir beide können das, wir kommen darüber hinweg. Das Einzige, was ich nicht ertragen kann, ist diese Distanz zu dir.»

Sie schloss erneut die Augen. Doch was half das schon? Seine Nähe blieb, die Nähe dieses Mannes, den sie so sehr liebte, dass es sie zerriss. Gleichzeitig stieg der Gestank des Sees in ihrer Speiseröhre auf. Das alte, grüne Wasser gluckerte gefährlich in ihrem Magen, am liebsten würde sie sich übergeben.

Wenn schon die Zwiebel faul war, würde die Hyazinthe niemals blühen.

«Ich habe dich nicht verdient», hörte sie sich selbst flüstern.

«Rede nicht so einen Unsinn.» Mit einem Mal klang Friedrich ärgerlich. «Ich will nichts davon hören.»

Seine Wut machte es ihr leichter. Tief atmete sie ein. «Es war ein großer Fehler, mich zu heiraten, Friedrich.»

Er schlug gegen das Gatter, Adonis warf den Kopf zurück und tänzelte ein paar Schritte.

Langsam drehte sich Amalie nun doch zu ihrem Mann um. Wie schön er war. Groß, hell, weich. Am liebsten würde sie ihm von der einen Nacht erzählen, die mittlerweile zehn Jahre zurücklag und in der all das angefangen hatte. Damals hatte sie Friedrich bereits geliebt. Sie hatte gewusst, dass er ihre Zukunft war. Und doch hatte sie sich mit Anton getroffen und mit ihm auf diesem Baumstamm gesessen, auf diesem Baumstamm über dem Rummelsburger See. Sie hatte sich eingeredet, ihm nur Lebewohl sagen zu wollen. Einen kleinen Abschiedskuss wollte sie ihm geben, weil sie Anton immer gern geküsst hatte und auch diesmal nicht widerstehen konnte. Sie war so jung gewesen und der See so tief. Beinahe wäre sie an ihrer Naivität erstickt. Die Erinnerung an die Dunkelheit des Wassers durchzuckte sie, ihr Körper wusste noch so gut, wie es war zu ertrinken – zumindest beinahe. Sie rang nach Atem.

«Manchmal begehen wir Fehler, die wir ein Leben lang bereuen ...» Ihre Stimme zitterte. Nun spürte sie doch, wie eine Träne über ihre Wange rollte.

«Wag es nicht, für mich zu sprechen, Amalie.» Friedrich schlug noch einmal gegen das Gatter. «Dich zu heiraten, war kein Fehler. Wenn du mich nicht mehr liebst und unsere Ehe bereust, sag es mir. Sei ehrlich. Aber hör auf, von dir auf mich zu schließen.»

Amalie schluchzte nun doch. «Das ist es nicht, Friedrich ...» Flehend sah sie ihn durch die Gitterstäbe an. Wie sehr sie sich nach einer Umarmung sehnte, nach einer Versöhnung. Doch es war längst zu spät.

«Ich bin es satt zu raten.» Er schüttelte den Kopf und ging. Schon schlug er die Tür hinter sich zu.

Amalie legte den Kopf auf Adonis' Rücken und ließ die Tränen in sein Fell fließen.

Als sich die Tür erneut öffnete, waren es nicht die Schritte ihres Mannes, die sich näherten. Diese hier waren leichter, ruhiger.

«Du hast uns beobachtet», stellte sie fest und wischte die Tränen weg.

«Ich muss doch wissen, wann mein Mädchen frei ist.» Sie hörte, dass Anton Fuchs grinste.

«Ich bin nicht dein Mädchen», sagte sie. «Und ich bin auch nicht frei.»

Adonis schnaubte, während Anton die Tür zur Box öffnete. Er fackelte nicht lange, durchmaß die Distanz und umschlang Amalie ohne ein weiteres Wort. Sie griff ihm ins Haar, wütend beinahe, und küsste ihn.

Wie immer tat es verdammt gut. Mehr denn je spürte sie, dass sie diesen Mann nicht liebte. Das hatte sie nie. Manchmal verabscheute sie ihn. Doch da war eine düstere Verbundenheit zwischen ihnen, die sie nicht aufgeben konnte. Anton Fuchs kannte sie besser, als es Friedrich je könnte. Er sah ihre Dunkelheit, ihre schlechtesten Eigenschaften. Nie hatte er sie auf einen Sockel gestellt. Während sie sich neben ihrem perfekten Mann stets wie eine Lügnerin fühlte – falsch, eigensinnig, unfruchtbar –, fand sie in Anton einen Gleichgesinnten. Was sie vorhin zu Friedrich gesagt hatte, war die Wahrheit: Sie hatte ihn nicht verdient. Was sie verdient hatte, war diese unwürdige Affäre mit einem Egoisten wie Anton. Sie hatte es verdient, wie er sie behandelte. Und sie hatte das schlechte Gewissen verdient, das sie innerlich auffraß.

Amalie hätte nach Hause zu ihrem Mann zurückkehren sollen. Doch ihre Beine wollten ihr nicht gehorchen. Nun stand sie vor ihrer großen Schwester. Kaum konnte sie sie durch den Tränenschleier erkennen.

«Was ist passiert, Amalie?», fragte Ludmila.

Amalie konnte nicht antworten. Bisher hatte sie nicht gewusst, wie tief ihre Verzweiflung saß. Nun wurde sie so heftig von Schluchzern geschüttelt, dass sie schwankte.

«Amalie, Liebes», flüsterte Ludmila erschrocken. Einen Moment stand sie unschlüssig da, dann entfuhr ihr ein überraschend zärtliches «Ach!», und mit einem Ruck zog sie Amalie an sich und hielt sie ganz fest.

Amalie weinte laut schluchzend in Ludmilas Kleid. Erst als sie verstand, dass sie nicht allein war, ließ das Entsetzen allmählich nach. Ihr Weinen wurde leiser, doch es hielt noch lange an.

«Schhh», machte Ludmila. Sie streichelte ihr übers Haar. Und beinahe fühlte es sich an, als wären es Mutters Arme, die Amalie hielten.

Zum ersten Mal hatte Amalie das Gefühl, eine Schwester zu haben. Früher hatte sie voller Neid auf die drei Jüngsten geblickt, die als Kinder stets zusammengehalten hatten. Clara war so goldig gewesen, dass sich alle ununterbrochen um sie kümmern wollten, Alba hingegen so einfühlsam und fantasievoll, dass auch sie es mit der ganzen Familie leicht hatte. Die seltsame und eigenwillige Ottilie wollte zwar nicht recht dazu passen, doch aus irgendeinem Grund ließen weder Alba noch Clara sie außen vor. Wie sehr hatte sich Amalie stets gewünscht, ebenfalls jemanden zum Reden zu haben, jemanden, der immer an ihrer Seite blieb, egal wie schnippisch und unausstehlich sie wurde, und dem sie ihre geheimsten Sorgen anvertrauen konnte. Doch Ludmila war ihr stets so vernünftig und distanziert erschienen. Genauso wie Heinrich. Die drei Ältesten standen schon damals einzeln in dieser Familie. Aufrecht und stolz, aber allein.

Nun hielten Ludmila und Amalie sich zum ersten Mal fest.

«Meine liebe, liebe Amalie», sagte Ludmila sanft. Amalie wollte ihr sagen, dass sie alles andere als lieb war. Dass sie seit Jahren ihre Ehe sabotierte, anstatt einen Erben in diese Welt zu setzen. Doch sie brachte keinen Ton hervor.

«Was ist passiert?»

Sie antwortete nicht, weinte leise weiter.

Und Ludmila fragte sie nicht noch einmal.

37. Kapitel

Als die Gewächshausblumen allmählich Pastelltöne annahmen, war Kasimir noch immer bei mir. Die Luft schmeckte nach ihm, jeder Zentimeter meiner Haut kribbelte von seinen Berührungen. Er schlief noch. So leise ich konnte, stand ich auf und streifte suchend durch meine Gewächshausblumen. Ich pflückte ein paar Aurikeln: *Dein Auge lächelt Wonne in mein Herz.* Und flocht sie zusammen mit Roter Winde für die Hoffnung, Tulpen für die Schönheit und Kamelien für die Sehnsucht zu einem lockeren Kranz.

Erst als ich fertig war, bemerkte ich, dass Kasimir mich beobachtete. Er lag auf der Seite und stützte den Kopf in seine Hand.

«Guten Morgen, Fräulein Sonntag.» Dieses Schmunzeln …

Lächelnd ging ich auf ihn zu und legte ihm meinen Kranz um den Hals. «Der ist für dich.»

«Er ist wunderschön.»

«Du solltest jetzt gehen.» Nie hatte ich widerwilliger geklungen.

«Ich weiß.»

«Es ist beinahe hell.» Ich seufzte, beugte mich zu ihm hinunter und küsste ihn.

Kasimir stand auf.

«Es darf dich niemand bemerken, hörst du?»

Doch er antwortete nicht, starrte nur durch die Glaswand nach draußen. «Siehst du das?»

Ich folgte seinem Blick – und spürte, wie mir der Mund aufklappte. An diesem Morgen waren die ersten Blüten der Hyazinthen aufgesprungen, und es war, als würde ich ihre bunte Pracht zum ersten Mal sehen.

In meiner Hand spürte ich seine. «Lass uns rausgehen.»

Ich antwortete nicht, folgte ihm aber trotz aller Gefahr, entdeckt zu werden. Er öffnete die Tür und ließ den überwältigenden Duft hereinströmen. Schwer und berauschend. Dann traten wir hinaus und steuerten auf das Feld zu. In der Mitte hatte ich einen schmalen Weg angelegt. Ich ging vor und spürte Kasimir dicht hinter mir. Zu beiden Seiten streckte ich die Arme aus, beugte mich hinunter und berührte mit den Fingerspitzen die jungen Pflanzen, ließ die eleganten Kegel mit den unzähligen Blüten tanzen. Links wuchsen die blauen, rechts die roten. Ich atmete tief ein und genoss den Ausblick. *Das ist für dich, Heinrich*, dachte ich, wie jedes Jahr um diese Zeit. *Das ist für dich.*

Dann drehte ich mich zu Kasimir um, umschlang seinen Hals mit beiden Armen, sodass die Blüten meines Kranzes sich kühl gegen meine Haut drückten, und küsste ihn.

Als ich die Augen öffnete, entdeckte ich in der Ferne Clara. Sie stand am Rande des Hyazinthenfeldes und starrte zu uns hinüber. Sie bewegte sich nicht. Nur ihr gelber Rock wehte im Wind. Ich ließ so schnell von Kasimir ab, als hätte ich mich verbrannt.

«Du musst gehen», flüsterte ich.

Er küsste mich zum Abschied auf die Stirn, drückte meine Hände, sah mir noch einmal fest in die Augen und verschwand.

Sofort wandte ich mich in Claras Richtung – doch sie lief bereits mit großen Schritten fort.

«Clara!», rief ich. «Warte!»

Ich raffte meinen Rock und rannte los, versuchte, meine Hyazinthen nicht zu zertrampeln.

«Clara, bitte!»

Sie achtete nicht auf mich. Allmählich wurde die Distanz zwischen uns kleiner, ich konnte sehen, dass sie ihre Hände zu Fäusten geballt hatte. Im Stechschritt lief sie auf ihre Haustür zu. Kurz bevor sie die Klinke ergreifen konnte, holte ich sie endlich ein und hielt sie am Arm fest. «Warte doch …»

Mit einem Ruck schüttelte sie mich ab. «Lass mich in Ruhe, Alba. Geh zu deinem Gärtner. Flechte ihm deine Kränze. Zeig ihm deine Hyazinthen. Mich kannst du von jetzt an in Ruhe lassen.»

Mit diesen Worten stürmte sie ins Haus und knallte die Tür hinter sich zu.

Einen Moment lang blieb ich davor stehen und atmete durch. Clara war schon immer ein eifersüchtiger Mensch gewesen. Und hin und wieder neigte sie zu kindischen Reaktionen. Aber einen solchen Ausbruch hatte ich bei ihr lange nicht erlebt. War sie wütend, weil ich ihr nichts von meinen Gefühlen für Kasimir erzählt hatte? Das allein konnte es doch nicht sein … Vielleicht ging es in Wahrheit gar nicht um Kasimir, überlegte ich. Möglicherweise war sie aus dem gleichen Grund wütend auf mich wie meine anderen Schwestern. Die ganze Zeit über hatte Clara diesen Zorn nicht zugelassen, und jetzt kämpfte er sich an die Oberfläche – so musste es sein. Doch wieso? Weshalb ließ sie mich in dem Glauben, zwischen uns sei alles in Ordnung, wenn es das gar nicht war? Bei diesen Überlegungen spürte ich, wie mein Magen heiß vibrierte vor unterdrückter Wut.

«Wie machst du das nur, Alba?» Der laute Ruf jagte eine Gänsehaut meine Wirbelsäule hinauf, sodass ich den Rücken durchdrückte. Ich musste all meinen Mut sammeln, bevor ich den Kopf drehte, um Ottilie anzusehen.

Seit wann war sie da? Ihr Haus stand nicht weit von Claras entfernt, auf der anderen Seite der Fahrstraße. Sie musste uns durch das Fenster gesehen haben. Doch ich hatte nicht bemerkt, dass sie herausgekommen war und zu mir herübersah. An ihrem Rock klebte Dreck, ihr Haar war offen.

«Du schaffst es immer wieder, das Schlechteste aus uns Schwestern herauszuholen, nicht wahr?», rief Ottilie, während sie mich mit ihren riesigen Augen fixierte.

Ich wollte den Kopf schütteln. Ihr sagen, dass ich nichts getan hatte. Zumindest diesmal nicht, diesmal war ich unschuldig. Doch bevor ich mich verteidigen konnte, schoss mir die Wut heiß in den Kopf.

«Hilft dir das?», fragte ich zurück. Mein Herz hämmerte in meiner Brust, und ich wusste, dass ich besser den Mund halten sollte. Doch ich hatte so oft den Mund gehalten, hatte so lang eingesteckt und mich gegrämt. In diesem Moment, in dem mich meine jüngste Schwester aus dem größten Glücksgefühl gerissen und mir die Tür vor der Nase zugeschlagen hatte, in dem mir Ottilie vorwarf, auch noch Clara unrecht getan zu haben, in dem ich begriff, dass ich nun wirklich einsam war, wollte ich nicht mehr an mich halten. «Redest du dir ein, ich allein wäre an Heinrichs Tod schuld?»

Sie starrte mich an. Gehässig und überheblich.

«Funktioniert es?» Mit großen Schritten lief ich quer über den Weg. *Hör auf*, sagte eine innere Stimme. *Lass es einfach sein. Du weißt nicht, was du da anrichtest.* Doch die laute, die, die ich kaum wiedererkannte, fuhr schon fort: «Hasst du dich selbst etwas weniger, wenn du mich verteufelst? Ich denke nicht, Ottilie. Ansonsten würdest du nicht dieses Kleid tragen. Schau dich an! Was ist übrig von der starken, lebenslustigen Person, die einmal meine Lieblingsschwester war?»

«Sie ist tot, Alba», erwiderte Ottilie mit starrem Gesicht, sobald ich direkt vor ihr stand. «In gewisser Weise hast du uns beide getötet.»

Ich gab ihr eine Ohrfeige. Fast glaubte ich, sie über die Boxhagener Felder schallen zu hören. Danach hielten wir beide für einen Moment den Atem an.

«Ich habe die Verantwortung für meine Fehler übernommen.» Jetzt sprach ich ruhig und gefasst. «Und du? Du hast es als Kind nicht gekonnt und kannst es heute noch weniger.»

Langsam hob Ottilie eine Hand an ihre Wange. Sie berührte sie, als wäre es das erste Mal seit Jahren. Dann drehte sie sich um und lief davon – nicht zurück in ihr Haus, sondern in Richtung der Hyazinthenfelder. Mir traten die Tränen in die Augen. Durch einen Schleier sah ich sie rennen – und beinahe glaubte ich, in ihr das kleine Mädchen von damals zu sehen, das mit wehenden Haaren über die Wiesen und Felder flog. Was hatte ich getan? Schon wieder?

Die frisch aufgeworfene Erde übte einen Sog aus. Am liebsten hätte ich mich auf die Knie fallen lassen, die Hände darin vergraben und geweint.

Doch der Stolz verbot es mir. Ich ahnte schließlich, dass sie mich beobachteten. Ottilie und ich waren viel zu laut gewesen, um überhört zu werden. Langsam drehte ich mich um. Im ersten Stock von Claras Haus war die Gardine zur Seite geschoben. Bleich und erschrocken starrte mich das Gesicht meiner jüngsten Schwester durch das Fensterglas an. Ich drehte den Kopf noch ein wenig weiter. In vielleicht zweihundert Schritt Entfernung entdeckte ich Ludmila und Amalie, die am Seiteneingang des Gutshofs standen.

Was würde es bringen, mich zu erklären? Ottilie war krank, das wusste ich. Dennoch hatte ich ihr gerade schreckliche Vorwürfe gemacht, hatte sie sogar geschlagen. Dafür gab es keine Entschuldigung. Ebenso wenig für die Fehler, die ich vor Jahren begangen hatte. Ich atmete tief ein, wollte mich gerade umdrehen, da hörte ich Ludmilas scharfe Stimme: «Alba, kommst du bitte zu uns?»

In der großen Stube stand Amalie steif und mit verschränkten Armen am Klavier. Täuschte ich mich, oder war ihr sonst so ausdrucksstarkes Gesicht zum ersten Mal farblos und leer? Bei näherem Hinsehen begriff ich, dass sie geweint haben musste – ihre Augen waren geschwollen. Sie leckte sich immer wieder nervös über die Lippen und trat von einem Bein auf das andere. Ihr Blick schien keine Ruhe zu finden, unablässig wanderte er durch den Raum.

Hinter mir schloss Ludmila die Tür und faltete wie die Wetterdistel ihre langen Finger.

Ich suchte nach Worten, schaute zwischen meinen Schwestern hin und her. Ludmila war schrecklich dünn geworden. Von ihren Lippen waren nur noch schmale Striche übrig, und unter ihren Augen hingen rote Tränensäcke. Sie hatte mehr Sorgen als sonst, ich konnte es spüren, doch ich wusste nichts darüber. Ging es um die kleine Elise? Vermisste sie ihre Mutter noch immer so sehr? Oder um Ottos Geschäfte? Seit Tagen hatte ich nichts mehr von seinen Überlegungen gehört, an Anton Fuchs zu verkaufen. Bald würden wir Schwestern noch einmal darüber sprechen müssen. Doch die Vorstellung, das Thema ausgerechnet in diesem Moment anzuschneiden, erschien mir absurd.

«Alba», begann Ludmila. «Kannst du uns bitte erklären, was gerade geschehen ist?»

Ich konnte es nicht. Beschämt wie ein kleines Mädchen blickte ich auf meinen Rock und wünschte mich weit fort von hier. Warum hatte ich Ludmilas Befehl auch gehorcht? Ich hätte davonrennen sollen, so wie Clara vor mir.

Amalie stöhnte laut auf. «In Herrgotts Namen, sprich endlich, Alba! Ich kann deine scheinheilige Betroffenheit nicht mehr ertragen!»

Ich kniff die Lippen fest aufeinander. Meine Gedanken rasten, keinen davon bekam ich wirklich zu fassen. «Ottilie ... hat mich provoziert.» Ich hörte selbst, dass es wie eine Ausrede klang. Besser wäre es, ich würde schweigen.

«Ottilie ist krank, Alba», sagte Ludmila. «Sie weiß nicht, was sie tut oder sagt. Du hingegen schon. Und wir haben mit unseren eigenen Augen gesehen, dass du sie geschlagen hast.»

Mein Kinn begann zu zittern. «Es tut mir so leid», flüsterte ich. «Ich wollte das nicht, es ist einfach mit mir durchgegangen …»

«Wag es jetzt bloß nicht, schon wieder zu heulen!», sagte Amalie. «Du bist hier nicht das Opfer!»

Amalie hatte recht. Ich kniff die Augen fest zusammen, darum bemüht, mich zu sammeln. Als ich sie wieder öffnete, sah ich ein wenig klarer.

«In Wahrheit seid ihr nicht nur deswegen wütend, oder?», fragte ich. «Es geht nicht nur um das, was gerade passiert ist. Vielleicht sollten wir endlich einmal in Ruhe über alles sprechen, was damals mit Heinrich …»

«Doch, Alba, es geht genau darum.» Amalie kam einen Schritt auf mich zu, sodass ich zurückwich. «Du hast dich in all den Jahren kein bisschen geändert. Immer noch das kleine, süße, stille Mädchen, das kein Wässerchen trüben kann und ach so hübsche Geschichten erzählt.» Ich hatte Amalie schon häufig zornig erlebt, sie hatte mir schon etliche Male Gemeinheiten an den Kopf geworfen. Doch diesmal lag eine neue Grausamkeit in ihrem Tonfall, die ich noch nicht kannte. «Als Kind konntest du dir alles erlauben, Mutter hat dich immer in Schutz genommen. Sie hat mir nicht geglaubt, aber ich hatte recht: Du hast uns alle heimlich gegeneinander ausgespielt. Warst Heinrichs Lieblingsschwester und gleichzeitig die beste Freundin von Clara und Ottilie. Keine von ihnen durfte jemand anderem als dir vertrauen, nicht wahr? Und am Ende haben deine Heimlichkeiten diese Familie zerstört. Wenn Mutter dich jetzt sehen könnte, ihre kleine Mondwinde …»

Ich spürte einen aufquellenden Kloß im Hals und kämpfte erneut um meine Beherrschung.

«Was ist mit dir passiert, Amalie?» Für einen Moment flackerte Unsicherheit in Amalies Augen auf. Ich glaubte, ihre Verletztheit zu spüren, ein Flehen zu erkennen. «Dir ist etwas Schreckliches zugestoßen …»

Amalie brachte mich mit einer Geste zum Schweigen. «Ach, Alba! Tu nicht so, als könntest du in uns lesen wie in einem Buch. Du bist uns allen längst fremd geworden. Meine Schwester bist du jedenfalls nicht mehr.» Mit großen Schritten durchmaß sie den Raum und riss die Tür auf. Dahinter stand blass und verschreckt die kleine Elise und starrte uns an. Doch bevor jemand von uns etwas sagen konnte, erschien das Kindermädchen mit roten Wangen, zog das Kind fort, und Amalie donnerte die Tür hinter sich zu.

Hilfe suchend sah ich Ludmila an. Meine große Schwester, die mir länger ein Halt gewesen war als meine Mutter. Früher hatte sie mir stets zur Seite gestanden. Zwar war sie streng und kühl, ihre Ratschläge bestanden meist aus einer Reihe von Gebeten und Bibelversen, doch niemals hatte sie mich abgewiesen.

Einen Moment lang sah sie mich traurig an, beinahe mitleidig. Dann ging sie zum Fenster hinüber und blickte hinaus. «Manche Risse lassen sich nicht mehr kitten.» Ich konnte hören, wie schwer ihr jedes einzelne Wort fiel. Ich wollte sie unterbrechen, sie anflehen, auch meine Seite anzuhören, auch mir zu glauben, doch ich fand keine Worte.

«Ich habe das Gefühl, es wird von Woche zu Woche schlimmer mit uns.» Ludmila flüsterte beinahe. Ich ahnte, dass sie mit den Tränen kämpfte, aber nicht auf ihre Gefühle, sondern allein auf den Verstand hören würde – so wie sie es immer getan hatte. «Heute ist nicht der richtige Tag für Entscheidungen. Aber bald sollten wir über einen Verkauf des Landes sprechen. Vielleicht wäre es besser, wenn wir getrennte Wege gehen, Alba.»

Mir schwindelte, während ich den Gutshof verließ. Ich taumelte durch die blühenden Hyazinthen, sah kaum ihre strahlenden Farben, roch nur ihren schweren Duft. *Zu viel*, dachte ich. Es war alles zu viel. Dieser Ort war voller bitterer Erinnerungen, die Toten schienen mich von überallher zu beobachten. Vielleicht hatte Ludmila recht. Vielleicht war diese Familie verloren, dieses Land nicht länger gut für uns. An was hielt ich noch fest? Nach diesem Gespräch konnte es keine Hoffnung mehr für uns Schwestern geben. Ich hatte unbedingt bei meinen Blumen bleiben wollen, um meine Eltern und Heinrich nicht loszulassen. Und um mich irgendwann mit meinen Schwestern zu versöhnen. All die Jahre hatte ich mir nur etwas vorgemacht.

Den halben Tag und die halbe Nacht saß ich in meinem Gewächshaus und starrte auf die Blüten um mich herum. *Sei wachsam mit Ohr und Auge*, riet mir das orangerote Habichtskraut. *Unser Bund ist unauflöslich*, flüsterte der Efeu. *Sei auf der Hut*, warnte mich eine gelbe Gurkenblüte.

Der Brief erreichte mich am nächsten Vormittag. Im Umschlag steckte nicht nur ein kleines, eng beschriebenes Blatt Papier, sondern auch eine zerbröselte Blume. Zuerst entzifferte ich die Worte:

Liebe Alba,
heute fühle ich mich ganz verändert. Am liebsten würde ich
gleich zurück nach Boxhagen kommen, dich festhalten und mit

dir herausfinden, welche Menschen wir gemeinsam werden
könnten. Doch die Zeit lässt es nicht zu. Für uns Demokraten
ist nun der rechte Moment gekommen. Wir können endlich
einen Unterschied machen. Ich spüre, dass sich die Welt in die-
sen Tagen umformen lässt. Sogar Staatskanzler Metternich
hat wegen Massenprotesten in Österreich abgedankt. Es ist
längst keine französische Bewegung mehr, die Welt brennt. Sie
ist von einem alten, harten Stein zu einer biegsamen Masse
Lehm geworden. Das Volk kann sie mitgestalten, wenn es jetzt
zusammenhält. In der ganzen Stadt verbreitet sich ein Auf-
ruf zur Demonstration am morgigen Tag. Heute herrscht eine
fast unheimliche Stille. Nicht nur Studenten bereiten sich vor,
auch Arbeiterinnen, Tagelöhner und Gelehrte bewaffnen sich.
Der König weiß, was ihm blüht, wir beobachten immer mehr
Soldaten in den Straßen. Wir Demokraten haben alles versucht,
um mit friedlichen Petitionen etwas auszurichten. Doch da
das nicht hilft, werden wir kämpfen, Alba. Und übermorgen,
in einer anderen Welt, sehen wir uns wieder. Ich kann es kaum
erwarten.
Dein Kasimir.

Mit bebenden Händen setzte ich die Blüte zusammen, die er
beigelegt hatte: Es war eine Schwertlilie. Ich roch daran, suchte
nach dem fast verflogenen Duft, und ohne mit der Wimper zu
zucken, traf ich meine Entscheidung.

38. Kapitel

Boxhagen, Spätsommer und Herbst 1843

Ottilie rührte in ihren Kornelkirschen, hörte sie im Topf blubbern und roch ihren fruchtigen Duft. Sie würde Marmelade aus diesen Früchten kochen, die Beständigkeit bedeuteten. *Möge unsere Liebe andauern*, dachte sie, *möge sie ewig sein – trotz allem.* Allein stand sie in ihrer Küche in diesem neuen Haus, in das sie nie hatte einziehen wollen, schöpfte ein wenig von der roten Masse ab und ließ sie zäh und langsam zurück in den Topf tropfen. Es gab so viele Entscheidungen, die sie bereute. Sie langte in die Marmelade, holte eine beinahe heil gebliebene, heiße Kirsche heraus und zerdrückte sie zwischen den Fingern. Der Schmerz fuhr ihr durch den Arm, während sie beobachtete, wie das Blut der Frucht an ihrer Haut hinab rann. Nachdem sie die zerdrückte Kirsche zurück in den Topf geworfen, das Feuer des Herdes gelöscht und die Marmelade in Gläser gegossen hatte, tat sie endlich, was am besten gegen die Melancholie half: Sie lief hinüber zu Alba.

Obwohl schwere Wolken den Himmel verhängten, war es ein warmer Spätsommertag. Die Luft war beinahe ein wenig schwül. Nach kurzer Suche entdeckte Ottilie ihre Lieblingsschwester am Rande des Kirschgartens. Sie kniete auf dem Boden und sah konzentriert zwischen die Bäume.

«Alba?»

Statt zu antworten, hob sie einen Finger an die Lippen. Leiser näherte sich Ottilie.

«Was machst du da?», flüsterte sie.

Alba winkte Ottilie zu sich heran und bedeutete ihr, sich neben sie auf den Boden zu setzen. Als kleines Mädchen war es für Ottilie vollkommen normal gewesen, auf der Erde zu hocken. Mittlerweile war sie aber neunzehn Jahre alt, eine verheiratete Frau. Besorgt sah sie sich um, doch es war niemand zu sehen, also ließ sie sich neben ihrer Schwester nieder.

Alba zeigte zwischen die Kirschbäume. Und Ottilie sah das kleine Wesen, das sich hinter einer aus der Erde ragenden Wurzel versteckt hatte. Es schaute sie mit ängstlich aufgerissenen Augen an, die Ohren eng angelegt.

«Ein Welpe», flüsterte Ottilie. «Was macht der denn hier?»

Alba hob die Schultern. «Vorhin stand er vor dem Glashaus. Ich wollte ihn reinlocken, doch er ist weggelaufen.»

Ottilie dachte einen Augenblick nach, dann griff sie in ihre Rocktasche. «Vielleicht mag er ja Kornelkirschen?» Sie richtete sich langsam auf, ging ein paar vorsichtige Schritte auf das Tier zu, doch sofort wich es zurück. Also legte sie die Kirsche in einigen Metern Entfernung auf den Boden und ging zurück zu Alba.

Der Hund streckte die kleine Schnauze mit den lustigen langen Barthaaren in die Luft und schnupperte. Dann tapste er mit seinen übergroßen Pfoten auf die Kirsche zu. Er streckte den Hals, klaubte die Frucht vom Boden und preschte zurück, um sich wieder hinter seiner Wurzel zu verkriechen.

Alba entfuhr ein entzücktes Glucksen. Ottilie sah sie von der Seite an. Wie sehr ihre Schwester leuchtete! Ihr Glück übertrug sich auf Ottilie und rückte ihre Traurigkeit in den Hintergrund. Immer wieder legte sie Kirschen für den Welpen aus. Zunehmend selbstbewusst kam der Kleine herüber, um sie sich zu schnappen und nur die Kerne wieder auszuspucken.

«Was, glaubst du, macht er hier?»

Alba schien einen Moment nachzudenken. «Eigentlich gibt es nur eine Möglichkeit.» In gespieltem Ernst sah sie Ottilie an. «Er kommt aus Potsdam.»

«Aus Potsdam?»

Alba nickte. «Er ist ein höfischer Hund, Ottilie, siehst du das nicht? Wieso sollte er sonst Kornelkirschen essen und sogar die Kerne ausspucken?»

Ottilie lachte. «Ich sehe eher einen Mischling von der Straße. Guck dir seinen Bart an!»

«Du sagst es. Ich denke, sein Vater war halb Schnauzer, halb Schäferhund und hat sich unsterblich in eine der höfischen Windhündinnen verliebt, von denen Vater immer erzählt hat.»

Ottilie kicherte. «Ich glaube, Hunde können sich nicht verlieben. Die haben einzig … eine andere Art von Gefühl.»

Mit überzogenem Entsetzen sah Alba sie an. «Wie kannst du so etwas sagen, Ottilie? Hunde stammen von Wölfen ab, und die bleiben ein Leben lang monogam. Sie haben ein großes Herz. Genau wie dieser Welpe. Sein Vater ist tagelang um den Hof herumgeschlichen. Und seine Mutter hat ihn sehnsüchtig beobachtet, während sie auf der Terrasse in der Sonne lag. Eines Abends schlich sie sich unbemerkt hinaus zu ihm in die Büsche …»

Ottilie grinste und stieß sie sanft gegen den Oberarm. «Alba, Liebes, ich wünsche mir mehr solcher pikanten Geschichten von dir!»

Alba errötete.

«Aber wie soll der Welpe aus Potsdam hierhergekommen sein?»

Alba sah sie todernst an. «Er ist Zug gefahren.»

Da musste Ottilie schon wieder lachen.

«Am Potsdamer Bahnhof hat er sich in einen der Waggons geschlichen, und hier bei uns ist er wieder ausgestiegen.»

«Logisch», sagte Ottilie.

Und dann grinste Alba so breit, dass ihr Kinn ganz schief wirkte und ihre Augen lustig funkelten.

Ottilie streckte die Hand aus und legte die letzte Kirsche darauf. Das Hündchen schlich vorsichtig auf sie zu. Doch auf halbem Weg, als es sie mit seinen großen scheuen Augen anstarrte, durchfuhr Ottilie eine Erinnerung. Sie sah kleinere, gelbere Augen vor sich – und die starren Beine eines toten Kätzchens. Ihr brach der Schweiß aus. Sofort ließ sie den Arm sinken und gab die Kirsche an Alba weiter. «Füttere du ihn», flüsterte sie. «Ich glaube, es ist ohnehin dein Hund.»

Alba zögerte kurz, dann hielt sie dem Hund die geöffnete Hand entgegen. Beinahe gelassen trabte er herbei, um sich seine Leckerei abzuholen.

Es dauerte keine halbe Stunde, bis sich Alba und der Hund angefreundet hatten. Sie streichelte ihn vorsichtig unter der Schnauze, ließ ihn auf ihrem Finger herumknabbern und rannte los, damit er sie schwanzwedelnd jagte. Sobald sie ihm etwas zurief, antwortete er mit einem vergnügten Bellen.

«Er ist dein Echo!», rief Ottilie.

Alba hielt mitten in der Bewegung inne und sah sie begeistert an. «Das ist der perfekte Name für ihn, Ottilie! Echo!»

Ottilie konnte sich nicht sattsehen am Spiel zwischen Alba und ihrem neuen Hund. Alba hatte es als einzige der Schwestern geschafft, sich kaum zu verändern. Sie war noch immer das zurückhaltende, aber alberne Mädchen, das sie immer gewesen war. Sie pflanzte noch ihre Blumen und schickte ihren Schwestern Botschaften. Für Clara hatte Alba erst heute wieder Aurikeln gepflückt: *Unsere Freundschaft endet nie.* Schließlich war Clara schnell eifersüchtig und beleidigt. Vor allem, wenn Alba allein mit Ottilie spazieren ging. Früher hatten sie alles zu dritt gemacht. Doch mittlerweile hatte Ottilie darauf keine Lust mehr. Seit Claras Verlobung war ihre Stimme eine Oktave in die Höhe gerutscht, ständig zeigte sie absichtlich ihre ach so niedlichen Grübchen und zelebrierte ihren Augenaufschlag. Sie gab bei Familientreffen in einer Tour furchterregende Konzerte, und sobald sie endlich einmal aufhörte zu singen, sprach sie von nichts anderem mehr als von ihrem stattlichen Philipp mit dem ernsten Blick. Ottilie verstand nicht, was sie an diesem Mann fand. Er war trocken, langweilig, überheblich und streitsüchtig, gleichzeitig ging ihm die gefährlich sinnliche Attraktivität ab, die sie an Anton Fuchs so anziehend fand. Dennoch glaubte Clara, mit Philipp habe sie den aufsehenerregendsten Mann von Berlin ergattert. Sie war noch nie sonderlich intelligent oder geschmackvoll gewesen, doch früher hatte Ottilie das nicht gestört. Sie liebte an ihr die ungebremste Fröhlichkeit, die rasend schnell und offen ausgesprochenen Gedanken und das helle Lachen. Nun aber kam ihr all das überzogen vor.

Dabei musste man Clara zugutehalten, dass nicht nur sie sich nach der Heirat verändert hatte. Auch Ludmila und Amalie verhielten sich anders, seit sie einen Mann an ihrer Seite hatten. Sogar Ottilie selbst war nicht mehr die Gleiche.

Nur Alba hatte diesen Fehler bisher nicht begangen. Wäre Mutter noch am Leben, dann wäre Alba bis heute ihr Liebling, da war sich Ottilie sicher. Sie konnte Mutter verstehen.

«Wann wirst du wohl heiraten?», fragte Ottilie in Albas Spiel hinein. Heimlich hoffte sie, Alba würde «Niemals!» sagen.

Doch sie nahm Echo auf den Schoß, streichelte ihn und zuckte mit den Schultern. «Wer weiß das schon?»

«Wir könnten das Blumenorakel befragen!» Ottilie sprang auf, um ein paar Pflanzen zu pflücken: ein Blatt von einem der Kirschbäume, ein Büschel Gräser, ein Gänseblümchen und sogar eine Herbstzeitlose, die mit ihren violetten Blüten gen Himmel deutete. All das legte sie vor Alba auf den Boden und dachte sich geschwind Zukunftsvoraussagen für jede einzelne aus. Es war ein beliebtes Spiel, das die Schwestern schon häufig auf den Bällen ihrer Mutter mit Cousinen und Freundinnen gespielt hatten.

Alba wählte die violette Blume aus – Ottilie hatte nichts anderes erwartet. Sie schaute in die dunklen Augen ihrer Schwester, die ihr schon immer magisch vorgekommen waren, und flüsterte: «Es wird ein Fremder nach Boxhagen kommen. Gut aussehend und geheimnisvoll. Du wirst es nicht wahrhaben wollen, doch er ist der Einzige, der dich von hier fortlocken könnte …»

Alba starrte Ottilie gebannt an. Und für einen Moment war sich Ottilie sicher, sie glaube ihr jedes Wort. In den vergangenen Monaten hatte Ottilie Angst gehabt, ihre Blumenmagie könnte purer Aberglaube sein. Doch in diesem Moment spürte sie wieder diese kindlich zauberhafte Gewissheit in sich aufsteigen, wirklich etwas ausrichten zu können. Sie strich über ihre Arme, und zum ersten Mal seit langer Zeit fühlte sich ihre Haut wieder so an wie weiches Laub.

In diesem Moment prustete Alba los, sodass auch Ottilie verlegen grinsen musste.

«Niemals, Ottilie! Kein Mann der Welt könnte mich von hier fortlocken. Nicht von Boxhagen und nicht von euch Geschwistern!»

Und dann stürzte sie sich auf Ottilie und umarmte sie ganz fest.

«Was macht ihr da, worüber lacht ihr? Und was ist das für ein Hund?»

Ottilie verdrehte unwillkürlich die Augen, als sie Claras Stimme hörte.

Alba löste sich von ihr, und beide Schwestern richteten sich auf, um sich das Gras von den Kleidern zu klopfen. Clara stand neben ihnen und setzte ein angestrengtes Lächeln auf. Sogar ihr Blinzeln kam Ottilie falsch vor.

«Du musst nicht immer alles wissen, Clara.» Ottilie klang noch abweisender, als sie es beabsichtigt hatte.

«Wir haben nur herumgealbert.» Alba winkte ab. «Alles nicht so wichtig.»

Ottilie sah Alba von der Seite an, wollte mit ihr verschwörerische Blicke austauschen, um sich zu vergewissern, dass ihr dieser Moment doch wichtig war. Genauso wichtig wie ihr selbst. Doch Alba erwiderte ihren Blick nicht, sondern winkte Heinrich zu, der gerade in einer Kutsche auf den Gutshof zufuhr. Kurz vor dem Hoftor sprang er heraus.

«Guten Morgen allerseits!», rief er ihnen zu, während er näher kam. «Na, wer ist das denn?»

Alba hob den Hund hoch. «Darf ich vorstellen? Das ist Echo.»

«Hallo, Echo, was bist du für ein putziges kleines Kerlchen?», flötete Clara, hielt dem Hund die Hand hin und ließ ihn schnuppern. «Das kitzelt!»

«Wo warst du heute Morgen schon, Heinrich?», fragte Ottilie, um sich von Claras Getue nicht die Laune verderben zu lassen.

«Ich habe etwas mit einem Geschäftspartner besprochen.»

Ottilie entging die Anspannung in seiner Stimme nicht. Besorgt sah sie ihn an. Doch er lächelte beruhigend. «Es ist alles in Ordnung, macht euch darüber bitte keine Gedanken.»

Clara kicherte. «Als ob sich ausgerechnet Ottilie Sorgen um unsere Geschäfte machen würde …»

Ottilie fuhr herum. «Was willst du denn damit sagen, Clara?»

Clara errötete. «Ich wollte nicht … Du sagst doch immer, dass dich die Geschäfte schrecklich langweilen, oder nicht?»

«Ich war fünfzehn Jahre alt, als ich das zuletzt gesagt habe. Vielleicht ist das für dich schwer vorstellbar, aber andere Menschen werden mit den Jahren reifer, Clara.»

Clara sah sie erschrocken an. «Aber Ottilie, ich meinte doch gar nicht …» Sie blinzelte Hilfe suchend zu Heinrich hinüber.

Der hob beschwichtigend beide Arme. «Das war nur ein Missverständnis. Vertragt euch, ja? Ich sollte nun ein paar Briefe schreiben, bitte entschuldigt mich.» Er entfernte sich.

Sobald er weg war, herrschte ein seltsames Schweigen zwischen den drei Schwestern.

«Ich gehe mit Echo zum Brunnen und gebe ihm was zu trinken», sagte Alba schließlich.

«Soll ich mitkommen?», fragten Clara und Ottilie gleichzeitig.

«Ich richte Echo im Gewächshaus einen kleinen Platz her. Bestimmt ist es besser, wenn er dort erst einmal seine Ruhe hat. Wir sehen uns morgen beim Abendessen, oder?»

«Natürlich!» Wieder sprachen Ottilie und Clara im Chor, und Ottilie hätte sich dafür am liebsten geohrfeigt.

Schon winkte Alba und lief mit Echo auf dem Arm in Richtung des Gewächshauses davon.

Ohne Alba war der Tag wieder grau und schwül, und Ottilie wusste, dass alle kommenden Tage schlimmer sein würden. Sie schloss die Augen und dachte an Anton. *Na, na, na*, sagte er in ihrer Vorstellung. *Lass den Kopf nicht hängen, Kleines.*

«Hast du Lust auf einen Spaziergang?», fragte Clara in unsicherem Tonfall.

«Eigentlich nicht.» Ottilie seufzte. «Ich denke, ich werde nach Hause gehen.»

«Ich könnte dich begleiten!»

Ottilie schüttelte den Kopf. «Das ist nicht nötig, Clara. Bis morgen, ja?»

Sie setzte sich in Bewegung, doch sie kam nicht weit. Nach drei oder vier Schritten spürte sie Claras Hand am Ellbogen. Ihre jüngste Schwester starrte sie mit einem Mal wild und böse an.

«Du denkst, Alba wäre die einzige Schwester, der du vertrauen kannst, oder?»

«Ich habe keine Ahnung, wovon du sprichst.»

«Ich spreche davon, dass Alba nicht so unschuldig ist, wie sie immer tut. Und davon, dass sie dich nicht so sehr liebt, wie du glaubst.»

Ottilie reagierte nicht und lief weiter.

Doch Clara folgte ihr. «Denkst du wirklich, sie verbringt deinetwegen so viel Zeit mit dir im Gewächshaus? Hast du dich nie gefragt, warum sie immer den kleinen Topf mit den Taubnesseln neben die Tür stellt, sobald du da bist?»

Ottilie machte eine Handbewegung, als würde sie eine Fliege verscheuchen, lief schneller und drehte sich kein einziges Mal zu Clara um, bis sie bei ihrem Haus ankam.

Ohne Clara eines weiteren Blickes zu würdigen, schlug sie die Tür hinter sich zu und lehnte sich gegen das Holz. Clara war nur eifersüchtig, sagte sie sich. Doch die Sache mit den Taubnesseln ging ihr nicht mehr aus dem Kopf. Sie konnte es nicht abstreiten, häufig rückte Alba einen kleinen Kübel neben die Tür, bevor sie Ottilie mit in ihr Reich nahm. Die Taubnessel konnte bedeuten: *Ich möchte es nicht hören.* Oder: *Deine Befürchtungen sind grundlos.* Ottilie fragte sich immer wieder, was genau Alba damit sagen wollte. Und vor allem: wem.

Es dauerte Wochen, bis Ottilie es erfahren sollte. In dieser Zeit schlug das Wetter um. Die Schwüle entlud sich in einem heftigen, letzten Sommergewitter. Danach war die Luft kalt und schneidend, ein düsterer Landregen ging tagelang nieder, und selbst als er endlich ausblieb, wollte die Erde lange nicht trocknen. Alles war nass und rutschig. Ganz egal, wohin Ottilie lief – sie trat in glitschigen Schlamm, der sich an ihren Schuhen ansammelte und ihre Spuren auf die Wege zeichnete. So feucht und klebrig wie der Matsch fühlte sich auch das Misstrauen an, das sich in Ottilie aufgestaut hatte. Sie beobachtete Alba, so oft sie konnte. Sie versuchte, die Wahrheit herbeizuzaubern. Einmal wollte sie Alba zur Rede stellen. Verklausuliert sprach sie von Vertrauen, von Ängsten, von Geschwisterliebe. Alba sah sie verwirrt an, drückte ihr die Hand und fragte sie, ob es ihr gut gehe, sie sei so verändert. Auch Ottilie ahnte, dass etwas nicht stimmte. Denn in letzter Zeit begegnete ihr immer wieder das tote Kätzchen. Manchmal saß es hoch oben in einem Baum. Ein andermal sprang es ihr aus dem Schlafzimmer entgegen, fauchend und mit ausgefahrenen Krallen. Ottilie wusste, dass es nicht echt sein konnte. Doch sie sah es ganz deutlich vor sich, manchmal strich sie ihm sogar schaudernd durch das kalte, stumpfe Fell.

An dem Tag, an dem sie das Geheimnis lüftete, wurde sie von der Gewissheit geweckt, aus ihren Poren wachse dichtes Fell. Sie sprang auf die Beine, atmete heftig und befühlte ihr Gesicht. Es war weich, flauschig.

«Was ist mit dir?», kam es verschlafen von der anderen Seite des Bettes. Es war eine der wenigen Nächte, in denen ihr Mann nicht wegen seiner Geschäfte in Berlin, sondern in Boxhagen war. Im Morgengrauen, das durch die Vorhänge lugte, sah Peter sogar noch jungenhafter aus als sonst. Sein Gesicht mit den dunklen, breiten Brauen war fein gezeichnet. Ratlos sah er sie an.

Schnell wandte sie sich ab. Sie öffnete den Mund, befürchtete, nur animalische Laute hervorstoßen zu können, und sagte dann doch mit ihrer eigenen, zitternden Stimme: «Ich kann nicht mehr schlafen. Mach dir keine Sorgen und bleib noch ein wenig liegen.»

Während er sich umdrehte und zusammenrollte, fuhr sie sich ungeschickt mit den Krallen über die Augen.

Später am Tag suchte sie bei Alba Zerstreuung. Sie sprachen über dies und jenes, lachten und spielten mit Echo, der bereits ein wenig gewachsen war. Beinahe verflog das seltsame Gefühl vom frühen Morgen. Doch dann fiel Ottilies Blick durch die Glaswand des Gewächshauses auf den Kübel mit Taubnesseln, der plötzlich wieder neben der Tür stand.

Sie holte Luft, um Alba darauf anzusprechen, doch kein Wort kam ihr über die Lippen. Sie schluckte, ihre Gedanken rasten. Dann stand sie auf und ging zur Tür.

«Du willst schon gehen?», fragte Alba.

Ottilie drehte sich ruckartig um und sah Alba an. «Warum nicht, Alba?»

«Ich weiß nicht ... ich ... ich dachte, wir unterhalten uns noch ein wenig. Ich könnte dir eine Geschichte erzählen ...»

Und in diesem Moment war sich Ottilie sicher, dass Alba sie hinterging.

Sie riss die Tür auf und rannte los.

Was sie nur wenige Minuten später mit eigenen Augen sah, kehrte sie auf links, als wäre sie ein alter Mantel. Sie flatterte wie Stoff im Wind, sie schrie, fluchte, drohte. Dann rannte sie kopflos umher und wusste kaum, wie sie Stunden später in Albas Zimmer gelangt war, in dem überall Hyazinthengläser unter kleinen Hütchen standen. Doch hier war sie, triefend nass vom Regen, der erneut eingesetzt hatte, und tropfte auf den Teppich.

Alba sah sie mit roten Augen an. Sie hockte wie ein Kind auf ihrem Bett, die Knie unter dem Kinn, und flüsterte: «Es tut mir leid, Ottilie.» Sie deutete auf die rote Rose, die auf dem Nachttisch lag. «Die ist für dich.»

Ottilie lachte abfällig.

«Eine Schweigerose, ja?» Ihre Stimme klang grausam, und das war gut so. «Das kannst du vergessen, Alba. Ich werde nicht schweigen. Jeder wird es erfahren. Aber du ...» Sie nahm die Rose, zupfte langsam ein Blatt nach dem andern ab und warf sie auf den Boden. «... du bist diejenige, die schweigen wird. Ich verfluche dich, Alba. Wage es nicht, noch einmal das Wort an mich zu richten.»

Sie warf ihr den kahlen Stängel der Blume aufs Bett und verschwand.

39. Kapitel

Boxhagen und Berlin, 18. März 1848

Während ich mir eine Nelke ins Haar flocht, dachte ich an mein Gespräch mit Kasimir – darüber, dass die Nelke für Liebe und Mut stand, dass sie die Blume des Volks war. Beliebt vor allem in Frankreich. Nur von einer Bedeutung hatte ich ihm nichts erzählt: *Nach dir sehnt sich mein Herz*. Kurz entschlossen pflückte ich weitere Nelken, wickelte sie in Zeitungspapier und legte sie in den Koffer, in den ich sonst nur das Nötigste gepackt hatte. Ich stellte mir vor, sobald ich in Berlin wäre, könnte ich meine Nelken an die Revolutionäre verteilen. Ich würde in die Sprechchöre einfallen und auf meine Weise dazu beitragen, dass die Forderungen des Volks durchgesetzt würden. Überall würden die roten Nelken leuchten und Kasimir zu mir führen. Hoffentlich würden sie die Reise überleben.

Ich verließ das Haus mit einem seltsamen Gemisch aus Gefühlen: Trotz, Stolz, Wut, Verzweiflung. Aber da war auch ein unruhiges Flimmern von Hoffnung. Es könnte sich etwas verändern – für immer. Und Sehnsucht. Sehnsucht nach diesem Mann, der mir in so kurzer Zeit so nah gekommen war. Ich wollte bei ihm sein und neben ihm kämpfen. Für ihn, für mich. Und für Heinrich. Anstelle von Heinrich. Denn ich wusste, würde mein großer Bruder noch leben, er hätte sich diesem Protest ohne Zögern angeschlossen. Nach dem heutigen Tag war er der Einzige unter meinen Geschwistern, der sich nie von mir abgewandt hatte. Ich tat das hier genauso sehr für ihn wie für mich, sagte ich mir.

Wie naiv ich doch war.

Mit dem Koffer in der Hand lief ich zu den Kutschen des Gutshofs hinüber.

«Nach Berlin?», fragte der Kutscher erschrocken, als ich ihm mein Ziel nannte. Er war ein kleiner alter Mann, der nur wenige weiße Haare auf dem Kopf hatte. «Ausgerechnet heute? Fräulein Sonntag, sind Sie lebensmüde?»

Gerade straffte ich die Schultern und setzte zu einer Antwort an, doch er kam mir zuvor: «Nee, nee. Das ist viel zu gefährlich.»

Ich räusperte mich, schluckte und dachte an die Nelken in meinem Koffer. Liebe und Mut …

«Ich muss nach Berlin», sagte ich, so entschieden ich konnte. «Heute noch.»

«Wissen Sie denn überhaupt, was in der Stadt los ist? Da ist alles voll mit Soldaten. Die warten nur darauf, dass unsereins einen falschen Schritt macht. Die stechen einen einfachen Mann wie mich ohne Zögern ab.»

Erschrocken sah ich ihn an. «So weit wird es doch mit Sicherheit nicht kommen!»

Der Kutscher zuckte mit den Schultern. «Es heißt, es müsse Blut fließen, damit ein preußischer Soldat eingeweiht werde. Ich sage Ihnen, der König ist nicht das Problem. Er ist von Gottes Gnaden, ein heiliger Mann. Das Problem ist das Militär. Es ist skrupellos.»

Ich wagte einen letzten Versuch: «Ich werde Sie natürlich für das gesteigerte Risiko entlohnen.»

Doch der Kutscher schüttelte entschieden den Kopf. «Nein, Fräulein, seien Sie mir nicht böse, aber ich bleibe hier, in unserem friedlichen Boxhagen.»

Resigniert atmete ich durch die Nase aus. Ich hob meinen Koffer auf und wog ihn in der Hand. Schon jetzt schnitt er mir in die Finger. Wie sollte ich damit den ganzen Weg zu Fuß gehen?

Gerade erwog ich, ohne Gepäck loszulaufen, da hörte ich die Stimme des Gärtnergesellen hinter mir. «Ich mache es!» Alfred kam mit erhitzten Wangen und entschlossenem Zug um den Mund auf mich zu. Zwar war er fast noch ein Kind, doch an diesem Tag wirkte er größer, sein Gesicht erwachsen.

«Das kann ich von dir nicht verlangen, Alfred.»

«Bitte, Fräulein Sonntag. Ich möchte helfen.»

«Hören Sie bloß nicht auf ihn!», rief der Kutscher dazwischen. «Das Bürschchen fährt mir noch meinen schönen Wagen zu Schrott …»

Ich hob eine Hand, um ihn zum Schweigen zu bringen. Gleichzeitig sah ich Alfred an. «Kannst du eine Kutsche lenken?»

«Natürlich, Fräulein Sonntag. Ich habe es von klein auf von meinem Vater gelernt.»

Er wirkte so unerschrocken, dass ich ihm am liebsten umgehend zum Wagen gefolgt wäre. Doch konnte ich es verantworten, ihn in das aufgewühlte Berlin zu schicken?

«Warum möchtest du unbedingt in die Stadt?»

«Mein Bruder demonstriert heute auf dem Schlossplatz.»

Ich hätte es ihm verbieten müssen. Er war Gärtnergehilfe in Boxhagen und sollte seine Zeit nicht damit verbringen, in Berlin mit seinem Bruder zu demonstrieren. Doch ich tat es nicht. Dass es ihn ebenso in die Stadt zog wie mich, empfand ich als tröstend.

«Fräulein Sonntag, das können Sie nicht machen!», rief der Kutscher.

Ich beachtete ihn nicht, sondern lief mit Alfred zum Einspänner hinüber.

Wir waren noch nicht lange unterwegs, da hörten wir hinter uns laute Rufe.

«Warten Sie, bitte warten Sie!»

Ich drehte mich um und sah Tom, den Stallburschen, hinter uns herlaufen.

«Fahren Sie nach Berlin?», rief er.

Ich wusste nicht, was ich antworten sollte. Amalie würde mich noch mehr hassen, wenn ich ihren Stallburschen entführte. *Und wennschon*, dachte ich. Zum ersten Mal, seit ich mich entsinnen konnte, fühlte ich bitteren Grimm und zugleich Genugtuung in mir aufsteigen.

«Du möchtest mitfahren?» Kaum erkannte ich meine Stimme wieder. Alle Sanftheit schien daraus verschwunden.

Tom nickte nur. Er war eine dunkle Erscheinung. Größer als Alfred, aber ebenfalls hager. Zupackend, schweigsam. Ich hatte ihn immer gemocht, ohne zu wissen, warum eigentlich. Er lächelte selten, meistens sah er mit gerunzelter Stirn an seinem Gegenüber vorbei.

«Steig ein», entschied ich und deutete hinter mich.

Es war bereits Mittag, als wir die Große Frankfurter Straße entlangfuhren. Erneut war es ein warmer Frühlingstag geworden. Die Sonne schien von schräg oben in die offene Kutsche, und ich blinzelte dagegen an, um all die Menschen auf der Straße zu beobachten. Wie bei meinem letzten Berlinausflug in die Oper erschienen sie mir laut: Obstverkäuferinnen, Eckensteher, verschmutzte Kinder. Immer mehr Leute strömten aus ihren Häusern, eine flirrende Aufregung lag in der Luft. Bald wurde es schwerer, den Weg zu passieren, so voll war es um uns her. Die meisten gingen zielstrebig die Straße hinunter.

«Wohin die wohl alle wollen?», murmelte ich Alfred zu, der neben mir auf dem Kutschbock saß.

Der schüttelte den Kopf. «Ich weiß es nicht.»

Ich ließ den Blick noch einmal schweifen und genoss den Gedanken, der in mir aufstieg: «Vielleicht haben wir ja alle das gleiche Ziel …»

40. Kapitel

Boxhagen und Berlin, 18. März 1848

Noch nie zuvor hatte Kasimir in einer so gewaltigen Menschenmenge gestanden wie an diesem sonnigen Mittag des 18. März 1848. Viele Tausend Menschen waren auf dem Schlossplatz zusammengekommen. Sie riefen laut durcheinander, manche lachten, andere bissen sich unruhig auf die Lippen. Dieser März gehörte nicht den Zweiflern und Zögerern. Es war Zeit aufzustehen.

«Weg mit den Soldaten!», rief Kasimir gemeinsam mit seinen Freunden. Immer wieder: «Weg mit den Soldaten!»

Beide Schlossportale waren mit königlichen Truppen gesichert, bewaffnet bis an die Zähne. Das Volk hingegen war mit leeren Händen gekommen. Sie hatten nur ihre Fäuste, die sie in den Himmel reckten, und ihre Stimmen, die sie erhoben.

Louise zog gierig an ihrer Zigarre und raufte sich das glatte, kurze Haar. Adalbert sah sich nervös um, als verfluche er sich dafür, überhaupt hergekommen zu sein. Der lange Siegfried wirkte ebenfalls besorgt. Mit ernstem Gesicht beugte er sich zu ihnen hinunter. Nur sein Bruder Levin hatte sich seine Albernheit bewahrt. Immer wieder grinste er und flüsterte Kasimir etwas zu. «Ob die Delegierten da drinnen eingeschlafen sind?»

Die Audienz, die der König den Stadtverordneten in diesem Moment hinter den Schlossmauern gab, fühlte sich tatsächlich unendlich an.

Kasimir zuckte mit den Achseln. «Vielleicht hat der König sie mit ein paar Flaschen Champagner ruhiggestellt.»

«Champagner würde mir jetzt auch guttun.»

Kasimir stellte sich auf die Zehenspitzen, um über all die Köpfe zum Schloss hinübersehen zu können. Dort drinnen schien sich nichts zu rühren. Herrschaftlich kalt streckte sich die prunkvolle Fassade gen Himmel. Auch die abgestellten Soldaten an den Toren wirkten starr wie Marionetten.

Es waren etwa zehntausend verzweifelte Menschen auf diesem Platz zusammengekommen, mutmaßte Kasimir, doch dieses verdammte Schloss ließ sich von ihren Nöten nicht im Geringsten beeindrucken. Was mussten sie denn noch tun?

«Kasimir?» Eine Hand berührte ihn an der Schulter, und Kasimir wandte sich um.

Er brauchte einen Moment, um den Jungen zu erkennen, der da vor ihm stand. Unordentliches Haar, klein und drahtig. Dann fiel es ihm ein.

«Ernst!», rief Kasimir aus und schloss den Jungen fest in die Arme, während er ihm immer wieder auf den Rücken klopfte. «Das gibt es ja nicht!»

Ernst lachte verlegen. Kasimir legte ihm einen Arm um die Schultern und wandte sich den anderen zu. «Freunde, hört mal kurz her, ich möchte euch meinen Retter vorstellen! Diesem jungen Mann habe ich es zu verdanken, jetzt nicht im Zuchthaus zu sitzen.»

Levin brauchte nur wenige Sekunden, um Kasimir zu verstehen. «Du bist der Schlosserlehrling, der Kasimir bei seiner Flucht vor den Soldaten geholfen hat?»

«Genau, Ernst Zinna mein Name.»

«Mensch, wie schön, dich hier zu sehen!»

Ohne zu zögern, schloss Levin ihn ebenso herzlich in die Arme, wie er es gerade mit Kasimir getan hatte. Anschließend wurde der Junge von einer Umarmung in die nächste gereicht. Kasimir musste lachen, als er sah, dass sein Gesicht immer röter und sein Grinsen breiter wurde.

«Wie geht es dir, Kasimir?», fragte Ernst schließlich, als ihn auch Louise losgelassen hatte. Er vergrub die Hände in den Hosentaschen und sah zu Kasimir hoch. «Die Soldaten haben dich nicht gekriegt?»

Kasimir zwinkerte ihm zu. «Dank dir hatten sie keine Chance. Ich hab mich eine Weile versteckt und kann seitdem wieder unbehelligt herumlaufen. Aber was tust du hier?»

Ernst verengte die Augen. «Vor zwei Tagen haben die Soldaten meinen Vetter auf offener Straße verprügelt. Später habe ich gesehen, wie sie einen anderen erschossen haben, nur weil ihnen sein Bart nicht gefiel. Das Militär geht jeden Tag auf das eigene Volk los.» Der Junge war höchstens sechzehn Jahre alt, dachte Kasimir. Und doch konnte er in seiner Stimme eine Entschlossenheit hören, die ihm eine Gänsehaut über die Oberarme jagte.

«Der König muss das Militär abziehen, daran führt kein Weg vorbei. Aber sieh dir nur an, wie viele Menschen zusammengekommen sind. Das kann er nicht ignorieren», sagte Kasimir. Es war ein Versuch, Zuversicht zu verbreiten.

Doch Ernst wiegte nachdenklich den Kopf. «Der König ist der König.»

Kasimir wusste sofort, was der Junge meinte. Er musterte ihn von der Seite: seine Stupsnase, die feinen Züge eines Kindes, wilde Locken. Er war klein und trug ein viel zu großes, hochgekrempeltes Arbeiterhemd, in der Mitte mit einem Gürtel zusammengebunden. Übelkeit stieg in Kasimir auf. Aber bevor er verstand, woher sie kam, entdeckte er ein paar Meter entfernt zu seiner Überraschung seine Schwester. Henriette schrie gemeinsam mit ihrem Mann Joseph aus Leibeskräften: «Weg mit den Soldaten!»

«Ich muss weiter, Ernst. Es hat mich gefreut, dich wiederzusehen», sagte er zerstreut zu dem Jungen, schlug ihm zum Abschied auf den Rücken und schob sich durch die Menge.

«Henriette!» Sie hörte ihn erst, als er bei ihr ankam. «Henriette, was machst du denn hier?»

«Kasimir!» Sie fiel ihm sofort um den Hals und roch beinahe wie Mutter. Der vertraute Geruch seiner Kindheit umfing ihn, tröstlich und widerwärtig. Wie immer katapultierte er Kasimir zurück in dieses winzige Zimmer, in dem sie damals mit zu vielen Menschen gehaust hatten, er musste an all den Dreck denken, den Schweiß, die Exkremente, den Hunger.

Sanft schob er Henriette von sich weg.

«Schwajer!» Von der Seite klopfte ihm Joseph auf die Schulter und lachte ihm seinen Branntweinatem ins Gesicht.

«Ihr solltet nicht hier sein», sagte Kasimir.

«Jeder sollte heute hier sein», lallte Joseph. «Wir lassen dit nich länger mit uns machen. Der König muss weg!»

«Richtig.» Kasimir mochte es, seinen Schwager sprechen zu hören. Sosehr Joseph auch nuschelte – immer klang es grundehrlich und irgendwie herzlich. Doch seine Worte bereiteten

Kasimir Sorgen. «Aber ihr habt Kinder. Was sollen Lina und Hanns machen, wenn euch heute etwas zustößt?»

Kasimir versuchte, das Unwohlsein zu ignorieren, das sich bei diesen Worten in seinem Magen breitmachte. Er dachte an die vorlaute Lina, an den schüchternen Hanns. Sie hatten es ohnehin so schwer.

«Uns passiert schon nichts, Unkraut verjeht nich!», sagte Joseph.

«Du sagst doch immer, dass sich dieses Land für Hanns und Lina verändern muss», erinnerte ihn Henriette mit leiser Stimme und feinem Lispeln.

«Schon aber … wo sind sie denn jetzt? Wer passt auf sie auf?»

«Die Kinder sind alt genug», wich Henriette aus.

«In der Fabrik passiert ihnen schon nichts», sagte Joseph.

Kasimir starrte ihn an. «In der Fabrik?»

«Holzkopf, was du wieder redest!», fuhr Henriette ihren Mann an. «Hör nicht auf ihn, Kasimir. Der ist besoffen.»

Kasimir musterte seine Schwester mit offenem Mund. Wie alt sie aussah – dabei war sie sogar drei Jahre jünger als er selbst. Eigentlich sollte er wütend sein, sie fragen, was sie denn mit dem Schulgeld gemacht hatten, das er ihr seit Monaten gab. Doch mit einem Mal fühlte er sich kraftlos. Henriette hätte ihn nicht belogen, ihre Kinder nicht bestohlen, wenn sie eine Wahl gehabt hätte, das wusste er.

«Habe ich euch zu wenig geschickt?» Sein Herz begann zu rasen, und das Unwohlsein in seinem Magen verfestigte sich zu einem harten Klumpen.

Henriette sah Hilfe suchend zu ihrem Mann hinüber, öffnete

den Mund, strich sich die Haare aus dem Gesicht und schloss dann erschöpft die Augen.

«Wie viel braucht ihr wirklich, damit sie wieder in die Schule gehen können, Henriette?»

Sie schluckte und sah Kasimir kurz von der Seite an. «Mehr, als wir von dir nehmen wollen.»

Um sie her gerieten die Menschen ins Stolpern. Laute Rufe und Pfiffe ertönten. Kasimir reckte sich und konnte einen Blick auf die Stadtverordneten erhaschen, die soeben in ihren schwarzen Fracks die gewaltige Schlosstreppe hinunterstiegen. Sie trugen weiße Halstücher und teure Zylinder auf ihren hocherhobenen Häuptern. Zuversichtlich winkten sie in die Menge.

«Der König hat soeben die Abschaffung der Zensur versprochen!», rief einer so laut aus, dass Kasimir es deutlich hören konnte.

«Es soll eine konstitutionelle Verfassung aller deutschen Länder geben!», erklärte ein anderer.

«Das glaube ich erst, wenn ich es aus seinem Mund höre!», brüllte ihnen ein Mann in Arbeitskittel entgegen.

«Ganz genau!», schrie irgendwo eine Frau. «Der König soll endlich zu seinem Volk sprechen!»

«Weg mit dem König!», skandierte eine andere.

«Weg mit den Soldaten!», fiel eine Gruppe junger Männer ein.

Kasimir legte seine Hand auf den Unterarm seiner Schwester. «Geht nach Hause. Ich bitte euch.»

Henriette schüttelte ihn ab. «Ich bleibe, bis ich den König gesehen habe.»

So wie ihr ging es vielen. Ungeduld wogte durch die Menge,

die Pfiffe und Schreie wurden lauter, alles blickte die Schloss-fassade hinauf. Um Kasimir herum schien es immer enger zu werden, dicht an Henriette und Joseph gedrängt stand er da. Er sollte zu seinen Freunden zurückkehren, bevor die Wut über die Lüge seiner Schwester ihn doch noch einholte. Es war nicht der richtige Tag für einen Streit. Doch da erschien hoch oben auf dem Schlossbalkon tatsächlich eine reich geschmückte Gestalt.

«Der König!», schrien die Menschen um ihn herum. «Seht, der König!»

Friedrich Wilhelm IV. trug eine breite Schärpe, etliche Abzeichen und Ketten, und sein goldener Stehkragen blitzte in der Sonne. Er hob beide Hände, als wolle er das Volk bitten zu schweigen, und öffnete den Mund. Tosender Applaus brandete auf. Erstaunt sah Kasimir sich um. Die Menge jubelte ihrem König zu.

«Verdammtes Pack», knurrte seine Schwester, und Kasimir konnte ihr nicht widersprechen.

Der König fuhr unbeirrt mit seiner Rede fort, seine schlaffen Wangen bebten.

«Könnt ihr irgendwas verstehen?», fragte Kasimir die Menschen um ihn herum.

«Kein einziges Wort.»

Selbst als der Jubel verebbte, war es noch zu laut auf dem Platz. Das Gedränge wurde dichter, immer mehr Menschen rempelten einander an.

«Was soll das?!», schimpfte jemand nicht weit von Kasimir. «Fass mich nicht an!»

Ein Gerangel entstand, Umherstehende trennten die Streithähne.

Noch immer hielt der König seine Rede, die niemand verstand. Schließlich schwenkte er ein großes Tuch – und verschwand.

«Eloquent gesprochen, unser Herr König», witzelte Levin, der plötzlich wieder hinter Kasimir stand. «Hat mich zutiefst bewegt, wie geht es dir?»

Kasimir musste grinsen. «Ich hab mich nicht mehr so gut unterhalten gefühlt seit *Sieben Mädchen in Uniform*.»

Hinter Levin quetschten sich gerade auch Siegfried und Louise an einer Gruppe Arbeiter vorbei.

«Na, wer sind denn die feinen Herrschaften?», fragte Joseph und zeigte den Neuankömmlingen seine drei Zähne. An Louise blieb sein Blick am längsten hängen. Verwirrt musterte er Hemd, Fliege und Hose sowie ihre Haare, die für eine Frau viel zu kurz waren.

Kurz zögerte Kasimir. Es war nicht so, dass er sich für seine Familie – oder für das, was von ihr übrig war – schämte. Er hatte seinen Freunden häufig von seiner Nichte und seinem Neffen erzählt und davon, dass seine Schwester einen armen Fabrikarbeiter geheiratet hatte, mit dem sie täglich ums Überleben kämpfte. Und doch hatte Kasimir seine Schwester noch nicht einmal Levin vorgestellt. Und in diesem Moment, da einerseits seine Freunde sahen, wo Kasimir herkam, und andererseits seine Familie begriff, in welcher fremden Welt er nun verkehrte, wäre er für einen Moment am liebsten im Erdboden versunken. Er verabscheute sich selbst für diesen Impuls, schließlich kämpfte er doch seit Monaten für Gleichheit. Entschlossen zog er seine Schwester an sich und sagte: «Darf ich vorstellen: Henriette, meine Schwester. Und das ist mein Schwager Joseph.»

«Ah! Die Eltern von Hanns und Lina!», rief Levin aus, ohne mit der Wimper zu zucken. Er trat an sie heran und gab beiden die Hand. «Sehr erfreut. Und meinen aufrichtigen Respekt, Henriette.»

Henriette blinzelte ihn verwundert an. «Respekt wofür?»

In einer für ihn so typischen Kunstpause schüttelte Levin seine Locken, um dann in gespieltem Ernst zu antworten: «Sie haben jahrelang mit diesem Halunken zusammengewohnt, oder nicht?» Er nahm Kasimir in den Schwitzkasten. «Heute sind wir seine Zimmergenossen. Ich weiß also gut, wie herausfordernd das ist!»

Eingeklemmt in Levins Armbeuge, musste Kasimir lachen. Und auf dem Gesicht seiner Schwester sah er das erste Lächeln seit Monaten. Wie jung sie mit einem Mal wirkte! Für dieses Lächeln war Kasimir Levin so dankbar, dass er trotz der angespannten Situation in eine kleine Rauferei mit ihm einstieg.

«Wie die Kinder!», tadelte Louise die beiden Männer, allerdings noch immer schmunzelnd.

«Was hast du da?», fragte Levin seinen Bruder schließlich. Er ließ von Kasimir ab, um sich Siegfried zuzuwenden. Der hielt ein Blatt Papier in den Händen, das offensichtlich gerade erst an ihn weitergereicht worden war. «Ein Extrablatt der *Allgemeinen Preußischen Zeitung*», erklärte Siegfried langsam mit seiner dunklen Stimme, ohne aufzusehen. «Hier ist von einem gesamtdeutschen Parlament die Rede, der König verspricht anscheinend Reformen …»

«Papperlapapp», unterbrach ihn Louise. Sie trat ihren Zigarrenstummel aus und nahm ihm das Extrablatt aus der Hand. «Das ist leeres Geschwätz, sicher schon heute Morgen aufgesetzt, um die Stimmung in der Stadt zu beruhigen. Und sobald wir alle nach Hause gehen, wird der König jedes Wort zurücknehmen.»

Kasimir sah, wie überall Extrablätter auseinandergefaltet oder geschwenkt wurden, hörte, wie Diskussionen aufbrandeten. Plötzlich hallten Trommelschläge über den Schlossplatz. Die Menschen hielten inne, sahen sich um.

«Die Soldaten stellen sich auf!», schrie jemand.

«Eine Schwadron Dragoner!»

«Sie haben die Waffen gezogen!»

«General Prittwitz reitet auf den Platz!»

Kurz hintereinander ertönten zwei Schüsse. Kasimir zuckte zusammen, tauschte entsetzte Blicke, erst mit seiner Schwester, die sich an Joseph klammerte, dann mit Levin. Was geschah hier?

Menschen kreischten, brüllten, fluchten.

«Sie schießen auf uns!»

«Das ist Verrat!»

«Verrat am eigenen Volk!»

Ein einzelnes Wort wurde in all dem Geschrei stetig lauter. Es ertönte mal hier, mal dort, wurde immer wieder aufgegriffen, weitergetragen von Mund zu Mund. Man sprach es einzeln, dann gemeinsam, rhythmisch, chorisch. Bis es schließlich Tausende Münder zugleich zu brüllen schienen.

«Rache.»

«Rache.»

«Rache.»

41. Kapitel

Berlin, 18. März 1848

W as wird da gerufen?», fragte ich, ohne Alfred oder Tom anzusehen. Wir lauschten dem Getöse und Gebrülle, das vom Schlossplatz zu uns herüberwehte.

«Es klingt wie … ‹Rache›», murmelte Tom hinter mir.

Wir waren soeben die Königsstraße hinuntergefahren – in langsamstem Schritttempo. Ich konnte das Schloss stolz hinter der Spree aufragen sehen. Gerade hatte ich überlegt, die Kutsche in einer Seitenstraße zu parken und zu Fuß weiterzugehen, doch dann hatte ich die Gewehrschüsse gehört. Es waren zwei, kurz hintereinander.

«Wir sollten halten», wies ich Alfred an. Bisher waren wir mit dem Strom gen Schloss gefahren. Doch nun änderten die Menschen mit einem Mal ihre Laufrichtung, und von der Brücke her stürmte eine gewaltige Gruppe auf uns zu.

«Wir müssen wenden!», rief Tom von hinten. «Alfred, los!»

Alfred sah mich fragend an, ich nickte. Sogleich schnalzte er mit der Zunge und schickte eine entschlossene Bewegung durch die lange Peitsche. Er fuhr so weit rechts, wie er konnte, und lenkte das Pferd dann in eine Linkskurve. Die Königsstraße war eine der breitesten Straßen Berlins, und im Normalfall wäre es kein Problem, hier die Richtung zu wechseln. Doch es war so voll, dass das Pferd nervös wurde und der Wagen schlingerte. Erschrocken hielt ich mich an der Tür des Einspänners fest.

Jemand schlug von außen gegen das Holz. «Macht Platz, sie kommen!»

«Schneller!», rief ich Alfred zu. Der gab dem Pferd erneut die Peitsche.

«Lauft!», schrien die Menschen um uns herum. «Lauft!»

Das Pferd preschte los, und ich wurde in meinen Sitz gedrückt, sodass sich mir das Holz der niedrigen Lehne in den Rücken bohrte. Die Kutsche kippte gefährlich aus der Kurve.

«Nach links lehnen!», rief Tom.

Wir warfen uns auf die linke Seite, die Kutsche schaukelte unter unserem Gewicht, landete wieder auf allen vier Rädern und raste schwankend hinter dem Pferd her, die Königsstraße zurück. Passanten sprangen dem Wagen panisch aus dem Weg.

«Langsamer!», rief ich.

Alfred versuchte, das Pferd unter Kontrolle zu bringen, doch es warf widerspenstig den Kopf hoch und wieherte. Schließlich griffen zwei ältere Männer beherzt in die Zügel und brachten es zum Stehen.

«Danke schön, die Herren!», rief ich ihnen atemlos zu. «Herzlichen Dank!»

Der eine nickte nur, der andere knurrte: «Sehen Sie zu, dass Sie hier wegkommen, Fräulein. Das Militär zögert nicht, uns alle niederzuschießen.»

Erst als er das sagte, begann ich zu begreifen, was um uns herum geschah und wo ich mich da hineinmanövriert hatte. Ja, ich hatte mich freiwillig in den Aufruhr begeben. Dabei aber nicht gewusst, was Aufruhr wirklich bedeutete.

«Fahr weiter», sagte ich zu Alfred. Er ließ das Pferd antraben.

«Wir müssen kämpfen!», schrie jemand.

«Haltet das Militär zurück!»

«Wir brauchen Barrikaden!»

Menschen stürmten in die Häuser. Zunächst glaubte ich, sie würden sich vor den Soldaten verstecken, doch dann bemerkte ich ein Lärmen und Rufen von den Dächern. Ich legte den Kopf in den Nacken und sah hoch oben Gestalten, die Ziegel einsammelten.

«Die decken ihre Dächer ab», murmelte ich fassungslos.

«Eine gute Idee», brummte Tom hinter mir. Erschrocken sah ich mich zu ihm um. Sein Gesicht war in den letzten Minuten noch düsterer geworden. «Wenn das Militär auf das Volk schießt, muss es sich bewaffnen.»

Mittlerweile konnte ich meinen Puls im ganzen Körper spüren, mit beiden Händen umfasste ich meinen heißen Nacken, um ihn zu kühlen. So schnell verlor ich also den Mut? Ich musste an Kasimir denken, der mir seine kämpferischen Zeilen geschickt hatte. Vielleicht war er in diesem Moment ganz in meiner Nähe und rannte wie die anderen durch die Straßen. Er hatte auf dem Schlossplatz demonstrieren wollen, der in diesem Moment anscheinend vom Militär geräumt wurde. Schüsse waren gefallen. Konnte ihm etwas zugestoßen sein?

«Wohin sollen wir fahren?», rief Alfred im Getöse der Straße, während er das Pferd erneut antraben ließ.

Meine Gedanken rasten zu schnell, als dass ich hätte antworten können. Immer wieder öffnete ich den Mund, doch nichts kam über meine Lippen. Ich stellte mir Kasimir in der Menge vor, rennend, blutend. Wie sollte ich ihm helfen? Vielleicht würde er mich sehen, wenn ich in diesem Moment auf mich aufmerksam machte. Vielleicht gelänge es ihm, sich zu uns durchzukämpfen und in die Kutsche zu retten.

«Fräulein Sonntag!», rief Alfred. «Wohin?»

Ich starrte Alfred an, sah den Schweißfilm auf seiner Oberlippe. Wie hatte ich den Jungen nur mitnehmen können?

«Fräulein Sonntag!»

Mit einem Ruck stand ich in der Kutsche auf und sah mich um.

«Was tun Sie da?» Alfred keuchte.

Ich machte mich groß, ließ den Blick über das Meer von Köpfen gleiten, das um mich herumwogte, und schwenkte meinen Hut.

❋

Kasimir sah sich immer wieder nach Henriette und Joseph um, obwohl sie dicht hinter ihm waren. Die Sorge, ihnen könne etwas zustoßen, schnürte ihm die Kehle zu. Er musste sie schleunigst vertreiben, um klar denken zu können.

«Wo ist Adalbert?», rief Louise neben ihm.

«Er hat sich gerade mit dem Schlosserlehrling unterhalten», erwiderte Levin von der anderen Seite. «Ich glaube, sie wurden Richtung Werder Straße abgedrängt.»

Siegfried lief vorn und bahnte ihnen allen mit seinem langen

Körper einen Weg. Immer mehr Menschen stoben auseinander. Viele rannten in die Hauseingänge, andere flüchteten sich in schmalere Seitenstraßen.

«Wir brauchen einen Plan», sagte Kasimir.

«Wir kämpfen», rief Joseph.

«Wir sollten Barrikaden bauen – wie in Paris», sagte Louise.

Siegfried zeigte die Königsstraße hinunter. «Das tun sie bereits.»

Kasimir streckte sich, doch statt auf Barrikaden fiel sein Blick auf einen Einspänner, der am Ende der Straße gerade die Königsbrücke zum Alexanderplatz überquerte. Zwar war der Wagen weit entfernt, doch neben dem Kutscher stand aufrecht eine junge Frau. Sie schwenkte ihren Hut, sodass ihre dunklen Haare zu sehen waren – und dazwischen ein rotes Leuchten. War das eine Blume?

Etwas an der Haltung dieser Frau kam ihm bekannt vor … Für einen kurzen Augenblick überlegte Kasimir, ob es Alba sein könnte. Dann bog die Kutsche schon auf den Alexanderplatz ab und verschwand aus seinem Blickfeld.

Unsinn. Was sollte Alba in Berlin machen? Und das ausgerechnet an diesem gefährlichen Tag?

Unwillkürlich lief er schneller und winkte seine Freunde hinter sich her. Von allen Seiten wurden nun Holzbretter auf die Straße getragen und Wein- oder Ölfässer herangerollt. Sie stiegen über ein altes Kanapee hinweg, das Männer kurz darauf mit einem umgekippten Küchentisch und Gemüsekisten zu einer Barrikade verbauten.

Es dauerte einige Minuten, bis sie endlich die Brücke über der Spree erreichten und auf den Alexanderplatz liefen. Die

Menschen rannten aufgeregt umher, rissen Laternenpfähle aus dem Boden, räumten Obststände leer und schleppten sie zu den Straßeneingängen.

Den Einspänner entdeckte Kasimir erst spät wieder. Er lag auf der Seite, die Räder in Kasimirs Richtung gestreckt. Auf dem Wagen standen drei Männer, die aus ihren Angeln gerissene Haustüren an das Holz der Kutsche nagelten und Wollsäcke dazwischenstopften. Gerade wurde Kasimir von zwei Männern überholt, die eine breite, eiserne Brunnenverkleidung in Richtung der anwachsenden Barrikade schleppten.

Kasimir lief darauf zu, sah sich suchend um, konnte die Frau aus der Kutsche aber nirgends mehr sehen.

«Kasimir, was machst du?» Levin packte ihn am Arm. «Wieso rennst du hier kopflos herum?»

Noch einmal musterte Kasimir über seine Schulter die umfunktionierte Kutsche, dann winkte er ab. «Ich dachte, ich hätte jemanden gesehen … Aber ich habe mich geirrt.»

Etwas ratlos blieben die beiden Männer voreinander stehen.

Hinter Levin tauchten die anderen auf. Über ihren Köpfen ragte das Königstädter Theater in die Höhe. Und vor seinem breiten Haupteingang sammelte sich eine immer größer werdende Menschentraube.

Louise folgte Kasimirs Blick. «Bestimmt wollen sie das Theater einnehmen …»

Plötzlich wusste Kasimir, was zu tun war.

«Kommt mit!» Er steuerte auf die Traube zu und rief den Fremden laut entgegen: «Zum Seiteneingang! Zum Seiteneingang!» Er winkte mit beiden Armen. Dann trabte er voran, bog um die Ecke und schlug mit dem Ellenbogen das Fenster der Seitentür ein. Seit seiner Zeit als Theaterdiener kannte er dieses Gebäude in- und auswendig. Er stieß die Tür auf und ließ all die anderen mit ihm hineinströmen. Viele von ihnen waren Arbeiter. Doch unter ihnen fanden sich auch abgerissene, übel riechende Gestalten mit tiefen Augenringen und Hass im Blick.

«Hier geht's lang», rief Kasimir. Er durchquerte den Vorraum des Pförtners, in dem dessen Bett stand und über dem eine gewaltige, wertvolle Uhr hing, durchmaß den Flur mit großen Schritten, passierte die Garderoben und öffnete die Tür zu den Requisitenkammern. Der muffige Geruch abgelegter Kleider, verstaubter Möbel und vergessener Ideen empfing ihn. Ohne es zu wollen, atmete er tief ein. Es hatte eine Zeit gegeben, in der Kasimir sich am liebsten in diesem Raum eingeschlossen hätte, um in aller Ruhe die vielen Schätze zu bewundern. Die Becher, aus denen nur auf der Bühne getrunken wurde, die Degen, die einzig im Schein der Bühnenkerzen zu scharfen Waffen wurden. Nie hätte er geglaubt, dass er wiederkehren würde, um der Schatzkammer die Illusion zu rauben. Was immer ein Mensch brauchte, konnte er hier finden – mit ein wenig Fantasie. Und gerade jetzt brauchten sie nichts dringender als Waffen und Schilde.

«Nehmt, was ihr tragen könnt!» Kasimir selbst machte sich gemeinsam mit Henriette und Louise an einer Waldlandschaft aus Holzplatten zu schaffen.

«Sucht in den Kisten!», rief er Levin und Siegfried zu. «Sie müssten voller Karabiner sein.»

Vor wenigen Jahren war am Königstädtischen Theater das Stück *Sieben Mädchen in Uniform* aufgeführt worden. Kasimir konnte sich noch gut an die vielen kleinen Gewehre erinnern, die damals auf der Bühne gezückt worden waren und die seitdem in Kisten vor sich hin rosteten.

«Hier sind auch Degen und Speere!», sagte Joseph auf der anderen Seite.

«Wir können alles gebrauchen!», rief Louise.

Bald bildeten sie mit vielen Fremden eine Reihe quer durch das Theater zum Seitenausgang. Sie reichten Kulissenteile und Requisiten von Hand zu Hand, als wären es Steine, mit denen sie gemeinsam ein Haus bauen wollten.

❀

Meine Hände streiften rechts und links kühle, grobe Steine. Meine Lunge schmerzte längst, doch ich verlangsamte meine Schritte nicht. Es war nicht mehr weit bis ganz nach oben.

Ich hatte den Aufruhr gesucht, dachte ich immer wieder, jetzt bekam ich ihn. Mein anfänglicher Schrecken war mittlerweile einer neuen Entschlossenheit gewichen. Dies war meine Gelegenheit, das Richtige zu tun. Auf dem Weg durch diese aufgewühlte Stadt hatte ich so viel Armut und Leid gesehen wie nie zuvor in meinem Leben. Unzählige Kinder ohne Schuhe, Männer mit offenen Wunden und Frauen mit großen kahlen Stellen auf den Köpfen. In Boxhagen, wo ich vor allem mit mir selbst, meiner Schuld und dem Streit mit meinen Schwestern beschäftigt gewesen war, hatte ich mich in einer privilegierten Blase befunden, das erkannte ich jetzt. Hier in Berlin wurde mir bewusst, dass es Wichtigeres gab als mich und meine Familie, eine größere Verantwortung.

Gleich am Anfang der Alexanderstraße hatte uns eine Gruppe von Arbeitern angehalten.

«Die Kutsche müssen Sie hergeben, Fräulein, tut uns leid!», sagte einer.

Alfred und Tom sprangen auf, um zu protestieren, doch ich kam ihnen zuvor: «Es ist schon gut.»

Nachdem wir ausgestiegen waren, sahen mich beide ratlos an.

«Wie sollen wir Sie denn jetzt zurück nach Hause bringen?», fragte Alfred mit hin und her huschenden Augen. Er hatte recht. Es gab keinen sicheren Weg mehr durch die vollen Straßen. Überall wurden Barrikaden aufgetürmt, an jeder Ecke bewaffneten sich Menschen.

«Du willst kämpfen, oder?», fragte ich Alfred.

Sein Blick war Antwort genug.

Auch Tom wirkte entschiedener denn je. «Aber wir lassen Sie hier nicht stehen, Fräulein Sonntag», beteuerte er.

«Das braucht ihr auch gar nicht.» Ich sah über ihre Köpfe hinweg zum Turm der Georgenkirche. «Kommt mit!»

Gemeinsam liefen wir durch eine Quergasse zum Kirchhof hinüber. Ohne zu zögern, trat Tom mehrmals heftig gegen die hölzerne Tür des Turms, bis sie splitterte und aufsprang. Dann begannen wir den Aufstieg.

Auf dem Weg nach oben kam ich ins Keuchen. Das Sturmläuten einer anderen Kirche beschleunigte meine Schritte dennoch. Und dann sah ich über uns vier große Glocken, jeweils zwei übereinander. Durch die Schlitze in den Steinwänden fiel Sonnenschein, in dem Staub wirbelte.

«Da sind die Seile!» Alfred deutete nach oben.

Tom bekam eins zu fassen, ich das andere. Und dann zogen

wir so beherzt daran, wie wir nur konnten. Das Glockengeläut durchfuhr meinen ganzen Körper, von den Ohren bis zu den Zehenspitzen. Laut und dröhnend, dunkel und hell warnten wir die Bewohner der Stadt und hofften, dass sich das Läuten wie ein Lauffeuer ausbreiten würde, von Kirche zu Kirche, von Ohr zu Ohr, durch ganz Berlin.

Zurück auf der Neuen Königsstraße, fand ich mich in einer großen Menschengruppe wieder. Nur wenige Meter entfernt war eine gewaltige Barrikade hochgezogen worden, die den Durchgang zum Alexanderplatz versperrte. Ich blickte mich nach Alfred und Tom um. Gerade waren die beiden doch noch genau hinter mir gewesen! Jetzt sah ich nur noch zwielichtige Kerle, die in einen Kramladen einbrachen, kleine Knaben, die mit einer Axt das Straßenpflaster bearbeiteten und Steine herauszerrten, Frauen, die Bajonette und Säbel herbeitrugen. Eine von ihnen hob einen Eimer hoch, in den Kinder Steine gefüllt hatten, und ächzte unter dem Gewicht.

«Warte, ich helfe!», rief ich aus, ohne darüber nachzudenken. Ich eilte zu ihr und packte die andere Seite des Henkels. «Wo muss der hin?»

Die Frau grinste mich an und deutete mit dem Kopf auf das riesige Gebäude in ihrem Rücken. Es war höher als das Königsstädtische Theater, edler verziert und hatte elegante, hohe Glasfenster.

«Kennste das Haus mit den 99 Schafsköpfen?», sagte sie mit stolzgeschwellter Brust. «Dat haben wir einjenommen. Komm mit.» Gemeinsam liefen wir auf den Hauseingang zu. «Wir jehen oofs Dach.» Sie erschien mir kräftig und rosig, auch ihr violettes Kleid war ordentlich gepflegt. Nur der süßlich muffige Geruch, der von ihr ausging, sowie die schwarzen Zähne in ihrem Mund verrieten, dass sie wohl zu den Ärmeren Berlins gehörte.

Gemeinsam wuchteten wir den Eimer durch einen schmalen, grün tapezierten Hausflur, eine quietschende Holztreppe nach der anderen hinauf.

Hoffentlich ging es Alfred und Tom gut, schoss es mir durch den Kopf. Um meine eigene Sicherheit scherte ich mich Stufe um Stufe, die ich erklomm, weniger. Ich hatte keinen sicheren Ort mehr, zu dem es mich zurückzog. Hier, in Berlin, könnte mir etwas Schreckliches zustoßen. In Boxhagen litt ich im Kleinen, Tag für Tag.

«Wat macht eene Madame wie du denn eigentlich hier bei uns?» Die Fremde neben mir ächzte und keuchte, während sie mich von der Seite ansah.

Meinem ersten Impuls folgend, wich ich ihrem Blick aus. Doch dann packte es mich. Hier war ich niemand. Hier konnte ich sein, wer ich sein wollte. Ich drehte den Kopf und schaute der Frau direkt ins Gesicht. Ihr neugieriger Blick strahlte Wärme und Zuversicht aus.

«Ich schleppe Steine aufs Dach», erwiderte ich zwischen meinen kurzen, schnellen Atemzügen.

Die Frau zeigte ihre schwarzen Zähne und lachte grunzend. «Det lob ick mir! Eine Madame schleppt mit mir Steine, bloß um Steine zu schleppen. So musset sein!»

Ich grinste in mich hinein. «Ich heiße Alba», sagte ich. «Und du?»

«Clotilde. Sehr erfreut, Madame Alba!»

Ich mochte den spöttischen Unterton in ihrer Stimme. Er hatte nichts Bösartiges an sich, sondern zeugte von einer Vergnügtheit, die mich an Ottilie erinnerte – die Ottilie einer vergangenen Zeit …

Das letzte Stück zum Dach bestand aus einer wackligen, von Spinnweben verhangenen Leiter. Wir streckten den Eimer keuchend über unsere Köpfe, und irgendjemand über uns nahm ihn entgegen.

«Komm, Madame Alba. Der Ausblick wird dich in Verzückungen versetzen.» Sie grinste, dann kletterte sie so leichtfüßig vor mir hinauf, dass ich mir sicher war, sie müsste zehn Jahre jünger sein, als sie aussah.

Ich folgte ihr, nahm oben angekommen dankend ihren Arm an und stieg aufs Dach. Zunächst sah ich nur all die balancierenden, rufenden Menschen. Manche sammelten Ziegelstein für Ziegelstein vom Dach. Andere stiegen fluchend darüber hinweg, wieder andere klopften sich scherzend auf die Schultern.

«Schöner als jedes Volksfest, wa?», sagte Clotilde. Dann winkte sie mich hinter sich her. Wir kletterten, teilweise auf allen vieren, um einen Schornstein herum und tasteten uns vorsichtig zur Dachkante vor.

«Hee, Kathi!», rief Clotilde einer weißblonden Frau zu, die am Rand saß und die Beine baumeln ließ. «Ick hab Nachschub und eene Madame mitgebracht.»

«Wurde aber ooch Zeit», knurrte die.

Es gab kein Geländer, nichts, das uns am Fallen gehindert hätte. Mit schneller klopfendem Herzen ließ ich mich ein paar Schritte hinter den beiden Frauen auf das Dach sinken und starrte an ihnen vorbei in die Ferne. Vor mir erstreckte sich eine hügelige Landschaft aus Dächern: Leicht gewölbt, flach oder spitz hoben und senkten sie sich. Ich sah qualmende Schornsteine, offen stehende Dachluken, eingeschlagene Fensterscheiben. Überall klafften dunkle Löcher, da die roten und schwarzen Ziegel vielerorts bereits abgedeckt worden waren. In kleinen Stapeln lagen sie am Rande der Dächer bereit.

Ich zwang mich, nach unten zu sehen. Die Straßen waren voller Menschen, die alles zu Schild und Waffe umfunktionierten, was sie in die Hände bekamen. Ein Omnibus lag quer und wurde zum gewaltigen Grundstock einer Straßensperre. Eine Gruppe bewaffnete sich mit Lattenzäunen, eine andere schaufelte etwas in eine Kanone, das ich von hier oben nicht erkennen konnte. Vielleicht Nägel oder Murmeln.

Weiter hinten, neben dem Königsstädter Theater, sah ich blasse Bäume mitten auf der Straße. Ich musste mehrfach blinzeln, bevor ich es verstand: Die Menschen hatten Teile einer Theaterkulisse zu einer Barrikade zusammengesteckt. «Sie kommen.» Clotilde wandte sich halb zu mir um. «Dahinten, siehste se, Madame?»

Mein Blick glitt über die Kulisse, über die Spreebrücke und die Königsstraße hinunter. In Richtung Schloss, hinter mindestens fünf Barrikaden, blitzten die Spitzen von Soldatenhelmen im Sonnenschein.

Ich fuhr mir über das Gesicht und bemerkte, dass meine Hände auf den Ziegeln unter mir feuchte Flecken hinterlassen hatten. Ich versuchte, ruhig zu atmen, schloss die Augen und stellte mir meine Hyazinthen vor. Doch Gewehrsalven rissen mich zurück ins Hier und Jetzt. Fernes Gebrüll. Und dann: der Knall einer Kanone.

42. Kapitel

Amalie hatte es nicht glauben wollen. Doch nun, da sie am Fenster in Ludmilas Stube stand und hinausschaute, sah sie es ganz deutlich: Anton spazierte durch die Dämmerung direkt auf Ottilies Haus zu.

Über ihre Schulter warf Amalie ihrer großen Schwester einen Blick zu. Ludmila saß mit ihrer Stickerei im Sessel und schaute mit einem sanften Gesichtsausdruck auf, den man selten bei ihr sah.

Eigentlich sollte Amalie nicht hier sein. Zu Hause wartete Friedrich auf sie und wurde bestimmt von Minute zu Minute wütender. Und doch war sie den ganzen Tag bei Ludmila geblieben. In diesen Tagen brauchte sie den Halt ihrer großen Schwester. Gleichzeitig dachte sie unablässig an Anton, der in einem der Gästezimmer des Gutshofs wohnte. Er hatte sich den ganzen Tag nicht blicken lassen. Dabei sehnte sich Amalie mehr denn je nach ihm. Und jetzt schien er tatsächlich zu Ottilie zu laufen. Wieder sah Amalie hinaus. Er war fast da.

«Ich muss gehen. Ich bin hundemüde …»

Ludmila sah sie nachdenklich an. «Schlaf schön, Amalie.»

Einen Moment lang blieb Amalie unschlüssig stehen. Sie

würde Ludmila gern noch einmal an sich drücken. Doch die Schwestern umarmten sich nie. Zweimal an einem Tag wäre vielleicht zu viel des Guten.

Ein trauriges Lächeln huschte über Ludmilas Gesicht. Amalie wich ihrem Blick aus.

In den Kirschbäumen hingen bereits unzählige weiße Knospen. Und der aufdringliche Geruch von Hyazinthen drang sogar bis hierher. Geradewegs ging Amalie auf Ottilies Haus zu, diesen seltsamen Bau: halb alter, krummer Schuppen, halb heuchlerisch helle Fassade. Der Weg war nicht weit, schon entdeckte sie Albas Eisenkraut. Amalie hatte nie verstanden, warum Alba nicht einfach reinging und mit Ottilie sprach, statt diese immer gleichen Blüten auszulegen. Ottilies Mann war ohnehin nie da – seit Monaten hielt er sich in Berlin auf. Und die Haustür war ständig offen.

Amalie drückte die Klinke, lauschte einen Moment und trat ein. Das Nachmittagslicht fiel nur spärlich in den langen, düsteren Flur. Sofort hüllte ein modrig-fauliger Geruch sie ein. Wie sehr sie dieses Haus verabscheute. Auf dem Herd in der Küche brodelte meist ein stinkender Pflanzensud, in den Regalen standen statt Büchern Einmachgläser mit ungenießbarem Inhalt, und in wasserleeren Vasen zerbröselten alte, trockene Blumensträuße. Kein Wunder, dass Peter diesen Ort mied. Nur an Geburtstagen der Familie kam er her. Amalie konnte sich nicht vorstellen, wie er es auch nur eine Nacht in diesem Hexenhaus aushalten konnte.

Er sollte Ottilie endlich vorschreiben, bei Ludmila zu wohnen.

Doch Peter war ein Feigling. Niemals würde er sich trauen, seiner Frau die Stirn zu bieten. Und wenn Amalie ehrlich zu sich selbst war, konnte sie ihn verstehen. Wer in dieser Familie fürchtete sich nicht vor Ottilie?

Amalie überlegte, die Treppe hinaufzusteigen und nach ihr zu rufen. Vielleicht hatte sie sich geirrt, und Anton war nur ein wenig spazieren gegangen.

Doch dann hörte sie ein Stöhnen. Es drehte ihr ohne Vorwarnung den Magen um. Da war es noch einmal, tief, grollend, genüsslich. Es war nicht Anton, das wusste Amalie mit Sicherheit. Dieses Geräusch konnte nur von Ottilie stammen.

Langsam ging Amalie weiter in den Flur hinein. Und nun vernahm sie das atemlose Keuchen, das sie nur zu gut kannte. Schnell hielt sie sich selbst den Mund zu und sackte in die Knie. Wieso nur tat sie sich das an? Sie bekam kaum Luft, rang nach Atem, glaubte, Algen riechen zu können.

Ottilie hatte immer geglaubt, sie allein wäre schuld an Amalies Angst vor dem Wasser. Unzählige Male hatte sie sich bei Amalie dafür entschuldigt, dass sie damals zum See gekommen und Anton abgelenkt hatte, sodass Amalie beinahe ertrunken wäre. Doch Ottilie irrte sich. Viel schlimmer waren die Minuten gewesen, bevor ihre jüngere Schwester aufgetaucht war.

Nun war Amalie wieder dort, am Ufer, in der Dunkelheit. Eigentlich wollte sie endgültig mit Anton brechen, deshalb war sie hier. Allerdings duftete Anton unwiderstehlich. Seine Blicke durchbohrten sie, sodass sie kein Wort über die Lippen brachte und ihr Herz warm und schnell schlug. *Nur ein Kuss,* dachte sie. Nur noch einer. Dann spürte sie seine Hände, warm und weich.

Er schob ihren Rock hoch, zog seine Hose runter und legte sich auf sie. Es ging alles so schnell, dass sie erst jetzt begriff. Plötzlich spürte sie die Panik in ihrer Brust, den Ekel in ihrem Hals. Sie presste ein Nein hervor, und noch eines, doch er schien es nicht zu hören und streichelte sie beruhigend.

Hinterher saßen sie schweigend nebeneinander auf diesem Baumstamm. Zwischen Amalies Beinen brannte es entsetzlich, beinahe wünschte sie die Abkühlung im See. Es war gut, dass Ottilie auftauchte. Und gleichzeitig war es das Schlimmste, was Amalie je geschehen war.

Später versuchte sie, sich einzureden, all die Probleme wären durch das Seewasser in ihren Körper eingedrungen. Der Schlick hätte sie krank gemacht. Doch tief in ihrem Inneren wusste sie, dass sie sich selbst belog. In Wahrheit waren es die unseligen Minuten mit Anton gewesen. Sie hatten ihr etwas hinterlassen, das sich tief in ihr eingenistet hatte, das ihr Leben von nun an im Griff hatte. Dieser unnatürliche Schmerz war schuld daran, dass sie so selten wie nur möglich bei ihrem Mann lag. Dass sie ihre sündhaften Bedürfnisse mit Anton stillte, der ohnehin der Teufel war und sie zu Recht bestrafte. Und daran, dass sie nur Fehlgeburten hatte. In ihrem Körper würde niemals ein gesundes Kind heranwachsen. Ja, Amalie war krank seit der Nacht am See, doch mit keinem Arzt würde sie jemals darüber sprechen dürfen. Eine Heilung konnte es für sie nicht geben.

Ein Geräusch ließ Amalie in ihren Schluchzern innehalten und die Tränen wegblinzeln. Über ihrem Kopf hörte sie Schritte, dann das Knirschen von Scharnieren. Anscheinend wurde im ersten Stock ein Fenster geöffnet. Auch das kleine Fenster im Flur war offen. Amalie konnte daher jedes Wort verstehen, das gesprochen wurde. Sie sollte endlich gehen, doch sie konnte sich nicht rühren.

«Du wirst jeden Tag schöner … und abgründiger.» Amalie sah Antons Grinsen geradezu vor sich. Anzüglich und dunkel. Warum verletzten sie diese Worte so sehr? Sie wusste doch, wer Anton war. Sie liebte ihn nicht. Sie liebte Friedrich. Und doch entschied sie sich seit Jahren für Anton, immer wieder.

«Spar dir das, Anton. Wir haben eine Abmachung. Und Heuchelei gehört nicht dazu. Ich weiß sehr wohl, dass Amalie die schöne Schwester ist.»

«Du weißt auch, dass ich nichts von Heuchelei halte. Amalie mag schön sein, aber ich wollte sie nie.»

Amalie rang nach Atem.

«Lügner.» Doch die Rüge klang verspielt. «Du bist unersättlich. Immer auf der Suche, immer im Schatten. Ich kenne dich besser als du dich selbst. Ich sage dir, ohne mich wärst du verloren.»

«Ich mag es, wenn du so seltsame Sachen sagst.»

«Du denkst, ich bin wahnsinnig, so wie alle anderen …»

Er schwieg.

«Und in meinem Wahnsinn findest du deinen eigenen, nicht wahr? Neben mir kannst du dich selbst ertragen. Deine Dunkelheit, deinen Egoismus. Ist es nicht so?»

Amalie vernahm keine Antwort.

«Du bist ebenso grausam wie ich. Und genauso allein. Manchmal glaube ich, du machst all das, damit dich endlich jemand daran zu hindern versucht. Noch immer der kleine Junge auf der Suche nach echten Grenzen. Auf der Suche nach echter Liebe.»

«Verkaufst du nun endlich?» Jetzt klang Antons Stimme hart und abweisend. Ottilie hatte ins Schwarze getroffen – wie so oft.

«Ich habe bereits unterschrieben», sagte Ottilie plötzlich sanft. «Die Unterlagen liegen auf der Kommode im Flur.»

Amalies Blick fiel auf die Kommode nicht weit von ihr. Darauf lag ein Stapel Papiere. Ging es hier etwa um die Ländereien? Amalie wusste, dass Ottilie an Anton verkaufen könnte, wenn sie wollte – Peter hatte damals eingewilligt, dieses Eigentum allein Ottilie zu überlassen.

Doch Amalie konnte sich nicht rühren. Über ihrem Kopf raschelte es, Schritte polterten durch das Zimmer, und kurz darauf kam Anton die Treppe hinuntergelaufen, mit offenem Hemd, glänzenden Augen und gierigen Fingern. An der Kommode angekommen, schnappte er sich die Zettel. Amalie bemerkte er erst, als sie sich in der Dunkelheit langsam und zitternd erhob. Er wich einen Schritt von ihr zurück.

«Was machst du hier?»

Amalie beachtete ihn nicht. «Ottilie!», schrie sie die Treppen hinauf. «Was hast du da unterschrieben?!»

Sie stürzte auf Anton zu und versuchte, ihm die Papiere zu entreißen. Mit einem Arm hielt er sie zurück. «Beruhig dich, Amalie!»

«Amalie?» Ottilie erschien auf der obersten Treppenstufe und starrte sie aus hervorquellenden Augen an. Ihr Haar stand wild von ihrem Kopf ab, ihr schmächtiger Körper wurde nur von einem Morgenmantel verhüllt.

«Er belügt dich, Ottilie! Erst gestern war ich mit ihm zusammen. Wir sehen uns seit Jahren. Du hast ihm doch nicht etwa dein Land verkauft?!»

Ottilie stand nur da. Dann, langsam und bedächtig, stieg sie die Treppenstufen hinab, schritt an ihnen vorbei und verließ das Haus. Mit einem Klacken schloss sich hinter ihr die Tür.

«Lass die Kindereien, Amalie. Sie hat doch ohnehin unterschrieben.» Nun klang Anton ärgerlich.

«Sie ist nicht zurechnungsfähig, das sieht jeder!»

«Wirklich? Wir sollten diese Frage vielleicht vor Gericht klären lassen. Und möglicherweise könnten wir dort auch über deine Gründe dafür sprechen, deine Schwester zu verleumden. Über deine Eifersucht und unser Verhältnis ...»

Amalie stockte und starrte Anton an.

«Ich werde deinem Mann in Kürze ebenfalls ein Angebot unterbreiten, Amalie. Und wenn du ihn nicht dazu bringst, es anzunehmen, erzähle ich ihm die Wahrheit über dich und mich.»

Mit diesen Worten drehte er sich um und ließ Amalie allein in diesem düsteren Haus zurück.

43. Kapitel

Berlin, 18. März 1848

Kasimir reichte den Lattenrost, den er aus einem Bettgestell des Theaters geholt hatte, an Levin weiter. Der stand oben auf der Barrikade und rammte ihn zwischen die Bühnenkulissen und die Weinfässer, die sie ergattert hatten. Mittlerweile überragte das gesamte Gebilde Kasimir um mindestens einen Meter.

Zufrieden sah er sich um. Überall hantierten junge Arbeiter mit ihren Theaterwaffen. Manche versuchten, die Schneiden ihrer Säbel an einem Stein zu wetzen, andere füllten rostige Karabinergewehre mit Schießpulver. Kasimirs Blick fiel auf einen jungen, zarten Mann direkt neben ihm: Seitenscheitel, Backenbart, große, melancholische Augen. Er hatte sein Gewehr zwischen die Knie geklemmt und ließ aus einem prallen Handschuh Schwarzpulver in den Lauf rieseln. Wahrscheinlich hatte er sich den Handschuh in einer Apotheke gefüllt, überlegte Kasimir. Er wollte ihm schon freundlich zunicken, da bemerkte er, dass der Kerl gar nicht mehr mit dem Füllen aufhörte. Mit dieser Menge an Schwarzpulver würde er niemals einen Soldaten treffen, stattdessen aber die ganze Barrikade wegsprengen. Als das Gewehr sicher bis zur Hälfte voll war, konnte Kasimir nicht mehr an sich halten.

«Na, hören Sie …», rief er ihm zu.

Erschrocken sah der Mann ihn an. Sein Gesicht wurde von sanfter Röte überzogen, er senkte den Blick, ließ die Schultern hängen und die Waffe fallen. Nur kurz schaute er noch einmal zu Kasimir auf. Dann lief er davon.

«Das hab ich mir gedacht», sagte Louise. Kasimir hatte gar nicht gemerkt, dass sie neben ihn getreten war.

«Was hast du dir gedacht?»

Mit dem Kinn zeigte sie dem jungen Mann hinterher. «Dass Fontane doch noch davonläuft.»

«Wer?»

Louise winkte ab. «Theodor Fontane, mein Apotheker. Er hat mir hin und wieder seine Gedichte gezeigt. Gar nicht schlecht, sie haben ihn sogar in den *Tunnel über der Spree* aufgenommen …»

«Er ist im *Tunnel*?», fragte Kasimir nicht ohne Neid. Der Literatenverein war stadtweit bekannt, und seitdem Kasimir zum ersten Mal von ihm gehört hatte, träumte er davon, eines Tages Mitglied zu werden.

«Sie kommen!» Levins Schrei holte Kasimir zurück auf den Alexanderplatz.

Sein Magen drehte sich, Hitze schoss ihm durch die Brust, doch er versuchte, seinen Gefühlen keinerlei Beachtung zu schenken. Mit großen Schritten sprang er hinüber zu seinen Freunden. Joseph half ihm, ihre wilde Konstruktion zu erklimmen, Levin und Siegfried erwarteten ihn.

«Es ist Zeit für euch zu verschwinden», rief er Louise und Henriette zu.

Doch seine Schwester schulterte einen Karabiner, und Louise positionierte sich an der alten Kanone, die inmitten ihrer Straßensperre steckte. Vorhin hatte sie säckeweise Glasmurmeln hineingeschoben. Ein Mann träufelte Lebertran auf ein Stück Stoff und überreichte es Louise.

Kurz zog Kasimir in Betracht, die beiden Frauen ins nächste Haus zu zerren. Doch die Schüsse waren bereits viel zu nah. Er duckte sich und sah aus dem Augenwinkel, dass Joseph zu ihm hinaufgeklettert kam und eine Fahne in der Hand trug.

«Guckt, wat ick habe!», rief er stolz und steckte sie zwischen den Lattenrost und ein Fass. Schwarz-rot-gold wehte sie im Wind.

Noch ein Schuss ertönte, diesmal ganz nah.

«Runter!», schrie Kasimir.

Doch es war zu spät. Joseph schrie, taumelte, fiel rücklings und mit rudernden Armen. Kasimir wirbelte herum. Joseph durfte nichts geschehen! Unter keinen Umständen! Henriette war schon bei ihrem Mann, kniete neben ihm am Boden.

«Du verdammter Holzkopf», schimpfte sie ihn.

Joseph stöhnte. «Halb so wild, mein Joldstern, halb so wild …» Er hielt sich den Oberarm. «Es ist doch nur een Streifschuss. So schnell kriegense mich nich tot.»

Erleichtert schloss Kasimir die Augen, atmete tief durch. Dann drehte er sich um, legte seinen eigenen Karabiner an und zielte auf die Soldaten.

Er hatte keine Ahnung, ob das alte Gewehr halten oder ihm selbst die Schulter wegreißen würde. Doch eine Wahl hatte er auch nicht, die Soldaten schritten im Gleichmarsch immer näher heran. Er dachte an die Requisitenkammer, daran, dass im Theater schon viele große Helden diese Waffe in den Händen gehalten hatten, und stellte sich vor, die Bretter unter ihm gehörten zu einer Bühne. Brachte die Illusion des Theaters nicht die Wirklichkeit hervor?

Die Truppe des Königs blieb stehen, ging in Position und legte ihre Waffen an. Doch bevor Kasimir irgendetwas tun konnte, regnete es Steine und Ziegel auf das preußische Militär. Gellende Schreie kamen vom Dach des Städtischen Theaters, die Uniformierten stoben erschrocken auseinander.

«Jetzt!», brüllte Levin neben ihm. «Schießt!»

Fast gleichzeitig drückten er, Siegfried und Levin ab. Alle drei Waffen lösten tatsächlich aus und feuerten Glasmurmeln auf die fliehenden Soldaten. Ein paar prallten an Hausfassaden oder Helmen ab, eine bohrte sich in die Wange eines Soldaten. Er schrie auf und fiel vor Schmerz auf die Knie.

«Gut gemacht, Trönicke!», rief eine wohlbekannte Stimme hinter ihm. «Hast du für mich auch eine Waffe?» Kasimir duckte sich hinter die Holzbretter, wandte sich um und sah dem Jungen entgegen, der zu ihm hinaufkletterte. Er brauchte einen Moment, um ihn einzuordnen.

«Alfred?», rief er erstaunt. Wie seltsam es war, den freundlichen Gartengehilfen von Boxhagen ausgerechnet hier, mitten in Berlin und in einem Aufstand, wiederzusehen. «Was machst du denn hier?»

«Das Gleiche wie du. Ich brauche eine Waffe!»

Kasimir unterdrückte ein Fluchen. Alfred war viel zu jung, um hier mit ihm zu kämpfen.

«Bleib unten!»

«Ich will helfen!» Er sah Kasimir so entschlossen an, dass dieser keinerlei Hoffnung hatte, den Jungen davon abhalten zu können.

Hilfe suchend blickte Kasimir zu Levin hinüber. Der verstand die Situation sofort.

«Gut, Junge. Wir brauchen Munition und Schießpulver. Nimm Kasimirs Schwester mit.» Er zeigte auf Henriette. «Holt uns aus den Apotheken und dem Theater, was ihr kriegen könnt!»

Henriette hockte noch immer an Josephs Seite, doch der schob sie weg. «Hör een mal auf mich und geh, ick komm schon klar!» Joseph rappelte sich auf und schnappte sich seine Waffe. «Allet jut, Joldstern!»

Dann kletterte er wieder die Barrikade hinauf. Unschlüssig sah Henriette zwischen Kasimir und ihrem Mann hin und her.

Bis Alfred sie am Ellbogen fasste. «Zeigen Sie mir den Weg?» Er klang so höflich, dass Henriette einen ungewöhnlich gerührten Blick aufsetzte.

«Na jut.» Sie seufzte. «Komm mit.»

«Zurück auf Position!», brüllte Louise. Schüsse ertönten, anscheinend hatte das Militär sich wieder aufgestellt. Während Kasimir Glasmurmeln aus seiner Hosentasche kramte und sie in den Lauf steckte, sah er, dass Louise erst das getränkte Tuch anzündete, dann die Kanone. Bevor Kasimir seine Waffe anlegen konnte, spürte er ein Beben unter den Füßen, und eine laute Explosion ließ sie alle zusammenzucken.

Kasimir lugte über die Bretter. Die improvisierte Kanonenkugel hatte getroffen, mehrere Soldaten wanden sich auf dem Boden. Wieder regnete es Steine.

«Schießt!», brüllte Kasimir.

Es war das letzte Wort, das er bewusst aussprach. Danach verschwammen alle noch folgenden Worte, Augenblicke, Schüsse und Schreie zu einer zeitlosen Masse. Die Menschen auf den Straßensperren wurden eingehüllt von Qualm, beißendem Schwarzpulver und Feuer, Bajonette klirrten, und Steine fielen. Henriette, Alfred sowie fremde Anwohnerinnen und Kinder versorgten die Kämpfenden mit allem, was sie brauchten: Wasser, Brot und kleine Gegenstände, die man in den Lauf eines Gewehrs stecken konnte. Einige hatten sogar begonnen, Kugeln zu gießen, sodass sie bald mit echter Munition schossen. Nie zuvor hatte Kasimir einen solchen Zusammenhalt gespürt. Zwar waren es grimmige, wütende Gesichter, in die er blickte, doch immer wieder verzogen sich die Münder auch zu einem triumphierenden Grinsen, wenn das Militär sich zurückzog. Sie schickten Boten zu den anderen Mitstreitern auf dem Alexanderplatz. Sie stützten einander, reichten Verbandszeug weiter, und wenn jemand verletzt war, wurde er in einen schützenden Häusereingang getragen.

Es dämmerte bereits, als jemand schrie: «Sie greifen von der Neuen Königsstraße an! Wir brauchen Hilfe!»

Kasimir sah Levin fragend an.

In den letzten Stunden hatte dieser das Kommando auf ihrer Barrikade übernommen. Und auch jetzt traf er sofort die Entscheidungen.

«Kasimir und Joseph, ihr geht rüber. Siegfried und ich bleiben hier.»

Kasimir nickte ihm nur kurz zu und sprang von den Holzbrettern. Joseph kam etwas langsamer nach und verzog kaum merklich das Gesicht, während er sich den Oberarm hielt. Er benötigte einen Arzt, aber damit brauchte Kasimir seinem Schwager ohnehin nicht zu kommen, das wusste er.

Sie trabten los, sammelten Alfred und Henriette ein, die mit vollen Eimern auf dem Weg zu ihnen waren, und steuerten auf die Neue Königsstraße zu.

❀

Alfred sah ich zuerst. Er rannte mit fliegenden Beinen über den Alexanderplatz.

«Hee, warum hörst du auf?», fragte Clotilde mich. Unter uns war ein Soldatentrupp angekommen, und wir warfen Steine und Ziegel auf sie hinab, während aus den Fenstern unter uns siedend heißes Wasser gekippt wurde. Immer wieder wichen die Soldaten zurück, doch mittlerweile wurden es wieder mehr, geschlossen rückten sie vor.

Ich griff nach einem Ziegel und schleuderte ihn mit aller Kraft auf die Straße. Ein Soldat ging stöhnend in die Knie.

«Gut gemacht!» Kathi lachte laut.

Mittlerweile stand die Sonne schon tief. In der luftigen Höhe dieses Gebäudes fühlten sich meine Glieder ganz steif an. Mein Mut war von Minute zu Minute gewachsen, sodass ich längst wie Clotilde und Kathi am Rand des Daches saß und die Beine baumeln ließ. Doch sobald ich aufhörte, etwas zu werfen, fröstelte und zitterte ich. Schnell griff ich nach einem Stein – doch dann fiel mein Blick auf *ihn*. Die Feder an seinem Hut flatterte, während er mit großen Schritten hinter Alfred herhastete.

«Kasimir», entfuhr es mir. Ich konnte meinen Pulsschlag bis in die Fingerspitzen fühlen, die sich fest um den Stein pressten.

«Was haste jesacht?», fragte Clotilde, ohne mich anzusehen,

und schleuderte zwei Steine kurz hintereinander auf die Truppen.

«Nichts weiter», sagte ich. «Ich habe nur … jemanden gesehen, den ich kenne.»

«Ah, so ist das.» Sie grinste mich von der Seite an. «Die schicke Madame is verliebt. Wusst ick's doch, dass se hier nicht ohne Grund zur Amazone mutiert.»

Ich spürte, dass ich rot wurde, und sparte mir eine Antwort. Gebannt verfolgte ich Kasimirs und Alfreds Weg über den Alexanderplatz. Bei der Barrikade angekommen, kletterten sie leichtfüßig wie Katzen an den Fässern, Wagen und Brettern hinauf.

Ich beugte mich vorsichtig nach vorn. Kasimir lag unter mir bäuchlings auf einer Haustür und zielte mit einem kleinen Gewehr. Sein Schuss ließ mich zusammenzucken, ein Soldat ging zu Boden.

«Isset der da?» Clotilde deutete auf ihn.

«Was?»

«Na, dein Schätzeken! Schießen kann er ja.»

«Er ist nicht mein Schätzchen, ich kenne ihn kaum.»

«Dit is ja dit Problem, wa? Wir lieben die Kerlekens, wenn wir se kaum kennen. Und wenn wir se viel zu jut kennen, sind wir leider schon mit ihnen verheiratet.» Sie lachte rasselnd. «Unsere Kathi hier kann davon een Lied singen, wa, Kathi?»

Kathi winkte ab. «Hör mir auf mit der Liebe, Clotilde. Hör mir bloß auf.» Dann pfefferte sie einen Ziegel so gekonnt auf den Soldatentrupp, dass erneut lautes Fluchen zu uns hinaufwehte.

«Ich habe nicht vor, irgendjemanden zu heiraten», gab ich

zurück. Doch mein Blick klebte an Kasimir, der sich hinter zwei Bretter duckte, um seine Waffe zu laden. Ein Schuss durchbohrte das Holz direkt neben ihm, sodass er zusammenzuckte – und ich mit ihm.

Mit einem Mal beschlich mich eine fürchterliche Angst. Nur ein paar behelfsmäßig zusammengezimmerte Hölzer trennten ihn von Gewehrkugeln, Bajonetten und Säbeln der königlichen Truppe. Was er da tat, war Wahnsinn. Möglicherweise würde er dort unten sterben. Es könnte das letzte Mal sein, dass ich ihn lebend sah.

Ich versteifte mich, überlegte, zu ihm hinunterzurennen, ihn zu beschwören herunterzukommen.

«Denk nicht einmal daran!» Clotilde sah mich streng an. «Amazone hin oder her. Een Fräulein wie du wird da unten keene drei Minuten durchhalten. Du bleibst schön hier oben bei uns. Haste verstanden?»

Ich schluckte, starrte Kasimir an.

«Glaub mir, deen Schätzeken würde dir das Gleiche sajen. Der wird fuchsteufelswild, wenn du runterkommst und ihn belajerst.»

Mein Blut rauschte in meinen Ohren, und zum ersten Mal seit Stunden durchfuhr Hitze meine Glieder.

Kasimir hatte sein Gewehr mittlerweile nachgeladen, legte sich in seine alte Position und zielte. Ich hielt mit ihm den Atem an. Er schoss, jemand schrie. Sofort kauerte er sich wieder zum Nachladen zusammen. Es regnete Schüsse auf die Straßenblockade, ein Soldat versuchte, daran hochzuklettern, und wurde von einem jungen Kerl mit zornigen Stockhieben hinuntergeprügelt, keine Armlänge von Kasimir entfernt.

Und dann hatte ich nur noch einen Wunsch: Kasimir sollte zu mir hochschauen. Ich wollte einen Blick – für den Fall, dass es der letzte war. Ich sehnte mich danach, von diesem Mann gesehen zu werden und ihm zu zeigen, dass ich ihn sah. Dass ich bei ihm war, wenn nötig bis zum Ende.

Langsam zog ich meine steifen Beine an meinen Körper.

«Wat machste, Amazone?» Ich spürte Clotildes Blick, drehte aber nicht den Kopf. Vorsichtig stand ich auf.

«Se is verrückt …», sagte Kathi.

Nun stand ich auf dem Dach, direkt am Abgrund. Ich sah Kasimir unter mir, er zielte, schoss, lud nach. Mit zitternden Fingern zog ich die Nelke aus meinen Haaren. Mittlerweile ließ sie den Kopf hängen, doch ihre vielen kleinen Blütenblätter leuchteten noch immer hellrot. Ich streckte den Arm aus – und ließ los.

❀

Kasimir war mittlerweile vollkommen ruhig geworden. In ihm war kein Beben, kein Zittern, nicht einmal sein Herzklopfen spürte er noch. Er sah klar und scharf. Seine Bewegungen waren schnell, schneller als die der königlichen Truppen.

Das Volk könnte diesen Kampf gewinnen. Entschlossen schob Kasimir eine frisch gegossene Bleikugel in den Lauf seines Karabiners – und hielt inne, als einige Meter von ihm entfernt eine Nelke durch die Luft segelte. Sie landete zwischen der Blockade und den Soldaten.

Alba?

Bevor er sich für diesen unsinnigen Gedanken schelten

konnte, sah er schon am Haus mit den 99 Schafsköpfen hinauf – und entdeckte in einer Wolke aus Rauch und Schießpulver, beleuchtet von den vielen Feuern und Laternen des Alexanderplatzes, eine Gestalt hoch oben auf dem Dach. Sie war die Einzige, die aufrecht stand, ihr Rock und ihr Haar wehten ganz leicht im Wind, und in einer Hand hielt sie einen Pflasterstein.

Alba! Er war sich sicher, dass sie es war. Vorhin hatte er sich nicht getäuscht. All die Zeit hatte sie über ihn gewacht. Ihre Gesichtszüge konnte er kaum erkennen, doch ihre Körperhaltung strahlte die gleiche Stärke aus, die er in sich fühlen konnte. Noch einen Moment lang erwiderte er ihren Blick. Nie hatte er sich mit einem anderen Menschen so verbunden gefühlt wie mit Alba in diesem Augenblick.

Schreie ließen ihn herumwirbeln. Soldaten waren bei ihnen angekommen, Alfred und Joseph prügelten mit Stöcken auf sie ein. Auch Kasimir kämpfte entschlossener denn je. Nach wenigen Minuten wichen die Soldaten tatsächlich zurück, um ihre Verletzten fortzutragen.

Joseph und Alfred reckten die Fäuste in den Himmel, auch Kasimir jubelte. Er schaute hinauf zu Alba. Sie stand noch immer dort oben. Er könnte schwören, dass sie lächelte. Und in diesem Moment kehrte das Gespür für seinen rasenden Puls zurück. Er keuchte vor Erleichterung und Glück, lachte und bemerkte das Beben seines Körpers, das Rauschen des Blutes in seinen Ohren.

«Wir sollten zu Levin und Siegfried zurück», rief er Joseph und Alfred zu. «Vielleicht brauchen sie Hilfe.»

Schnell rannten die drei Männer quer über den Alexanderplatz. Kasimir wusste, dass Alba ihm mit Blicken folgte. Und dieses Wissen machte ihn stark, ausdauernd, unbesiegbar.

Nur langsam wich das Lächeln von seinem Gesicht. Am Königsstädter Theater leisteten die Menschen verbissen Widerstand. Immer mehr Kämpfer stürmten dorthin, um Unterstützung zu leisten, das Brüllen wurde verzweifelter, die Salven erfolgten in kürzeren Abständen.

«Scheiße», sagte Joseph.

Ganz oben auf der Barrikade sah Kasimir seine Freunde: Louise, Levin, Siegfried. Mit erhobenen Theaterschwertern nahmen sie Soldaten in Empfang, doch die Waffen der königlichen Truppe waren härter. Noch zehn Fuß trennten Kasimir vom Holzgerüst, als Levins Säbel in zwei Teile brach. Kurz sah er zu seinem Bruder Siegfried hinüber, dann zuckte er mit den Schultern. Er grinste, da war sich Kasimir sicher. Dann fegte er einem Soldaten den Helm vom Kopf, warf den Stummel seiner Waffe in die Luft, fing sie verkehrt herum wieder auf und holte aus. Und während er ihm den Griff mit aller Wucht gegen den Schädel schlug, bohrte sich das Bajonett des Soldaten tief in Levins Brust.

Kasimir konnte nicht einmal schreien. Gerade an der Barrikade angekommen, sah er, wie Levin schwankte.

Siegfried hastete zu ihm, fing ihn auf.

«Ich helfe dir!» Endlich funktionierte Kasimirs Stimme wieder. Er stellte ein Bein in die Speiche eines Wagenrads, breitete die Arme aus und nahm Levins schweren Körper in Empfang.

Henriette stand neben ihm, auf der anderen Seite Joseph, gemeinsam zogen sie Levin ein Stück von den Kämpfenden weg.

Auch Siegfried wollte hinunterspringen, doch ein Soldat griff ihn an. Vor Zorn brüllend, wirbelte er zu ihm herum und schlug ihn heftig und unerbittlich nieder. Schon kurz darauf nahm er den nächsten ins Visier.

«Wir müssen ihn in Sicherheit bringen!», schrie Kasimir.

Joseph und Henriette tauschten vielsagende Blicke, doch Kasimir beachtete sie nicht. «Ins Haus mit den 99 Schafsköpfen!» Zwar war das Theater näher dran, doch er hoffte im Wohnhaus gegenüber auf mehr helfende Anwohner, die Wasser und Verbandszeug haben könnten. Und vielleicht hoffte er auch ein wenig auf Alba …

Kasimir nahm Levin unter den Armen, Joseph nahm seine Füße, und Henriette lief los, um ihnen den Weg zu bahnen.

Er versuchte, das Blut auf Levins Hemd nicht zu beachten. Der wachsende, nasse Fleck musste nichts bedeuten. Kasimir vermied es, in sein bleiches Gesicht zu blicken. In seine leeren Augen.

Wenn sie nur das Haus erreichen und ihn hineintragen könnten, dann würde alles gut.

Levin wurde immer schwerer. Am Eingang angekommen, war Kasimir schweißnass.

«Hier entlang!», rief ein Fremder. Er stieg vor ihnen die Treppe hinauf. Jetzt packte auch Henriette mit an und nahm ihrem Mann eines von Levins Beinen ab. Sein Kopf lag schlaff an Kasimirs Schulter, Schritt für Schritt wuchtete er Levin die Treppe hinauf.

«Den Gang runter, ich hole frisches Wasser!», schrie jemand aus einem der Zimmer.

Hier oben roch es nach Exkrementen und Schweiß. Endlich

stolperten sie in eine kleine Wohnung, in der stöhnende Verletzte an den Wänden lehnten oder im Bett und auf dem Sofa lagen.

«Macht einen Teppich für ihn frei!», rief eine Frau.

Vorsichtig legten Kasimir, Joseph und Henriette Levin ab. Sein Kopf rollte zur Seite.

«Levin, bleib bei uns», sagte Kasimir und gab ihm mehrere schwache Ohrfeigen. Seine Haut war kühl.

«Kasimir …», sagte Henriette. Sie und Joseph waren ein Stück von Levin abgerückt.

«Wir müssen die Blutung stoppen!» Hastig riss Kasimir Levins Hemd auf – und hielt schwer atmend inne. Die Wunde klaffte genau an der Stelle, an der das Herz schlagen sollte. Sie war schwarz und offen. Blut quoll kaum noch hervor.

Kasimir spürte die kalte Hand seiner Schwester auf seiner Schulter.

«Lass mich mal, Bruderherz», sagte sie. Sie hielt Levin eine Hand vor den Mund, befühlte dann seinen Hals.

Langsam schüttelte sie den Kopf.

Und obwohl Kasimir wusste, dass sie recht hatte, musste er sie einfach beiseiteschieben, Levin seine Mütze abnehmen und sie ihm fest gegen die Brust drücken. Er sackte über seinem Freund zusammen, spürte Tränen in den Augen, konnte nicht weinen, nichts sagen, schüttelte nur immer wieder den Kopf. Das durfte nicht wahr sein.

Er wusste nicht, wie lange er so dagehockt hatte, als erneut Schreie an sein Ohr drangen: «Soldaten! Soldaten im Haus!»

Joseph und Henriette zogen Kasimir hoch und zerrten ihn in den Flur.

«Levin!», sagte er, starrte auf den Körper seines Freundes und dachte an dessen fröhliches Grinsen. Gleich würde er sich aufsetzen, müde gähnen, die Locken schütteln und spöttisch zu ihnen hinübersehen. *Ihr hattet doch nicht etwa Angst um mich?*

«Komm schon, Kasimir!»

Joseph zog ihn den Flur entlang. Sie wollten die Treppe hinunterhasten, doch unten standen fünf Soldaten mit gezogenen Bajonetten. Sie machten kehrt – und liefen einer zweiten Soldatengruppe in die Arme. Kasimir griff nach dem Karabiner, den er sich hinten in seine Hose gesteckt hatte. Natürlich war er nicht geladen. Wie Levin in seinem letzten Augenblick warf auch er die Waffe in die Luft, fing sie verkehrt herum auf und stürzte mit einem Brüllen auf die Soldaten zu.

44. Kapitel

Berlin, 18. März 1848

Wir kauerten uns im Schutz des Schornsteins zusammen, froren und schwitzten zugleich und hofften, dass man uns hier nicht entdecken würde.

Wie gern wäre ich zur Dachluke gerannt, um hinabzuklettern und Kasimir zu suchen. Schließlich hatte ich gesehen, dass er einen Verwundeten ins Haus getragen hatte. Doch Clotilde und Kathi wollten mich nicht gehen lassen.

«Dit is zu jefährlich, Amazone!», hatte Clotilde gerufen.

«Soldaten im Haus!», war es kurz darauf warnend aus den unteren Stockwerken heraufgeschallt. «Versteckt euch, sie kommen!»

Manche hielten die Spannung nicht aus, flohen den Soldaten entgegen. Andere verharrten an ihren Plätzen und schleuderten Steine in die Tiefe.

«Sollen sie mich doch holen kommen!», sagte eine steinalte Frau, die aus eigener Kraft kaum aufstehen konnte, aber noch erstaunlich gut zielte.

«Du hast jut reden. Wenn ick schon achtzig wär, würd ick ooch mutig tun und da sitzen bleiben!», rief ihr Kathi vom Schornstein aus zu.

Die Alte grinste zahnlos und warf weiter mit Steinen.

Und dann tauchte ein Kopf in der Dachluke auf. Scharf atmete ich ein und spähte vorsichtig aus meinem Versteck hervor. Es war die Frau, die Kasimir und diesem anderen Kerl vorhin beim Tragen des Verletzten geholfen hatte. Gehetzt kletterte sie zu uns herauf, wirbelte herum und zerrte am Arm eines Mannes. Einen Augenblick lang hoffte ich, er würde zu Kasimir gehören. Doch es war der Dritte im Bunde, der sich nun ebenfalls hochdrückte und ihr folgte: ein dreckiger Mann mit zerrissenen Kleidern und schwarzen Zähnen. Er schob die Frau vor sich her, stolperte, fing sich wieder. Drei Soldaten folgten ihnen auf dem Fuß. Einer brauchte nur wenige große Schritte, um den Mann einzuholen und von hinten mühelos mit seinem Säbel zu durchbohren. Mit einem Ruck riss er die Schneide zurück, der Mann brüllte, dann stach der Soldat erneut zu. Die Frau schrie verzweifelt auf und taumelte rückwärts. Immer mehr Soldaten stürmten jetzt aufs Dach. Einem Säbelhieb wich die Frau aus, dann rannte sie los.

Beinahe hätte ich geschrien. Vielleicht konnte Clotilde es spüren, sie presste eine Hand gegen meinen Mund. Mit aufgerissenen Augen beobachtete ich, wie die Fremde auf die Dachkante zuhastete. Ihre Schritte wurden immer größer, entschiedener, schneller. Und als sie am Rand des Daches ankam, lief sie einfach weiter. Für einen winzigen Moment glaubte ich, sie könnte durch die Luft rennen, dorthin laufen, wo keiner der Soldaten sie je erreichen könnte. Doch dann fiel sie – ohne jedes Geräusch.

Sie war die Erste einer ganzen Reihe von Berlinern, die es ihr gleichtaten. Die Alte, mit der Kathi gerade noch gescherzt hatte, stützte sich ächzend ab und glitt ohne ein Wort in den Abgrund.

Ein Arbeiter floh vor zwei Soldaten und warf sich in die Tiefe. Zwei weitere wurden erstochen, drei Frauen sprangen.

Ein Greis mit großer Nase flehte um Gnade, bat darum, ins Zuchthaus zu dürfen. Einer der Soldaten lachte über seine Worte. Der andere stach zu.

«Vaterlandsverräter», riefen die Soldaten.

«Dreckiges Pack.»

«Elende Anarchisten, schmort in der Hölle.»

«Wir werden sterben», murmelte ich, als selbst Clotilde nicht mehr die Kraft hatte, mir den Mund zuzuhalten. Noch immer hockten wir in unserem Versteck hinter dem Schornstein, am Rand des Daches.

«Schhht», machte Kathi.

«Jetzt!», sagte Clotilde. Sie lief los.

Kopflos folgte ich ihr.

In diesem Moment war ich keine Heldin. Nichts, was ich tat, war durchdacht, ich war nur noch Körper und brennende Angst.

Im Rücken der Soldaten hasteten wir zur Dachluke und sprangen hinunter. Zuerst Clotilde, ich folgte, ohne zu zögern, und landete auf ihr. Ich spürte nur einen dumpfen kurzen Schmerz, sie hingegen fluchte laut. Schnell rollte ich mich zur Seite, Clotilde krabbelte hinterher. Doch Kathi kam nicht.

Einen Moment sahen wir panisch hinauf, warteten. Die Dachluke blieb leer.

«Lauf!», flüsterte Clotilde, rappelte sich hoch und stürmte los.

Ein Stockwerk tiefer stolperte ich beinahe über Kasimir. Er lag mit dem Rücken an der Wand, das Gesicht kalkweiß, dafür tropfte ihm Blut aus der Seite.

Ich warf mich zu ihm auf den Boden, nahm seine Hände.

«Kasimir!»

Ganz leicht drehte er den Kopf. Seine Lider flackerten.

«Lebt er noch?», fragte Clotilde.

«Er lebt.» Ich war zu panisch, um erleichtert zu sein.

«Dann los.» Sie bückte sich zu ihm hinunter, schnappte sich einen Arm und legte ihn sich um die Schultern. Ich nahm den anderen. Unter Anstrengung wuchteten wir Kasimir hoch. Er bemühte sich, Halt auf seinen Füßen zu finden, während wir ihn, so schnell wir nur konnten, den Flur, die Treppe und dann zum Eingang hinunterschleiften.

Es war Alfred, der uns in Empfang nahm.

«Fräulein Sonntag!», rief er aus. Erst dann schien er Kasimir in unserer Mitte zu erkennen. Er löste Clotilde ab, um mir zu helfen. Sie rief ein paar Arbeiter zusammen, und gemeinsam verrammelten sie die Tür des Hauses mit einem Kleiderschrank und mehreren Kutschrädern.

Alfred und ich stützten Kasimir bis zur Barrikade zwischen Alexanderplatz und Landsberger Straße, die uns einigermaßen sicher zu sein schien. Dort ließen wir ihn keuchend auf den Boden sinken. Er zitterte heftig.

«Wir brauchen Decken!», rief ich. «Verbandszeug, Wasser und Schnaps!»

Kinder kamen angerannt, die uns mit allem Nötigen versorgten. Alfred hielt Kasimir fest, während ich sein Hemd aufknöpfte. Er wimmerte und presste die Lider zusammen. Als ich seine Wunde sah, verschlug es mir den Atem. In seiner Seite leuchtete ein glatter, heftig blutender Schnitt. Ich tauchte einen Fetzen Stoff, den mir irgendjemand reichte, in lauwarmes Wasser und versuchte, die Haut zu reinigen, doch es quoll zu viel Blut nach.

«Sie müssen es verbinden», rief Alfred.

Kurzerhand goss ich einen großzügigen Schluck Alkohol auf die Verletzung, Kasimir brüllte, ich rollte sein Hemd zusammen. Fest drückte ich es auf die Wunde, sodass er erneut schrie. Dann knotete ich es fest.

Zum Schluss wickelte Alfred ihn in eine Decke ein. Ich nahm seinen Oberkörper und drückte ihn fest an meinen. Er hatte mittlerweile aufgehört zu wimmern, sah nur mit glasigen Augen zu mir hoch. Sein Blick wirkte auf mich wie eine erstaunte Frage. *Ist all das hier wahr? Ist es echt? Bist du es?*

«Ja», sagte ich nur. «Ja, Kasimir …»

Sanft streichelte ich seine Wange.

Nur am Rande bemerkte ich, dass es ruhiger wurde in der Stadt. Es musste mittlerweile tief in der Nacht sein, mein Zeitgefühl hatte ich verloren. Die Schüsse wurden seltener, das Gebrüll wurde zu Rufen und verklang dann in der Dunkelheit.

Im neuen, traurigen Gemurmel des Alexanderplatzes setzte sich Clotilde zu uns. Erst jetzt erkannte ich, dass auch sie verletzt war. Einen Arm konnte sie nicht mehr bewegen, ein Bein schien ebenfalls steif. War das bei ihrem Sturz passiert? Oder als ich auf sie gefallen war?

Tom blieb verschwunden. Doch ein großer schmaler Mann mit unendlich traurigen Augen gesellte sich zu uns. Sein Name sei Siegfried, sagte er. Und wenn Kasimir auch noch stürbe, so hätte der König ihm in einer Nacht alles genommen, was ihm wichtig sei. Ich spürte eine Träne, die mir über die Wange rollte. Sagen konnte ich nichts.

Bald ließ sich eine weitere Fremde in unserer Gruppe nieder.

«Louise», sagte sie mit einem kurzen Nicken. «Willst du eine Zigarre?»

Eigentlich wollte ich ablehnen. Noch nie in meinem Leben hatte ich geraucht. Doch aus irgendeinem Grund nahm ich die Zigarre entgegen.

Louise machte mir vor, wie man sie zwischen die Zähne nahm, zündete erst ihre eigene an, um mir das Anziehen zu zeigen, und gab dann auch mir mit einer brennenden Fackel Feuer.

Ich hustete kurz, dann genoss ich den würzig schweren Geschmack auf der Zunge.

Siegfried und Alfred schwiegen.

Kasimir schlief.

Louise und ich rauchten.

Und so erwarteten wir das Morgengrauen.

45. Kapitel

Boxhagen, 18. März 1848

Mit langsamen Schritten umrundete Ottilie ihr Haus. Rund und rund und rund. So wie auch ihre Gedanken kreisten. Anton war bereits verschwunden. Kurz darauf war auch Amalie hinausgestürmt und fortgerannt. Keiner von ihnen hatte Ottilie in der Dunkelheit gesehen. Aber Ottilie sah in der Dunkelheit endlich alles. Sie war fünfzehn und schrecklich verliebt. Sie war achtzehn und furchtbar töricht. Sie war erwachsen und die schlimmste Version ihrer selbst.

Alba hatte recht, sagte eine Stimme in ihrem Kopf. Alba hatte die ganze Zeit über recht gehabt. Wie sehr sie ihr fehlte. Mehr als alles andere wollte sie in diesem Moment bei ihr sein, sich in ihre Arme werfen, in ihrem dunklen Blick versinken, zu einer Geschichte werden, einer guten. Vielleicht könnte Alba diese Geschichte eines Tages der kleinen Elise erzählen. Vielleicht könnte sie ihr erklären, dass Ottilie ihr kleines Mädchen immer geliebt hatte. Dass da nur keine Kraft gewesen war, Elise eine Mutter zu sein. Schließlich hatte ihre Tochter ihr immer wieder vor Augen geführt, was sie alles falsch gemacht hatte. Elise war die einzig richtige Entscheidung gewesen – inmitten unzähliger Fehler.

Ottilie wusste nicht mehr, wie häufig sie ihr Haus bereits umrundet hatte, immer wieder an der endlos scheinenden Reihe von Eisenkraut entlang. Es war seit Stunden stockdunkel, die Welt schwankte. *Es reicht*, dachte sie mit einem Mal. *Es ist genug.*

Vor Erleichterung fiel sie auf die Knie. Mit beiden Händen tastete sie nach Albas Blumenbotschaften. Sie begann bei den trockenen, die ihre Schwester schon vor Wochen dort abgelegt hatte. Sie waren hart, Und geschmacklos. Eine nach der anderen legte sich Ottilie auf die Zunge. Sie kaute langsam und sorgfältig, kroch dann zur nächsten vor, schob sich auch diese in den Mund, und zur nächsten. Die Blüten zerbröselten zwischen ihren Zähnen, ein muffiger Geschmack legte sich ihr auf die Zunge, doch sie schluckte ihn hinunter, jedes kratzige Mal.

Ich verzeihe dir, dachte sie immer wieder. *Alba, ich verzeihe dir, verzeih du bitte auch mir …*

Allmählich schmeckten die Blumen bitterer, stechender. Sie fühlten sich weicher an, immer zarter zerschmolzen die Blüten auf ihrer Zunge. Hin und wieder lag zwischen dem violetten Eisenkraut ein Stängel Eisenhut. So liebevoll und geduldig Alba auch war, selbst sie kannte Zorn und Verzweiflung. Hin und wieder war es aus ihr herausgebrochen: *Dein Benehmen erzürnt mich.* Und Ottilie verstand sie. Ja, sie war sogar froh darüber, den Eisenhut zu sehen. Sie kannte die Wirkung dieser Blume, so wie sie die Wirkungen sämtlicher Blumen kannte. Sie erkannte die Wut, die da als Pflanze in ihren Händen lag. Die Macht. Entschlossen verzehrte sie die dunkelblauen, hängenden Blüten, und am Ende hatte sie jede einzelne von Albas Botschaften angenommen, die guten wie die schlechten. Jetzt waren sie versöhnt, vereint. Endlich war es so weit.

Sie ignorierte die Übelkeit in ihrem Magen, das scharfe Brennen in ihrem Hals. Langsam richtete sie sich auf. Nicht wie ein Mensch, sondern geschmeidig, lautlos und mit kribbelnden Händen. Ihr Gesicht war taub. Vorsichtig fasste sie sich an die Wange und konnte die sprießenden Härchen einer jungen Katze unter den Fingerspitzen fühlen. Diesmal wuchsen sie ihr überall. Rot-weißes Fell. Schon bald würde es im Mondlicht glänzen.

Sie huschte durch die Dunkelheit, als könnte sie vor der Kälte fliehen, die sich ihrer bemächtigte. Nie in ihrem Leben hatte sie so gefroren. Das Frieren war ein bleierner Schmerz, der jeden einzelnen Knochen befiel, ihn umhüllte, aushöhlte. Er wollte sie zerreißen, und sie war ihm dankbar dafür. So schnell es ihre steifen Glieder noch zuließen, lief sie durch das Hyazinthenfeld. Albas Haus sah sie von Weitem. Es brannte kein Licht.

Keuchend und gegen ihren Willen blieb Ottilie stehen. Ihre Beine bewegten sich nicht mehr. Kaum bekam sie noch Luft. Die Hyazinthen zu ihren Füßen taumelten, kamen näher, um sich dann wieder rasend schnell fortzubewegen. Fahrig griff sie danach und spürte zerriebene Blüten zwischen den Fingern, suchte erneut nach Halt, riss Blätter ab und zerknickte Stängel.

«Alba …», flüsterte sie, während sie fiel. Es tat gut, in ihren Hyazinthen zu liegen. In Heinrichs Hyazinthen.

Sie hörte ein Hecheln, ein erschrockenes Bellen. Den Kopf konnte sie nicht mehr drehen, doch sie spürte, dass Echo sich an ihren Oberkörper schmiegte. Seine warme Zunge fuhr über ihren Hals, und sie empfand Dankbarkeit. Ihr Körper war voll von brennendem Schmerz, aber zumindest war sie nicht allein.

So blieben sie liegen, bewegungslos, mit Blick in die Dunkelheit. Zu zweit.

46. Kapitel

Berlin, 18. März 1848

Als die Sonne endlich aufging, schlief Kasimir noch immer. Zwar wirkte er erschöpft, zumindest hatte er aber wieder etwas Farbe im Gesicht. Das bleiche Licht kroch über den Alexanderplatz, über die müden, verfrorenen Gestalten hinter den Barrikaden, die Glassplitter, Holztrümmer, das offene Pflaster, die Berge von improvisierten Schlagstöcken und die Reihe von Toten, die vor dem Theater aufgebahrt worden waren. Mit leeren Blicken starrten sie in den Morgenhimmel hinauf, jedes ihrer Gesichter einzigartig, selbst im Tod.

Ich unterdrückte ein Schluchzen und betrachtete Kasimir. Er lebte, doch wen hatte er verloren? Ich musste an den Verwundeten denken, den er ins Haus geschleppt hatte, an die Frau und den Mann, die ihm dabei geholfen hatten und dann auf dem Dach von den Soldaten erwischt worden waren. Beide lagen ganz in unserer Nähe, die Gliedmaßen der Frau seltsam verdreht, das Hemd des Mannes blutverkrustet. Was würde Kasimir aushalten müssen, wenn er erwachte? Während ich unablässig sein Gesicht streichelte, streifte mein Blick die quer liegende, verbaute Kutsche, mit der ich am Mittag – in einem anderen Leben – in die Stadt gekommen war. Und mir fiel etwas ein …

Ein Zucken riss mich aus meinen Gedanken. Kasimir war aufgewacht. Sein Blick war starr auf die Toten gerichtet. Er sagte kein Wort, während ich ihm half, sich aufzurichten.

Endlich flüsterte er: «Sie haben zwei Kinder … Hanns und Lina … Was soll nur aus ihnen werden?»

Und dann begann er zu weinen. Er hob eine Hand vor die Augen, presste Daumen und Zeigefinger gegen die Lider und weinte immer bitterlicher. Ich umschlang ihn, so fest ich konnte, und sein Schluchzen fuhr durch meinen ganzen Körper, so heftig, dass ich ihn kaum halten konnte.

Ich weiß nicht, wie lange es dauerte, bis sein Zucken nachließ und er erschöpft wieder einschlief.

«Siegfried?», flüsterte ich meinem Nebenmann zu. «Passt du kurz auf Kasimir auf?»

Ohne ein Wort nahm er Kasimirs Kopf in beide Hände, sodass ich mich vorsichtig unter ihm hervorziehen und aufstehen konnte.

Erst jetzt merkte ich, wie sehr meine Glieder schmerzten. Mein Körper war kalt und steif. Frierend lief ich zur Barrikade hinüber.

«Hee, Amazone!», rief Clotilde. «Brauchste Hilfe?»

«Bleib ruhig sitzen, Clotilde!»

«Ich kann helfen», sagte Louise, bevor Clotilde protestieren konnte.

Tatsächlich schien sie neben Alfred die Unversehrteste zu sein. Nur im Gesicht hatte sie einen blutigen Kratzer.

«In der Kutsche da», ich zeigte darauf. «Da ist ein Koffer.»

«Du brauchst jetzt deinen Koffer? Ist da Medizin drin?»

Ich wich ihrem Blick aus. «Vielleicht etwas Ähnliches …»

Gemeinsam mit Alfred, der ebenfalls sofort zur Stelle war, wuchteten wir zwei Ölfässer von der Kutsche, hoben eine Tür beiseite und traten angenagelte Bretter auseinander.

«Hee, vielleicht brauchen wir die Barrikade noch!», protestierte ein junger Kerl, den ich nicht kannte.

«Siehste weit und breit einen Soldaten?», fauchte Clotilde von ihrem Platz aus. «Die faulen, feigen Säcke schlafen längst in ihren Betten!»

Ich sprang auf die Kutsche, kletterte auf der anderen Seite hinunter – und entgegen aller Wahrscheinlichkeit fand ich ihn. Holzspäne und Schießpulver hatten eine staubige Schicht auf dem Leder hinterlassen, doch sonst war der Koffer unversehrt. Ich hob ihn hinaus, kletterte zurück und trug ihn an den anderen vorbei zu den Toten.

Ich hatte mir vorgestellt, diese Revolution mit meinen Blumen unterstützen zu können. Friedlich und stark sollte sie sein, wie die Blüten. Stattdessen würde ich nun die Toten schmücken. Ich ließ das Schloss aufschnappen und hob eine Handvoll Nelken heraus. Sie waren im Koffer zerknickt und schlaff geworden, doch sie leuchteten noch. Blüte für Blüte legte ich auf die leblosen Körper.

Von allen Seiten wurde ich beobachtet, sogar aus den Fenstern der Häuser. Bald traten die ersten Menschen heran, nahmen ihre Mützen ab und sahen schweigend zu. Und dann wurden weitere Blumen herbeigetragen. Ich fragte mich, wo all diese Farben herkamen, die die Opfer dieser Revolution ehrten. Doch mit einem Mal leuchtete der Platz blau, gelb und rot.

3

47. Kapitel

D u hast Ja gesagt?» Alba sah Ottilie vollkommen entsetzt an.

Ottilie musste grinsen. Es sah aber auch zu lustig aus, wie Alba dahockte. Sie hatten sich wie früher als Kinder unter die Trauerweide zurückgezogen. Nur dass Alba schon siebzehn Jahre alt und so groß war, dass sie sich sogar im Sitzen bücken musste.

«Du liebst ihn doch gar nicht!», legte sie nach. «Sag, liebst du ihn?»

Ottilie seufzte theatralisch. «Peter ist ein schöner Mann. Die verwegenen Locken, dieses fein gezeichnete Gesicht …»

«Natürlich ist Peter schön. Aber du kannst ihn doch nicht nur deswegen heiraten!»

«Er sieht ziemlich jung aus, findest du nicht? Wenn ich nicht wüsste, dass er schon fünfundzwanzig ist, ich würde ihn für gleichaltrig halten …»

«Ottilie, Schluss jetzt mit dem Unsinn.» Alba richtete sich ein wenig auf. Sicherlich versuchte sie, Ludmilas strengen Tonfall zu imitieren, doch ihr Kopf stieß dabei gegen einen Ast und brachte die halbe Weide zum Zittern.

Ottilie musste schon wieder kichern. Seitdem Peter ihr einen Heiratsantrag gemacht hatte, konnte beinahe alles Ottilie zum Kichern bringen. Sie war so unfassbar stolz. So geschmeichelt. Peter war der schönste Mann, den sie kannte. Sein Blick war verschmitzt, und er konnte wunderbar albern sein. Häufig saß er stundenlang mit Otto im Herrenzimmer, und man hörte sie bis draußen lachen.

Peter war nicht nur Ottos Vetter, sondern auch sein bester Freund und daher seit Ludmilas Hochzeit regelmäßig in Boxhagen zu Besuch. Amalie rollte über die beiden nur die Augen. Auch Ludmila war peinlich berührt von ihrer Lautstärke. Doch Ottilie, Alba und Clara ließen sich nur zu gern von ihnen unterhalten.

Peter hätte auch die geheimnisvolle Alba oder die fröhliche Clara um ihre Hand bitten können. Beide waren viel hübscher – und angenehmer im Wesen. Aber er hatte Ottilie gefragt. Ausgerechnet Ottilie. Sie war überrascht darüber, wie gut ihr das tat.

«Natürlich liebe ich ihn nicht.» Sie seufzte. «Leider …»

«Und warum hast du dann Ja gesagt?»

Ottilie atmete tief durch. Plötzlich konnte sie Alba nicht mehr ins Gesicht schauen. Sie wusste genau, was sie über ihre Antwort denken würde. Und natürlich hätte sie mit ihrem Urteil recht. Sie sah auf ihre Finger, die ein trockenes Laubblatt zerbröselten.

«Es ist wegen Anton Fuchs, habe ich recht?»

Ottilie schloss die Augen. Wie machte Alba das nur?

«Du hoffst, dass Anton sich einmischt, bevor du vor den Altar trittst. Du willst, dass er endlich eine Entscheidung trifft.»

Ottilie stöhnte auf. Sie hatte es so satt, ein offenes Buch

für Alba zu sein. Aber ehrlich gesagt, war sie auch ein wenig erleichtert. Ein Geheimnis war viel schöner, wenn man es teilte. Sie musste schon wieder lächeln.

Doch Alba lächelte nicht zurück.

«Das ist keine gute Idee, Ottilie.»

«Anton liebt mich, da bin ich mir sicher. Ich glaube, er braucht nur einen kleinen Stoß in die richtige Richtung.»

Alba fasste sich mit Daumen und Zeigefinger an die Stirn. «Würde er dich lieben, bräuchte er keinen Stoß.»

Der Satz hatte gesessen, sie spürte ihn wie einen Schlag im Magen. Unwillkürlich verschränkte sie die Arme. «Wie kannst du so etwas sagen?»

«Entschuldige. Vielleicht liebt er dich ja wirklich. Aber für ihn muss es so aussehen, als ob du dich nun mit ganzem Herzen für einen anderen entscheiden würdest! Wer geht denn eine Verlobung ein, nur um sie dann wieder lösen zu müssen?»

«*Ich* mache so etwas, Alba.» Ottilie klang härter, als sie es beabsichtigt hatte. «Anton kennt mich. Er spricht meine Sprache. Er wird es verstehen.»

Alba schüttelte den Kopf. «Du wirst es bereuen.»

Ottilie betrachtete ihre Schwester nachdenklich. Sicherlich meinte Alba es gut. Sie hatte nur Angst um sie, wollte sie schützen. Ottilie nahm Albas Hand und streichelte sie beschwichtigend.

«Mach dir keine Sorgen, Alba. Ich passe auf mich auf.»

Bis zu ihrer Volljährigkeit und der Hochzeit war es noch ein ganzes Jahr. Peters Blicke machten sie so stolz, dass Ottilie durch den Sommer schwebte. Nie war sie Anton gegenüber derart selbstsicher gewesen wie in diesen Monaten. Noch immer bat er sie durch die Blume um heimliche Rendezvous, noch immer folgte Ottilie seinen Einladungen, doch sie ließ sich nicht mehr ganz auf ihn ein. Hin und wieder stahl er ihr einen Kuss, doch jedes Mal wich sie nach wenigen Sekunden zurück und erinnerte ihn mit zärtlich bedauernder Stimme an ihre Verlobung.

Anfangs biss er sich daraufhin auf die Lippen. «Du bist grausam, Ottilie», flüsterte er.

Später stöhnte er verzweifelt auf. «Du machst mich verrückt.»

Irgendwann unterließ er die Versuche, sah sie nur noch nachdenklich an. War er traurig?

«Du solltest mit mir verlobt sein, Kätzchen.» Es war das erste Mal, dass er sie so nannte. Bei dem Kosenamen schluckte sie. Wie kam er ausgerechnet darauf? Kannte er sie so gut? Sogar ihre Visionen?

«Du hast mich nicht gefragt», erwiderte sie vorsichtig.

Er schüttelte langsam den Kopf. «Die Ehe …» Er verzog den Mund. «Es gibt keine Einrichtung auf dieser Welt, die ich mehr verabscheue.»

Nervös befeuchtete sie ihre Lippen und sah Anton abwartend an. Tatsächlich fuhr er fort: «Die Ehe ist eine gefährliche Sache.»

«Gefährlich?»

Anton zuckte ein wenig hilflos mit den Schultern. «Sie hat etwas an sich, das Männer zu Monstern macht.»

Ottilie zog beide Augenbrauen hoch und schmunzelte anzüglich. «Du bist schon heute eines, Anton.»

Er durchbohrte sie mit seinen Blicken, so lange, dass ihr ganzer Körper kribbelte. Fast erwartete sie, dass er sie packen würde, wie er es vor ihrer Verlobung unzählige Male getan hatte. Wie oft hatten sie sich heimlich im großen Schuppen zwischen Gutshaus und See getroffen, um sich ganz nah zu sein. Wie oft hatten sie sich fest umschlungen und stundenlang miteinander geflüstert. Sie vermisste diese Nähe, diese Wärme, seinen Flüsterton mit jeder Faser ihres Körpers.

Doch er rührte sich nicht. Irgendwann sagte er: «Ich möchte niemals tun, was mein Vater getan hat. Also werde ich nicht heiraten.»

«Niemals?»

Er schwieg.

Und in diesem Schweigen hörte Ottilie, was sie hören wollte.

Hin und wieder fragte sie sich, was sein Vater getan haben mochte, das Anton so sehr zu beeinflussen schien. Doch sie wagte es nicht, ihn darauf anzusprechen.

Stattdessen würde sie auf die Magie der Pflanzen vertrauen. Sie pflückte Klee: *Das Glück wird dich begleiten*, Immergrün: *Treu bis zum Tode*, Büschel von Grashalmen: *Gib endlich Antwort*, und kochte daraus einen dicken, würzigen Sud.

Dennoch reiste Anton wie jeden Herbst ab, um den Winter in Berlin zu verbringen. Fortan wartete sie auf einen Brief, trocknete Spanischen Flieder: *Ich bitte um ein Rendezvous*, Fuchsschwanz: *Mit List und Klugheit werden viele Hindernisse überwunden*, Esche: *Mein Wille ist unerschütterlich*. Doch sie wartete vergeblich.

Der Winter überzog Boxhagen mit einer dicken Eisschicht. Jeder Baum trug unzählige harte Flocken, weiß glitzernd hoben sie sich gegen den grauen Himmel ab. Das Gras wurde stachelig, und die letzten, hoch hängenden Herbstbirnen froren fest.

Allmählich fühlte sich auch Ottilies Gesicht taub an. Ihr Inneres wurde hart, zog sich zusammen vor Kälte.

Alba versuchte immer wieder, sie von der Hochzeit abzubringen. Noch sei es nicht zu spät. Sie solle Peter das nicht antun. Und auch Anton nicht. Doch für Ottilie gab es kein Zurück. Wie feige und wankelmütig stünde sie da, wenn sie die Verlobung jetzt wieder auflöste? Anton würde glauben, er könne sie auch ohne Heirat haben, wann immer er wollte. Er könne ihre Affäre jeden Winter sprichwörtlich auf Eis legen, um sich im Sommer wieder mit ihr zu vergnügen.

Dieses Zeichen würde sie ihm nicht geben. Er musste sich entscheiden. Ganz oder gar nicht.

Also blieb Ottilie hart. Selbst als Anton im Juni zurückkehrte und sie zum Wäldchen an den Gleisen lockte. In sicherer Entfernung hielt sie inne.

«Ich habe dich vermisst, Kätzchen.»

«Wieso nennst du mich so?»

Er deutete nur einladend mit dem Kopf zwischen die Bäume und ging ein paar erste Schritte. Sie lief neben ihm her.

«Hattest du einen angenehmen Aufenthalt in Berlin?» Sofort verfluchte sich Ottilie für diese steife Frage. Wie gewöhnlich sie klang, wie aufgesetzt. Niemals zuvor hatten sie sich auf diese Weise unterhalten. Meistens waren sie so ehrlich miteinander, dass es schmerzte, und dieser Schmerz hatte Ottilie längst süchtig gemacht. Doch heute war sie so nervös, dass sie doch in Floskeln abzugleiten drohte, um sich an irgendetwas festzuhalten.

Belustigt sah er sie an.

«Mein Winter war überaus angenehm, mein Herz, wie ist es dir ergangen?», spottete er.

Ottilie wich seinem Blick aus. Ihr Winter war viel zu lang gewesen. Und voller Enttäuschungen. Etwas von seiner Kälte war in ihr zurückgeblieben, eine eisige Wut. Und wenigstens ein paar Stunden sollte Anton sich so fühlen, wie sie sich jeden einzelnen Wintertag gefühlt hatte.

Sie blieb stehen, wartete, bis auch er innehielt, und sah ihm unbarmherzig in die Augen.

«Was hat dein Vater damals getan?»

Er schob seine Hände in die Taschen. «Wovon sprichst du?»

«Du fürchtest die Ehe. Sag mir, warum.»

Er zog einen Mundwinkel hoch. «Das ist eine ziemlich intime Frage, Kätzchen.»

«Wir waren schon intim.»

«So intim nicht. Ich habe nie jemandem davon erzählt.»

Unablässig starrte sie in seine Augen. Und auch er schien nicht wegsehen zu können.

«Hat er deine Mutter gehasst?»

«Er hat sie geliebt.»

«Hat er sie betrogen?»

«Jeder Mann betrügt seine Frau.» Allmählich schien ihm dieses Spiel Spaß zu machen, er schmunzelte.

«Hat er mehr als nur eine geliebt?»

«Sicher. Aber meine Mutter liebte er wie keine sonst.»

«Hat er sie schlecht behandelt?»

Anton gluckste. «Sehr schlecht.»

«Hat er sie gequält?»

«Jeden Tag.» Seine Stimme rutschte kaum merklich in die

Höhe. Nun ahnte Ottilie, dass er sich ihr im Grunde anvertrauen wollte. Er konnte es nur nicht aussprechen. Also würde sie es für ihn tun.

«Er hat sie geschlagen.»

Er antwortete nicht, erwiderte nur ihren Blick.

«Er war eifersüchtig und herrisch», riet sie, wartete kurz ab, ob er widersprach, doch er schwieg. «Und eines Tages schlug er zu hart zu.»

Beinahe glaubte sie, Anton zusammenzucken zu sehen. Ein Flackern ging durch seinen Blick, doch er hielt dem ihren stand.

Endlich sagte er: «Ich habe sie am Morgen in der Stube gefunden. Er hat sich noch nicht einmal die Mühe gemacht, sie ins Bett zu tragen. Stattdessen ist er für Wochen auf Reisen gegangen. Meine Brüder und ich haben alle belogen. Ich bin nur froh darüber, dass er nicht auf ihrer Beerdigung war.»

Die Bilder schmerzten Ottilie beinahe körperlich, sodass sie einen Schritt zurückwich.

Traurig und grausam zugleich lächelte Anton. «Ich bin der Sohn meines Vaters, Kätzchen. Wenn ich eines Tages heirate, dann nur eine Frau, die mir vollkommen gleichgültig ist. Niemals dich.»

«Egal, was ich tue?»

«Egal, was du tust.»

Dennoch, gegen alle Vernunft, hoffte Ottilie bis zum Tag der Hochzeit. Als es so weit war, trug sie das eleganteste Kleid, das sie sich vorstellen konnte: Es war aus cremefarbener Seide gefertigt, über und über mit feinem Blumenmuster verziert und eng geschnürt. Ihre Gäste mochten glauben, Ottilies Wangen seien so rot, weil Heinrich sie gleich zu Peter führen würde. Doch sie waren es allein wegen Anton, der in der fünften Reihe stand. Sie nahm den Arm ihres Bruders, langsam und mit bewegter Miene schritten sie zum Torbogen. Beinahe war sich Ottilie sicher, dass nun etwas passieren musste, schließlich war Anton hinterhältig. Der Pfarrer könnte fortbleiben, weil ihn jemand im Pferdestall eingesperrt hatte. Peter könnte durch ein mysteriöses Rauschmittel noch vor dem Jawort das Bewusstsein verlieren. Die Kirche könnte in Flammen aufgehen.

Anton würde sie retten, dachte Ottilie. Sie beide gehörten zusammen. Mit klopfendem Herzen betrat sie die Boxhagener Kirche. Es war ein schmaler, hoher Bau mit bescheidenen Holzbänken, aber überwältigenden Bildern an den Wänden und an der Decke. Sämtliche Gäste standen mit gefalteten Händen da und sahen Ottilie an. Sie sah Basen und Vettern, Onkel und Tanten, die versonnen lächelten. Nur Anton blickte ihr ernst entgegen. Irgendetwas würde geschehen, sagte sich Ottilie. Sie setzte einen Fuß vor den anderen, näherte sich diesem Mann, der ihre Zukunft sein sollte, sah niemanden mehr als ihn. Die Distanz zwischen ihnen wurde kleiner, immer kleiner. Gleich könnte er ihre Hand nehmen, ihr zuraunen, dass alles gut werden würde, er habe dafür gesorgt, sie solle sich keine Sorgen machen. Gleich würde sein Atem im Vorübergehen ihren Nacken streifen.

Endlich war sie bei ihm. Heinrich ging ungerührt weiter. Ottilie konnte keine Sekunde innehalten. Anton tat nichts. Und dann war der Moment vergangen.

Schon stand sie vor Peter. Seine eng geschnittene Weste war aus der gleichen cremefarbenen Seide gefertigt wie ihr Kleid, feierlich sah er zuerst Heinrich, dann Ottilie an und bot ihr den Arm. Sie nahm ihn wie in Trance, trat vor den Pfarrer, der unversehrt vor ihr stand. Und nirgends schwelte ein Feuer.

Dass die Orgel den Raum in den vergangenen Minuten ausgefüllt hatte, bemerkte Ottilie erst, als die Musik verklang. In der Stille räusperten sich die Menschen, hüstelten und flüsterten. All die Stimmen sprachen von Ottilies Fehlentscheidung, da war sie sich sicher. Endlich begriff sie, dass Anton sie nicht retten würde. Sie hatte sich selbst eine Falle gestellt und saß fest. Verzweifelt sah sie über ihre Schulter und suchte nach Alba.

Sie stand in der ersten Reihe und erwiderte ihren Blick voller Mitgefühl. *Ich hätte auf dich hören sollen*, dachte Ottilie und unterdrückte den Schrei, der ihr in der Kehle saß. Wieso habe ich nicht auf dich gehört?

Ihre Schulter berührte Peters, und schon allein von dieser Nähe wurde ihr übel. Der Pfarrer sagte irgendetwas, Ottilie konnte den Sinn seiner Worte nicht erfassen. Fieberhaft dachte sie nach. Sie erwog eine Ohnmacht, einen Tobsuchtsanfall oder eine Flucht. Doch die Kirche war voll mit ihrer Verwandtschaft. Sogar einige Geschäftspartner der Familie waren gekommen. Wie sehr würde sie ihren Geschwistern schaden, wenn sie nun diese Hochzeit platzen ließ? Sie sollte es trotzdem tun, dachte sie. Doch sie war wie gelähmt. Schon sagte Peter: «Ja, mit Gottes Hilfe.»

Und Ottilie wiederholte, mechanisch und mit einer ihr unbekannten Stimme: «Ja, mit Gottes Hilfe.»

Und dann war es zu spät.

Ein Jahr lang ignorierte sie Antons Blicke und Botschaften. Sie trauerte so heftig um eine verlorene Zukunft, dass sie kaum sprach und nie lachte. Ihr Magen war schwer wie Blei, ihre Brust schrecklich eng. Glücklicherweise war Peter häufig wegen seiner Geschäfte in Berlin oder anderswo. Und selbst wenn er daheim war, drängte er sie zu nichts. Er zwang sie weder dazu, mit ihm in die Stadt zu ziehen, noch wehrte er sich gegen ihren Wunsch, eine kleine Wohnung im Gutshof für sie beide einzurichten. Immer wieder beteuerte er, er würde alles tun und ihr so viel Zeit geben, wie sie brauchte, damit sie sich an die neue Situation gewöhnte. Er war abstoßend höflich und liebevoll. Ottilie konnte es nur ertragen, weil er auf Distanz blieb.

Sie wünschte sich einen so kalten Winter wie im letzten Jahr und hoffte, dass er sie taub werden ließ für den Schmerz in ihrem Inneren. Doch dieser Winter war lau und nass, der Himmel eine gräuliche Masse, die Farben düster und die Tage schwer. Als es endlich frühlingshafter wurde und Anton seinen alljährlichen Besuch ankündigte, wusste sie schon, dass sie schwach werden würde. All ihre Vorsätze waren im Schlamm des Winters versunken.

Sein Spanischer Flieder führte sie zu ihrem alten Schuppen zwischen Gutshof und Rummelsburger See. Sie machten kein Licht, als sie einander zum ersten Mal seit einem Jahr wieder berührten. Beide hatten gewusst, dass es so kommen würde. Sie liebten sich heftiger denn je, härter und rücksichtsloser. Zum ersten Mal hatte Ottilie heftige Schmerzen dabei, doch sie glaubte, es verdient zu haben.

Keuchend lagen sie nebeneinander in der Dunkelheit. Ottilie spürte alles zugleich, Hass und Verachtung, Wut und Liebe, Erleichterung und Verbitterung. Das hier würde nun ihr Leben sein, dachte sie. So würde es bleiben.

So blieb es nicht, denn in diesem Sommer wurde sie schwanger. Sie hatte keine andere Wahl, als auf einen Besuch ihres Mannes zu drängen und ihn ins Ehebett zu führen. Sie versuchte, sich daran zu erinnern, wie geschmeichelt sie nach seinem Heiratsantrag gewesen war. Wie lustig sie Peter einst gefunden hatte und wie sehr seine Blicke sie hatten schweben lassen. Doch es gelang ihr kaum. Jede Sekunde mit ihm erschien ihr falsch, bei jeder Berührung wollte sie weinen. Doch sie stand es durch. Und neun Monate später gebar sie ein Kind.

Elise war krank und schwach. Sie würde Peter «Papa» nennen. Doch sie war Antons Tochter. Auch wenn der nichts von ihr wissen wollte. Bereits während der Schwangerschaft lehnte er jedes Treffen mit Ottilie ab. Noch bevor Elise überhaupt da war, stand sie schon zwischen ihnen.

Wie Anton würde Ottilie auch dieses Mädchen hassen und lieben zugleich. Sie war ein Teil von ihm. Und zugleich der Grund für seine ewige Ablehnung. Wann immer sie die Kleine ansah, würde Ottilie an das Leben denken, das ihr verwehrt blieb. Elise würde ihr Scheitern verkörpern, diese falsche Wirklichkeit, aus der es niemals mehr ein Entrinnen gab.

48. Kapitel

Berlin, 19. März 1848

Wir zuckten zusammen, als schon wieder Schüsse ertönten. Schnell sah ich zum Fenster hinüber.

«Das sind Freudenschüsse», sagte Kasimir. Seitdem der Arzt da gewesen war und ihm Morphium verabreicht hatte, war zumindest der Schmerz aus seiner Stimme verschwunden. Dafür klang er weit entfernt.

Er sah mir in die Augen, seine Mundwinkel zuckten leicht. Ich hielt seine Hand fest.

Freudenschüsse?

Ich sprach es nicht aus, doch er antwortete mir trotzdem: «Die Welt ist ein Klumpen Lehm, Alba. Und wir haben begonnen, sie neu zu formen. Sie wird nie wieder genauso sein, wie sie gestern war. Viele Menschen haben sich dafür geopfert.»

Sein Gesicht verzog sich kurz, und ich sah, dass er sich bemühte, nicht zu weinen. Er schloss die Augen und drückte meine Hand.

Wir waren allein, seit Louise und Siegfried sich verabschiedet hatten: Louise war zuerst aufgebrochen, um Kasimirs Nichte und Neffen zu suchen und zu ihm zu bringen. Sie hatte die schreckliche Aufgabe, ihnen vom Tod ihrer Eltern zu berichten. Anfangs hatte er darauf bestehen wollen, es selbst zu tun, doch schon auf dem Flur war ihm schwarz vor Augen geworden, sodass wir ihn zurücktragen mussten. Kurz darauf hatte sich auch Siegfried verabschiedet. Er behauptete, einen Freund namens Adalbert treffen zu müssen, um mehr über die derzeitige Lage in Berlin zu erfahren. Doch ich hatte viel eher den Eindruck, dass er es kaum ertrug, in dieser Wohnung zu sein, in der er mit seinem Bruder zusammengewohnt hatte. Keinen Gegenstand behielt er länger als nötig in der Hand, kein einziges Mal setzte er sich. Er wirkte wie ein Frierender, den Stillstand erzittern lässt. Siegfried musste laufen, brüllen, vielleicht um sich schlagen. Ich verstand ihn nur zu gut. Normalerweise schaffte ich es, die Erinnerungen an den Tod meines eigenen Bruders weit von mir zu schieben. Doch an diesem Tag, an dem ich unter trauernden Geschwistern war, wurde es mir unmöglich. Heinrich war heute mit mir in dieser Wohnung. Er stand direkt hinter mir – in jeder Sekunde. Und hin und wieder legte er mir eine schwere Hand auf die Schulter.

«Alba?», riss mich Kasimir aus meinen Gedanken. «Warum bist du nach Berlin gekommen?»

Ich schluckte, befeuchtete meine Lippen und öffnete den Mund, noch während ich nach Worten suchte. Endlich sagte ich: «Ich habe mich mit meinen Schwestern gestritten.» Bei dem Wort Schwestern wich ich seinem Blick aus. Wie sollte Kasimir dieses Wort heute ertragen? So schnell ich konnte, fuhr ich fort: «Wir reden ohnehin nicht mehr viel miteinander, wie du weißt, doch dieser Streit war anders … Sogar Clara …» Ich brach ab und schüttelte den Kopf. «Ich wollte nur noch weg. Und dann habe ich deinen Brief gefunden.»

«Ich hätte ihn nicht abschicken dürfen.» Kasimir sprach langsam, vermutlich wegen der Medikamente.

«Ich bin froh, dass du es getan hast, Kasimir.»

«Du hättest ebenfalls sterben können. Wir hätten niemals auf die Barrikaden steigen dürfen, keiner von uns. Und jetzt sind Henriette, Joseph, Levin ...» Er sah an die Decke, kämpfte wieder gegen seine Tränen an.

Vorsichtig hob ich auch meine Beine auf sein Bett, drehte mich zu ihm und schloss ihn, so fest ich konnte, in die Arme. Nun ließ er die Tränen doch laufen. Wie auf dem Alexanderplatz konnte ich sein Schluchzen tief in mir selbst fühlen. Es dauerte eine ganze Weile, bis ich bemerkte, dass es gar nicht seines war, sondern meines. Ich musste an Heinrich denken. An das alte Jagdgewehr unseres Vaters. Daran, wie ein Schuss jede einzelne von uns Schwestern hatte zusammenzucken lassen. Dieser Schuss hatte nicht nur Heinrichs Leben ein Ende gesetzt, sondern der ganzen Familie. Er hatte uns auseinanderkatapultiert, und seitdem bewegten wir uns alle in unterschiedliche Richtungen. Meine Liebe für Heinrich wallte immer wieder in mir auf, spülte in den unmöglichsten Momenten Erinnerungen in mein Bewusstsein.

«Wird es irgendwann leichter?», fragte Kasimir, als er sich wieder beruhigt hatte. Mit dunkel verklebten Wimpern sah er mich an. Was könnte ich ihm sagen, ohne zu lügen?

«Es wird ... anders», sagte ich irgendwann.

«Anders wird es immer», murmelte Kasimir.

Später erzählte er mir von seiner Schwester. Während ich es kaum ertrug, auch nur über Heinrich nachzudenken, konnte er ohne Unterlass von Henriette sprechen. Er beschrieb ihre zupackende Art, ihre Unerschrockenheit und ihre Sturheit. Und dann redete er über den Rest seiner Familie. Über seine Mutter, die als Witwe versucht hatte, vier Kinder durchzubringen. Das Geld ihres verstorbenen Gatten hatte nicht lange gereicht, sodass sie bald in einer Fabrik zu arbeiten begann. Doch auch davon wurden sie kaum satt. Kasimir und sein älterer Bruder begannen früh, etwas dazuzuverdienen. Dann fiel die Cholera über die Familie her, einzig Henriette und Kasimir überlebten.

«Und jetzt bin nur noch ich übrig.» Er sagte es leise und bitter.

Ich würde ihm so gern Mut zusprechen, wie Clara es konnte. Sie würde ihm erzählen, dass es seine Mutter sicher glücklich machen würde, wenn er stark bliebe und dem Leben trotzte. Amalie würde vorschlagen, er sollte nun für seine verstorbene Schwester, die ihn sicher nicht leiden sehen wolle, das Leben beim Schopf packen. Ludmila würde von Gott sprechen, der einen Plan für jeden von uns habe, so unsinnig er uns auch erscheine.

Ich verwarf all diese Ideen. Nichts davon würde ich selbst hören wollen, also schwieg ich und strich Kasimir über die Wange, bis er einschlief.

Mittlerweile war es dunkel geworden, nur wenige Kerzen erhellten den Raum. Immer wieder ertönten Freudenschüsse in der Nacht. Ich weiß nicht, wie lange wir so dalagen. Irgendwann zog mich Kasimir im Halbschlaf eng an sich, und ich vergrub meine Nase in seinem Haar.

Plötzlich fragte er: «Möchtest du mir erzählen, warum du dich mit deinen Schwestern gestritten hast?»

Ich spürte selbst, wie sehr ich mich versteifte. Sagen konnte ich nichts.

«Deine Schwester Clara hat mir erzählt, dass es früher zwischen euch ganz anders gewesen ist.»

Noch immer bekam ich kein Wort über die Lippen.

«Und deine Schwester Ottilie ... Ich weiß, es geht ihr nicht gut. Aber sie war immer sehr freundlich zu mir.»

Verwundert sah ich ihn an. «Ottilie war freundlich?»

Nun huschte tatsächlich ein kleines Grinsen über sein Gesicht. «Als ich sie das erste Mal gesehen habe, ist mir das Blut in den Adern gefroren. Wie sie da in diesem alten Hochzeitskleid im Schlamm stand ... Aber sie war sogar ein wenig besorgt um mich.»

Ich schluckte. «Ja, sie kann tatsächlich sehr fürsorglich sein.»

«Einmal habe ich etwas beobachtet. Ich bin mir nicht sicher, ob ich es dir erzählen sollte.»

Ich setzte mich ein wenig auf. «Wie könnte ich nach dieser Einleitung Nein sagen?»

Er verzog entschuldigend das Gesicht. Aber er wirkte von seinem eigenen Kummer abgelenkt. Also sagte ich: «Nun erzähl schon!»

«Eines Abends hatte ich die Idee, dir eine Waldwinde von dem kleinen Schuppen zwischen Kirschgarten und Pferdestall abzuschneiden.»

Ich schloss unwillkürlich die Augen und genoss die Erinnerung an die kurze Zeit, in der wir uns in Boxhagen Blumenbotschaften geschickt hatten. Seitdem war bereits viel zu viel geschehen ...

«Ich habe schon von Weitem gesehen, dass in der Hütte

Kerzenlicht brannte. Und als ich näher kam, bemerkte ich eine Gestalt am Fenster.»

«In der Hütte?»

Er schüttelte den Kopf. «Davor. Sie hat versucht hineinzuschauen. Als sie mich hörte, ist sie verschwunden.» Nachdenklich musterte ich ihn, während er vorsichtig fortfuhr: «Ich wollte gerade umkehren, als die Tür aufflog und deine Schwester heraustrat.»

«Welche Schwester?»

«Frau ... Schmidt.»

«Amalie?»

«Und hinter ihr ein Mann. Ich kannte ihn nicht: groß, schlanke Statur, glatt rasiert ...»

Mir klappte der Mund auf. Amalies Mann trug einen Bart. Und wieso sollte Amalie sich mit Friedrich auch in einem Schuppen aufhalten?

«Wer war die Gestalt, die vorher in die Hütte hineingesehen hat?», fragte ich.

Er hob die Schultern. «Ich bin mir nicht sicher, aber ich denke, es war deine Schwester Ottilie.»

Ich atmete lange aus. «Ottilie», flüsterte ich.

Kasimir beobachtete mich von der Seite. An einem anderen Tag hätte er mich sicher gefragt, was das alles zu bedeuten habe. Heute schien er nicht die Kraft dafür zu haben – und zum ersten Mal bemerkte ich, wie sehr ich seine Neugier auf diese Welt liebte. Ich wünschte sie mir so dringend zurück, dass ich antwortete, ohne dass er die Frage ausgesprochen hatte.

«Ich denke, es geht um unseren Vetter Anton Fuchs. Ottilie war als junges Mädchen schrecklich in ihn verliebt. Doch Anton hatte immer auch ein Auge auf Amalie geworfen. Wir wussten es alle, aber Ottilie wollte es nie wahrhaben. Und vor ein paar Wochen hat er dann mir einen Heiratsantrag gemacht.»

Erstaunt sah Kasimir mich an. «Er macht gleich drei Schwestern den Hof?»

Traurig zog ich einen Mundwinkel hoch. «Was haben wir wohl alle gemeinsam?»

Er seufzte schwer. «Land.»

«Viel Land. Er hat unserer Familie kürzlich ein Angebot gemacht.»

Und dann ließ ein lautes Klopfen mich hochfahren.

49. Kapitel

Heinrich lehnte mit dem Rücken an einem Kirschbaum, die Hände tief in den Hosentaschen vergraben, und schaute in die Dunkelheit. Sein Atem ging flach, sein Herzschlag dröhnte ihm in den Ohren. Er sollte nicht hier sein. Er hatte eine Familie, trug Verantwortung. Wie konnte er all das beiseiteschieben? Und doch tat er es. Er blieb stehen, spürte die Rinde im Rücken und blickte auf das Feld hinaus. Auf all die Blumen, deren Farben er in der Dunkelheit nicht mehr erkennen konnte. Ein Teil von ihm hoffte, dass er vergeblich wartete. Ein anderer fürchtete sich davor.

Zuerst hörte er das Rascheln der Hyazinthen. Erst dann sah er die Gestalt. Sie musste einmal um den Gutshof herumgelaufen sein, um kein Misstrauen zu erregen. Nun tauchte sie aus der Dunkelheit auf und sah Heinrich unsicher an.

«Du bist hier?» Ein zaghaftes Lächeln.

«Ich bin hier», sagte Heinrich.

«Du bist verliebt, Heinrich.» Alba strich sich eine Strähne hinter das Ohr, wobei eine winzige Spur Erde auf ihrer Stirn zurückblieb.

«Ich? Verliebt?» Seine Stimme klang so zittrig wie nie. Er sollte Albas Gewächshaus so schnell wie möglich verlassen. Dieses Gespräch konnte keinen guten Ausgang nehmen. Doch was, wenn Alba wirklich etwas wusste? Er musste daran denken, wie streng ihn Ludmila in letzter Zeit anschaute. Wie oft sie für ihn und sein Seelenheil betete. Auch Amalies hochmütiger Blick erschien vor seinem inneren Auge. Seit Wochen betonte sie immer wieder, sie hasse nichts mehr als Heuchelei. Vielleicht hatten seine Schwestern ihn längst alle durchschaut.

«Was hast du gesehen, Alba?» Er klang schärfer als beabsichtigt.

Erschrocken sah Alba ihn an. «In letzter Zeit lächelst du mehr als je zuvor, und deine Schritte haben etwas Federndes …» Sie unterbrach sich selbst. «Aber wovor hast du solche Angst?»

Sie trat auf ihn zu und nahm seine Hand. Er schüttelte den Kopf. «Es geht mir gut, Alba.»

Und doch war da etwas in Albas Stimme, das ihn verlockte, sich ihr zu öffnen. Könnte er bei ihr Verständnis finden? Vielleicht sogar Vergebung?

«Du kannst mir alles sagen», beteuerte sie.

«Auch, wenn es unvorstellbar ist?»

In ihren Augen las er keine Verunsicherung. Doch sie war erst fünfzehn. Fast noch ein Kind. Also riss er sich zusammen, setzte das beste Lächeln auf, das er in dieser Situation zustande bringen konnte, und verabschiedete sich.

Am Ende war es der Alkohol, der ihn verriet. Es tat so gut, nach dem Abendessen das ein oder andere Glas Whiskey zu trinken. Die bernsteinfarbene Flüssigkeit brannte angenehm in seiner

Kehle und machte seinen Kopf ganz leicht. Er spürte den Knoten in seinem Magen nicht mehr. Eines Abends traf er in diesem Zustand auf Alba. Sie erschrak sichtlich und half ihm die Treppe zu seinem Zimmer hinauf.

Ihre offensichtliche Liebe und Fürsorge erleichterten ihn so sehr, dass er sie immer wieder von der Seite umarmte und ihr Küsse ins Haar drückte.

«Ich bin so froh, dass ich dich habe!»

Alba lächelte, und doch entging ihm ihre Sorge nicht.

«Guck bitte nicht so, Alba. Es geht mir gut. War nur ein anstrengender Tag, ich brauchte ein wenig … Zerstreuung.» Seine Worte lehnten sich schwer gegeneinander, er konnte nichts dagegen tun.

«Du trinkst in letzter Zeit oft, Heinrich.»

Er winkte mit großer Geste ab – dabei hatte sie recht.

«Es ist ein großes Glück, dass du meine Schwester bist, weißt du das?»

Beschämt schlug sie die Augen nieder. «Du hast fünf wunderbare Schwestern.»

«Ja, natürlich! Ihr seid alle wunderbar. Aber du bist etwas Besonderes, Alba. Das wissen wir alle. Du bist klug, weißt stets, was in jedem von uns vor sich geht, hältst zu uns, sogar wenn wir selbst nicht zu uns halten …»

Seine Worte waren so schnell, dass er ihnen kaum folgen konnte. So viel und so offen hatte er lang nicht mehr geredet. Schwerfällig ließ er sich in einen Sessel fallen.

Alba hockte sich vor ihn auf den Boden und nahm seine Hände. «Warum hast du dich so betrunken, Heinrich?»

Das Beste wäre es, Gute Nacht zu sagen. Aber er war längst

in Fahrt, und die Offenheit, die er sich im nüchternen Zustand niemals erlaubt hätte, tat so schrecklich gut. Sie schien seinen Rausch zu verstärken. Gegen seinen Willen erwiderte seine gelockerte Zunge: «Ehrlich gesagt ist es wegen Peter, Schwesterherz. Es ist alles wegen Peter.»

Er suchte in Albas Augen nach dem Entsetzen, das er all die Zeit über erwartet hatte. Doch er fand es nicht. Alba ließ ihn weitersprechen.

«Wir treffen uns heimlich. Und ich war noch nie so glücklich wie in den Stunden mit ihm.»

Sie atmete tief durch. Dann nickte sie und lächelte traurig. «Du bist verliebt, Heinrich.»

Heinrich schloss die Augen, alles drehte sich.

«Komm, ich bring dich ins Bett.»

Von diesem Augenblick an fühlte sich Heinrich nicht mehr allein. Er hatte eine Vertraute. Alba verurteilte ihn nicht, und sie redete ihm nicht ins Gewissen. Dank ihr brauchte er den Whiskey am Abend kaum noch. Ihm reichte ihr verschwörerischer, dunkler Blick, um das Kreisen seiner Gedanken zu beruhigen.

Peter traf er weiterhin. Sie verabredeten sich im Kirschgarten. Oder in der Dunkelheit zwischen den Hyazinthen. *Ich lieb allein die Gleichgesinnten*, schienen sie zu flüstern. Mal schlich Heinrich sich in Peters Kutsche, mal klopfte Peter ganz sacht und mitten in der Nacht an Heinrichs Tür. Nie war Heinrich einem anderen Menschen so nah gewesen wie ihm. Nie hatte er sich so aufgehoben und geborgen gefühlt, nie so stark und verletzlich zugleich. Mit Peter an seiner Seite fühlte er sich zum ersten Mal wie der Mann, der er immer hatte sein wollen. Mit seiner fürsorglichen und doch herausfordernden Art holte Peter das Beste aus ihm hervor. Erst seitdem sie einander hatten, war sich Heinrich sicher, dieses Leben meistern zu können. Er würde eines Tages das Vorwerk Boxhagen übernehmen und für seine Schwestern sorgen, da war er sich sicher.

So lange, bis sein Vater plötzlich und viel zu früh starb.

«Ich kann das nicht, Peter.» Heinrich weinte nicht, auch wenn ein Kloß ihm seit Tagen fest im Hals saß. «Ich kann es einfach nicht.»

Er saß an seinem Schreibtisch, raufte sich die Haare und wandte sich Peter zu. Der zog sich einen Stuhl zu ihm heran und legte ihm seine Hände auf die Knie. «Natürlich kannst du.»

«Es ist zu viel. Vater hatte erst Mutter, später hatte er Ludmila und mich. Ludmila hat Otto, aber weitaus weniger Zeit, sich um die Ländereien zu kümmern. Mit wem soll ich sämtliche Entscheidungen besprechen, wie soll ich das Personal anleiten, einen Überblick über alle Felder behalten?» Er brach ab – die Liste hätte er endlos fortführen können, und jedes Wort machte ihn mutloser. Mit einem Mal kam ihm Boxhagen zu gewaltig vor. Er war nicht gemacht für so viel Land, für so viel Macht. Nichts davon hatte er je gewollt.

«Du hast mich», sagte Peter. Wie jung sein Gesicht mit den fein gezeichneten Lippen im Kerzenschein wirkte. Wie immer hing ihm eine dunkle Locke in die Stirn. «Du kannst jede Entscheidung mit mir besprechen.»

Heinrich schnaufte. Er stand auf, schritt durch sein Arbeitszimmer und fuhr sich mit einer Hand durchs Haar. «Wie könnte ich? Dass wir uns treffen, ist schon ein Verrat an meiner Familie.

Wie schlimm wäre es erst, wenn ich Geschäftsentscheidungen mit dir abstimme?»

Dass er Peter mit diesen Worten verletzt hatte, bemerkte er erst, als er sich wieder zu ihm umwandte. Peter starrte ihn mit leicht geöffnetem Mund an.

«Ich wollte nicht …» Heinrich umschloss sein Gesicht mit seinen großen Händen. «Verzeih mir.»

«Ist schon gut.» Peter wandte den Kopf und küsste Heinrichs Handfläche. Wie weich sich seine Lippen anfühlten. Zärtlich strich Heinrich über seine Wangen und dann küsste er ihn. Erst auf die Stirn, die Nase, das Kinn, dann auf den Mund. Peter stand auf, umschlang ihn, und dann hielten sie sich ein paar Sekunden schweigend fest.

«Gehöre ich denn nicht zur Familie?», fragte Peter.

Heinrich sah ihn traurig an. «Du bist der Vetter meines Schwagers. Wie sollte ich deine Einblicke rechtfertigen?»

Peter nickte, löste sich leicht von ihm und sah nachdenklich an ihm vorbei. Plötzlich blitzte etwas in seinem Blick auf. «Ich könnte Teil dieser Familie werden.»

Heinrich verschränkte die Arme.

«Du hast drei unverheiratete Schwestern …»

Bei diesen Worten wich Heinrich augenblicklich zurück. «Nein, Peter. Denk nicht einmal daran!»

Doch Peter winkte ab. «Lass mich nur machen.»

Mit diesen Worten verschwand er aus Heinrichs Zimmer. Vor Schreck war Heinrich einen Moment lang wie gelähmt. Dann stürzte er hinterher, wollte nach Peter rufen – doch wie könnte er, in diesem Haus voller Ohren? Hilflos musste er dabei zuhören, wie sich Peters Schritte im Flur entfernten.

Kurz entschlossen lief er zu seinem Schreibtisch hinüber und schrieb gehetzt und flehend ein paar Zeilen an Peter, bat inständig darum, keine Verlobung in Erwägung zu ziehen.

Es stimmt, Vater hat immer gesagt, eine Hochzeit könne helfen. Er sagte, ich bräuchte eines Tages Unterstützung. Aber nicht so. Ich weiß, du willst nur helfen, und dafür bin ich dankbar. Doch deine Idee ist grausam. Ich flehe dich an, davon abzusehen. Ich werde es allein schaffen. Vertrau mir, dein Heinrich.

Wochenlang sprach Peter kein Wort mehr darüber, sein Vorhaben in die Tat umzusetzen, und Heinrich vermied es, ihn daran zu erinnern. Doch vier Monate nach Vaters Tod hielt Peter um Ottilies Hand an – und Ottilie willigte in die Verlobung ein. Sooft Heinrich Peter auch beschwor, er ließ sich nicht von dieser Hochzeit abbringen.

Ein Jahr später war das Jawort gesprochen.

Heinrich nahm sich fest vor, Peter in Zukunft wie jeden anderen seiner Schwäger zu behandeln. Er ließ sich von ihm und Otto in geschäftlichen Fragen beraten, trat die ein oder andere Aufgabe an sie ab und schlief allein. Nun, da Peter gemeinsam mit Ottilie im Anbau des Gutshofs wohnte, gab es ohnehin keine Gelegenheiten für heimliche Treffen mehr. Bei dem Gedanken daran, dass Peter neben seiner Schwester schlief, sie berührte, sie vielleicht sogar lieben lernte, wurde Heinrich schwer ums Herz. Kaum konnte er noch etwas essen, selten schlief er eine ganze Nacht lang. Er begann, nachts über das Land zu gehen, den Duft der Blumen einzuatmen und sich eine Welt vorzustellen, in der alles anders gekommen wäre, in der er das Ehebett mit Peter teilte, in der ihnen das Land gemeinsam gehörte und alle es wissen durften. Manchmal schloss er sich die halbe Nacht in der Bibliothek ein, las Zeitung, Berichte über die Französische Revolution und Gedichte von Herwegh. In Frankreich hatte man die Strafbarkeit von sexuellen Handlungen unter Männern abgeschafft, Bayern war diesem Beispiel bereits gefolgt. In seinen schlaflosen Nächten war er Revolutionär und träumte davon, auch Preußen könnte sich ändern – grundlegend.

Wenn er doch einmal Schlaf fand, erwachte er nicht selten mit einem erschrockenen Atemzug und wild klopfendem Herzen. *Die arme Ottilie*, dachte er dann immer wieder. Sie war mit einem Mann verheiratet, der sie vielleicht niemals lieben würde – und wusste es gar nicht. Sie war nur eine Spielfigur, die strategisch vor den Altar verschoben worden war, ein Mittel zum Zweck. Wie sollte Heinrich sich diese Schandtat jemals verzeihen?

Ich vermisse dich, schrieb Peter ihm immer wieder. *Bitte, tu mir diese Stille nicht an.* Doch Heinrich antwortete ihm nicht. Er hasste Peter für das, was er ihnen dreien antat. Und liebte ihn doch, mit einer so zerstörerischen Kraft, dass sich sein Körper dabei auflöste. In jedem Monat verlor er ein weiteres Pfund. Noch immer war er groß, doch sein Kreuz längst nicht mehr breit, seine Arme und Beine glichen Stöcken. Nur seine Hände blieben Pranken – obwohl sie nichts mehr anpackten. Immer häufiger mussten ihm Otto und Peter in geschäftlichen Dingen unter die Arme greifen, immer weniger bekam er selbst zustande. Er war viel zu müde und ausgelaugt, um den Überblick zu behalten, während sich einzelne Bilder tief in seine Gedanken bohrten: das gefährliche Glitzern in Ottilies Augen. Eine aus der Erde ragende Hyazinthenzwiebel, die von grünlichem Schimmel überzogen wurde.

«Du wirst noch daran zugrunde gehen», prophezeite ihm Alba eines Tages. «So kannst du nicht weitermachen, Heinrich.»

Heinrich tastete nach dem Stuhl hinter den Dahlien und setzte sich vorsichtig. Ihm war schwindelig

«Was soll ich sonst tun?»

Alba hockte sich vor ihn und nahm seine Hände. «Du zerstörst dich selbst.»

Er antwortete nicht.

Alba kniff die Lippen zusammen. Kurz schloss sie die Augen, dann richtete sie sich wieder auf, strich sich nervös über den Stoff ihres Kleides und sah an ihm vorbei durch das Glas des Gewächshauses.

«Vor ein paar Tagen … habe ich etwas beobachtet.» Lange schien sie nach Worten zu suchen, bevor sie fortfuhr: «Danach habe ich mit Ottilie gesprochen. Sie hat es mir bestätigt.» Wieder machte sie eine kurze Pause. «Sie trifft sich wieder mit Anton Fuchs.»

Heinrich wollte es nicht, doch mit einem Mal verspürte er Hoffnung. «Tatsächlich?»

«Meistens verabreden sie sich im großen Schuppen zwischen See und Gutshof.»

Zum ersten Mal seit Monaten konnte Heinrich wieder seinen Herzschlag spüren. Er schwieg, wartete.

Alba fuhr fort: «Wenn ich weiß, dass Ottilie dort ist, oder wenn sie mich besucht, werde ich einen Topf Taubnesseln vor die Tür des Gewächshauses stellen. Dann weißt du, dass sie nicht zu Hause ist. Die Taubnesseln bedeuten, du hast wenigstens eine Stunde Zeit. Dafür sorge ich.»

Heinrich starrte Alba fassungslos an. Was sie da sagte, war ungeheuerlich. Und zugleich ein Hoffnungsschimmer. Er wusste nicht, was er erwidern oder auch nur denken sollte. Doch er fühlte die Wärme, die ihn durchströmte.

Nicht einmal ganz am Ende würde Heinrich die folgende Zeit bereuen. Wie könnte er etwas bedauern, das sich wie der einzig gute Grund zu leben anfühlte?

Schon als er das erste Mal die Taubnesseln vor Albas Gewächshaus sah, klopfte er an Peters Zimmertür. Der öffnete Heinrich mit einem so erstaunten Blick, dass Heinrich beinahe gelacht hätte. Gemeinsam stolperten sie rückwärts durch die kleine Stube hin zum Ehebett.

«Du bist wieder da», flüsterte Peter immer wieder. «Du bist wieder da.»

«Ich werde nicht noch einmal gehen», versprach Heinrich und küsste ihn, drängte sich eng an ihn.

Peter packte ihn an den Schultern und schob ihn ein Stück von sich weg.

«Hast du mir verziehen?» Eindringlich und atemlos sah er ihn an.

Heinrich wollte den Moment nicht zerstören, sich nicht erklären. Also sagte er einfach: «Ja. Ich habe uns beiden verziehen.»

Von nun an konnte Heinrich wieder essen, wieder schlafen und wieder Entscheidungen treffen. Das Vorwerk blühte im wahrsten Sinne des Wortes auf, Heinrich nahm wieder zu und

Farbe an. Seine Schritte federten, er spürte es selbst. Er lachte über die Scherze seiner Schwestern, genoss den Anblick der Landschaft, der Blumen und freute sich auf jeden nächsten Tag.

Nichts deutete darauf hin, dass dies nur eine Phase war. Eine verschwindend kurze in seinem Leben. Er wusste nicht, dass all das Glück seinen Preis hatte.

50. Kapitel

Berlin, 19.–20. März 1848

Ich eilte zur Tür und öffnete. Dahinter stand Louise. Für einen Moment war ich erleichtert, dass sie es war, die bei Kasimir geklingelt hatte. Wenn mich jemand nicht dafür verurteilen würde, dass ich allein in der Wohnung eines Mannes war, dann war es wohl eine so unkonventionelle Frau wie sie. Doch dann bemerkte ich ihr glänzendes Gesicht, die roten Wangen und unruhigen Augen. Sie fasste mich an beiden Schultern und schob mich sachte zurück in die Wohnung.

«Es ist so viel passiert … Ich weiß nicht, wo ich anfangen soll.»

Kasimir setzte sich schwerfällig auf. Ich sank neben ihm auf die Bettkante. Abwartend sahen wir Louise an, die rastlos durch den Raum lief.

«Deine Nichte und dein Neffe waren bereits versorgt, als ich kam. Die Mutter deines Schwagers war da, sie wusste über alles Bescheid und wird die Kinder zu sich nehmen. Sie sagte, sie wird sich auch um die Auflösung der Wohnung und alles Nötige kümmern.»

Mein Blick wanderte zu Kasimir, der an mir vorbeisah. «Minna wusste es?», fragte er überrascht.

Louise hob die Schultern. «Von ein paar … Mädchen, die Joseph auf dem Alexanderplatz gesehen haben.»

Kasimirs Stirn blieb gerunzelt.

«Diese Minna betreibt ein illegales Bordell, oder?», fragte Louise geradeheraus. Ich spürte, dass meine Augen ganz groß wurden. Gleichzeitig schoss mir die Hitze ins Gesicht.

«Sie dürfen nicht lange bei ihr bleiben», murmelte Kasimir.

«Aber fürs Erste ist es das Beste. Wie sollst du dich in deinem Zustand um sie kümmern?»

Er stöhnte vor Unbehagen und lehnte sich kraftlos gegen die Wand.

Sie bedachte ihn mit einem mitleidigen Blick und sah dann mich an. «Dein Gehilfe Alfred …»

Ich nickte schnell.

«Er hat seinen Freund gefunden.»

«Tom?» Ich krallte die Finger in meinen Rock. Seit wir die Kirchenglocken geläutet hatten, war Alfred auf der Suche nach Tom gewesen. Auch heute war er gar nicht erst mit in diese Wohnung gekommen, stattdessen hatte er begonnen, sich nach ihm durchzufragen.

«Er lebt, aber er ist verletzt und liegt im St.-Hedwig-Krankenhaus. Alfred hat nach einer Adresse gefragt, unter der er dich in Berlin kontaktieren kann. Ich habe ihm diese hier genannt. Danach ist er sofort nach Boxhagen aufgebrochen, um Toms Familie Bescheid zu geben.»

Ich schloss die Augen. Aus der Dunkelheit schien Tom aufzutauchen, winkend, rennend. Gestern war er hinter unserer Kutsche hergelaufen. Ich hatte Alfred anhalten lassen, ich war schuld daran, dass Tom nun im Krankenhaus lag.

«Und Siegfried hat Adalbert gefunden», fuhr Louise fort. Nun sah sie Kasimir bedauernd an. «Er hat die Barrikadenkämpfer an der Ecke Jägerstraße, Friedrichstraße mit Vorräten versorgt. Dabei sah er, wie dieser junge Schlosserlehrling von mehreren Schüssen getroffen wurde.»

«Ernst?», fragte Kasimir mit gequältem Blick.

Louise nickte. «Er ist heute in der Charité gestorben.»

Kasimir stöhnte leise.

«Es sind so unfassbar viele umgekommen. Sie wurden auf den Schlossplatz getragen, damit der König sie sieht. Es waren Hunderte. Die Leute riefen: ‹Der König soll die Leichen sehen!› Und dann kam er tatsächlich auf den Balkon, ganz bleich war er, und er hat gezittert. ‹Mütze ab!›, haben sie geschrien. Er hat gezögert, wirkte vollkommen entrüstet. Aber dann gehorchte er tatsächlich. Es hat sich angefühlt, als wäre es das Ende der Monarchie.»

«Das wäre ein Wendepunkt in der Geschichte», flüsterte Kasimir.

Louise sah nachdenklich aus dem Fenster. «Das wäre es.»

«Warum freust du dich nicht?», fragte ich sie.

Langsam schüttelte sie den Kopf.

Wir schwiegen eine Weile. Dann fuhr Louise fort: «Die Menschen machen vor allem den Prinzen für die Gewalt durch das Militär verantwortlich. Er soll den Befehl gegeben haben, auf die Menschen zu schießen. Heute ist er aus der Stadt geflohen. Kurzzeitig wurde diskutiert, seinen Palast Unter den Linden niederzubrennen, zumindest haben sie jetzt ‹Eigentum der Nation› an die Fassade geschrieben. Die Stadt ist festlich illuminiert. Es herrscht eine sonderbare Siegesstimmung. Und doch haben wir noch immer einen König … Und so viele Verluste.»

In die Stille, die nun folgte, fragte ich: «Wo ist Siegfried jetzt?»

«Er ist mit Adalbert zu Bettine gegangen.»

Kasimir nickte nur.

«Ich gehe jetzt auch nach Hause. Habt ihr alles, was ihr braucht? Kann ich euch allein lassen?» Kurz huschte Louises Blick zu mir herüber. Ich lächelte, um ihr jede Sorge zu nehmen, gleichzeitig schämte ich mich. Normalerweise durfte ich, jung und unverheiratet, keinesfalls allein mit Kasimir bleiben. Doch ich redete mir ein, dass diese Regel an einem Tag wie diesem nicht gelten könnte und dass sich schließlich jemand über Nacht um ihn kümmern musste.

Louise verabschiedete sich, und dann waren wir wieder allein.

Ich legte mich erneut zu Kasimir. Mit einem Arm breitete er seine Decke über mich. Vorsichtig rückte ich an seine gesunde Seite heran und legte eine Hand auf seine Brust.

«Ich bin sehr froh, dass du heute bei mir bist, Alba», flüsterte er.

«Das bin ich auch.» Tief atmete ich seinen Geruch ein.

Wir redeten kaum mehr als diese paar Worte. Einmal wechselte ich seinen Verband, mehrmals holte ich ihm Wasser und half ihm beim Trinken. Dann schmiegten sich unsere Körper wieder aneinander, unser Atem ging gleichmäßig, immer wieder schliefen wir ein, um gemeinsam wieder aufzuwachen.

Am nächsten Morgen sah Kasimir besser aus. Die Wunde hatte sich nicht entzündet, und der Schlaf hatte ihn ein wenig erholt. Der Arzt, der bereits am Vormittag kam, war zufrieden mit seinem Zustand. Nur seine Traurigkeit war noch tiefer und schwerer geworden. Schweigend versuchte ich, sie mit ihm gemeinsam zu tragen. Ich fühlte mich stark und ausgeruht, vielleicht hätte ich es tatsächlich geschafft – wäre am Nachmittag nicht Ludmilas Brief eingetroffen. Sie hatte eigens einen Boten zu Kasimirs Haus geschickt. Alfred musste ihr die Adresse gegeben haben. Als ich das Papier auseinanderfaltete, zitterten meine Hände.

Liebe Alba,

es tut mir leid, dass ich es dir auf diesem Weg mitteilen muss, aber ich sehe keine andere Möglichkeit. Clara und Amalie sind nicht in der geistigen Verfassung, den Weg nach Berlin anzutreten, um es dir persönlich zu sagen. Und ich kann dieser Tage nicht von Boxhagen weg.

Unsere Schwester Ottilie ist in der vergangenen Nacht verstorben. Wir fanden sie heute Morgen im Hyazinthenfeld. Der Arzt geht von einer Vergiftung aus, wahrscheinlich durch eigene Hand.

Ich weiß nicht, warum du nach Berlin gefahren bist, doch ich hoffe, dass du zurückkommen kannst.

Wir brauchen dich hier.

Ottilie hat ihren Anteil von Boxhagen kurz vor ihrem Tod an Anton Fuchs verkauft. Clara, Amalie und ich werden ihrem Beispiel folgen. Nur deine Zustimmung steht noch aus. Komm bitte, damit wir uns auch dazu abstimmen können.

Deine Ludmila

Ich ließ den Brief fallen, als wäre er heiß, starrte auf den Fußboden und konnte nicht begreifen, was ich da gelesen hatte. Ich wollte es nicht glauben, jedes der Worte sollte wieder aus meinem Kopf verschwinden. Ich öffnete den Mund und schrie, wie ich noch nie geschrien hatte, vor Wut, vor Schmerz, vor Schock. Dann sank ich auf die Knie und schüttelte immer wieder den Kopf.

Kaum bemerkte ich, dass Kasimir sich neben mich kniete. Er sagte irgendetwas, doch ich hörte nicht zu. Noch immer versuchte ich, die Bilder fernzuhalten, die auf mich einströmen wollten. Kasimir half mir auf. Wie durch einen Schleier nahm ich wahr, dass er den Brief las. Dann hielt er mich fest, ich weiß nicht, wie lange. Irgendwann begann ich zu weinen.

Diesmal war es schlimmer als damals nach Vaters, nach Mutters und sogar nach Heinrichs Tod. Diesmal war es, als würden sie alle noch einmal gehen. Ottilies Tod brachte jede Trauer, die ich einmal empfunden hatte, wieder zu mir zurück. All diese Erinnerungen nisteten sich tief in mir ein, breiteten sich aus und färbten jeden Gedanken schwarz.

Es mussten Stunden vergangen sein, bis ich die Wärme von Kasimirs Armen spürte und seine beruhigende Stimme hörte. Er sang irgendetwas, das mir bekannt vorkam. Vielleicht hatte ich es einmal in einem Theater gehört.

Erst spät am Abend, draußen war es wieder dunkel geworden, bekam ich mich in den Griff und bemerkte, dass Kasimirs Wunde erneut zu bluten begonnen hatte. Mit geschwollenen Augen und laufender Nase erneuerte ich seinen Verband.

Es musste tief in der Nacht sein, als Kasimir leise sagte: «Was ist passiert, Alba?»

Fragend sah ich ihn an.

«Erzähl mir von dem Streit unter euch Schwestern.»

Ich befeuchtete meine spröden Lippen, wischte mir über das heiße Gesicht. Im ersten Impuls wollte ich verneinen. Doch ich tat es nicht. Denn zu meiner eigenen Überraschung war es eine verlockende Vorstellung. Wie gern würde ich mich noch einmal daran erinnern, wie es gewesen war, als wir Kinder waren: Clara, ich – und Ottilie. Ich wollte noch einmal daran denken, wie eng unsere Freundschaft gewesen war, welch schöne Kindheit wir in Boxhagen erlebt hatten. Vielleicht könnte ich selbst begreifen, was geschehen war, wenn ich endlich darüber sprach. Seit vier Jahren schwieg ich – nicht einmal mit Clara konnte ich wirklich reden, obwohl sie trotz allem zu mir gehalten hatte. Ich hatte nicht über das alles nachdenken und immer wieder zu dem gleichen Schluss kommen wollen. Doch Schweigen hatte nicht geholfen. Vielleicht half stattdessen Reden.

Und nun saß Kasimir neben mir, der mir ebenfalls sein Herz geöffnet hatte. Wir beide hatten den Schmerz des anderen gesehen, und seine Arme waren warm und tröstlich.

Ich versuchte, ruhig zu atmen. Dann nickte ich. Ich konnte es selbst kaum glauben, doch ich begann tatsächlich zu sprechen.

51. Kapitel

Boxhagen, 1843

Heinrichs Stirn ruhte an der von Peter, und sein Lächeln spiegelte sich auf dessen Lippen. Sie lagen zusammen im Bett, Heinrich atmete tief den vertrauten Duft seines Geliebten ein, fühlte Peters Haut an seiner eigenen, seine Hitze, seinen Atem. Liebte das Gefühl des zierlichen und doch starken Körpers unter sich, die Nähe, die er nur hier fand.

«Du entkommst mir nicht noch mal», raunte Heinrich.

Ohne Peter könnte er nicht mehr leben. In den vergangenen Tagen war er gezwungen gewesen, tatsächlich darüber nachzudenken. Hatte ernsthaft in Erwägung gezogen, Peter fortzuschicken. Doch schon die Vorstellung hatte ihn zerrissen. Nein, er musste eine andere Lösung für sein Problem finden. Morgen würde er darüber nachdenken. Über den Brief, den er im Schrank versteckte. Diesen unsäglichen Brief … Aber nicht jetzt, da Peter ihm so nah war. Er streckte sich ihm entgegen, Heinrich schloss die Augen, spürte ihrem Kuss nach. Und wusste nicht, dass es sein letzter sein würde.

Die Tür flog auf.

Heinrich wirbelte herum und sah in das Gesicht seiner Schwester.

Peter schälte sich unter ihm hervor, sprang vom Bett und stieg in seine Hose. Heinrich konnte sich nicht rühren, nichts sagen. Nur seine Gedanken rasten.

Ottilie war die Erste, die ihre Sprache wiederfand. Mit aufgerissenen Augen, aber entsetzlich ruhiger Stimme erklärte sie: «Das also hat Alba vor mir verborgen. Und du, Heinrich. Ihr alle ... meine liebsten Geschwister ... ihr habt mich belogen.»

«Ottilie, ich bitte dich ...», flüsterte Peter. Doch Ottilie beachtete ihn nicht. Im Grunde ging es nicht um ihn, das wussten sie alle drei.

«Glaubt nicht, dass ich schweige. Nein. So wie ihr mich verraten habt, werde ich auch euch verraten. Ich werde es jedem sagen, den ich kenne, ganz Boxhagen wird es erfahren, jeder Kolonist und jeder Gartengeselle. Ich werde das hier zur Anzeige bringen, darauf könnt ihr euch verlassen. Ich werde es genießen, wenn ihr im Zuchthaus zugrunde geht, während ihr euch ausmalt, wie das Vorwerk Boxhagen in Verruf gerät – euretwegen.»

Heinrich war wie hypnotisiert von ihrem Blick, er wusste, dass sie es ernst meinte.

Ottilie stürmte hinaus, Peter hinterher. Heinrich hörte, dass er in beschwörendem Ton auf sie einredete. Doch er kannte seine Schwester besser. Er wusste nur zu gut, dass man sie kaum von einem Entschluss würde abbringen können, egal wie grausam er war.

Nur ein einziger Weg fiel Heinrich ein – sein letzter Ausweg. Über ihn hatte er schon häufig nachgedacht. Und jetzt war es so weit. Ottilie war schließlich nicht die einzige Bedrohung. Nicht einmal die schlimmste. Die Schlinge hatte sich längst zugezogen. Nein, Heinrich würde nicht zulassen, dass das Vorwerk Boxhagen, das Vermächtnis seiner Eltern, Schaden nahm. Und ein Leben, in dem er sich ein für alle Mal von Peter fernhalten musste, würde er nicht ertragen. Im Grunde war es ein Wunder, dass Heinrich und Peter überhaupt so viele Wochen des Glücks hatten teilen können. Und dafür war Heinrich dankbar. Das Leben, das er führen wollte, das einzige, das ihn nicht zerstörte, das war in dieser Welt nun einmal unmöglich.

Mit steifen Bewegungen zog er sich an und schlich in sein eigenes Zimmer. Dort angekommen, begann er aufzuräumen. Er entsorgte die verwelkten Blumen auf der Fensterbank, den Kerzenstummel auf dem Nachttisch, schlug die Bettdecke zurück und zog all seine Kleider aus dem Schrank. Behutsam legte er sie in seinen Koffer. Zuletzt holte er die kleine Kiste mit den Briefen hervor. Die meisten davon hatte Peter ihm in den vergangenen Wochen und Monaten geschrieben. Nur obenauf lag einer in einer anderen Handschrift … Er warf sie alle ins Kaminfeuer, jeden einzelnen, sah dabei zu, wie sie verglühten. Dann schnappte er sich den Koffer und schlich hinaus.

Noch einmal lief er über das Boxhagener Land, seinen Lebensmittelpunkt. Er dachte daran, wie häufig er mit seinem Vater diesen Weg gegangen war. Wie stolz Johann Sonntag bei dem Gedanken gewesen war, sein Sohn würde einmal in seine Fußstapfen treten. Ob er ihn in diesem Moment, wo immer er nun war, wohl beobachtete? Heinrich ertrug den Gedanken kaum. Hatte jemals ein Sohn kläglicher versagt?

Die Kolonie lag im Dunkeln. Leise stellte er den Koffer vor die Tür der Ranges. Er wusste, dass sie seine Kleider gut gebrauchen konnten. Er fühlte sich beinahe leicht, als er ins Gutshaus zurückkehrte und in sein Arbeitszimmer eilte. Prüfend sah er sich um: Alle Papiere waren gut sortiert, der Sekretär aufgeräumt. Dann setzte er sein Testament auf. Jede seiner Schwestern würde einen Teil des Vorwerks erben. Er ahnte, dass sie sich in den kommenden Monaten schrecklich zerstreiten würden. Fronten würden sich bilden. Doch wenn jede von ihnen einen Teil des Landes besaß, mussten sie aneinander festhalten. Vielleicht konnten sie es gemeinsam schützen. Er wünschte es sich mehr als alles andere.

Einen Brief richtete er an Alba. Er bedankte sich dafür, dass sie ihm Monate voller Glück ermöglicht hatte, und beteuerte ihr seine brüderliche Liebe. Einen zweiten Brief richtete er an Peter. Darin bat er ihn nicht nur um Vergebung für das, was er selbst, sondern auch für das, was Ottilie tun würde.

Bitte lass sie nicht im Stich – trotz allem. Ich weiß, dass sie zu Schrecklichem in der Lage ist. Aber waren wir das nicht auch? Bitte sorge für sie, egal was kommt. Tu es für mich. Du brauchst nicht in Boxhagen zu bleiben, lebe dort, wo du das Leben am besten ertragen kannst. Doch sorge dafür, dass es Ottilie an nichts fehlt …

Er fuhr sich über das Gesicht und schrieb dann weiter, diesmal langsamer, Buchstabe für Buchstabe.

Bitte vergiss niemals, dass ich dich liebe. Nichts von dem, was wir getan haben, bereue ich. Ich bin dankbar für dieses Leben, dankbar für dich. Ich werde bei dir bleiben, auch wenn ich gehe. Für immer, dein Heinrich.

Langsam stieg er in den Keller hinab, in dem sein Vater seine Jagdtrophäen aufgehängt hatte. Aus allen Richtungen starrten ihn die schwarzen Knopfaugen der ausgestopften Tiere an, in denen der Schein von Heinrichs Kerze loderte. Der Geruch von altem, stumpfem Fell drang ihm in die Nase. Vor dem Kopf eines Hirsches blieb er einen Moment stehen. Mit ernstem Blick taxierte ihn das tote Tier. Und Heinrich sehnte sich nach dieser kühlen Ruhe, sie war zum Greifen nah. Bald würde auch er Vergangenheit sein, seine Geschichte abgeschlossen. Nur noch ein Grabstein, ein Bild an der Wand, eine wehmütige Erinnerung. Bis sich auch das Land nicht mehr an ihn erinnerte. Und das war gut so. Er hatte alles gespürt, wonach er sich je gesehnt hatte.

Er nahm das Gewehr, das an der Wand lehnte. Lud es mit Munition aus der bereitstehenden Metallkiste. Eine Bewegung seines Zeigefingers würde ausreichen, und alles wäre vorbei. Doch noch zögerte er.

Nicht hier. Nicht im Haus. Weder seine Schwestern noch das Hauspersonal sollten ihn finden. Er würde hinausgehen, tief ins Blumenfeld hinein, und hoffen, dass jemand Unerschrockenes ihn entdecken würde. Mit sicheren Schritten verließ er den Gutshof und lief tief hinein in die Blumen von Boxhagen. Dorthin, wo die Hyazinthen wuchsen.

Hyazinthen hatte er immer am liebsten gemocht. *Du bleibst mir ewig eine schmerzliche Erinnerung*, flüsterten die blauen. *Die Erinnerung an dich erfüllt mich mit Wonne*, sagten die roten. Heinrich dachte an Hyakinthos, den Geliebten des Gottes Apollon. Einst warf Apollon einen Diskus und traf aus Versehen Hyakinthos. Er tötete seinen Geliebten, und aus dem Blut, das in den Boden sickerte, ließ der trauernde Gott Blumen erwachsen. Hyazinthen.

«*Ich lieb allein die Gleichgesinnten*», flüsterte Heinrich vor sich hin.

Mit dumpf pochendem Herzen blickte er auf das Gewehr in seiner Hand. Es war richtig so. Er war kein Mann für schleichendes Gift oder für luftige Höhen, niemals würde er sich flach auf die Gleise legen und auf das herannahende Donnern eines Zuges warten. Er war ein Mann für einen letzten Knall.

Er ging auf die Knie, stellte das Gewehr auf, hielt es mit beiden Händen fest. Sein Kinn stützte er auf den Lauf. Noch einmal blickte er über die Felder, sein Zuhause. Dann dachte er an seinen Vater. Seine Mutter. Hoffte, dass sie auf der anderen Seite auf ihn warten würden, trotz allem. Er atmete ein. Zum letzten Mal. Atmete aus. Dann drückte er ab.

✿

Ottilie erwachte von einem Schuss, der über die Wiesen und Felder von Boxhagen hallte, und wusste, dass dieses Geräusch der Schlusspunkt für ein Leben war.

«Nein … bitte …», flüsterte sie in die Dunkelheit.

Mit zittrigen Fingern entzündete sie eine Kerze, sprang aus dem Bett, rannte über den Flur zu Heinrichs Zimmer. Atemlos riss sie die Tür auf und leuchtete hinein.

«Heinrich?»

Sie fand das Zimmer leer. Die Bettdecke war zurückgeschlagen, der welke Blumenstrauß auf der Fensterbank verschwunden. Mit bebenden Händen öffnete sie den Kleiderschrank. Er war bis auf das letzte Hemd ausgeräumt. Und in diesem Moment begriff sie, was sie getan hatte. Während sie hinausstürmte und immer wieder den Namen ihres Bruders schrie, dachte Ottilie an seine vertraute Stimme, seine großen Hände, seine breiten Schultern. Sie dachte daran, wie er ihr mit gerunzelter Stirn zugehört, verständnisvoll genickt und dann nach langen Minuten des Nachdenkens seine wohldurchdachte Lösung präsentiert hatte. *O bitte, Gott,* flehte sie in Gedanken. Lass ihn einfach fortgegangen sein. Vielleicht hatte sie den Schuss nur geträumt. Vielleicht war es ein Albtraum gewesen, der sie aus dem Schlaf gerissen hatte. Heinrich durfte nicht geschossen haben. Nicht Heinrich, ihr großer Bruder. Nicht ihretwegen.

«Heinrich!», brüllte sie. «Ich meinte es nicht so! Ich werde es niemandem sagen! Niemals! Heinrich, bitte! Ich werde schweigen, versprochen! Ich nehme es zurück, jedes Wort! Ich wünschte, ich hätte es niemals gesagt! Ich nehme alles zurück! Heinrich!»

Der Wind hatte die Kerze in ihrer Hand längst ausgeblasen. Und dann hörte sie das Brüllen. Peters Brüllen, nicht weit von ihr. Sie rannte durch die Dunkelheit darauf zu, sah zuerst den Schemen ihres Mannes, der am Boden kauerte, schrie und immer wieder verzweifelt den Kopf in den Nacken warf. Neben ihm stürzte sie sich ins Gras. Dann erst erkannte sie ihren Bruder. Das Gesicht von Blut überströmt, die Glieder leblos zwischen den Blumen, daneben Vaters Jagdgewehr.

Peter sprach nie wieder ein Wort mit Ottilie. Und sie konnte es ihm nicht verübeln. Wenn es möglich wäre, würde sie mit sich selbst brechen. Auf der Beerdigung trug Peter an der Seite seiner

Schwäger mit bleichem Gesicht und blutunterlaufenen Augen Heinrichs Sarg. Und sobald Heinrich unter der Erde lag, fuhr er nach Berlin, angeblich wegen dringender Geschäfte. Zwar löste er die Ehe mit Ottilie nicht auf, doch er kehrte nur noch für größere Familienfeiern nach Boxhagen zurück.

Am gleichen Tag beobachtete Ottilie aus der Ferne, wie Alba an der Stelle, an der Heinrich gestorben war, Blumenzwiebeln in die Erde setzte.

Woche für Woche starrte Ottilie auf das kahle Feld hinaus, den ganzen Winter hindurch – bis zum März, in dem von einem auf den nächsten Augenblick ein Meer von Hyazinthen blühte.

Blau und rot.

Du bleibst mir ewig eine schmerzliche Erinnerung.

Die Erinnerung an dich erfüllt mich mit Wonne.

Sie schickten einen unerträglich intensiven Geruch bis zu Ottilies Zimmer. Und sie wusste, dass sie ihn nie wieder würde vertreiben können.

52. Kapitel

Kasimir konnte Alba nur anstarren. Die Stille zwischen ihnen schien anzuschwellen, er musste endlich etwas erwidern. Jedes Wort, das ihm durch den Kopf ging, wirkte verkehrt. Aber Schweigen war Kasimir schon immer weitaus schwerer gefallen als Sprechen. Also sagte er schließlich doch, was er dachte: «Es tut mir so leid, Alba.»

Ihre Augen glänzten dunkel.

«Was passiert ist, ist furchtbar, keine Frage. Aber darf ich ganz ehrlich sein?»

Alba zuckte nicht einmal mit der Wimper.

«Ich kann deine Entscheidung verstehen. Vielleicht hätte ich genauso gehandelt.»

Ein überraschtes Keuchen kam aus ihrem Mund. «Was?!»

«Du hast es nicht ertragen, deinen Bruder leiden zu sehen. Und deine Schwester schien … nicht sonderlich an ihrem Mann zu hängen.»

Alba starrte ihn mit offenem Mund an. Immer wieder rieb sie die Handflächen an ihrem Rock. «Ich dachte, du würdest die Taten meines Bruders … meine Entscheidungen … Ich habe etwas unterstützt, das …»

Kasimir nickte ernst. «Ich weiß, was sie in der Kirche darüber sagen. Aber dort sagen sie viel.» Er versuchte sich an einem schiefen Lächeln. «Hast du schon einmal von den Freien oder Emanzipierten gehört?»

Alba verengte nachdenklich die Augen, als wäre sie sich nicht ganz sicher.

«Sie glauben nicht an Gott. Es gibt in diesen Kreisen Frauen, die ihren Mädchennamen trotz Hochzeit behalten, Männerkleidung tragen und rauchen.»

«Wie Louise …»

«Genau. Manche dieser Paare wohnen ohne Ehe zusammen, im Allgemeinen stellen sie alle gesellschaftlichen Konventionen infrage.»

«Bist du auch ein Emanzipierter?», fragte Alba langsam.

Kasimir musste lachen. «Nein, leider nicht.»

«Leider?» Endlich erwiderte Alba sein Lächeln, und dieser Anblick schickte eine warme Welle durch ihn hindurch.

«Ich finde es bewundernswert, wie Louise lebt. Doch ich selbst sehe mich außerstande, es ihr gleichzutun. Ich glaube nun mal an Gott und seinen Plan, ich kann nichts dagegen tun. Und ich glaube an die Ehe.» Mit einem Mal wurde er verlegen. Er wich Albas Blick aus und fuhr hastig fort: «Aber Louise hat mich gelehrt, nicht vorschnell zu urteilen und unsere Konventionen immer wieder zu hinterfragen. Ich weiß nicht, ob Heinrichs Liebe falsch war oder richtig. Aber wer bin ich, darüber zu urteilen?»

Bei diesen Worten rollten Tränen über Albas Wangen. Kasimir wollte sich zu ihr vorbeugen, um sie in den Arm zu nehmen, zuckte aber vor Schmerz zusammen.

«Ich habe das Gleiche gedacht. Aber meine Schwestern ... Ludmila und Amalie haben einzig Ottilies Schmerz gesehen. Sie wissen nichts von ihrem Verhältnis mit Anton oder von Heinrichs Leid. Sie denken, ich hätte nicht nur Ottilie, sondern auch Heinrich schützen müssen, ich hätte ihn unbedingt davon abbringen müssen, Peter zu treffen. Dass ich ihnen stattdessen geholfen habe, werden sie mir nie verzeihen. Sie denken, ich hätte unseren Bruder in den Selbstmord getrieben – und Ottilie in den Wahnsinn.»

Kasimir schluckte. «Du hast ihnen nicht die ganze Wahrheit gesagt? Über Ottilie und Anton?»

«Ottilie war seit Heinrichs Tod krank. Wie hätte ich sie noch tiefer beschämen sollen, als sie es ohnehin schon war? Was für eine Schwester würde so etwas tun? Als Kinder haben wir immer zusammengehalten. Niemals hätten wir ein Geheimnis verraten. Und daran halte ich mich.»

Kasimir ignorierte seine Schmerzen nun doch, beugte sich vor und zog Alba dicht an sich. Immer wieder liefen ihr einzelne Tränen über das Gesicht, während er sie festhielt.

«Und was denkt Clara darüber?», fragte er sanft. Er hoffte, die Erwähnung ihrer fröhlichen Schwester könnte Alba trösten. Doch er hatte sich geirrt.

«Ich dachte, sie hätte mir als Einzige verziehen. In den vergangenen Jahren ist sie trotz allem liebevoll mit mir umgegangen. Doch dann hat sie dich und mich zusammen gesehen und ist furchtbar wütend geworden. Ich fürchte, in Wahrheit hat sie mir genauso wenig vergeben, wie Amalie und Ludmila es getan haben.»

Diesmal war es Kasimir, der sachte über Albas Haar strich.

«Vielleicht war sie nur eifersüchtig? In den vergangenen Jahren war sie schließlich deine einzige Vertraute.»

Alba seufzte nur.

«Was willst du jetzt machen? Du musst eine Entscheidung über euer Land treffen.»

«Kurz nach meinem Streit mit meinen Schwestern habe ich es tatsächlich in Erwägung gezogen zu verkaufen. Aber jetzt …» Sie schloss die Augen. «Es wäre ein Fehler. Ich will Boxhagen nicht verlieren.»

Abwartend sah Kasimir sie an.

«Ich muss nach Hause.»

«Soll ich mitkommen?», fragte er eine Spur zu schnell.

Alba wischte sich die Tränen aus dem Gesicht. «Du wirst noch nicht reisen können.»

«Sicher kann ich reisen! Ich fühle mich heute schon viel besser. Und die Fahrt nach Boxhagen dauert nicht einmal eine Stunde!»

Alba stand auf. «Das kommt nicht infrage.»

Kasimir griff nach ihrem Arm. «Ich lasse dich das nicht allein durchmachen.»

«Wir fragen den Arzt.»

In gespieltem Ernst salutierte er. «Gut, fragen wir den Arzt.»

Sie lächelte schwach und wich seinem Blick aus. Mit ernster Stimme sagte sie: «Außerdem sollten wir nicht eher gehen, bevor die Gefallenen beigesetzt wurden.»

Kasimir spürte einen Stich im Magen. Auf einen Schlag kamen der Schrecken, die inneren Bilder von Henriette und Levin zurück. Doch diesmal schauten sie in seinen Gedanken nicht mehr ganz so ernst drein. Levin feixte sogar ein wenig, und

Henriette hob kurz und herausfordernd das Kinn. Keiner von beiden würde an seiner Stelle verzweifeln.

Alba schritt zum Tisch hinüber.

«Darf ich einen Brief an meine Schwester aufsetzen? Ich möchte sie fragen, für welchen Tag die Beerdigung geplant ist. So lange bleibe ich hier.»

«Fühl dich wie zu Hause, Alba.»

Die Antwort kam früh am nächsten Morgen. Da der Leichnam von Albas Schwester noch untersucht wurde, war die Beerdigung für den 24. März geplant. Louise teilte ihnen beinahe gleichzeitig mit, dass die Gefallenen der Revolution bereits am nächsten Tag, dem 22., beigesetzt werden sollten. So lange wollte Alba an Kasimirs Seite bleiben. Kasimir war dafür unendlich dankbar.

Und dann erzählte ihnen Louise, dass der König sich mittlerweile selbst als Revolutionär inszenierte. Dabei lief sie im Zimmer auf und ab, raufte sich die kurzen Haare und schüttelte immer wieder wütend den Kopf.

«Heute ist er mit großem Gefolge und Paradeuniform zur Universität Unter den Linden geritten. Ich kann es kaum fassen, aber er trug eine schwarz-rot-goldene Binde am Arm. Er wandte sich vor allem an die Studenten und erklärte, er wolle nicht die Krone, sondern Deutschlands Freiheit.» Bitter lachte sie auf. «Er verkündete die innigste Vereinigung der deutschen Fürsten und Völker unter einer Leitung!»

«Unter *seiner* Leitung!», warf Kasimir ein.

Louise hob entrüstet beide Hände. «Die Menschen haben ihm zugejubelt, Kasimir! Es war unbeschreiblich!»

«Wie können sie dieses Theater nur glauben?» Kasimir spürte Albas Hand in seiner und drückte sie.

Am Abend kehrte Siegfried in seine Wohnung zurück. Sobald er Kasimir ins Gesicht sah, begann er, trocken und kraftlos zu schluchzen. Auch Kasimir konnte nicht mehr an sich halten. Sie umarmten sich und weinten gemeinsam.

«Bleibst du jetzt hier?», fragte Kasimir irgendwann.

«Ich versuche es.»

Für ein paar Stunden vergrub Siegfried sich in seiner Schlafkammer. Später am Abend, als er zum Essen heraus- und Louise wieder einmal vorbeikam, trug sie ihnen die ersten Strophen eines neuen Gedichts vor, die sie gerade geschrieben hatte und die Kasimir die Tränen in die Augen trieben.

> Warum mein Herz nicht freudig schlägt
> Zu all' dem Jubel, diesen Festen?
> Mir ist's wie Ahnung stumm bewegt,
> Ich traure mit des Volkes Besten.
>
> Denn wer um Freiheit muthig rang,
> Noch kann er sich zum Fest nicht laden;
> Ein Kämpfer steht er, ernst und bang
> An den Gedanken-Barrikaden.

Am Tag der Beisetzung war die ganze Stadt schwarz-rot-golden geschmückt. Kasimir stützte sich auf einen Stock, den ihm Siegfried gebracht hatte, und war froh, dass er die Schmerzen in seiner Seite einigermaßen ertragen konnte. Dies würde ein langer und harter Tag werden. Alba stand mit blassem, aber entschlossenem Gesicht neben ihm. Das Schweigen, das von ihr ausging, wirkte auf ihn warm und stark.

Die 183 Toten waren mit Blumen aus dem königlichen Garten geschmückt und auf dem Gendarmenmarkt aufgebahrt worden. Kasimir und Alba schritten langsam durch die Menschenmassen, und er konnte kaum glauben, wie viele gekommen waren. Der Gottesdienst für die Angehörigen fand in der Neuen Kirche statt. Und als er Lina und Hanns nur wenige Meter von ihm entfernt durch den Gang laufen sah, drehte sich ihm der Magen um.

«Da sind sie», flüsterte er.

Alba nahm seine Hand und führte ihn langsam, aber bestimmt näher an die Kinder heran.

Lina bemerkte ihn als Erste, und diesmal strahlte sie nicht bei seinem Anblick. Ganz bleich war sie und viel kleiner, als er sie in Erinnerung hatte. Sie tippte ihrem Bruder an die Schulter und zeigte auf Kasimir. Mit großen Augen starrte Hanns zu Kasimir hoch.

«Lina, Hanns … kommt her», flüsterte er. Er ging in die Hocke, seine Schmerzen durchbohrten ihn, doch er unterdrückte ein Ächzen.

Hanns und Lina schauten sich unsicher um, während sie sich näherten. Endlich konnte er sie fest in die Arme schließen. Doch ihre schmächtigen Körper waren ganz steif.

«Es tut mir so leid», wisperte er. «So schrecklich leid …»

Die Tränen liefen ihm über das Gesicht, nur unscharf sah er, dass sein Neffe und seine Nichte nicht weinten. Ihre Gesichter blieben ernst und starr.

«Hallo, Kasimir», sagte eine rauchige Stimme über ihm. Josephs Mutter trat respektvoll näher. Ihr ausgezehrtes Gesicht mit der hochstehenden Nase schien unbewegt.

So schnell er konnte, rappelte Kasimir sich auf. «Mein Beileid», murmelte er, während er sich die Augen mit dem Ärmel trocknete.

«Gleichfalls. Kommt, Kinder, wir sitzen dahinten.» Sie nickte Kasimir und Alba zu, dann schob sie Lina und Hanns vor sich her.

Kasimir ließ sich von Alba zu einer Bank führen.

«Ich muss sie zu mir holen», sagte er. «So schnell wie möglich.»

Immer wieder versuchte er, während der Predigt zu begreifen, was geschehen war. Seine Nichte und sein Neffe waren Waisen. Seine Schwester, sein Schwager und sein bester Freund fort. Und er war sich nicht sicher, ob ihr Opfer auch nur das Geringste bewirkt hatte.

Als nach dem Gottesdienst, vor der Tür der Kirche, nicht nur der evangelische Prediger eine kurze Weiherede hielt, sondern auch der katholische Kaplan und ein Rabbiner, schöpfte Kasimir zumindest ein klein wenig Hoffnung. Eine solche Vereinigung der Kirchen hatte er noch nie erlebt. Vielleicht hatte sich ja doch etwas bewegt – ungeachtet des königlichen Schauspiels.

Der Festzug durch Berlin dauerte vier Stunden. Immer wieder musste Kasimir anhalten und durchatmen. Doch um keinen Preis wäre er diesem Zug ferngeblieben. Er war viele Kilometer lang, schlängelte sich feierlich und anklagend durch die ganze Stadt. Wohin Kasimir auch blickte, entdeckte er Fahnen unterschiedlicher Städte und Gewerbe. Und aus sämtlichen Fenstern beugten sich Zuschauer in Trauerkleidern, die schwarz-rot-goldene Fahnen und Tücher schwenkten.

Am Schloss angekommen, sahen sie den König, der auch diesmal seinen Helm abnahm. Kasimir erahnte ihn nur in weiter Ferne als kleinen Punkt auf seinem Balkon, doch er glaubte, die Sonne auf seinem fast kahlen Schädel blitzen zu sehen.

Für die Beisetzung war außerhalb der Stadt auf dem Kanonenberg eigens ein neuer Friedhof angelegt worden. Die Umgebung wurde derzeit zu einem Volkspark umgebaut. Noch war er nicht fertig, doch eines Tages sollte sich der Friedhof der Märzgefallenen auf seiner größten Erhebung befinden. Es war ein unwirklicher Anblick: 183 aufgeschüttete, kleine Erdhügel, 183 ausgehobene Gräber, 183 hölzerne Särge. Die Reihen waren dicht und lang. Jedes dieser Gräber würde nun eine eigene Geschichte erzählen. Und mindestens vier dieser Geschichten kannte er, die eine sehr flüchtig, die anderen in- und auswendig. Diesmal weinte Kasimir nicht. Er hielt Albas Arm in der einen, seinen Stock in der anderen Hand und verfolgte jede Bewegung der Totengräber, das Absenken der Särge, die Flugbahnen der Blumen, die in die Löcher geworfen wurden. Auf Wiedersehen, meine Lieben, dachte er. Es wird nicht umsonst gewesen sein.

In der Nacht bekam Kasimir Fieber. Seine Haut glühte, während er gleichzeitig zitterte. Alba legte ihm eine Hand auf die Stirn, befeuchtete Tücher, die sie um seine Waden wickelte, und gab ihm immer wieder zu trinken.

Es fiel ihm schwer, die Augen offen zu halten, doch wann immer er Alba ansah, musste er lächeln. Er war schon mehrfach in seinem Leben verliebt gewesen, doch die Gefühle, die ihn nun durchströmten, waren neu. Und Alba schien sie zu erwidern. Auch wenn er voller Angst war, dass er Alba wieder verlieren könnte, durchströmte ihn Dankbarkeit. Diese Liebe fühlte sich seltsam unerschütterlich an. Seitdem er Alba dort oben auf dem Dach gesehen hatte, mit entschlossenem Gesicht, wehendem Rock, inmitten von Rauch und Feuer, wusste er, dass er zu ihr gehörte. Für sie würde er alles tun. Sie hatte die schlimmsten Stunden seines Lebens mit ihm geteilt, war da gewesen, als alles andere zerbrach. Er wollte diese Nähe nie wieder missen.

Vielleicht war es das nur langsam wieder abklingende Fieber, das ihm den Mut gab. Vielleicht war es der Schrecken der zurückliegenden Tage, der ihn leichtsinnig machte. Er wusste es nicht. Doch als die Kirchturmuhr in der Ferne zwei Mal schlug, nahm er Albas Hand, zog sie sanft auf seine Bettkante hinab und flüsterte: «Alba Sonntag, würdest du mich heiraten?»

Albas Augen wurden groß, ihre vollen Lippen öffneten sich, sie keuchte. «Du sprichst im Fieber, Kasimir …»

«Das stimmt.» Er lachte erschöpft. «Aber ich weiß dennoch, was ich tue, Alba.» Sein Daumen strich über ihren Handrücken. «Ich möchte mit dir gemeinsam leben.»

Albas Augen huschten hin und her. «Aber … wie sollen wir leben? Und wo? Wenn ich das Land doch verkaufe, so wie meine Schwestern es sich wünschen, hätten wir Geld. Dann könnten wir vielleicht gemeinsam nach Berlin ziehen. Aber was würde danach kommen?»

Kasimir biss die Zähne zusammen und richtete sich vorsichtig auf. Er verstand ihre Sorgen gut. Er selbst hatte derzeit noch nicht einmal ein festes Einkommen. Doch wenn Alba ihre

Hyazinthenfelder wirklich verkaufen müsste, würde sie das zerreißen, da war er sich sicher.

«Natürlich leben wir in Boxhagen», sagte er. «Ich bin doch mittlerweile ein ganz passabler Gärtner.» Er grinste. «Und wegen deiner Schwestern lassen wir uns etwas einfallen, gemeinsam finden wir eine Lösung. Erst mal fahren wir morgen zu ihnen.»

Hoffnungsvoll sah Alba ihn an. «Bist du sicher, Kasimir?»

«Ich war mir noch nie einer Sache so sicher.» Und so war es tatsächlich. Dies war sein Weg, und er würde ihn gehen. Mit allen Konsequenzen.

Alba atmete tief durch, und dann erlaubte sie sich tatsächlich ein Lächeln. «Ich bin mir auch sicher, dass ich mit dir leben möchte, Kasimir.»

Ein heißes Kribbeln durchfuhr ihn, und diesmal hatte es nichts mit seinem Fieber zu tun. «Heißt das, du wirst mich heiraten?»

Aus Albas Lächeln wurde ein Strahlen.

Und dann nickte sie.

Am nächsten Tag fühlte sich Kasimirs Haut wieder kühl an. Seine Wunde war zwar rot und geschwollen, doch er konnte die Schmerzen ertragen. Nichts auf dieser Welt würde ihn davon abhalten, Alba – seine Verlobte – nach Boxhagen zu begleiten. *Seine Verlobte.* Ihm schwoll die Brust bei dem Gedanken. Doch gleichzeitig spürte er auch eine bleierne Angst im Bauch. War es richtig gewesen, sie zu fragen? Er war sich heute so sicher wie gestern, dass er sein Leben mit Alba verbringen wollte. Aber was würde das für sie bedeuten? Er könnte sie zerstören …

Für die Reise verabreichte ihm der Arzt Morphium. Er

warnte ihn eindringlich davor, dass die unruhige Droschken-
fahrt gefährlich für ihn sein könnte, doch dieses Risiko würde
er eingehen.

Er lehnte sich gegen Alba, fühlte die ganze Fahrt über ihre
Wärme im Rücken und ihre Fingerspitzen in seinem Haar.
Dank des Morphiums hatte er kaum Schmerzen. Sanft wurde
er in den Schlaf geschaukelt.

Als er erwachte, folgte er Albas Blick durch das Fenster der
Droschke. Gerade tauchten sie aus einem schattigen Wäldchen
auf und blickten auf ein strahlend helles Meer aus blauen und
roten Hyazinthen. Die leuchtenden Blüten wogten im Wind,
und es waren so viele, sie erstreckten sich so weit, dass er es kaum
fassen konnte. In der Ferne, hinter Wellen und sanften Hügeln,
erhoben sich die vertrauten Kirschbäume, und dahinter sah er
die Dächer des Gutshofs. Weiter vorn blitzte die gläserne Fassade von Albas Gewächshaus in der Frühlingssonne, links davon
erhob sich das elegante Häuschen der Schmidts aus dem Blumenmeer und rechts, etwas weiter entfernt, der krumme, seltsame Bau der Baumühls. Auch das spitze Dach der Albrechts
konnte er erkennen.

Augenblicklich strömte Blütenduft in die Droschke hinein
und hüllte ihn ein wie ein intensiver Nebel.

«Und das wollt ihr verkaufen?», brach es aus ihm heraus.

Alba sagte nichts, doch sie löste den Blick nicht vom Fenster.

Im Vorbeifahren erspähte er die Gärtnerhütte, in der er eine
Woche lang gewohnt hatte. Wie rätselhaft war ihm damals dieser Ort erschienen. Wie ein fest verschlossener Sekretär voller
geheimer Schubladen. Nicht alle hatten sich mittlerweile geöffnet, doch vieles war ihm inzwischen klarer geworden. Er wusste,

warum Alba so einsam und zurückhaltend wirkte und weshalb eine derart seltsame Stimmung inmitten der betörenden Landschaft herrschte. Auch er war nun ein Teil der Heimlichkeiten zwischen den Schwestern geworden, kannte Geheimnisse, von denen die anderen nichts ahnten. Obwohl er nicht einmal zur Familie gehörte.

Familie. Er spürte diesem Wort nach. Seine eigene Familie hatte er fast vollständig an Krankheit und Unglück verloren. Nur Lina und Hanns waren noch übrig. Könnte er, könnten sie vielleicht alle drei hier in Boxhagen eine neue Familie finden? Er war sich nicht sicher, ob er das wirklich wollte. Familie bedeutete Verantwortung, Verstrickung, Verlust. Außerdem wäre es sicher nicht leicht, von Boxhagen aus für die Demokratie zu kämpfen. Doch er wollte Alba – mit allem, was zu ihr gehörte.

In diesem Moment fuhren sie an Albas Anwesen vorbei. Fragend sah er zu ihr hoch.

«Du kannst nicht bei mir wohnen», erklärte sie bedauernd. «Das würde sich nicht schicken, ich lebe ganz allein. Meine Schwestern werden heute ohnehin einige Ungeheuerlichkeiten erfahren. Da will ich mich wenigstens bei deiner Unterbringung an die Etikette halten.» Sie lächelte gequält.

Bedauernd verzog er das Gesicht. War es wirklich richtig, ihr solche Umstände zu bereiten?

«Wo soll ich bleiben?»

«Ich werde Ludmila fragen, ob mein Verlobter im Gästezimmer des Gutshofs unterkommen kann.» Ihr Gesicht wirkte ruhig, nur das kleine Zucken ihrer Mundwinkel verriet ihre Anspannung.

«Was glaubst du, wie sie reagiert?»

Einen Moment lang schwieg Alba. Dann drückte sie den Rücken durch und sagte mit strenger Stimme und hochnäsigem Blick: «Herr Jesus Christus, das Mädchen stellt mich auf eine harte Probe! Alba, du schickst diesen Herrn umgehend zurück nach Berlin.»

Kasimir musste laut lachen. Wie gut es tat, dass Alba wieder scherzen konnte! «Und was machen wir in diesem Fall?»

Nachdenklich sah Alba zu ihm hinab. «Ich werde mich gegen Ludmila durchsetzen.»

53. Kapitel

Boxhagen, 23. März 1848

Je näher wir dem Gutshof kamen, desto fester zog sich der Knoten in meinem Magen zusammen. Meine Finger wurden feucht, bald musste ich sie aus Kasimirs Haaren nehmen und sie an seine Schulter legen – er sollte weiterschlafen und nicht bemerken, wie sehr mich der Gedanke an Ottilies Tod erneut quälte. Auf diesen Ländereien waren wir groß geworden. Hier waren wir füreinander da gewesen, hier hatten wir uns für immer entzweit. Nun würde ich Ottilie niemals mehr zwischen unseren Hyazinthen begegnen. Wir könnten uns nicht wiederfinden, einander nicht vergeben. Wie sehr musste sie in den letzten Wochen und Monaten gelitten haben. Wie einsam musste sie kurz vor ihrem Tod gewesen sein. Ich vermisste sie so sehr, dass mein Magen immer wieder krampfte. Ich trauerte um das kleine Mädchen, das Ottilie einst gewesen war. Und um die verzweifelte Frau, zu der sie herangewachsen war.

Gleichzeitig wurde meine Angst vor Ludmilas Reaktion auf meine Verlobung immer größer. Sie hatte das Potenzial, die Versöhnung zwischen uns Schwestern, die ich mir so sehr wünschte, zu verhindern, schließlich verstieß sie gegen sämtliche Konventionen. Doch in Berlin hatte ich eine andere Welt kennengelernt. Louise, die Vorschriften in den Wind schoss, Kasimir, der für die Demokratie kämpfte, eine Stadt, in der das Militär auf das Volk einschlug, das Volk sich wehrte und der König daraufhin seinen Hut zog. Die Welt war ein Klumpen Lehm, hatte Kasimir gesagt, wir konnten sie formen. Vielleicht könnte auch ich das tun – mit meiner eigenen Entscheidung.

Jahrelang hatte ich mich gebeugt, zurückgezogen, hingenommen, Reue geübt. Ich war ausgegrenzt und gehasst worden und hatte all das ertragen, um eines Tages Vergebung zu erhalten. Mittlerweile war ich mir sicher, dass ich sie niemals bekommen würde. Doch Kasimirs Reaktion hatte mir gezeigt, dass ich mir vielleicht, eines Tages, selbst vergeben könnte. Wie beruhigend es war, ihn in diesem Augenblick bei mir zu haben. Ich würde in den kommenden Tagen für die Zukunft von Boxhagen kämpfen, mich vielleicht ein letztes Mal mit meinen Schwestern streiten, Ottilie zu Grabe tragen … Nichts davon wollte ich allein tun müssen. Ich hatte seine Dunkelheit mit Kasimir geteilt, nun wollte ich mich mit ihm an meiner Seite meiner eigenen stellen.

Es war verrückt, dachte ich. Wir kannten uns noch nicht einmal einen Monat. Doch was waren Jahre des Alltags gegen einen einzigen Tag der Revolution? Selbst wenn meine Schwestern niemals wieder ein Wort mit mir sprechen würden, wenn mich die gesellschaftlichen Kreise meiner Familie ausschließen würden, selbst dann würde ich mich für diesen Mann entscheiden. Mit ihm wollte ich auf meinem eigenen Grund und Boden leben. In meinem geliebten Boxhagen. Wenn ich auch meine Familie verlor, meine Wurzeln würde ich nicht hergeben. Alles würde ich dafür tun, um Anton Fuchs' Kaufpläne noch irgendwie zu vereiteln. Gemeinsam mit der Trauer, mit der Angst wuchs diese Gewissheit in mir, je näher wir dem Gutshof kamen.

Die Droschke hielt, die Tür wurde geöffnet, und vor uns stand Ludmila.

«Guten Tag, Alba», sagte sie. Ihre Stimme war steif wie immer, doch darunter lag etwas Raues, das mir sofort die Tränen in die Augen trieb.

«Ludmila ...»

Ich hatte nicht damit gerechnet, doch Ludmila zu sehen, ließ die Trauer sofort über mich hereinbrechen. Ich achtete nicht auf den Kutscher, der mir hinunterhelfen wollte, sondern sprang allein hinab, und ohne darüber nachzudenken, umschlang ich Ludmila mit beiden Armen. Für einen winzigen Moment spürte ich ihren Körper weich werden. Ihre Wange berührte mein Haar – zumindest ganz kurz, da war ich mir sicher. Doch dann schien sie wieder zur Besinnung zu kommen. Vorsichtig drückte sie mich von sich weg.

«Wieso hat sie das getan, Ludmila?» Mit einem Mal schluchzte ich wie ein kleines Mädchen, das verzweifelt auf die Zauberkräfte seiner großen Schwester hoffte. «Wie konnte sie das tun?»

Auch Ludmilas Augen schimmerten. Sie schüttelte hilflos den Kopf und tätschelte mir ein wenig ungelenk die Schulter. «Ich weiß es nicht, Alba. Komm, wir gehen erst einmal rein. Dort können wir in Ruhe über alles sprechen.»

Schon wollte sie vorgehen, doch ich hielt sie fest. «Bitte warte noch ...» Das Herz schlug mir bis zum Hals. «Ich muss dich etwas fragen.»

«Ja?» Misstrauisch musterte sie mein Gesicht.

«Hast du derzeit ein freies Gästezimmer?»

Sie hob das schmale Kinn. «Mutter hat uns gelehrt, dass im Gutshof von Boxhagen immer ein Zimmer für Gäste frei ist. Aber wer sollte ausgerechnet heute unser Gast sein?»

Ich wandte mich um und sagte in Richtung Kutsche: «Kasimir, kannst du aufstehen?»

Ich hörte ein Keuchen, dann erschien Kasimir in der Kutschentür. Sein Gesicht war blass, und das halblange, honigblonde Haar zerzaust, doch ansonsten merkte man ihm seinen Zustand nicht an. Erstaunlich aufrecht stand er da und sah freundlich, aber ernst zu Ludmila herunter. «Guten Tag, Frau Priem. Ich möchte Ihnen mein herzliches Beileid für den Verlust Ihrer Schwester aussprechen.»

Ludmila ließ sich ihre Verwirrung kaum anmerken. «Vielen Dank, Herr …» Erst in diesem Moment schien ihr aufzugehen, dass sie seinen wahren Namen nicht kannte.

«Kasimir Nebel, sehr erfreut», sagte er schnell.

«Guten Tag, Herr Nebel.» Dann wandte sie sich an mich. «Alba, auf ein Wort bitte.»

Genau diesen Tonfall hatte ich mir vorgestellt: sachlich, hart, streng. Sie führte mich ein paar Schritte von der Kutsche weg und fragte gedämpft: «Kannst du mir bitte erklären, warum in Gottes Namen du den falschen Gärtner mitgebracht hast?»

Ich nickte langsam und entschied mich dafür, es kurz und schmerzlos zu machen. «Weil ich mich mit ihm verlobt habe.»

Sie machte kein Geräusch, nur ihre Lider flatterten ein paarmal, während sie mich anstarrte. Nach einer gefühlten Ewigkeit sagte sie endlich: «Ganz abgesehen davon, dass dein Vorschlag vollkommen abwegig ist: Dies ist nicht der richtige Zeitpunkt, um über eine Verlobung nachzudenken.»

Wieder nickte ich. Ich verstand, dass es zu viel für sie war. Die Trauer um Ottilie, der drohende Verkauf der Ländereien – und nun auch noch das. Doch ich durfte nicht schwach werden. Mit bemühter Leichtigkeit sagte ich: «Wie gut, dass wir nicht länger darüber nachdenken brauchen. Die Verlobung ist trotz ihrer Abwegigkeit bereits geschehen.»

Ich konnte kaum glauben, dass ich ihr standhielt – und ebenso schien es Ludmila zu gehen. Sie kniff ihre Lippen so fest zusammen, dass sie beinahe verschwanden. Die alte Ottilie – das kleine, aufmüpfige Mädchen unter der Trauerweide – hätte über meinen Sinneswandel sicherlich gekichert vor Freude und mir applaudiert. *Ich wusste immer, was in dir steckt, Alba!*

«Das ist nicht allein deine Entscheidung, Alba», presste Ludmila hervor.

«Lass uns darüber heute nicht streiten. Du hast recht, es ist nicht die Zeit dafür. Bitte bringe Kasimir für ein paar Tage in eurem Gästezimmer unter, er ist schwer verletzt. Wir müssen regelmäßig einen Arzt nach ihm sehen lassen. Ansonsten sollte es heute nur um Ottilie gehen.»

Es tat unfassbar gut, auszusprechen, was ich dachte, laut, deutlich und entschlossen.

Einen Moment lang taxierte Ludmila mich mit ihren Blicken. Sicherlich ging sie alle Möglichkeiten durch, die sie hatte. Sie könnte mir meinen Wunsch verweigern. Doch dann würde unser Streit erneut eskalieren und Ottilies Andenken und ihre Beisetzung überschatten. Endlich drehte sie sich ruckartig um und lief geradewegs auf die Eingangstreppen zu, wo sie den Hausdiener abfing, um ihm Anweisungen zu geben, Kasimir ins Gästezimmer zu bringen. Ich folgte ihr mit wenigen Schritten

Abstand und warf Kasimir im Vorübergehen ein aufmunterndes Lächeln zu. Und während ich die Treppen hinaufstieg, begann ich zu begreifen, dass die letzten Tage etwas in mir für immer verschoben hatten.

Im Salon angekommen, wurde ich sofort von Clara bestürmt. Ihre runden Wangen waren rot und nass, ihre Augen verquollen.

«Alba, es tut so gut, dich zu sehen!» Sie schluchzte laut und zog mich in eine feste Umarmung. «Es ist alles so fürchterlich. Ich kann es kaum ertragen! Und dann warst du auch noch fort – und ich hatte so hässliche Dinge zu dir gesagt! Glaube mir, ich habe mich mehr als einmal dafür geohrfeigt. Bitte verzeih mir. Ich werde mich bessern! Aber jetzt müssen wir zusammenhalten, an diesem schrecklichen Tag, ja? Ich weiß sonst nicht, wie ich das aushalten soll. Ich war so egoistisch. Es tut mir leid, Alba, so leid!»

Ich atmete langsam und lange aus, ließ mich in diese warme, herzliche Umarmung fallen und spürte die Tränen wieder über mein Gesicht laufen. Meine Traurigkeit mischte sich mit ihrer und zugleich mit der Erleichterung, meine liebe Clara nicht verloren zu haben.

«Es gibt nichts zu verzeihen, meine liebste Schwester. Ich könnte dir niemals böse sein», flüsterte ich in ihr blondes Haar.

«Oh, Alba», schluchzte sie und drückte mich noch fester.

Es dauerte lange, bis ich mich von ihr löste.

Amalie hatte sich die ganze Zeit über nicht erhoben. Starr und dunkel saß sie auf dem Kanapee.

«Hallo, Amalie.»

Sie sah mich nicht einmal an.

Im Grunde war also alles beim Alten. Und doch war es das nicht – würde es das niemals mehr sein.

«Nun, da wir alle zusammen sind, sollten wir die Beisetzung planen», begann Ludmila.

«Peter kommt nicht?», fragte ich leise.

«Er hat geschrieben, dass ihn seine Geschäfte noch in Berlin festhalten. Aber er sollte morgen bei uns eintreffen.»

«Und wie geht es Elise?»

«Den Umständen entsprechend», sagte Ludmila steif. «Ich habe das Kindermädchen gebeten, mit ihr einen Spaziergang zu machen. Frische Luft wird ihr guttun.»

Dann sprach sie von dem Pfarrer, der in wenigen Minuten zu uns stoßen würde, von dem Sarg, den sie gewählt hatte, sie ging die Gästeliste für die Trauerfeier durch, die Aufschrift auf dem Grabstein und fragte, welche Blumen wir für den Kranz und die Dekoration von Kirche und Sarg wählen wollten. Clara schluchzte. Amalie schwieg eisern. Nur ich sagte: «Kornblumen. Es müssen Kornblumen sein …» Ich musste an die Geschichte denken, die ich Ottilie vor vielen Jahren erzählt hatte. Daran, wie tröstend sich der Himmel in dieser Geschichte nach einer Wiese ausstreckte und Kornblumen darauf wachsen ließ. Ottilie und ich waren einander so nah gewesen, während ich ihr die himmelblauen Blüten in ihren Kranz flocht.

«Wieso nicht Eisenhut?», sagte Amalie plötzlich. Sie drehte den Kopf, und ihre scharf gezeichneten Augen funkelten.

Ich blinzelte verwirrt. «Was meinst du damit?»

«Du hast ihr Blumen vors Haus gelegt.»

Ich nickte und wartete darauf, dass sie weitersprach. Ein mulmiges Gefühl breitete sich in meinem Magen aus.

«Es hat dir wahrscheinlich noch keiner gesagt, woran Ottilie gestorben ist, oder?»

Zaghaft warf Clara ein: «Amalie, das ist aber nicht sehr umsichtig von dir, Alba ausgerechnet heute so etwas …»

Amalie brachte sie mit einer Handbewegung zum Schweigen. «Der Arzt vermutet eine Vergiftung durch Eisenhut. Ich habe nachgesehen, Alba. All deine Blumenbotschaften rund um Ottilies Haus sind verschwunden.»

Bei diesen Worten blieb mir die Luft weg. Damit ich nicht taumelte, krallte ich mich am Fensterbrett fest.

«Es ist überhaupt nicht erwiesen, dass es Eisenhut war, Alba», beteuerte Clara mir. «Und selbst wenn, dann muss es nichts mit deinem Eisenhut zu tun gehabt haben …»

Ich hörte ihrer wackligen Stimme an, dass sie nicht an ihre eigenen Worte glaubte.

Ludmila seufzte schwerfällig. «All das tut jetzt nichts zur Sache … Ottilie kannte die Wirkung von Eisenhut. Selbst wenn er nicht dort gelegen hätte, wäre es für sie ein Leichtes gewesen, ihn sich woanders zu beschaffen.»

Ich hörte ihre Worte kaum, riss das Fenster auf und atmete gierig frische Luft ein. Ich war schuld. Ich allein. Erneut.

Amalie lachte abfällig. «Einer Verrückten Eisenhut hinzulegen, kommt einem Mordanschlag gleich. Das ist meine Meinung.»

Bei diesen Worten wirbelte ich herum. «Wage es nicht noch einmal, mir etwas so Unaussprechliches vorzuwerfen. Und wage es vor allem nicht, noch einmal so abfällig über unsere Ottilie zu sprechen – wenige Tage nach ihrem Tod.»

Für einen kurzen Moment überrumpelte mein Ausbruch

Amalie. Ich konnte es deutlich auf ihrem weißen Gesicht able-
sen, ihre Lippen öffneten und schlossen sich. Noch nie hatte
ich in diesem Tonfall mit ihr gesprochen. Doch sie gewann ihre
Contenance zurück – und richtete sich auf. «Was passiert denn,
wenn ich es wage, mmh, Alba? Ich habe noch nie in meinem
Leben davor zurückgeschreckt, die Wahrheit auszusprechen.
Du bist schuld an Ottilies Tod. So wie du schuld warst an ihrem
Wahnsinn. Und an Heinrichs Selbstmord.»

Die alte Alba wäre bei diesen Worten verzweifelt und hätte
sich in Schmerz und Selbsthass gewunden. Doch die neue hielt
stand. «Ja, Amalie. Ich habe in der Vergangenheit schreckliche
Fehler begangen. Könnte ich heute noch einmal entscheiden,
würde ich vieles anders machen. Ich würde offen mit Ottilie
und Heinrich sprechen, und keinesfalls würde ich ihr auch nur
einen einzigen Eisenhut vor die Tür legen. Mit meiner Schuld
an ihrem Tod werde ich mich auseinandersetzen müssen, und
es wird mich jahrelang quälen, das weiß ich. Aber ich werde es
tun. Was ist mit dir, Amalie?» Ich ging einen Schritt auf sie zu.
Sie wich nicht zurück. «Du denkst wirklich, du wärst die Verfechterin der Wahrheit?» Scharf stieß ich Luft durch die Nase
aus. «Keine von uns Schwestern ist so verlogen wie du. Es gibt
so vieles, das du dir selbst nicht eingestehst. Du belügst dich und
uns alle jeden Tag. Mittlerweile weiß keine von uns mehr, wer
du eigentlich bist. Weißt du es selbst überhaupt noch?»

Einen Moment lang war es beinahe still im Salon. Ich hörte nur Claras beschleunigten Atem und irgendwo draußen das
unpassend fröhliche Zwitschern einer Feldlerche. Amalie starrte mich wild an, sämtliche Farbe war aus ihrem Gesicht verschwunden. Es dauerte eine ganze Weile, bis sie ihren Blick

von mir löste. Im Vorbeigehen stieß sie mit der Schulter so hart gegen meine, dass ich zurückstolperte. Dann lief sie mit schnellen Schritten zur Tür und schlug sie fest hinter sich zu.

Langsam drehte ich mich zu Ludmila und Clara um. Beide standen starr vor Schreck mitten im Raum.

«Vielleicht sollte ich nach ihr sehen …», flüsterte Clara.

«Nein, das würde jetzt nichts bringen.» Mit fahrigen Händen strich sich Ludmila über das Mieder. «Außerdem kommt der Pfarrer gleich. Bis dahin müssen wir noch eine Entscheidung treffen.»

Ich ließ mich auf das Kanapee sinken und sah Ludmila an.

Ludmila schluckte sichtbar und atmete tief durch. «Ottilies Kleid. Ich habe ihr Hochzeitskleid, das sie so gern trug, reinigen lassen.»

Sofort sprang ich wieder auf. «Nicht das Hochzeitskleid, Ludmila!»

«Nicht?» Ludmila lehnte sich erschöpft gegen die Kommode in ihrem Rücken.

«Sie hat ihre Hochzeit ihr ganzes Leben lang bereut. Ich glaube, deswegen hat sie nachts dieses Kleid getragen. Wir dürfen sie darin nicht beerdigen.»

«Was schlägst du stattdessen vor?»

Ich brauchte nur kurz nachzudenken. «Sie hatte früher ein kornblumenblaues Kleid. Ich kann in ihrem Haus nachsehen, ob ich es finde.»

Ludmila nickte. «Gut.»

«Ich begleite dich», sagte Clara.

Ich lächelte ihr dankbar zu. «Sehr gern.»

Ich bat Clara, noch einen Augenblick auf mich zu warten, und lief in den Seitenflügel hinüber. Leise öffnete ich die Tür des Gästezimmers und fand Kasimir tief und fest schlafend im Bett vor. Die Reise schien ihn erschöpft zu haben. Vorsichtig breitete ich die Decke über ihm aus und betrachtete ihn einen Moment. Wie blass er aussah. Er brauchte seine Ruhe, entschied ich und schlich wieder hinaus.

Wenig später lief ich gemeinsam mit Clara quer über das Gemüsefeld auf das Haus von Ottilie und Peter zu. Ich spürte, dass Clara mich immer wieder von der Seite ansah, und blickte ein wenig beschämt auf meine Füße.

«Was ist in Berlin passiert, Alba?»

Ich antwortete nicht sofort.

«Du bist vollkommen verändert.»

Kurz biss ich mir auf die Unterlippe. Unser Weg war nicht weit genug für die ganze Geschichte, doch ich hatte das Gefühl, ihr das Wichtigste sagen zu müssen. Also gab ich ihr eine kurze Zusammenfassung. Ich erzählte, dass ich mitten in das Revolutionsgeschehen geraten war, dort Kasimir wieder getroffen und mich mit ihm verlobt hatte.

Clara blieb inmitten von Kopfsalaten wie angewurzelt stehen.

«Du bist mit dem falschen Gärtner verlobt?» Von ihren Grübchen keine Spur.

Ich atmete tief durch. «Ich habe mich verliebt.» Diese Worte auszusprechen, verlangte mir mehr ab, als ich es mir vorgestellt hatte. Meine Stimme rutschte am Ende des Satzes in die Höhe. Es war so wahr, dass es wehtat.

«Oh, Alba», hauchte Clara. «Wieso hast du nie mit mir darüber gesprochen?»

Seufzend hob ich die Schultern. «Es war so … abwegig.»

«Ich habe es die ganze Zeit über geahnt, kannst du das glauben? Du hast ihn immer so angesehen … Aber als ich euch dann im Hyazinthenfeld gesehen habe, bin ich schrecklich eifersüchtig geworden. Ich hatte immer gedacht, du würdest mir alles erzählen.»

«Es kam so plötzlich», versuchte ich, mich zu rechtfertigen.

Clara winkte ab. «Ich bin eine Gans, Alba. Kindisch und eifersüchtig. Ich hab mich nur gefragt …» Sie atmete tief durch. «Erinnerst du dich nicht mehr an unsere Aurikeln?»

Fragend sah ich sie an.

«Früher hast du mir immer einen Kranz aus Aurikeln geflochten. *Unsere Freundschaft endet nie.*»

«Ja, natürlich! Ich erinnere mich!»

«An diesem Tag trug er Aurikeln um seinen Hals. Und da hatte ich mit einem Mal das Gefühl, du hättest dich von mir abgewendet.»

Erschrocken starrte ich sie an. Vor mir stand in diesem Moment wieder das Kind von damals, das so fürchterliche Angst hatte, nicht mehr von seinen Schwestern gemocht zu werden.

«Oh, aber Clara, ich würde mich niemals von dir abwenden!» Ich zog sie an mich und drückte sie ganz fest. «Du bist und bleibst meine Lieblingsschwester, das weißt du doch!»

Ich spürte, wie sie ihren Kopf in meine Halsbeuge grub. Dann löste sie sich von mir, wischte sich Tränen aus den Augenwinkeln und schüttelte den Kopf. Endlich tauchten ihre Grübchen wieder auf ihrem Gesicht auf. «Bevor ich euch zusammen gesehen habe, habe ich mir sogar gewünscht, ihr würdet zueinanderfinden.»

«Wie bitte?» Ich lachte auf. «Du hast gewollt, dass ich mich mit dem Gärtner verlobe?»

Clara kicherte. «Er ist doch in Wahrheit gar kein Gärtner! Einmal habe ich mich mit ihm unterhalten und war mir sicher, dass er ein gebildeter Mann sein muss. Er kannte *Die Stumme von Portici*! Das hat mich stutzig gemacht. Und außerdem: Eine unverheiratete junge Frau, die allen Konventionen zum Trotz allein in Boxhagen lebt und ihre Ländereien verwaltet, die schafft es auch, würdevoll unter ihrem Stand zu heiraten.»

Ungläubig starrte ich Clara an. «Ludmila und Amalie werden nie wieder mit mir sprechen. Sie werden mir nie verzeihen.»

Clara seufzte tief. «Ich glaube nicht, dass die Situation zwischen euch noch schlimmer werden kann, als sie es ohnehin schon ist.»

Der Knoten in meinem Magen, den ich seit Jahren spürte, zog sich ein wenig fester zusammen. Sie hatte recht.

«Aber du wirst auch diese Herausforderung meistern. So, und jetzt gehen wir Ottilies Kleid holen.» Sie fasste mich an der Hand und zog mich mit entschlossenem Blick und erhobenem Kinn mit sich.

54. Kapitel

Noch nie zuvor hatte ich Ottilies Haus betreten. Ich kannte es noch als alten Schuppen. Zwar stabil und gepflegt, aber einfach und rustikal. Kurz nach Heinrichs Tod hatte Ottilie ihr Wohnhaus einfach daraufgesetzt. Bis heute fragte ich mich, wieso. Und warum zu diesem Zeitpunkt. Das Erdgeschoss war aus dunklem Holz gezimmert, die Wände verstärkt und modernisiert worden, hier und dort gab es nun kleine Fenster. Die Schafe waren abgeschafft, sämtliche Innenwände und der Boden herausgerissen worden, doch im Allgemeinen erinnerten die Bretter noch immer an den alten Schuppen. Der erste Stock hingegen war aus helleren, moderneren Dielen errichtet, sodass dieses Haus krumm und seltsam wirkte. Das Dach wacklig, die Fenster ungleich verteilt und allesamt finster.

Als Ottilie es bauen ließ, sprach sie schon kein freundliches Wort mehr mit mir. Niemals hatte sie mich eingeladen.

Erst jetzt, kurz nach Ottilies Tod, näherte ich mich hinter Clara der ebenerdigen, schmalen Haustür. Ohne es zu wollen, sah ich auf den Boden und hielt Ausschau nach meinen Blumen. Ich entdeckte keine einzige mehr. Hatte Ottilie sich tatsächlich mit meinen Botschaften vergiftet?

Clara öffnete die Haustür, an der umgedreht ein getrockneter Strauß Johanniskraut hing: *Sei auf der Hut*. Das Gelb seiner kleinen Blüten war längst verblasst.

Vor uns erstreckte sich ein langer dunkler Flur, gleichzeitig stieg uns ein fauliger Geruch in die Nase.

Ich verzog das Gesicht. «Was ist das?»

Clara seufzte schwer. «Sie hat immer irgendwelche Pflanzen eingekocht.»

Und wahrscheinlich hat sie niemals frische Luft hineingelassen, fügte ich in Gedanken hinzu. Kurz musste ich an die kleine Elise denken. Als Ottilie dieses Haus hatte ausbauen lassen, war ihre Tochter kaum ein Jahr alt gewesen. Anderthalb Jahre hatte sie hier gewohnt, bevor Ludmila sie zu sich nahm. Damals war es um Ottilie noch nicht so schlimm bestellt gewesen wie zuletzt. Auch das Haus war anfangs wahrscheinlich weniger unheimlich als heute. Doch selbst diese kurze Zeit stellte ich mir für das kleine Mädchen fürchterlich vor.

Die meisten Fensterläden waren geschlossen, nur hier und da fiel etwas Licht durch die Ritzen. Zu unserer Rechten führte eine schmale Treppe ins obere Stockwerk. Links stand eine von Staub überzogene Kommode, und dahinter öffnete sich eine Tür in einen Raum, der in anderen Häusern ein Empfangszimmer gewesen wäre. Doch hier gab es keinen einzigen Sessel, keinen Stuhl, keinen Tisch. Die Wände waren mit schiefen Regalen vollgestellt, und darin standen Einmachgläser.

«Hier werden ihre Kleider nicht sein», warf Clara ein.

«Nein …»

Trotzdem ging ich zu dem kleinen Fenster hinüber und stieß die Fensterläden auf. Das Licht, das hereinflutete, zeichnete

Staubwirbel in die Luft und blitzte in den Gläsern auf. Eines davon nahm ich vorsichtig in die Hand. Ich musste an Marmelade denken, doch die Masse darin war tiefschwarz und von einer ekelerregenden Konsistenz.

«Sie hätte sich mit jedem dieser Gläser selbst vergiften können», flüsterte ich.

«Vielleicht hat sie das», gab Clara zurück.

Vielleicht. Doch warum waren meine Blumen dann weg? Wahrscheinlich würde ich auf meine Fragen niemals eine Antwort bekommen.

Ich ging zurück in den Flur und wandte mich zur Treppe, mit der Tür darunter. Nur kurz wollte ich einen Blick hindurchwerfen. Die Tür führte zum Speiseraum und der wiederum in die Küche. Immerhin gab es dort einen Tisch und ein paar Stühle. Ich konnte nicht anders, als auch hier Licht einzulassen. Es fiel auf unzählige kleine Blumensträuße, die trocken mit dem Kopf nach unten an der Wand hingen oder in ihren Vasen verfaulten. Alle riefen sie durcheinander.

Wirst du niemals meine Sehnsucht stillen?

Der Schmerz, der mich durchbohrt, erlischt erst mit dem Tode.

Dürfte ich doch immer bei dir sein.

Du bleibst mir ewig eine schmerzliche Erinnerung.

Die Ungeduld treibt mich zu dir.

Ich folge dir überall hin.

Ich traue deinem Charakter nicht.

Treu bis zum Tode.

«Komm, Alba.» Clara zog mich hinter sich her zur Treppe zurück. Die Holzstufen knarrten unter unseren Füßen. Immerhin wurde der Geruch besser – hier oben war nur eine schwache

Spur der Fäulnis zu riechen. Zudem waren die Läden des kleinen Flurfensters geöffnet. Doch der Anblick war nicht unbedingt erhebend. An den Wänden hing kein einziges Bild, es gab
kein Schränkchen, keine Dekoration.

«Das hier ist ihr Schlafzimmer. Dort müsste der Kleiderschrank sein.» Clara öffnete eine Tür und ging voran.

Der Raum war überraschend groß und hell, das Fenster offen.
Darunter stand ein Bett, die Decken waren aufgeschüttelt und
zum Lüften hinausgehängt worden.

«Ludmila war schon hier», vermutete ich.

Der alte Kleiderschrank befand sich direkt neben der Zimmertür, doch es war etwas anderes, das mich anzog: Am Fußende des Bettes stand ein kleiner Sekretär. Einst hatte er unserer
Mutter gehört. Seine vielen kleinen Schubladen und winzigen
Schranktürchen waren mir aus einer ganz anderen Zeit so vertraut, dass ich für einen Moment das Gefühl hatte, Mutter wäre
hier und würde uns ermutigend die Hände auf die Schultern
legen. Ich fuhr mit der Hand über die aufgeklappte Arbeits-
fläche, zog eine der Schubladen auf, noch eine – und stieß auf
Briefe.

«Was ist das?», fragte Clara.

Ich deutete auf den Absender: *Dein Anton.*

«Anton und Ottilie hatten Briefkontakt?», murmelte ich.

«Wir sollten nicht in Ottilies Briefen herumkramen», sagte
Clara.

Natürlich hatte sie recht. Doch ich hatte nicht die Kraft zu
widerstehen. Möglicherweise konnten mir die Briefe Ottilies
Geheimnisse verraten, mir versichern, dass ich mit meinem
Eisenhut nicht schuld war an ihrem Tod.

Also begann ich, sie zu lesen, und begriff schnell, dass sie tatsächlich voller Antworten waren. Viele von ihnen waren auf das Jahr 1843 datiert – das Todesjahr unseres Bruders. Bald überflog ich sie nur noch – atemlos und getrieben. Beinahe vergaß ich, dass Clara hinter mir stand und mir über die Schulter schaute. Stattdessen stellte ich mir beim Lesen Antons spöttisches Wispern vor.

Meine liebste Ottilie,
ich kann es nicht länger ertragen, dich so zu sehen. Es ist an der Zeit, dass du dir selbst vergibst. Würde es dir helfen, wenn du nicht allein schuld wärst an dem Selbstmord deines Bruders? Könntest du dann wieder die Ottilie sein, die ich kannte? Die war mir nämlich durchaus schon verrückt genug …

Kätzchen,
dann sollst du die Wahrheit wissen, auch wenn du mich dafür vielleicht noch mehr hassen wirst als für meine Nacht mit Amalie. Glaube mir: Als du damals mit einem Mal in der Hütte standest und uns so wild angeblickt hast, war ich mir sicher, du würdest einen von uns töten. Du hast es nicht getan. Stattdessen hast du deine Wut auf den armen Heinrich gerichtet und ihn glauben lassen, er und Peter seien der einzige Grund für deinen Zorn. Dabei waren es in Wahrheit ich und Amalie. Du glaubst, allein dein Ausbruch habe deinen Bruder in den Selbstmord getrieben? Was soll ich sagen, Kätzchen? Du überschätzt dich. So etwas schafft man nicht allein. Nein, wir waren es alle gemeinsam. Du. Ich. Und all deine Schwestern. Jede einzelne von ihnen. Heute Abend klopfe ich an deine Tür – manche

Dinge bespricht man lieber persönlich. Zum Glück bist du seit Peters Flucht in diesem Haus nun ganz allein. Und wir beide sind längst noch nicht am Ende. Lass mich hinein, und ich erzähle dir alles …

Mein Kätzchen,
warum hast du mich nicht eingelassen? Meine Geheimnisse wären schmerzhaft und heilsam zugleich gewesen. Und hinterher hätte ich dich getröstet, wie nur ich dich trösten kann …
Nun muss ich es doch für dich niederschreiben, in dem Wissen, dass du all meine Briefe verbrennst. Eine nützliche Angewohnheit! Du wirst auch diesen verbrennen, ich verlasse mich darauf.
Ich beginne mit der heiligen Ludmila. Sie hat schon lange geahnt, dass Heinrich etwas zu verbergen hatte. Bei jeder Gelegenheit schloss sie ihn in ihre Gebete ein, immer wieder drängte sie ihn zur Beichte und berichtete ihm ausführlich von der Hölle und den Strafen Gottes für widernatürliches Verhalten. Heinrich muss sich gefühlt haben wie der Teufel selbst. Wie lange erträgt man ein solches Gefühl?
Kommen wir zur schönen Amalie, unserer Verfechterin der Wahrheit: Immer wieder hat sie Heinrich gesagt, wie sehr sie Heuchelei verabscheue. Heinrich dachte, sie spiele damit auf ihn und seine Lügen an – er hatte keine Ahnung, dass sie vielmehr von sich selbst sprach. Woher sollte er auch wissen, dass sie ihren Mann mit mir betrog?
Natürlich hat auch die geheimnisvolle Alba, unsere Altruistin, einen großen Teil zu Heinrichs Entscheidung beigetragen. Du weißt, dass sie sich mit deinem Bruder gegen dich verbündet

hat. Ohne sie wäre Heinrich möglicherweise niemals so weit
gegangen. Wer weiß – vielleicht würde er heute noch leben …
Sprechen wir zum Schluss über die süße, kleine Clara …

«Leg den Brief weg, Alba, ich bitte dich!» Claras Stimme zitterte. Schrill fuhr sie fort: «Das sind doch alles haltlose Ver-
leumdungen! Woher will Anton solche Dinge über uns wissen?»

Was er da schrieb, war tatsächlich ungeheuerlich. Und doch
konnte ich nicht vom Brief aufsehen. Schließlich wusste Anton
erstaunlich gut über mich und meine Vergehen Bescheid. Was,
wenn auch der Rest stimmte?

«Alba, bitte!», sagte Clara erneut. Doch ich hielt das Papier
mit beiden Händen fest und beugte mich tiefer darüber. Nur am
Rande nahm ich wahr, dass Clara schluchzend aus dem Zimmer
floh.

Oh, wie hat Clara dich geliebt, Ottilie. Dich und Alba. Doch
ihr beide habt euch in letzter Zeit von ihr zurückgezogen. Ich
verstehe das gut, sie plappert ja in einer Tour, wie soll man
das naive Geschwätz aushalten? Ich habe beobachtet, wie
sie allmählich immer mehr verzweifelte. Du hast mir selbst
erzählt, dass sie es war, die dich auf die Taubnesseln vor Albas
Tür gestoßen hat. Hast du nie darüber nachgedacht, was sie
mit diesem Hinweis eigentlich angerichtet hat? Hätte sie über
ihre Beobachtungen geschwiegen, wären weder du noch Hein-
rich verletzt worden. Stattdessen wollte sie unbedingt deine
Freundschaft mit Alba zerstören. Sie hat es geschafft. Um einen
fürchterlichen Preis.

Ich musste kurz innehalten, mir ungläubig mit der Hand über die Augen fahren. Clara war es gewesen, die Heinrich und mich verraten hatte? Ausgerechnet meine Clara? Plötzlich raste mein Herz, meine Hände schwitzten. Kurz zog ich in Erwägung, aufzuspringen und zu Clara hinunterzurennen, um sie zur Rede zu stellen. Doch der Brief war noch nicht zu Ende.

Sicher wirst du viele meiner Worte anzweifeln, du wirst mir vorwerfen, dass ich einiges davon gar nicht wissen könne. Doch ich kann, meine liebste Ottilie. Ich kann.

Denn es gibt noch jemanden, den ich in dieser Liste aufführen muss: Anton Fuchs. Zugegeben ein selbstgefälliger, hinterhältiger Mensch – was soll ich sagen? Tatsächlich habe ich mich jahrelang heimlich mit Amalie getroffen. Du ahnst es längst, seitdem du uns miteinander erwischt hast. Und jetzt hast du es endlich schwarz auf weiß. Ich sage es dir in der Hoffnung, dass dich der Hass auf mich und deine Schwester weniger zerstören wird als der Hass auf dich selbst. Denn auch wenn du es mir jetzt nicht mehr glauben wirst, möchte ich nur das Beste für dich. Seitdem ich dich kenne, versuche ich, dich vor mir zu beschützen, vor uns beiden. Deswegen konnte ich dich nie heiraten – damit ich nicht ende wie mein Vater. Und du nicht wie meine Mutter.

Nun, dies war das eine Geständnis, das ich dir machen muss. Das andere, vielleicht schlimmere, folgt hiermit: Eine Zeit lang stand ich Heinrich nahe. Keine Sorge, uns hat die reine Freundschaft verbunden, nichts weiter. Doch es gab eine Zeit, in der er sich mir anvertraute. Nicht in der Form, in der er Alba vertraut haben muss – sein größtes Geheimnis verriet er mir nie. Doch ich wusste, wie sehr er unter Ludmila und Amalie litt. Im Gegenzug habe ich ihm ein Geheimnis anvertraut, das nicht einmal du bisher kennst. Ich habe ihm von meiner Mutter erzählt, die euer Land geliebt hat wie keinen anderen Fleck auf dieser Welt. Als sie noch lebte und du noch nicht geboren warst, waren wir oft gemeinsam bei euch zu Besuch. Hier, fern von meinem tyrannischen Vater, verbrachte sie die glücklichsten Tage ihres Lebens. Immer träumte sie davon, eines Tages zwischen den Hyazinthen und all den Sommerblumen ihren Frieden zu finden. Aus diesem Grund habe ich Heinrich schließlich ein großzügiges Angebot gemacht. Ich bat ihn, Boxhagen an mich zu verkaufen – um meiner lieben Mutter willen. Im Laufe der Zeit habe ich ihn immer wieder bekniet. Doch er hat nicht mit sich reden lassen. Ich fürchtete schon, seine Entscheidung akzeptieren zu müssen. Doch dann, viele Jahre später, wurde mir der Zufall zum Verbündeten. Als ich mich zu dir hinausschlich, hörte ich ein Lachen im Pferdestall. Ich folgte diesem Geräusch, blickte durch ein kleines Fenster – und machte eine ganz ähnliche Entdeckung, wie du sie nur wenige Tage später machen würdest.

Noch in derselben Nacht setzte ich ein Schreiben auf. Darin eröffnete ich Heinrich zwei Möglichkeiten: Entweder, er verkaufte Boxhagen an mich – wobei sich der Preis über Nacht leider mehr als halbiert hatte –, oder ich würde sein Geheimnis aufdecken.

Bisher dachtest du, Heinrich hätte sich wegen deiner Drohung erschossen. Bist du dir da noch immer so sicher? Vielleicht war es auch wegen meiner. Schließlich wusste er: Selbst wenn du schweigen würdest, gab es da noch mich.

Meine liebste Ottilie,

dein Angebot macht mich sehr glücklich, denn das, was du im Gegenzug von mir verlangst, ist längst geschehen: Ich treffe Amalie nicht mehr. Seit Jahren schon. Ich hatte nie die gleichen Gefühle für sie wie für dich. Du weißt, dass die Verbindung zwischen uns besonders ist. Anders als alle anderen. Bist du unter diesen Umständen tatsächlich bereit, deinen Teil des Landes an mich zu verkaufen?

Mein Kätzchen,

wie kommst du darauf, dass ich dich belüge? Du weißt, wie viel meine tote Mutter mir bedeutet …

Kätzchen,

gut, lassen wir das. Du willst Ehrlichkeit. Und ich weiß, dass sie niemand so sehr verdient wie du. Was ich über meine Mutter sagte, ist die Wahrheit. Aber nicht die ganze. Was würde es meiner Mutter schließlich helfen, wenn ich demnächst in Boxhagen lebte? Vater hat sie vor Jahren getötet, und nichts, was ich tue, würde daran noch etwas ändern. Ich habe lange gebraucht, um das zu begreifen. In der Zwischenzeit konnte ich nicht anders, als mich in eure Familie hineinzudrängen. Ich habe euch so schrecklich beneidet, dass jeder andere darüber vor Scham im Erdboden versunken wäre. Wie gern wollte ich so viele Geschwister haben, wie du sie hast, Ottilie. Ich wünschte mir Eltern wie deine. Manchmal redete ich mir ein, ihr wärt tatsächlich meine Familie. Und nichts machte mir mehr Freude, als eure Eigenheiten zu studieren, eure Beziehungen genau zu beobachten. Doch es hat mir niemals etwas genützt, ich blieb

außen vor. Das weiß ich jetzt. Einzig mit dir bin ich wirklich
verbunden. In Wahrheit gibt es nur dich. Du bist alles für mich.
Und dann hatte ich eine Idee. Im Leben kommt man nur
weiter, wenn man gute Ideen hat – das hat mein Vater immer
gesagt. Du weißt sicher, dass Berlin aus allen Nähten platzt.
Viele wohlhabende Berliner können den Mief der Metropole
nicht mehr ertragen und würden sich für ein neues Zuhause wie
Boxhagen ein Bein ausreißen. Was jetzt noch schnöder Acker ist,
sollte Bauland werden. Schicke Villen sollten hier statt Blumen
aus dem Boden wachsen. Ich habe sogar schon einen Interes-
senten, er plant in der Mitte der Wohnhäuser, dort, wo euer in
die Jahre gekommenes Gutshaus steht, einen großen, modernen
Marktplatz. Den Boxhagener Platz. Wir könnten Wegberei-
ter sein, in die Geschichte Berlins eingehen, einer Stadt, die in
der Zukunft so gewaltig sein wird, dass wir es uns in unseren
kühnsten Träumen nicht ausmalen können. Dich hält hier doch
ohnehin nichts mehr. Willst du deinen Schwestern täglich in die
verlogenen Augen schauen? Willst du weiter Nacht für Nacht
über diese schlammig sandigen Äcker irren, auf der Suche nach
einer Vergangenheit, die niemals wieder zurückkehrt? Ich biete
dir stattdessen die Zukunft. Eine Wohnung in Berlin, nicht
weit von meiner entfernt. Ich könnte dich regelmäßig besuchen,
wir wären ungestört, wir wären zusammen, auf unsere ganz
eigene Art und Weise …

Atemlos starrte ich auf die Briefe und versuchte, all die neuen
Informationen zu verarbeiten. Langsam richtete ich mich auf,
wankte ans Fenster, beugte mich hinaus und atmete tief ein. Ich
konnte die Hyazinthen bis hier oben riechen, schwer und tröst-

lich. Für einen Moment schloss ich die Augen, dann hörte ich ein leises Schluchzen. Unter mir saß Clara im Gras und weinte. Ich musste wieder an das denken, was Anton über sie geschrieben hatte. War etwas Wahres an seinen Worten?

Ja, Clara war laut und verlangte nach Aufmerksamkeit. Mit ihrer stürmischen Art wirbelte sie einem nicht selten den Tag durcheinander. Manchmal hatten Ottilie und ich uns von ihr zurückgezogen. Wir hatten beide einen Hang zur Fantasie und zum Absurden. Wir konnten uns in unseren Geschichten verlieren und die Realität vergessen. Clara mochte das nicht. Sie erinnerte uns gern daran, wie die Dinge wirklich standen, versuchte, uns aus unseren Geschichten und Träumereien zu reißen. Nur deswegen blieben wir manchmal zu zweit.

Doch natürlich hatten wir darüber nie gesprochen. Vielleicht hielt Clara Antons Worte für durch und durch wahr. Vielleicht hatte Ottilie alles ganz anders gesehen als ich. Ich wusste es nicht. So oder so saß da aber meine kleine Clara im Gras und weinte.

Endlich wandte ich mich vom Fenster ab, ergriff den Stapel Briefe und lief damit die Treppe hinunter und hinaus. Ein Teil von mir wollte Clara in den Arm nehmen und trösten. Der andere hielt mich zurück. Sie hatte Ottilie von den Taubnesseln erzählt. Unschlüssig blieb ich neben ihr stehen.

«Warum hast du es ihr gesagt?», fragte ich. Sie vergrub das Gesicht in den Händen. «Hat Anton recht? Hast du es Ottilie erzählt, damit wir uns streiten?»

Sie zog die Nase hoch und schloss die Augen. «Ottilie hat mich gehasst, Alba. Sie hat ständig die Augen über mich verdreht. Nur du warst ihr wichtig.»

«Sie hat dich doch nicht gehasst!»

«Doch!» Schlagartig hörte Clara auf zu weinen. Sie lehnte den Rücken an die Hauswand und sah in den Himmel. «Ich weiß nicht, wann es anfing, aber irgendwann wollte sie mich nicht mehr in ihrer Nähe haben. Und dann ist es mit mir durchgegangen.» Aus den Augenwinkeln schaute sie mich an. «Du weißt gar nicht, wie sehr ich mich seitdem für diese Entscheidung verabscheue. Hätte ich ihr damals nicht diesen Hinweis gegeben, wäre sie vielleicht nie hinter Peters Affäre gekommen. Möglicherweise würden Heinrich und Ottilie dann heute noch leben.»

Ich schloss kurz die Augen und atmete aus. Ich kannte diesen Gedanken nur allzu gut. Auch meine Entscheidungen hatten zu Heinrichs Selbstmord beigetragen. Ich ging auf Clara zu, blieb neben ihr stehen und lehnte mich ebenfalls an die Fassade.

«Vielleicht hat Anton recht», sagte ich. «Ein Einziger allein könnte einen Menschen nicht in den Tod treiben. Vielleicht waren wir es alle gemeinsam. Wir und etwas anderes, etwas Größeres …»

Ich sah in den Himmel, beobachtete die langen, luftigen Wolken und eine Feldlerche, die über uns kreiste, und versuchte, den Gedanken zu fassen. Kasimir würde es vielleicht Konventionen nennen. Bei dem Gedanken an ihn wurde mir ein wenig leichter ums Herz. Er war hier, nicht weit von uns entfernt. Ich blickte hinüber zum Gutshof und war unendlich dankbar. Später würde ich erneut zu ihm gehen. Wie sehr sehnte ich mich danach, ihm von den Briefen, von Claras und meinen Ängsten zu erzählen.

«Es tut mir so leid, Alba.» Ich konnte die Tränen hören, die sich erneut in Clara Bahn brachen.

Ich rutschte neben ihr ins Gras und nahm ihre Hand. «Hast du von Heinrich und Peter gewusst?»

Clara schniefte und schüttelte den Kopf. «Ich habe nur beobachtet, was du mit den Taubnesseln gemacht hast, sobald Ottilie zu dir gekommen ist. Und dann habe ich Heinrich gesehen, der nur einen kurzen Blick darauf geworfen und gelächelt hat, bevor er losgelaufen ist.»

«Hast du uns beobachtet?»

Clara zögerte, bevor sie es zugab. «Hin und wieder. Du hattest offensichtlich ein Geheimnis mit Heinrich. Ich kam mir so allein vor.»

Ich hob einen Arm und zog sie an mich. Sie lehnte sich an meine Schulter. «Es ist schon gut, Clara. Wir haben alle Fehler gemacht.»

Eine Weile saßen wir schweigend da. Irgendwann begann ich, Clara vom restlichen Inhalt der Briefe zu erzählen. Glücklicherweise hatte Ottilie sie nicht verbrannt, so wie Anton es erwartet hatte. Ich fragte mich, wieso sie, die so gern ins Feuer warf, was auch immer sie in die Finger bekam, ausgerechnet bei diesen entlarvenden Briefen darauf verzichtet hatte. Hatte sie es für uns getan? Dafür, dass wir endlich alle die Wahrheit sahen?

Ich berichtete Clara von Antons Angebot. Von seinen Plänen, aus Boxhagen Bauland zu machen.

Clara rutschte erschrocken ein Stück von mir weg und sah mich mit großen Augen an. «Mir und Philipp hat er geschworen, er würde die Blumenfelder von Boxhagen seiner Mutter zuliebe erhalten!»

Ich sprang auf. «Habt ihr bereits an ihn verkauft?»

Clara wischte sich die Tränen aus dem Gesicht und rappelte

sich ebenfalls auf. «Noch nicht, aber Philipp und die anderen wollen heute die Verträge fertig machen.»

Entsetzen packte mich. Was auch immer zwischen uns Schwestern geschah – Anton sollte dieses Land nicht bekommen, unsere Blumen nicht durch Steinbauten ersetzen.

«Komm mit!»

Ich griff nach Claras Hand, und wir rannten los.

55. Kapitel

Amalie stand im kühlen Schatten des Kirschgartens und versuchte, ihre Atmung zu beruhigen. Immer wieder musste sie an Albas Worte denken. *Du versuchst, deinen Selbsthass zu ertragen, indem du mich hasst. Doch es wird nicht helfen.*

Alba hatte recht. Ottilie war tot. Sie hatte sich aller Wahrscheinlichkeit nach selbst vergiftet. Und Amalie fiel es leichter, an Albas leichtsinnig hingeworfenen Eisenhut zu denken als an die Nacht, in der Ottilie gestorben, und an das, was zuvor geschehen war. Damals hatte Amalie ihr an den Kopf geworfen, sie treffe sich noch immer mit Anton. Dabei wusste sie die ganze Zeit über, dass Ottilie ihn genauso liebte, wie sie es schon als junges Mädchen getan hatte – trotz Peter. Amalie wusste es und hinterging sie. Und dann, als Ottilie es begriff, folgte Amalie ihr nicht hinaus in die Dunkelheit. Amalie war stattdessen gedanklich einzig mit Antons Drohung beschäftigt gewesen: Wenn sie das Land nicht an ihn verkaufte, würde Friedrich von ihrer Affäre erfahren.

Ja, Alba hatte Ottilie den Eisenhut vor die Tür gelegt. Doch den wahren Todesstoß hatte Amalie ihrer Schwester versetzt.

Das rhythmische Geräusch von Laufschritten riss sie aus

ihren Gedanken. Durch die kahlen Zweige sah sie Alba mit wehendem Rock und sich allmählich lösendem Haar auf den Gutshof zurennen, hinter ihr versuchte Clara, Schritt zu halten. Was war nur mit Alba geschehen? Seit ihrer Rückkehr aus Berlin wirkte sie eine Spur größer, und vorhin hatten ihre sonst so verlegen ausweichenden Augen Amalie voller Entschlossenheit angeblickt. Die Geschwindigkeit, mit der sie sich nun näherte, sah ihr ebenfalls nicht ähnlich. Alarmiert ging Amalie ihren Schwestern entgegen.

«Was ist passiert?», rief von der Seite Ludmila, die Alba und Clara durch das Fenster gesehen haben musste und nun die Eingangstreppe hinuntergeeilt kam. Die vier Schwestern trafen sich auf dem Gutshof, der Kies knirschte unter ihren Füßen, als sie beinahe gleichzeitig stehen blieben.

Alba sah Amalie prüfend ins Gesicht. Amalie spürte, wie ihr der Schweiß ausbrach.

«Wir dürfen nicht an Anton verkaufen!»

«Alba, darüber sollten wir besser in Ruhe nachdenken …»

«Nein, Ludmila! Wir brauchen nicht darüber nachzudenken. Wir werden es nicht tun.»

Amalie spürte, dass sich ihr Herzschlag beschleunigte. Sie dachte an Friedrich, mit dem sie erst kurz vor Albas Ankunft ein Gespräch geführt hatte. Anton hatte natürlich Nägel mit Köpfen gemacht und ihm längst ein Angebot unterbreitet. Friedrich hatte gezögert, doch Amalie hatte flammende Reden gehalten und behauptet, sie könne diesen langweiligen Flecken Erde ohnehin nicht mehr ertragen, sie müsse hinaus in die Welt, weit weg von allen bösen Erinnerungen. Nicht alles davon war gelogen. Tatsächlich würde sie vor ihrer Trauer und ihren Schwestern am liebsten fliehen. Doch im Grunde wusste sie, dass sie nicht weit käme. Alles, was sie quälte, würde sie begleiten – egal wohin sie ging. Auch wenn sie niemals im Dreck wühlen und stundenlang schuften würde, wie es Alba gern tat, liebte sie die Gärten und Beete Boxhagens, den Gutshof, den Kirschgarten, die Hütten und Ställe, den Salat im Frühling, den Kohl im Winter. Allein die Vorstellung, in einem Haus zu leben, dessen Fenster nicht auf ein Meer aus Blumen hinauszeigten, schnürte ihr die Kehle zu. Doch sie hatte keine Wahl. Friedrich durfte niemals erfahren, was Amalie getan hatte. Er würde sich scheiden lassen, und sie stünde vor dem Nichts. Nicht nur wäre ihre Hoffnung auf eine neue Chance mit Friedrich für immer dahin. Sie müsste Ludmila und Otto auf der Tasche liegen. In der Gesellschaft könnte sie sich nicht mehr blicken lassen. Sie wäre vollkommen isoliert und mittellos.

«Wieso denkst du, du könntest für uns entscheiden, Alba? Ich für meinen Teil habe Friedrich dazu geraten zu verkaufen», erwiderte Amalie. Doch ihre Stimme klang seltsam kratzig.

«Wenn wir verkaufen, besiegeln wir das Ende des Vorwerks Boxhagen.» Alba fixierte Amalie, und ihr düsterer Blick ging ihr durch Mark und Bein.

«Was meinst du damit?», fragte Ludmila.

«Er wird aus unseren Äckern Bauland machen. In einem Brief an Ottilie hat er ihr von Villen für wohlhabende Berliner vorgeschwärmt. Er möchte mit dem Weiterverkauf an Bauunternehmen viel Geld machen.»

«Unsinn!», sagte Amalie. «Er will das Land seiner verstorbenen Mutter zu Ehren kaufen.»

Alba wandte sich wieder Amalie zu, und mit einem Mal wirkte ihr Blick weicher, beinahe mitleidig. «Ottilie hat er anfangs das Gleiche erzählt, Amalie. Aber dann hat sie die Wahrheit aus ihm herausgekriegt. Wenn du mir nicht glaubst, schau in Antons Briefen nach.» Sie zog einen Stapel Papier aus der Rocktasche und hielt ihn ihr entgegen. Die Handschrift erkannte Amalie sofort.

Sie rührte sich nicht, wusste nicht, was sie sagen sollte. Albas Wut schien verraucht. Sie ließ die Hand sinken und fragte vorsichtig: «Du hast ihm doch nicht vertraut, oder?»

Amalie holte entrüstet Luft – doch ihr kam kein einziges Wort in den Sinn. Langsam atmete sie aus, spürte, wie ihre Schultern in sich zusammenfielen, wie ihr sonst so stolz erhobenes Kinn schwer wurde. Nicht nur aus Albas Gesicht war der Zorn verschwunden. Amalie spürte auch selbst keinen Groll mehr. Er war auf einen Schlag wie weggeblasen. Zurück blieb eine gewaltige Leere. Sie fühlte sich so hohl, dass ihr schwummerig wurde.

«Amalie, ist dir nicht gut?», fragte Clara.

«Es ist … nichts … vielleicht brauche ich nur … ich müsste mich setzen.»

Sie spürte Albas Hand unter ihrem linken Unterarm, Ludmilas unter ihrem rechten, dann führten ihre Schwestern sie ins Haus.

Amalie versuchte, zu begreifen, was hier geschah, doch ihr Kopf war so neblig, dass sie keinen klaren Gedanken fassen konnte. Sie starrte auf ihre Füße, während sie die Eingangstreppe hinauf und zurück in den Salon liefen. Die ganze Zeit über stützte Alba sie. Ihre kleine Schwester, die sie seit Heinrichs Tod vor vier Jahren nicht mehr berührt hatte. Ihre kleine Schwester, der sie die Schuld der ganzen Familie hatte aufbürden wollen. Ihre kleine Schwester, die Amalie nun trotz allem hielt. *O Gott*, fuhr es Amalie durch den Kopf. *Was habe ich getan?*

Sie saß nun auf dem gleichen Kanapee wie vorhin. Doch diesmal fühlte sie sich klein, verletzlich, wund.

«Sollen wir einen Arzt rufen lassen?», fragte Ludmila. Ihre Brauen hatten sich besorgt zusammengezogen.

«Du bist totenblass», sagte Clara.

«Kein Arzt …» Amalie nahm all ihren Mut zusammen und sah Alba an. Es war höchste Zeit, sich zu erklären, sich zu entschuldigen.

Sie öffnete den Mund, doch alles, was sie sagen konnte, war: «Anton hat mich erpresst.»

Ludmila wich entsetzt einen Schritt zurück. Alba kam näher, kniete sich vor sie auf den Boden, so wie sie es sonst immer bei Clara tat. Sie fragte nicht, womit Anton sie erpresste. Fragte nur: «Was will er von dir?»

«Ich sollte Friedrich zum Verkauf überreden.»

«Was hat er gegen dich in der Hand, Amalie?» Die Frage kam von Ludmila, die mit dem Rücken an der Wand stand, als würde sie und nicht Amalie bedroht, und sie klang, als würde sie die Antwort eigentlich gar nicht hören wollen.

Amalies Körper fühlte sich taub an. Von weit her hörte sie ihre eigene Stimme, die seltsam gefasst klang – beinahe wie immer: «Ich habe seit Jahren eine Affäre mit ihm. Er sagt es Friedrich, wenn wir nicht verkaufen.»

Ludmilas grüne Augen weiteten sich, ihre Wangen wurden ganz schmal, beinahe hohl. Clara wurde hochrot. Alba aber blieb ruhig, sie blinzelte nur und nickte.

«Ich liebe Friedrich, Anton bedeutet mir nichts. Ich kann es euch nicht erklären, aber ich kann Friedrich nicht verlieren …»

Im Grunde hatten es zumindest Alba und Ludmila geahnt, da war sich Amalie sicher. Ludmila hatte mit Sicherheit gehofft, niemals darüber sprechen zu müssen.

Die Erste, die ihre Stimme wiederfand, war Alba. Und mittlerweile überraschte Amalie das nicht mehr.

«Dann werden wir mit Anton reden», erklärte sie, als wäre es die einzig sinnvolle Reaktion.

Ludmila keuchte. «Und was willst du ihm sagen?»

«Dass wir ebenfalls etwas gegen ihn in der Hand haben.»

Alba stand auf und sah herausfordernd in die Runde.

56. Kapitel

Als wir in Ottos Büro stürzten, standen er, Friedrich und Philipp um seinen gewaltigen Schreibtisch aus massivem Eichenholz herum. Überrascht sahen sie auf. Wir hatten nicht geklopft, und wir blieben auch nicht zurückhaltend an der Tür stehen. Stattdessen gingen wir bis zur Mitte des Raumes, und ich baute mich vor ihnen auf. Ich musste es sofort sagen, um den Mut nicht zu verlieren und keinem der Männer eine Chance zu geben, uns das Wort zu verbieten oder uns gleich wieder hinauszubefördern.

«Ihr dürft nicht unterschreiben», sagte ich schlicht.

Otto, der sich gerade noch auf dem Tisch abgestützt hatte, richtete sich verblüfft auf. Langsam fuhr er mit den Händen über seinen gewölbten Bauch und sah dabei abwechselnd zu Philipp und Friedrich hoch. Doch seine beiden viel größeren Schwäger waren nicht weniger verdutzt.

«Dürfen wir auch erfahren, warum, liebe Schwägerin?», fragte Friedrich mit seiner sanften, freundlichen Stimme. Der Blick seiner warmen Augen glitt an mir vorbei und suchte bei Amalie nach einer Erklärung. In diesem Moment tat er mir furchtbar leid. Ich kannte niemanden, der so sehr wie er darum bemüht war, stets das Richtige zu tun und ein guter Mann zu sein. Amalie und er hätten so glücklich werden können … Seine breiten Schultern versteiften sich, während er das bleiche Gesicht seiner Frau betrachtete.

«Anton hat uns alle belogen», sagte ich.

Philipp verschränkte die Arme und zog die hohe Stirn kraus, sodass sein Gesicht noch härter und abweisender wirkte als sonst. «Inwiefern hat er uns belogen?»

Kurz schaute ich Ludmila von der Seite an. Normalerweise würde sie spätestens jetzt das Wort ergreifen und die Dinge in die Hand nehmen. Doch heute machte sie dazu keinerlei Anstalten. Sie erwiderte meinen Blick ein wenig ratlos. Die rötliche Haut unter ihren Augen wirkte beinahe durchscheinend, und ihr Mund war schmaler denn je.

«Er wird das Vorwerk Boxhagen nicht in seiner jetzigen Form erhalten, sondern als Bauland weiterveräußern. Wir Schwestern haben uns beraten und uns gegen einen Verkauf entschieden», fasste ich die Lage zusammen.

Einen Moment lang sagte keiner der Männer ein Wort. Otto war der Erste, der seine Stimme wiederfand. Gutmütig glucksend erwiderte er: «Das ist aber auch ein Hin und Her mit den Schwestern Sonntag.»

Endlich erwachte Ludmila aus ihrer Starre. «Da hast du recht, mein Lieber», sagte sie ungewöhnlich sanft, ging zu ihm hinüber und führte ihn vom Schreibtisch fort in Richtung seines Sessels. «Es ist nun einmal keine leichte Entscheidung, nicht wahr?»

«Woher nehmt ihr nun diese neue Information?», fragte Philipp scharf dazwischen.

«Er hat es Ottilie vor ihrem Tod gestanden, gerade habe ich es in seinen Briefen an sie gelesen», sagte ich.

In diesem Moment schwang die Tür auf. «Es ist nicht besonders höflich, die Briefe anderer Leute zu lesen, Fräulein Sonntag.»

Ich wirbelte herum und sah in Antons seltsam gelassenes Gesicht. Seine Hände steckten in den Hosentaschen, ein Bein hatte er abgewinkelt.

Einen Moment lang starrten wir ihn alle nur an.

Bis Amalie die Stille durchbrach: «Es ist auch nicht besonders höflich, an Türen zu lauschen und plötzlich hereinzuplatzen.» Das wütende Funkeln in ihren Augen war endlich zurück. Mit geballten Fäusten ging sie auf Anton zu.

Er hob grinsend die Augenbrauen. «Ich bin lediglich pünktlich, Amalie. Um diese Uhrzeit war ich mit deinem Gatten und den anderen verehrten anwesenden Herren zur Vertragsunterzeichnung verabredet. Ich denke eher, ihr Damen seid unangemeldet hereingeplatzt, oder nicht?»

«Die Vertragsunterzeichnung wird nicht stattfinden», warf ich ein.

«Oh, ich glaube schon.» Er sah mich nicht einmal an. Unentwegt starrte er Amalie ins Gesicht. «Oder möchtest du, dass ich mich unter vier Augen mit deinem Mann unterhalte, Amalie?»

«Noch ein Wort darüber», presste ich hervor und schob mich in sein Blickfeld, «und die Erinnerung an deinen Vater wird in ganz Berlin nie wieder so unschuldig sein, wie sie einmal war.»

Endlich wich das unangenehme Lächeln aus seinem Gesicht. Seine Augen weiteten sich kaum merklich, während er eine

Hand aus seiner Hosentasche nahm und zu seinem Rücken führte.

*

Beim Erwachen fühlte sich Kasimir schon viel besser als kurz nach der Kutschfahrt. Seine Wunde hatte aufgehört zu pulsieren, sein Kopf dröhnte nicht mehr, und seine Haut fühlte sich kühl an. Ganz vorsichtig gähnte er und versuchte, sich aufzurichten. Seine Wunde brannte und spannte ein wenig. Schlimmer aber war die Trockenheit in seinem Mund. Er hatte einen gewaltigen Durst.

Eigentlich hatte der Hausdiener versprochen, ihm Wasser zu bringen, doch Kasimir konnte es nirgends entdecken. Auf dem Nachttischchen stand nur eine halb heruntergebrannte Kerze. Schwerfällig schob er die Beine über die Bettkante und sah sich im Zimmer um. Das Sonnenlicht kämpfte sich durch die zugezogenen, violetten Vorhänge und fiel auf einen kleinen Tisch, auf dem in einem ovalen Glas eine prächtige rosarote Hyazinthe wuchs. Jetzt nahm er auch ihren schweren, betörenden Duft wahr und musste an Alba denken. Er war in ihrem Elternhaus. Am liebsten würde er nach ihr suchen – und sie nach einem Glas Wasser fragen. Vorsichtig richtete er sich auf und ging langsam zur Tür hinüber. Diesmal wurde ihm nicht schwindelig. Er drückte die Klinke hinunter und streckte den Kopf in den Flur. «Hallo?», fragte er vorsichtig. «Ist jemand hier?»

Als er keine Antwort bekam, trat er hinaus. Erst jetzt, da er sich ein wenig erholt hatte, konnte er die Energie dieses Gebäudes spüren. Das Sonnenlicht flimmerte an den hellgrün tapezierten Wänden, sodass sie ihm fast beweglich vorkamen. Auch die Möbel standen nach seinem Empfinden nicht wirklich fest. In einer Ecke bemerkte er einen rechteckigen, hellen Fleck auf dem Holzboden, als hätte dort noch bis vor Kurzem die Kommode gestanden, die sich nun neben der Treppe befand. An den Wänden prangten zahlreiche Nägel, nur hier und dort hingen schmale Trockensträuße in Bilderrahmen – als könnten sie an jedem Tag an einen anderen Nagel gehängt werden, ganz nach Lust und Laune der Bewohnerinnen.

Von unten drangen Stimmen an sein Ohr – vielleicht vom Personal. Er ging ein paar Schritte auf die Geräusche zu und hielt an der hinabführenden Treppe inne. Denn nur ein paar Stufen unter ihm hockte ein kleines Mädchen, klammerte sich mit beiden Händen an das Geländer und starrte nach unten.

Kasimir zögerte kurz, dann räusperte er sich.

«Schhh», machte das Mädchen, ohne sich umzudrehen. «Ich will hören, was die reden.»

Kasimir musste schmunzeln. Es schien das Kind überhaupt nicht zu wundern, dass mit einem Mal ein Fremder im Hausflur stand. Viel wichtiger war es, die Erwachsenen unten zu belauschen.

«Tut mir leid», flüsterte Kasimir. «Ich bin ein Gast von Alba Sonntag und wollte nach einem Glas Wasser fragen.»

«Das ist jetzt leider schlecht.» Nur kurz warf sie ihm einen bedauernden Blick über die Schulter zu, dann lauschte sie weiter.

Kasimir mochte die Kleine auf Anhieb. Sie musste etwa fünf oder sechs Jahre alt sein, hatte dunkelblonde halblange Haare und einen intensiven Blick.

Er überlegte, ob er sich besser wieder in das Gästezimmer

zurückziehen sollte. Doch sobald er einen Schritt zurück machte, sagte sie: «Könnten Sie bitte bleiben? Ich bin mir nicht sicher,
ob jemand einschreiten muss.»

Kasimir spürte ein Glucksen im Hals, unterdrückte es aber
angestrengt. «Hast du etwas gehört, das dich beunruhigt?» Er
bemühte sich um die gleiche Ernsthaftigkeit, die auch das Mädchen an den Tag legte.

Er musste an die Spiele denken, die er sich als kleines Kind
mit seinem Bruder ausgedacht hatte. Manchmal hatten sie vor
den Türen der anderen Wohnungen gesessen und so getan, als
hätten sie darin Räuber gefangen, die nicht entkommen durften.

«Es ist nicht das, was ich gehört habe», flüsterte das Mädchen. «Sondern das, was ich gesehen habe.»

«Und was hast du gesehen?» Langsam ging Kasimir in die
Hocke, sah ebenfalls angestrengt nach unten und tat so, als wäre
auch er kurz davor, einen Räuber zu entlarven. Obwohl seine
Wunde dabei ein heftiges Ziehen durch seinen Körper jagte,
machte es ihm Spaß.

«Ich habe einen Onkel gesehen», flüsterte sie.

«Und du vertraust Onkeln nicht?»

«Diesem nicht, nein.»

«Mmh», machte Kasimir. «Warum nicht?»

Sie seufzte und sah ihn tadelnd an. «Er ist nun mal nicht ver-
trauenswürdig.»

Kasimir nickte verständnisvoll.

Sie sah wieder nach unten und fügte hinzu: «Außerdem
steckte eine Pistole in seinem Hosenbund.»

«Eine Pistole!», sagte Kasimir übertrieben schockiert.

«Schhh», machte das Mädchen wieder.

Eine Weile schwiegen sie beide.

«Wie heißt du?», fragte er irgendwann.

«Elise. Und du?»

«Kasimir.»

In dem Moment drang der Schrei einer jungen Frau an Kasimirs Ohr, voller Panik und Entsetzen. Mit ängstlichen Augen starrte Elise ihn an. Kasimir hatte keine Zeit, sich über seine grenzenlose Naivität zu ärgern. Er sprang die Treppenstufen hinab, stürmte auf die Tür zu, hinter der die Geräusche angeschwollen waren, und riss sie auf.

Zuerst fiel sein Blick auf den Mann, der ganz offensichtlich Elises Onkel war. In der ausgestreckten Hand hielt er eine Pistole. Er zielte in eine kleine Gruppe von Personen.

Und eine davon war Alba.

❋

Clara schrie erneut, so laut, dass mir die Ohren summten, und krallte ihre Hand in meinen Oberarm. Vor uns stand Anton. Er zielte erst auf Otto, der Ludmila hinter sich schob, dann auf Friedrich, der beschwichtigend beide Hände hob. Direkt hinter Anton entdeckte ich – Kasimir! Ein Stein fiel mir vom Herzen. Gleichzeitig fürchtete ich, Anton könnte sich umdrehen und ihn ins Visier nehmen. Langsam kam Kasimir immer näher. Sein Gesicht war so bleich, als könnte er jeden Moment zusammenklappen. Er sollte nicht hier sein. Er war noch viel zu schwach. Doch bisher hatte Anton ihn wegen Claras Geschrei nicht bemerkt. Ich konnte mich nicht rühren, die Angst jagte ein heftiges Kribbeln durch meine Gliedmaßen.

«Nehmen Sie die Waffe runter», knurrte Kasimir, dicht hinter Anton. Der fuhr für einen winzigen Moment herum.

Dieser Moment reichte.

Es war Philipp, der auf Anton zutrat und ihm mit einem heftigen Ruck die Pistole aus der Hand schlug. Anton boxte ihm mit der Faust ins Gesicht, sodass Philipp zurücktaumelte.

«Philipp!», schrie Clara und stürzte auf ihn zu.

«Was ist nur in dich gefahren, Anton?» Philipp presste die Hand gegen seine Wange und ließ zu, dass sich Clara an seine Schulter klammerte.

Fassungslos starrte ich Anton an. Doch der schaute weder auf Philipp und Clara noch auf mich. Er blickte einzig auf die Waffe am Boden.

Ich musste mich bewegen. Jetzt.

Plötzlich hechtete Anton vorwärts, doch ich war schneller. Ich machte einen großen Schritt und trat die Waffe in die hinterste Zimmerecke.

Bevor Anton ihr folgen konnte, packte Kasimir ihn am linken Arm. Otto erwachte endlich aus seiner Verwunderung und fasste Antons rechten Ellenbogen. Der wand sich, fluchte und versuchte mit aller Kraft, sich zu befreien.

«Wir hatten eine Abmachung!», presste Anton hervor. «Es war längst beschlossene Sache!»

«Vergiss die Abmachung», sagte Amalie mit zitternder Stimme.

Anton schien sich ein wenig zu beruhigen. Er atmete tief durch, dann breitete sich ein gehässiges Lächeln auf seinem roten Gesicht aus. «Liebling, sonst bist du viel sanfter zu mir.»

Instinktiv schob ich mich vor Amalie. «Sei still, Anton!»,

zischte ich. In meinem Rücken vernahm ich, dass Amalie langsam zurückwich. Kurz sah ich mich zu ihr um. Mit bleichem Gesicht drückte sie sich an die Wand.

«Wie sprichst du mit meiner Frau, Anton?» Friedrich trat warnend einen Schritt auf ihn zu.

«Ach, es ist *deine* Frau?», fragte Anton spöttisch. «Wenn sie sich nachts zu mir schleicht, verhält sie sich beinahe, als wäre sie meine.»

«Anton!», entfuhr es mir.

«Was soll das heißen?» Friedrich ließ langsam beide Hände sinken.

«Tut Amalie für dich auch alles, was du dir wünschst?» Antons Augenbraue zuckte. «Wirklich alles? Ich habe noch nie eine solche Frau getroffen. Und ich treffe viele Frauen, das kann ich an dieser Stelle, denke ich, verraten.»

«Sei still, Anton.» Amalie sprach ruhig und gefasst. «Ich warne dich.»

«Amalie ist etwas Besonderes, findest du nicht, Friedrich? Nicht ganz so ausgefallen wie Ottilie, aber doch …» Er fixierte Friedrich herausfordernd. Dem schien es die Sprache verschlagen zu haben. Mit unruhigen Augen und offenen Lippen stand er da und rührte sich nicht.

«Anton.» Amalie flüsterte fast.

«Mach dir bitte keine Vorwürfe, Friedrich. Ich denke, Amalie ist einfach keine Frau für einen einzelnen Mann. Andernfalls hätte sie dich sicherlich nicht jahrelang betrogen. Interessieren dich die Details? Ich verrate sie dir gern.»

Bei diesen Worten klappte Otto der Mund auf. Seine Augen weiteten sich. Und dann begriff ich, dass er nicht den bleich und starr gewordenen Friedrich anstarrte, sondern einen Punkt hinter ihm. Und hinter mir. Laut rief er: «Amalie, was hast du vor?»

Und noch bevor ich herumwirbeln konnte, explodierte ein Schuss. Diesmal schrie niemand. Wir alle hielten den Atem an. Wir alle starrten auf Anton. Auf sein weißes Hemd. Auf den Blutfleck, der sich auf seinem Bauch ausbreitete. Auf seinen Körper, der in Kasimirs und Philipps Armen schwer zu werden schien und allmählich in sich zusammensackte. Als ich mich endlich zu Amalie umdrehte, stand sie noch immer in der Zimmerecke, den Arm ausgestreckt, in der Hand Antons Pistole.

❀

Die Nacht war lang und dunkel genug. In Windeseile packten Ludmila und ich Antons Sachen in seinen Koffer. Wir luden ihn in den Einspänner, und Kasimir fuhr uns zum Rummelsburger See. Am Ufer fassten Ludmila und ich gemeinsam nach dem Griff.

«Eins, zwei …», zählte Ludmila.

«… drei», sagte ich.

Mit vereinten Kräften schleuderten wir ihn weit hinaus auf das schwarze Wasser.

Auf dem Rückweg machten wir halt am Friedhof. Otto, Philipp und Friedrich hatten bereits das Grab ausgehoben – ganz nah neben Ottilies Sarg. Das war meine Idee gewesen. Zum einen hatte es praktische Gründe: Ich hoffte, dass sich niemand über aufgeworfene Erde an dieser Stelle wundern würde. Zum anderen hatte ich es für Ottilie vorgeschlagen. Sie würde es sich so wünschen, da war ich mir sicher. Zumindest im Tod waren sie und Anton einander nah.

Hinter dem Grab standen Clara und Amalie. Die Gesichter bleich, die Finger ineinander verschlungen.

«Ich wollte nicht ...», murmelte Amalie immer wieder. «Ich konnte seine Worte nicht ertragen. Er sollte doch nicht ... Ich wollte nur, dass er endlich ...»

Ludmila und ich stellten uns dazu, beobachteten, wie die Männer den leblosen Körper in die Grube hoben. Ludmila bekreuzigte sich. Niemand sagte mehr ein Wort.

Immer wieder huschte mein Blick zu Kasimir hinüber. Er hockte in der offenen Tür des Einspänners, hielt sich die Seite und schwieg mit uns allen. Ich war so dankbar für seine stille Unterstützung, seine bloße Anwesenheit, dass ich hätte weinen können. Er fing meinen Blick auf und lächelte mich tröstend an.

Dann, endlich, warfen die Männer Schaufel um Schaufel Erde auf das Grab. Und als Anton Fuchs begraben war, atmeten wir alle, kaum merklich, auf.

Ich wusste schon jetzt, dass ich Gnadenkraut auf seinem und Ottilies Grab pflanzen würde. Einen Johannisbeerstrauch. Und Eisenkraut. *Bitte, bitte, bitte verzeiht uns.*

Ich griff nach Amalies Hand auf der einen, Ludmilas auf der anderen Seite. Clara schloss den Kreis. Und so standen wir eng beisammen, die Köpfe ganz nah, die Augen geschlossen. Wir mussten kein Wort sagen. Von nun an gehörten wir wieder zusammen. Wir würden dieses Geheimnis teilen. Diesen Tod. Und dieses Leben.

Epilog

Nervös wischte ich mit beiden Handflächen über die Tischdecke.

«Es sieht wunderbar aus, Alba», versuchte Clara, mich zu beruhigen. «Mach dir keine Sorgen. Deine Idee ist gut.»

Ich lächelte ihr dankbar zu.

Wir saßen im Freien an niedrigen, mit bunten Sträußen geschmückten Tischchen, eine Kasse aus Messing blitzte im Sonnenlicht, und das Wetter spielte mit. Es war so warm, als hätten wir bereits Mai, und die kräftigen Farben dieses Tages erinnerten mich an den März des vergangenen Jahres, der mich und meine Familie für immer verändert hatte. Allmählich begann ich zu akzeptieren, dass Familien genau das nun einmal taten: sich verändern. Immer und immer wieder.

Seitdem war bereits ein ganzes Jahr vergangen. Ein Jahr, in dem wir lange um das Vorwerk gebangt hatten. Von unterschiedlichen Anlegern hatten wir Angebote für unser Land bekommen. Wir lehnten sie alle ab, obwohl die Geschäfte im Revolutionsjahr nur schleppend liefen. Doch Ludmila, Amalie und Clara verließen sich auf meine Idee. Ich hatte sie ihnen schon einen Tag nach Antons Tod vorgetragen – und sie waren begeistert gewesen. Nun galt es, sie umzusetzen. Sie musste uns retten.

Lautes Rattern und Zischen kündigte eine Eisenbahn an. Der Fahrtwind riss Clara und mir Strähnen aus den Frisuren, wir hielten unsere Hüte fest. Die Bremsen quietschten laut, dann stand das Ungetüm aus Eisen und Dampf vor uns. Wir tauschten einen kurzen Blick und erhoben uns. Die Türen öffneten sich und entließen einen Schwall von Städtern, die für einen Ausflug ins Grüne gewappnet waren: Sie trugen Picknickdecken und -körbe unter den Armen, Sonnenhüte auf den Köpfen und strahlende Mienen zur Schau.

«Mama, Mama! Das Brandenburger Tor!» Ein kleiner Junge rannte zu einem Geländer und zeigte hinunter auf die Blütenpracht. Wir standen auf der Anhöhe des Ringbahnhofs Stralau-Rummelsburg, die im Südosten unserer Ländereien lag, nicht weit vom Rummelsburger See, und einen atemberaubenden Ausblick auf unsere Felder bot.

Glücklich schielte ich erst zu Clara hinüber, dann folgte mein Blick dem Fingerzeig des kleinen Jungen.

Fräulein Sonntag, Sie sind eine Künstlerin, hatte Kasimir im März 1848 einmal zu mir gesagt. Damals hatte er bewundert, wie ich die Winterlinge anordnete. Und zugleich hatten seine Worte einen Ideensamen tief in mein Inneres gepflanzt.

«Ich habe eine Idee», hatte ich Clara, Amalie und Ludmila schließlich verraten. «Für das kommende Jahr sollten wir unsere Hyazinthen und Tulpen nicht mehr nach Farbe getrennt pflanzen. Stattdessen nutzen wir diese Farben dazu, Bilder zu malen. Bunte Bilder aus Frühblühern.»

Es war ausgerechnet Amalie gewesen, deren Augen sofort

zu leuchten begonnen hatten. «Das ist das Schönste, was ich je gehört habe, Alba», flüsterte sie.

Clara und ich hatten uns für den ersten Tag unserer Frühblüherausstellung auf dem Bahnsteig platziert. Nun schaute ich über den Kopf des Jungen hinweg und bewunderte unsere Gemälde, die dort unten strahlten. Ausgedacht hatte ich sie mir mit meinen Schwestern. Gepflanzt hatte ich sie dann mit Trönicke, Kasimir und Alfred. Sogar Tom hatte geholfen, sobald er genesen war. Mittlerweile hatten wir weit über dreihundert Sorten Hyazinthen im Angebot. Genug Möglichkeiten, um für Schattierungen und hübsche Details in unseren Kunstwerken zu sorgen.

Eine Familie trat an Clara und mich heran, die Augen der drei Kinder leuchteten erwartungsvoll.

«Drei Silbergroschen, bitte», sagte ich.

«Es ist traumhaft schön hier!», rief ein Mädchen.

«Und dieser Duft!», sagte ihre Mutter.

Clara, die neben mir stand, bot Zitronenlimonade an.

«Beim Hinausgehen bekommen Sie von uns noch eine Topfpflanze geschenkt, als Erinnerung.»

Die Familie bedankte sich und stieg die Treppen hinunter, um ihren Spaziergang über das Boxhagener Land anzutreten. Zuerst flanierten sie durch ein Bild des Brandenburger Tors: Dunkelviolett hob es sich von einem rostroten Platz und einem hellblauen Himmel ab. Dahinter würden sie ein buntes Schachbrett entdecken, daneben das Stadtwappen Berlins und das Bild einer fliegenden Feldlerche. Höhepunkt unserer Ausstellung war Friedrich der Große auf einem steigenden Pferd. Unser Vater hätte dieses Gemälde wohl am meisten geliebt. Was wohl Heinrich und Ottilie dazu gesagt hätten? Und Mutter?

Unsere Ausstellung wurde ein Erfolg. Die Menschen strömten nur so nach Boxhagen, erfreuten sich an unseren Kunstwerken, kauften Blumenzwiebeln, Hyazinthengläser und Blumensträuße. Gegen Mittag wurden Clara und ich von zwei Dienstmädchen abgelöst und stiegen selbst die Treppen hinunter, um durch unsere Beete zu flanieren.

Versonnen betrachtete ich all die Menschen um uns herum. Früher hatte ich die Einsamkeit unserer Ländereien geliebt. Aber in diesem Moment liebte ich auch die Gemeinschaft. Wir öffneten uns für die Welt, und ich genoss es, dass all die fremden Augen nun bewundern konnten, was wir hier draußen wachsen ließen. Dass der Duft sie alle betörte und die Farben sie erfreuten. Von der Ferne drang die Musik der Blaskapelle an mein Ohr, die wir für den heutigen Tag engagiert hatten. Und dann vernahm ich das eine Lachen, das mich wie kein zweites ansteckte. Ich drehte mich zur Seite und sah Kasimir entgegen. Er war umzingelt von drei Kindern, die bis über sechs Ohren strahlten.

«Alba!», rief Hanns.

«Alba, Alba, Alba!», stimmte Elise ein.

«Wir haben den König gesehen!», sagte Lina.

Kasimir lachte laut auf. «Lina, was haben wir gerade besprochen?»

Lina rollte mit den Augen. «Jaaa, Onkel Kasimir. Könige sind nicht wichtiger als Feldlerchen. Ich weiß! Aber ich glaube, dieser konnte unglaublich gut reiten!»

«Und er hatte ganz viele Hunde!», fügte Elise hinzu.

«Ich liebe Hunde», sagte Hanns. Sein häufig so ernstes Gesicht wirkte verträumt. «Darf ich Echo noch ein Kunststück beibringen, Alba?»

«Aber natürlich!» Ich drückte ihn kurz an mich.

«Wirklich? Weißt du, ich glaube, er hört jetzt ein wenig auf mich. Gestern hat er drei Mal Männchen gemacht.»

«Das ist erstaunlich, Hanns.» Schließlich hörte Echo noch nicht einmal wirklich auf mich.

Ich hatte Hanns genauso wie Lina in mein Herz geschlossen. Während mich Lina immer wieder an die Lebenslust der jungen Ottilie erinnerte, glaubte ich, in Hanns ein Stück meiner selbst wiederzufinden. Er war ein stiller Beobachter, voller ungestellter Fragen.

Mein Blick fiel auf die kleine Elise. Sie hielt Linas Hand ganz fest und trug das Kinn hoch. Von Ludmila wusste ich, dass sie nachts oft weinend erwachte und lange brauchte, um sich von ihr oder dem Kindermädchen in den Schlaf wiegen zu lassen. Doch tagsüber, wenn sie jauchzend mit ihren neuen Freunden über die Boxhagener Ländereien tobte, mit ihren Freunden, die ihr Schicksal teilten, dann spürte ich Zuversicht in mir aufkeimen: Auch sie würde es schaffen.

Clara beugte sich zu den Kindern hinunter. «Sollen wir uns eine Limonade holen?»

Fragend sah Hanns zu seinem Onkel hoch.

«Das ist eine gute Idee», sagte der. «Geht nur.»

Sobald sie weg waren, zog Kasimir mich an sich, und seine Berührung jagte noch immer den gleichen Schauer durch meinen Körper wie im März 1848.

«Aber, Herr Nebel», flüsterte ich. «Wir sind in der Öffentlichkeit.»

«Die Öffentlichkeit kann uns nicht mehr das Geringste anhaben. Nicht wahr, Frau Nebel?»

Ich lächelte. Mein neuer Name fühlte sich fremd an. Nichtsdestotrotz gefiel er mir. Er klang geheimnisvoll, wie ein plötzlicher Wetterumschwung, eine düstere Herbstnacht und zugleich wie das Morgengrauen eines Sommertages. Ich hatte das Gefühl, er läge schützend über mir, wie ein Schleier, nur wer genauer hinsah, erkannte die ganze Wahrheit über mich. Und über Kasimir.

Nach allem, was wir Schwestern zusammen erlebt hatten, kam es nach diesem schrecklichen Tag vor einem Jahr keiner von den anderen in den Sinn, mir Kasimir auszureden. Nur Otto versuchte es ein paar Tage später. Er wollte ganz offensichtlich väterlich klingen, als er sagte: «Wir können für dich eine weitaus bessere Partie in die Wege leiten.»

«Lieber Schwager», erwiderte ich. «Ich bin dir dankbar für alles, was du für mich tust und getan hast. Aber ich werde Kasimir heiraten. Außerdem», folgte ich einer Eingebung, «wäre es besser, wenn er zur Familie gehörte. Schließlich war er dabei, als Amalie …» Mehr brauchte ich nicht sagen, Otto nickte bereits.

Ich heiratete Kasimir in kleinstem Rahmen, und gemeinsam holten wir Lina und Hanns zu uns. Seitdem war ich zwar von meinen Basen und Vettern zu keiner einzigen Veranstaltung mehr eingeladen worden, doch kümmerte mich das nicht im Geringsten. Das Einzige, was mir wichtig war, war der Kontakt zu meinen Schwestern – und der war besser denn je. Kasimir und ich trafen uns außerdem gern mit seinen Berliner Freunden: Louise, Bettine und Siegfried luden uns häufig ein, und ich liebte diese Abende, an denen angeregt über die Nationalversammlung in der Paulskirche und das langsame Scheitern der demokratischen Bewegung debattiert wurde. Hin und wieder zogen unsere Freunde Kasimir mit der noblen Kutsche auf, in der wir vorfuhren. Doch Kasimir gefiel das. «Nirgends kannst du so viel bewegen wie zwischen den Welten», sagte er einmal zu mir. Und genau dort befanden wir uns. Da waren die Gebildeten und Emanzipierten auf der einen Seite. Mit ihnen diskutierte Kasimir über seine Gedichte und Theaterstücke. Sein erstes sollte schon bald aufgeführt werden. Und da war die ländliche Welt Boxhagens auf der anderen Seite. Kasimir hatte Freundschaften zu Alfred, Tom und Trönicke geknüpft. Er unterhielt sich gern mit den Kolonisten Boxhagens und setzte sich für sie ein. Mit Clara konnte er über das Theater fachsimpeln, und für seine Klugheit wurde er sogar von Ludmila und Amalie respektiert. Ich leitete die Geschicke auf unserem Land, und Kasimir ging mir zur Hand, sobald er eine Pause vom Schreiben brauchte.

Nun sah er mir in die Augen, und ich kämpfte gegen den Drang, ihn hier und jetzt zu küssen.

«Hast du schon etwas Neues aus der Paulskirche gehört?», fragte ich ihn, um uns beide abzulenken.

«Sie haben heute endlich die Verfassung verabschiedet.»

Ich klatschte in die Hände. «Das ist wunderbar!»

«Ich weiß nicht … Die oberitalienischen Revolutionäre sollen in Sardinien-Piemont erneut gegen die österreichische Armee verloren haben …»

Ich griff nach seiner Hand. «Lass uns morgen weiter darüber nachdenken. Wir sollten uns jetzt erst einmal einen guten Platz sichern.»

Ich zog ihn mit mir in Richtung der kleinen Bühne, die Alfred und Tom inmitten der Hyazinthenfelder aufgebaut hatten und auf der die Kapelle spielte.

Zuerst fiel mein Blick auf ein Gesicht, das ich schon seit Monaten nicht mehr gesehen hatte.

«Ah, die Madame Amazone!», rief Clotilde mit einem rasselnden Lachen und winkte mir. «Schick hastes hier. Und dein Schätzeken ist auch dabei, ick gloob es ja nich!»

Kasimir sah mich überrascht von der Seite an.

«Hallo, Clotilde!» Ich musste lachen vor Freude. «Du bist tatsächlich gekommen!»

«Natürlich komm ick! Bei so einer Einladung!»

Wir schlossen einander in die Arme, dann erklärte ich Kasimir, wer sie war. «Sie hat mir geholfen, dich aus dem Haus mit den 99 Schafsköpfen zu tragen …»

Kurz huschte ein Schatten über Kasimirs Gesicht. Dennoch lächelte er Clotilde freundlich an. «Herzlichen Dank. Ohne euch beide wäre ich heute nicht hier.»

«Dank nicht mir, Kleener. Dank deiner Madame. Eine echte Heldin haste dir da anjelacht, dit sag ick dir!»

Ich spürte, dass ich rot wurde, und war erleichtert, Ludmilas Stimme zu hören: «Alba, wir haben dir einen Platz freigehalten.»

Ich drückte Clotilde die Hand. «Wir sprechen uns später, ja?»

Wir schoben uns durch die Reihen zu meiner Schwester und ihrem Mann. Otto entdeckte Kasimir und nickte ihm zu. «Komm zu uns, Schwager!»

Ich schmunzelte. Der Erfolg dieser Eröffnung schien Otto eindeutig ein wenig berauscht zu haben.

Kurz musste ich an die zwei Schwäger denken, die in dieser Runde fehlten: Peter hatte ich zuletzt bei Ottilies Beerdigung gesehen. Obwohl er sehr hager geworden war, war es sein

Gesicht, das mich am meisten schockierte. Scharfe Falten umgaben seinen vor Kurzem noch so jugendlich wirkenden Mund.

«Hallo, Alba», sagte er leise.

«Peter.» Mehr vermochte ich nicht zu erwidern.

Einen Moment blieben wir unschlüssig voreinander stehen, dann hielt er mir seine Hand hin. Ich ergriff sie.

«Mein Beileid, liebe Schwägerin.»

Ich erwiderte die Bekundung, und nun legte er seine zweite Hand warm und schwer auf meine.

«Es tut mir alles so leid», flüsterte ich.

«Nein.» Er schüttelte den Kopf. «Mir tut es leid.»

Sein letztes Geschenk an Ottilie und seine Schwägerinnen war, dass er seinen Teil von Boxhagen für einen Freundschaftspreis an Otto weitergab.

Seitdem hatte keiner von uns wieder von ihm gehört.

Er war nicht der Einzige, der fortgegangen war. Auch Friedrich hatte Boxhagen verlassen. Und seine Frau. Schon am Tag, nachdem wir Anton begruben, packte er seine Sachen. Es gab keinen Streit, keine Vorwürfe. Jeder von uns konnte ihn verstehen. Am besten Amalie. Friedrich erklärte dem Familienrat, er werde Amalie weder das Land noch das Haus streitig machen. Er werde seine Geschäfte und sein Leben in Berlin führen, dort habe er genügend Besitz. Zudem gab er uns allen sein Wort, niemals über das zu sprechen, was in Boxhagen geschehen war. Und ich glaubte ihm. Schließlich tat Friedrich stets das Richtige.

In diesem Moment erklang Amalies Stimme. Wir alle wandten uns ihr zu. In einem atemberaubenden, dunkelroten Kleid stand sie neben Claras Klavier, das Angestellte eigens für den heutigen Tag auf die Bühne geschleppt hatten, und sang. Clara saß auf dem Schemel, und ihre Finger griffen sanft in die Tasten. Wir alle waren ihr dankbar, dass sie das Singen Amalie überließ.

Amalie sah unendlich traurig aus, die Augen schwarz und tief. Doch das trotzig erhobene Kinn zeigte uns, dass sie es schaffen würde. Auch als geschiedene Frau würde Amalie ihren Weg finden.

Ich spürte Ludmilas Hand an meiner und drückte sie. Tief atmete ich ein und dachte an Ottilie. *Ich wusste immer, dass ihr es wieder hinbekommt!*, rief sie mir in meinen Gedanken zu. Ich dachte an Heinrich und daran, wie er gern fest in die Hände geklatscht hatte, sobald er einen Entschluss gefasst hatte. «Packen wir es an», brummte er. Ich roch den betörenden Duft der Hyazinthen, schloss die Augen und versuchte, diesen Moment mit allen Sinnen festzuhalten. Ihn mir einzuprägen. Ich dachte an meinen Vater mit seinem Korb voller Boxhagener Gemüse. An meine Mutter, die die Bedeutung jeder Blume kannte. Ein Wind kam auf, fuhr mir über das Gesicht, und ich wusste, dass sie alle noch hier waren: Mutter, Vater, Heinrich, Ottilie. Vielleicht sogar Anton.

In diesem Moment entschied ich, dass auch ich bleiben würde.

Jetzt.

Und für immer.

Nachwort

Liebe Leser:innen,

wo sich zu Albas Zeiten Hyazinthenfelder erstreckten, befindet sich heute einer von Berlins beliebtesten Orten: der Boxhagener Platz, kurz «Boxi». Man findet ihn mitten im Szeneviertel Friedrichshain. Ringsherum ragen Häuser in den Himmel hinauf, Autos hupen, auf einem Flohmarkt drängen sich Menschen zusammen. Wer hier steht, kann sich die weite, bunte Landschaft von damals kaum vorstellen. Berlin scheint sie einfach verschluckt zu haben. Nur wer genau hinsieht, erkennt die Spuren. Da gibt es zum Beispiel die Gärtnerstraße, direkt am Boxhagener Platz. Und wer am Ostkreuz aussteigt – früher hieß dieser Bahnhof übrigens Stralau-Rummelsburg –, kann über die Sonntagstraße in Richtung Boxi spazieren.

Tatsächlich hießen frühe Besitzer des Vorwerks Boxhagen nämlich Sonntag. Und als Mitte des 19. Jahrhunderts der einzige Sohn der Familie starb, wurden die Ländereien unter seinen fünf Schwestern und deren Familien aufgeteilt. Manchmal braucht es nur ein Detail, um einen ganzen Roman zu inspirieren. In meinem Fall waren es zwei: die fünf Schwestern. Und die Hyazinthen.

Denn nicht nur die Sonntag-Frauen basieren auf wahren

Begebenheiten, sondern natürlich auch die gewaltigen Hyazinthenfelder an diesem Ort.

Im Jahr 1786 ließ sich die alteingesessene Berliner Familie Sonntag in Boxhagen nieder. Sie verpachtete Parzellen ihrer weitläufigen Ländereien an Gärtner. Und die wiederum legten riesige Blumenfelder an. Vor allem Hyazinthen pflanzten sie, denn die waren damals in Europa hochmodern und beliebt. Die duftende Blütenpracht vor den Toren Berlins zog im 19. Jahrhundert Scharen von Besuchern nach Boxhagen. Die Gärtner boten ihnen nicht nur ein musikalisches Programm, Erfrischungsgetränke und Topfpflanzen zum Mitnehmen, sondern auch bunte, kunstvolle Bilder aus Pflanzen – genau, wie Alba es in meinem Roman angeregt hat.

«Hyazinthenschwestern» ist natürlich dennoch kein Tatsachenbericht. Wie in meinen bisherigen historischen Romanen habe ich auch diesmal wieder Fakten mit Fiktion verbunden. Vier der fünf Familiennamen der Schwestern dürften euch bekannt vorkommen: Sie lauteten Priem, Albrecht, Baumühl und Schmidt. Doch der fünfte Name taucht in meinem Buch nicht auf: Wühlisch. Ihn trug die letzte Gutsherrin von Boxhagen: Luise von Wühlisch ist 1912 gestorben. Und nicht weit vom Boxhagener Platz mündet die Sonntagstraße in die Wühlischstraße. Doch die Geschichte der Familie Wühlisch ist eine andere als die von Alba und Kasimir. Um sie voneinander abzugrenzen, habe ich meinen Hauptfiguren ganz bewusst ihre eigenen Namen gegeben.

In der Vorderklappe dieses Romans findet ihr eine Zeichnung von Albas Boxhagen. Die Ländereien in diesem Gebiet waren im 19. Jahrhundert in Wirklichkeit ähnlich angelegt. Die Wege, das Gutshaus, die Kolonie, den See – all das hat es gegeben. Doch bei der genauen Anordnung und den Entfernungen habe ich mir hier und da künstlerische Freiheiten erlaubt. Die Wohnhäuser der Sonntag-Schwestern, die Schuppen, Ställe und der Brunnen entspringen meiner Fantasie. Ebenso wie sämtliche Bewohner von Boxhagen – sie alle, inklusive Heinrich, Anton und die Umstände ihrer Tode, sind frei erfunden.

Historisch verbürgt ist hingegen die große Menge an Büchern zur Blumensprache, mit der sich Alba so gern beschäftigt. Im 19. Jahrhundert war sie tatsächlich überaus populär. Ähnlich wie Kasimir habe auch ich mich viele Stunden lang in den häufig widersprüchlichen Bedeutungen verloren und war irgendwann so fasziniert, dass ich nach jedem Spaziergang durch meine historischen Glossare blättern und die Bedeutung der entdeckten Blumen nachlesen musste.

Was mich besonders erstaunt hat: Obwohl die Blumensprache so modern war, klangen die Bedeutungen in den Büchern häufig sogar für die Zeit ein wenig verstaubt. Ganz im Gegensatz zu den Forderungen und Hoffnungen der Märzrevolution, die überraschend heutig wirken. Kaum zu glauben, dass beides gleichzeitig stattfand – doch so war es. Und im Grunde scheint es mir charakteristisch für diese Zeit zu sein, in der das Volk hin- und hergerissen war: Es demonstriert – und jubelt dem König dann doch wieder zu. Immense Kräfte waren am Werk. Die einen strebten vorwärts. Die anderen zogen zurück.

Bei meiner Beschreibung der Revolution in Berlin habe ich mich eng an den historischen Begebenheiten orientiert. In den Zelten im Berliner Tiergarten, wo auch Bettina von Arnim – häufig Bettine genannt – lebte und Studenten um sich scharte, kamen Arbeiterinnen, Bürger, Demokratinnen zusammen. Wer nach dem Sturz des französischen Königs im Stehley eine Zeitung ergatterte, musste auf einen Stuhl steigen und vorlesen. Und als König Friedrich Wilhelm am Abend des 14. März die Oper besuchte, versammelten sich rundherum mehrere Gruppen von Erzürnten.

In der Oper wurde an diesem Abend allerdings ein anderes Stück aufgeführt als in meinem Roman. Die Besetzung der Sängerin Henriette Sontag, die zu diesem Zeitpunkt nur noch selten auftrat, habe ich mir ausgedacht. Und ob die Dichterin Louise Aston tatsächlich unter den Demonstrierenden war, kann ich nicht sagen.

Doch die Tatsache, dass es sie gegeben hat, hat mich durch viele meiner Romanszenen getragen. Sie hat Zigarre geraucht, Männerkleidung und Kurzhaarfrisur getragen und aufrührerische Gedichte geschrieben, die mich wohl nie mehr loslassen werden. Wegen ihres nonkonformistischen Verhaltens wurde sie zeitweise sogar aus Berlin verbannt. An der Märzrevolution war sie wie zahlreiche weitere Frauen aktiv beteiligt.

Auch alle anderen Freunde von Kasimir Nebel haben reale Vorbilder: Adalbert Cohn war tatsächlich ein Arzt, der unter verschiedenen Pseudonymen satirische Texte schrieb. Der Schlosserlehrling Ernst Zinna starb wirklich bei den Barrikadenkämpfen an der Ecke Friedrichstraße, Jägerstraße. Wie er kämpften auch die Brüder Levin und Siegfried Weiß für die

Demokratie – und Levin gab dabei sein Leben. 1861 ließ Siegfried seine Grabplatte erneuern. Die Aufschrift: «Lewin Weiß, Student aus Danzig».

Die Straßensperre aus Kulissenteilen vor dem Königsstädtischen Theater hat es ebenfalls gegeben. Erfahren habe ich das von Theodor Fontane höchstpersönlich: In *Berliner Märztage 1848* beschreibt er nicht nur die ungewöhnliche Barrikade, sondern auch seinen eigenen kleinen Gastauftritt während der Revolution. Ob der sich allerdings wirklich so zugetragen hat, wissen wir nicht.

Insgesamt kamen allein bei den Kämpfen in Berlin mehr als 250 Menschen ums Leben. Den Friedhof der Märzgefallenen, auf dem Kasimir um Henriette, Joseph und Levin trauert, kann man noch heute besuchen. Er befindet sich im Volkspark Friedrichshain – im gleichen Viertel wie der Boxhagener Platz.

Trotz der Verluste, die Kasimir und Alba in meinem Roman erleiden müssen, erleben sie in Boxhagen ihr Happy End: Noch scheint die Demokratie greifbar, noch wachsen Hyazinthen auf Albas Ländereien.

Aus heutiger Perspektive sehen die Dinge natürlich anders aus. Die Märzrevolution scheiterte schon ein Jahr später. Und der Platz, von dem Anton Fuchs in meinem Roman schwadroniert, entstand 1905. Dennoch möchte ich an Albas und Kasimirs Happy End festhalten.

Während ich meinen Roman beende, feiern wir das 175-jährige Jubiläum der Märzrevolution. Immer häufiger betrachten wir nicht mehr nur das Scheitern dieser Revolution, sondern auch das Vermächtnis, das die mutigen Menschen von damals uns hinterlassen haben. Seit ihrem Kampf lebt der Gedanke der Emanzipation fort. Eine aktive politische Kultur ist entstanden. Wir wissen, gerade heute, dass Demokratie erkämpft und verteidigt werden muss.

Ich denke, dass Alba und Kasimir das am Ende dieses Romans ebenfalls ahnen. Selbst wenn die Macht der Monarchen zunächst wieder ausgebaut wird und die Felder Boxhagens nicht für immer vor der sich ausbreitenden Metropole sicher sein werden – es hat sich gelohnt zu kämpfen. Denn der Samen der Demokratie, der gerade gesät wurde, wird keimen. Und jeder Tag, an dem die Hyazinthenfelder duften, ist ein kleiner Sieg.

Vielen Dank, dass ihr mit mir durch das aufgewühlte Berlin und die ruhigen Ländereien der Hyazinthenschwestern gestreift seid. Ich wünsche euch alles Liebe und die schönsten Blumenbotschaften!

Eure Rebekka Eder

Danksagung

Hyazinthenschwestern habe ich geschrieben wie in einem Rausch. Beinahe unkontrolliert haben sich die Figuren und ihre Geschichten in mir Bahn gebrochen. So wunderschön, wie diese Schreibphase für mich war, so wichtig waren auch all die Menschen, die mir dabei geholfen haben, den entstandenen Wildwuchs in einen bunten Garten zu verwandeln.

Die versierten Gärtner:innen an meiner Seite waren allen voran meine wunderbare Lektorin Dinah Fischer, die stets so liebevoll und behutsam mit meinen Ideen umgeht, meine fantastische Agentin Dorothee Schmidt, die von der ersten Plotidee bis zur Überarbeitung an meiner Seite bleibt, meine Autorenkollegin Miriam Georg, ohne die ich mir gar nicht mehr vorstellen kann, ein Buch zu beenden, und meine Testleser:innen, die noch immer nicht müde werden, meine Romane vorab zu lesen: meine Eltern Angelika und Detlef Knoll und meine Freundinnen Rebecca Schild und Selina Rundel. Ihr wisst gar nicht, wie viel mir eure immerwährende Unterstützung bedeutet. Von Herzen und immer wieder: Danke.

Quellen

S. 95: Daniel-François-Esprit Auber, «Die Stumme von Portici» («La Muette de Portici»), deutsch von Jan Ziegler, Jazzybee Verlag 2012

S. 103/205/229: Flugschrift «An den König von Preußen!», 1848, Digitale Landesbibliothek Berlin

S. 232: Georg Herwegh, «Frühlingslied», 1841

Rebekka Eder
Der Duft von Zimt

HAMBURG, 1812: Die junge Josephine führt mit ihrem Onkel eine kleine
Bäckerei. Doch die französische Besetzung der Stadt stellt die beiden vor die
Herausforderung, genug Zutaten zu
beschaffen. Als ihr Onkel aufgeben will,
überredet Josephine ihn, Thielemanns
Backhus allein weiterführen zu dürfen.
Er hat nur eine Bedingung: Sie soll endlich heiraten – ausgerechnet den Postbo-
ten Christian Schulte, der überraschend
wenig Mitgefühl für die Nöte der Ham-

528 Seiten

burger Bevölkerung zeigt. Gleichzeitig wird ihr der Soldat Pépin Saba-
tier, der in der Backstube ein und aus geht und stets von den
Köstlichkeiten Frankreichs schwärmt, immer sympathischer. Besonders der Duft von Zimt hat es ihm angetan – genau wie Josephine.
Zusammen mit Pépin kommt sie nicht nur einem alten Familienge-
heimnis auf die Spur, sondern erfindet auch ein Gebäck, das Thielemanns Backhus retten könnte …

Ein zauberhafter Roman über das wohl beliebteste Hamburger
Gebäck: das Franzbrötchen!